50

DER GROSSE LIEBESROMAN

Von derselben Autorin erschienen außerdem
als Heyne-Taschenbücher

Schatten im Zimmer · Band 03/2082
Hinter den finsteren Scheiben · Band 03/2105
Die Schwestern von Valcour · Band 28/80

DOROTHY DANIELS

Liebe auf Valcour

ROMAN

Deutsche Erstveröffentlichung

WILHELM HEYNE VERLAG
MÜNCHEN

HEYNE – DER GROSSE LIEBESROMAN
Nr. 28/96

Titel der amerikanischen Originalausgabe
FOR LOVE AND VALCOUR
Deutsche Übersetzung von Eva Malsch

Printed in Germany 1986
Umschlagfoto: O. Berni/Thomas Schlück
Umschlaggestaltung: Atelier Ingrid Schütz, München
Gesamtherstellung: Ebner Ulm

ISBN 3-453-84096-8

1

Die beiden Frauen in dem kleinen Boot sahen einander nicht ähnlich. Trotzdem waren sie Mutter und Tochter. Virginia Hammond-Birch, die jüngere, ließ die Ruder los, stützte die Unterarme auf die Schenkel und beugte den Oberkörper vor, um ihre Schultern und Armmuskeln zu entlasten. Sie keuchte vor Anstrengung, und das Sonnenlicht, das sich im Wasser spiegelte, machte sie schwindlig. Sie schloß die Augen, bis sie wieder klarer denken konnte.

»Fühlst du dich nicht gut?« fragte Lenore Hammond.

»Doch, Mama. Ich ruhe mich nur ein wenig aus.«

»Ich verstehe nicht, warum du keinen Sklaven mitgenommen hast. Er könnte uns rudern, und ...«

»Du weißt genau, daß es keine Sklaven mehr gibt«, fiel Virginia ihrer Mutter ins Wort. »Die Schwarzen sind genauso frei wie wir, und wir können sie nicht mehr auspeitschen lassen. Die Zeiten haben sich geändert.«

»Ja, du hast recht.« Lenores Stimme verriet deutlich, wie sehr sie diese Neuerungen mißbilligte. »Wenn ich bedenke, daß wir gestern abend in Charleston hundert Dollar für ein Dinner bezahlen mußten ... Das ist einfach ungeheuerlich.«

»Immerhin hatten wir genug Geld, um uns ein Abendessen zu kaufen, und dafür solltest du dankbar sein«, erwiderte Virginia geduldig.

»Dankbar!« rief Lenore bitter. »Ich wollte Kaffee auf die Insel mitnehmen. Aber wenn ein Pfund vierzig Dollar kostet – und eine Tonne Mehl tausend ... Ich sage dir, das ist glatter Betrug!«

Virginia preßte die Lippen zusammen, um sich eine ärgerliche Entgegnung zu verkneifen, und ruderte weiter. An ihren Händen bildeten sich keine Blasen mehr, weil die Haut schwielig war. Aber ihre Muskeln schmerzten so heftig, daß sie am liebsten geschrien hätte. Aber ich darf nicht schreien, dachte sie, denn dann wäre ich genauso wie Mama, die ihr widriges Geschick nicht ertragen kann.

Andererseits durfte sie ihrer Mutter keine allzu schweren Vorwürfe machen. Sie hatten ein angenehmes Leben auf Valcour geführt. Und die Baumwolle – aus dem Schweiß von über hundert Sklaven gewonnen – hatte unzählige Bälle, Soireen, Jagdausflüge, Picknicks und Reisen auf das Festland finanziert.

Nicht einmal der Beginn des Krieges hatte das Paradies der Inselbewohner überschattet – bis zu jenem Tag, wo die Yankee-Streitkräfte eingetroffen waren. Von einer Sekunde zur anderen hatten sie alle fliehen und ihren Besitz zurücklassen müssen.

Lenores Mann war im Krieg gefallen, ebenso wie ihr Schwiegersohn. Aber Virginia trauerte ihrem ersten Ehemann nicht nach. Er war grausam, untreu und noch dazu ein Dieb gewesen.

Um sich von ihren protestierenden Muskeln abzulenken, dachte sie an ihre schöne, glückliche Jugend. Als achtzehnjähriges Mädchen hatte sie die Freuden des Lebens rückhaltlos genossen. Wie oft war sie von einem Einkaufsbummel aus Charleston zurückgekehrt, in einer Barke von vier Sklaven gerudert... An der Landebrücke hatten weitere Sklaven gewartet, um die vielen Pakete ins Haus zu tragen. Und dann hatte sie ihre neue Garderobe anprobiert, vor dem Spiegel Pirouetten gedreht und die Kleider achtlos aufs Bett geworfen. Geduldig hatte Phoebe alle eingesammelt, auf Bügel gehängt und im bereits überfüllten Schrank verstaut.

Heute würde niemand an der kleinen Landebrücke warten. Virginias Vater war tot, ihre Schwester Nanine erholte sich gerade von einer schweren Krankheit. Und Martin, ihr Bruder, lebte jetzt in der Stadt, um sich täglich zu betrinken und die Niederlage der Südstaaten zu vergessen. Phoebe, ihre Halbschwester, war verheiratet und lebte mit Tom Sprague, der in der Unionsarmee als Leutnant gedient hatte, in New York City. Virginia lächelte schwach, während sie an Elias Birch dachte, ihren zweiten Mann. Er war Major in der Unionsarmee gewesen und versuchte nun, auf der chaotischen Plantage Ordnung zu schaffen. Sie hätte nie geglaubt, daß sie einmal einen Mann aus den Unionsstaaten heiraten würde, noch dazu einen Offizier, der gegen den Süden gekämpft hatte. Und sie hätte sich ebensowenig träumen lassen, daß sie Phoebe jemals als ihre Schwester akzeptieren würde.

Phoebe war das Ergebnis einer Affäre zwischen Virginias Vater und einer fast weißen Sklavin. In ihren Adern floß vielleicht nur ein Achtel Negerblut, was ihr niemand ansehen konnte. Tom wußte Bescheid über ihre Herkunft, hatte aber geschworen, dies wäre ihm völlig gleichgültig.

Virginia wünschte, Elias würde sie an der Landebrücke erwarten, doch sie wußte, daß er um diese Zeit auf den Feldern arbeitete.

Das Boot stieß gegen einen Pfosten des Piers. Sie vertäute es, half ihrer Mutter, auf den Steg zu steigen, und lud dann die spärlichen Einkäufe aus. »Ich glaube, das kannst du tragen«, sagte sie und stellte einen Jutesack auf den Steg.

»Ich werde es versuchen«, entgegnete Lenore widerstrebend. »O Gott, ich bin so wütend auf den Mann, der das Silber an uns zurückverkauft hat – unser eigenes Silber! Und er war auch noch so unverschämt, mehr zu verlangen, als wir vor dreißig Jahren dafür bezahlen mußten.«

»Mama, bedenk doch, warum wir es ihm damals überlassen mußten«, versuchte Virginia sie zu beruhigen. »Er hat das Silber für uns aufgehoben, und ein gewisser Profit steht ihm zu.«

»Trotzdem werde ich verhindern, daß er jemals wieder auch nur einen Dollar an uns verdient – oder an meinen Freunden.«

Virginia schwieg, denn diese Ankündigung erschien ihr einfach lächerlich. Die Freunde ihrer Mutter standen kurz vor dem Bankrott. Sie konnten sich nicht so glücklich schätzen wie Virginia, deren Vater vor dem Kriegsende Gold vergraben und seine Familie nicht völlig mittellos zurückgelassen hatte.

Sie blickte zu dem imposanten Haus hinüber, das an drei Seiten von Säulenhallen umgeben war. Im ausgedehnten Park blühten Flieder und Geißblatt zwischen alten Ulmen und Pappeln.

Wehmütig sagte sie sich, daß die Mauern dringend gestrichen werden müßten. An manchen Stellen blätterte bereits die Farbe ab. Auch die Inneneinrichtung hatte stark gelitten, als die Sklaven ins Haus ihrer ehemaligen Herrschaft eingedrungen waren, um Vorhänge, Teppiche und Möbel zu stehlen.

Die beiden Zimmer Virginias, einst so geschmackvoll ausgestattet, waren nur noch spärlich möbliert, die Schränke fast leer. Sie fragte sich, wie lange es wohl dauern würde, bis ihr Elternhaus wieder in seinem früheren Glanz erstrahlen würde. Hoffentlich nicht bis zu ihrem Lebensende ...

Die Insel namens Valcour gehörte zu den Seaward Islands vor der North-Carolina-Küste. Hier waren auf Mr. Hammonds Feldern, unter der Obhut von etwa hundert Sklaven, viel wertvollere Baumwollsträucher gewachsen als auf der riesengroßen Festlandplantage, die ebenfalls Virginias Vater gehört hatte. Heute war die Inselplantage in mehrere kleine Farmen aufgeteilt, von ehemaligen Sklaven bewirtschaftet.

Lenore hob den Jutesack hoch und ließ ihn sofort wieder fallen. Verzweifelt wandte sie sich ab, um ihre Tränen zu verbergen.

»Laß das, Mama«, bat Virginia mit ruhiger Stimme.

»Wie kannst du von mir verlangen, daß ich zu weinen aufhören soll? Weißt du nicht mehr, wie es früher war? Hast du denn gar kein Mitleid mit mir?«

»Wir haben keine Zeit für Tränen – oder Selbstmitleid. Bedenk doch, was ich mir vorgenommen habe! Diese Insel – vor allem Willowbrook, unser Teil von Valcour – wird eines Tages wieder so aussehen wie vor dem Krieg – sogar noch schöner. Dafür will ich sorgen, und nichts auf der Welt wird mich daran hindern. Wir werden es schaffen, denn wir sind nicht mehr allein. Elias hilft uns.«

»Elias ist ein Yankee. Hast du allen Ernstes Vertrauen zu einem solchen Mann?«

»Du warst ihm sehr dankbar, als Phoebe und ich dich hierher zurückbrachten, noch vor dem Ende des Krieges. Ich weiß nicht, wie es uns ergangen wäre, wenn er uns damals in das Boot zurückgestoßen hätte.«

»Das habe ich nicht vergessen«, erwiderte Lenore. »Trotzdem ist er ein Yankee.«

»Ich liebe ihn, und du hattest nichts gegen unsere Hochzeit einzuwenden.«

»Und wenn ich versucht hätte, dir deine Pläne auszureden? Wärst du bereit gewesen, auf Elias zu verzichten?«

Herausfordernd hob Virginia den Kopf. »Natürlich nicht.«

»Deshalb habe ich geschwiegen. Eins will ich immerhin zugeben – ich bin froh, daß ein Mann im Haus ist. Und es war sehr vernünftig von dir, ihn zu heiraten – vor allem, weil nun so viele Yankees auf der Insel leben.«

Virginia starrte ihre Mutter ungläubig an. »Mama, ich habe Elias geheiratet, weil ich ihn liebe. Und er liebt mich. Hast du vergessen, wie schön die Liebe zwischen einem Mann und einer Frau sein kann?«

»Warum bist du nur so grausam?« Lenores Stimme brach, schluchzend betupfte sie ihre Augen mit einem Taschentuch.

Virginia schüttelte ungeduldig den Kopf, hob die Kiste mit

den Lebensmitteln hoch und trug sie zum Haus hinauf. Auf halber Strecke entdeckte sie Elias, der ihr entgegenritt. Bei seinem Anblick vergaß sie ihre Müdigkeit. Er saß aufrecht im Sattel und sah atemberaubend aus, trotz seines verschwitzten Hemdes und der feuchten, strohblonden Strähnen, die ihm in die Stirn hingen. Der Blick seiner hellblauen Augen schien ihr Herz zu durchdringen, wie jedesmal, wenn er sie anschaute. Sie stellte die Kiste auf den Boden, riß ihren Hut vom Kopf und warf ihn auf ihre Einkäufe, dann wartete sie lächelnd, bis er abgestiegen war. Wenige Sekunden später lag sie in seinen Armen, seine Lippen berührten die ihren, erst ganz zart, dann in wachsender Leidenschaft.

Virginia befreite sich erst aus seinen Armen, als Lenore hinter ihnen stehenblieb und diskret hüstelte.

»Ich habe dich vermißt, Liebling.« Elias strich seiner Frau behutsam das zerzauste helle Haar aus dem Gesicht. »Diese vierundzwanzig Stunden sind mir wie eine Ewigkeit vorgekommen.«

»Mir auch«, erwiderte Virginia glücklich.

Lächelnd wandte er sich zu Lenore. »Wie schön, daß du wieder da bist, Mutter Hammond. Komm, gib mir den Sack.«

»Danke, Elias – aber sei bitte vorsichtig!« warnte sie. »Das ist ein Teil unseres alten Silbers. Ich mußte es zurückkaufen – zu Wucherpreisen. Und das war noch längst nicht alles...«

»Das kannst du ihm später erzählen, Mama«, fiel ihr Virginia ins Wort. »Ich möchte mich jetzt frisch machen. Glaub mir, ein Boot nach Charleston zu rudern und wieder zurück, das ist genauso schwer wie die Feldarbeit.«

Lenore folgte dem jungen Ehepaar den Hang hinauf. Sie ging etwas langsamer als die beiden, denn sie begann ihr Alter zu spüren, was sie natürlich niemals zugegeben hätte. Nachdenklich beobachtete sie ihre Tochter und den Schwiegersohn, zwei schlanke, attraktive Menschen, die gut zueinander paßten. Der vorteilhafte Gesamteindruck wurde nur durch das Bein gestört, das Elias ein wenig nachzog, infolge einer Kriegsverletzung.

Virginia war im Laufe des Kriegs von einem vergnügungssüchtigen, oberflächlichen Mädchen zu einer verantwortungsbewußten, lebenstüchtigen, berechnenden Frau herangereift. Lenore war sich nicht sicher, ob sie diese neuen Wesenszüge ihrer Tochter mochte, mußte sich aber eingestehen, daß die Verwandlung nötig gewesen war – auch wenn sie den scharfen Tonfall haßte, den Virginia ihr gegenüber manchmal anschlug.

Während sie ihre Tochter musterte, überlegte sie, daß Virginia mit ihrem goldblonden Haar und den strahlenden dunkelblauen Augen noch immer genauso schön war wie vor dem Krieg. Und sie bedauerte es zutiefst, daß ihre zweite Tochter nichts von dem Charme und der femininen Ausstrahlung ihrer jüngeren Schwester aufzuweisen hatte. Auch Nanine war hübsch, aber die Männer umschwärmten sie längst nicht so eifrig wie Virginia.

Eine Brise wehte den Hang herab. Nicht ohne Neid beobachtete Lenore, wie der Wind Virginias Rock gegen die wohlgeformten Hüften und schlanken Schenkel preßte, und legte unwillkürlich eine Hand auf ihre umfangreiche Taille. Ärgerlich preßte sie die Lippen zusammen, dann zuckte sie apathisch mit den Schultern. Was spielte das schon für eine Rolle? James Hammond, der einzige Mann, den sie je geliebt hatte, lebte nicht mehr. Nun wünschte Lenore, sie hätte ihm mehr gegeben. Doch sie hatte den Gedanken, noch ein Kind auf die Welt zu bringen, nicht ertragen. Sie war ihm aus dem Weg gegangen, und James hatte sein Vergnügen woanders gesucht.

Lenores Blick wanderte zu Elias. Major Birch hatte die Invasion der Insel organisiert und war Militärkommandant von Valcour geworden. Später hatte er erzählt, er wäre schon in Virginia verliebt gewesen, bevor er sie kennengelernt hätte. Nach ihrer Flucht war er in ihre Räume auf Willowbrook gezogen, und der Duft ihres Parfüms hatte seine Fantasie beflügelt.

Elias kam gut mit den ehemaligen Sklaven zurecht, und er hatte alles gelernt, was man wissen mußte, um Baumwolle anzubauen. Virginia war auf seine Hilfe angewiesen, wenn sie ihren Traum verwirklichen wollte, den alten Glanz von Willowbrook wiederzuerwecken. Und Lenore traute es ihm durchaus zu, daß er diese Aufgabe ebenso bewältigen würde wie die Pflichten, die er als Inselkommandant erfüllt hatte. Jedenfalls wünschte sie sich das sehnlichst – obwohl er ein Yankee war. Wie schön wäre es, wenn die alten Zeiten zurückkehren könnten... Natürlich würden sie sich keine Sklaven mehr halten, aber von Dienstboten umsorgt werden,

Partys geben, schöne Kleider tragen, wieder Musik und fröhliche Stimmen hören. Sie hatte lange genug auf das alles verzichten müssen.

In der Halle angekommen, packte Elias das Silber aus dem Jutesack und legte es auf einen Tisch. Lenore beobachtete ihn zufrieden und wandte sich zur Treppe. Virginia wollte die Lebensmittel auspacken, aber ihr Mann erklärte, er würde sich darum kümmern. »Geh nach oben, nimm ein Bad und ruh dich aus.«

»Zuerst möchte ich Nanine besuchen. Seltsam, daß sie nicht heruntergekommen ist, um uns zu begrüßen...«

»Wahrscheinlich hat sie sich hingelegt«, meinte ihre Mutter, die bereits die Stufen hinaufstieg. »Und das werde ich jetzt auch machen. Mein Kopf tut schrecklich weh. Aber wenigstens haben wir unser Silber wieder – bis auf die Teile, die dieser grauenvolle Wade LeGarue gestohlen hat. Wie du diesen Mann jemals heiraten konntest...«

»Er ist auf dem Schlachtfeld gestorben, Mama«, erwiderte Virginia mit ruhiger Stimme. »Laß ihn in Frieden ruhen.«

Sie folgte ihrer Mutter die Treppe hinauf. Im ersten Stock wandte sich Lenore zu ihr um. Dunkle Schatten lagen unter ihren Augen, und die Erschöpfung hatte tiefe Falten zu beiden Seiten ihrer Lippen eingegraben. In plötzlichem Mitleid nahm Virginia sie in die Arme. »Es tut mir leid, daß ich manchmal so unfreundlich zu dir bin.«

»Ich weiß, du meinst es nicht so. Aber – ich kann einfach nicht vergessen, was wir durchgemacht und was wir verloren haben.«

»Vergiß nicht, was ich gesagt habe. Bald werden wir wieder so leben wie früher. Das schwöre ich dir.«

Lenore nickte. »Du bist stark wie dein Papa. Gott sei Dank, daß ich dich habe. So, und nun will ich mich zurückziehen. Schau bitte nach Nanine.«

Virginia legte ihren Hut auf eine kleine Kommode und öffnete leise die Tür, die ins Zimmer ihrer Schwester führte. Erleichtert atmete sie auf, als sie Nanine friedlich schlafen sah. Sie beugte sich über das Bett und küßte sie auf die Wange.

Nanine schlug die Augen auf. »Oh – du bist wieder da... Verzeih, daß ich nicht rechtzeitig aufgewacht bin, um euch zu begrüßen.«

»Das macht doch nichts. Du brauchst immer noch viel Ruhe.

Immerhin warst du sehr lange krank, und deine Genesung wird noch eine ganze Weile dauern. Das hat der Doktor gesagt.«

»Ich weiß. Wie war die Reise?«

»Gräßlich. Charleston droht aus allen Nähten zu platzen. Die Farmer, die es sich nicht mehr leisten können, ihre Felder zu bebauen, leben jetzt in der Stadt. Überall treiben sich Neger herum und betteln die Passanten an. Und die Preise sind enorm gestiegen. Ich weiß nicht, wo das alles noch enden soll...«

Nanine seufzte. »Wir müssen es ertragen und das Beste daraus machen, Virgie.«

»Ja, du hast recht. Übrigens, ich war auf der Post. Phoebe hat noch immer nicht geschrieben.«

»Seltsam, daß du so sehnsüchtig auf ihre Briefe wartest...«

Virginia runzelte die Stirn. »Sie ist meine Schwester, und ich liebe sie.«

»Früher hast du anders gedacht«, entgegnete Nanine lächelnd.

»Damals hätte ich sie am liebsten umgebracht – oder zumindest an eine weit entfernte Plantage verkauft. Doch da war ich noch eine andere Virginia Hammond. Ich hätte beinahe den Verstand verloren, als ich herausfand, daß sie meine Halbschwester ist. Eine Sklavin, mit der ich blutsverwandt bin – nur weil Papa so indiskret war...«

»So war er nun mal. Trotzdem hat er gut für seine Familie gesorgt. Aber reden wir nicht mehr von der Vergangenheit. Du wolltest mir von deinen Plänen erzählen, wenn du vom Festland zurückkommst.«

»Ja, es gibt viel zu besprechen. Ich hatte gehofft, Marty würde an dieser Unterredung teilnehmen. Aber er ist in der Stadt geblieben. Ich fürchte, er zieht von einem Saloon zum anderen. Mama redet sich ein, daß er nur in Charleston wohnt, um einen Käufer für die große Plantage zu finden. Aber Marty weiß ebensogut wie wir beide, daß es keine Käufer gibt, Nanine. Er lebt in der Stadt, um zu trinken und die Wirklichkeit zu vergessen. Er war ein brillanter General, und trotzdem hat der Süden verloren. Das kann er nicht verschmerzen. Und so versucht er seinen Kummer in Alkohol zu ertränken und nährt tagtäglich seinen Haß gegen die Yankees.«

»Hoffentlich kommt er bald zur Vernunft.« Nanine sah mit

einem schwachen Lächeln zu ihrer jüngeren Schwester auf. »Nimm jetzt ein Bad, Virgie. Du bist ja ganz verschwitzt. Ich stehe inzwischen auf und ziehe mich an, dann komme ich hinunter, damit wir reden können.«

»Laß dir nur Zeit. Ich will vorher noch mit Elias sprechen.«

Virginias Suite lag nebenan; zwei große, helle Räume mit Badezimmer. Sie wußte, daß in der Küche bereits ein Kessel mit heißem Wasser für ihr Bad stehen würde. Rasch zog sie sich aus, schlüpfte in einen alten Morgenmantel und eilte nach unten. Die Küche lag in einem Nebengebäude und war durch einen überdachten, von Weinreben umrankten Gang zu erreichen.

Belle, die dicke schwarze Köchin, saß am Tisch und kaute an einem Hühnerbein. Sie hob den Kopf, als Virginia eintrat, machte aber keine Anstalten, aufzustehen. Ihr herausfordernder Blick entging Virginia nicht. »Das Wasser kocht schon eine ganze Weile, Missy. Sie haben sich viel Zeit gelassen.«

»Du hättest mir den Kessel bringen können, Belle.«

»Nein, Missy.« Belles rundes Gesicht verzog sich zu einem breiten Grinsen. »Jetzt bin ich kein Nigger mehr. Ich bin frei, und ich tue, was mir paßt.«

»Du bist keine Sklavin mehr, aber du arbeitest immer noch für mich, und ich bezahle dich. Wenn ich will, kann ich dich hinauswerfen, und dazu hätte ich gute Lust.«

»Das können Sie nicht, Missy, denn dann würde mein Mann mit mir gehen, und ohne Moses wären Sie verloren auf dieser großen Farm.«

Seufzend nahm Virginia den schweren Kessel vom Herd und verließ die Küche. Mit Belle würde es noch einigen Ärger geben. Aber es stimmte, daß ihr Mann unentbehrlich auf der Willowbrook-Plantage war.

Während Virginia in der Wanne lag, dachte sie wieder einmal an die abrupten, schmerzlichen Veränderungen in ihrem Leben, die mit der Yankee-Invasion begonnen hatten. Eines Morgens war die ganze Familie von Schüssen geweckt worden und hatte sofort fliehen müssen. Wie gut erinnerte sie sich an die Zeiten, wo sie fast verhungert wären ... In ihrer Verzweiflung war sie mit Phoebe auf die besetzte Insel zurückgekehrt, um direkt vor den Nasen der Yankee-Eindringlinge das wertvolle Silber zu holen, das ihr Vater vergraben hatte.

Sie waren gefangengenommen worden, und das hatte sich als Glücksfall erwiesen, denn sie hatte sich in Elias verliebt und Phoebe in Lieutenant Tom Sprague.

Später war ihr erster Mann aus dem Krieg zurückgekehrt, um das Silber zu stehlen. Danach hatte sie ihn nie wiedergesehen, und die Nachricht von seinem Tod war ihr nicht sonderlich nahegegangen.

Nach dem Bad öffnete sie ihren Schrank, um ein sauberes Kleid herauszunehmen. Die Wahl fiel ihr nicht schwer, weil sie nicht viel zum Anziehen hatte. Da hing ein Ballkleid, wunderbarerweise von Phoebe gerettet, als sie von der Insel geflohen waren. Das alte, an den Ellbogen geflickte Reitkostüm tat immer noch seinen Dienst. Außerdem besaß sie ein Nachmittagskleid aus dünner Seide, gänzlich unpraktisch in diesen Nachkriegszeiten. Die beiden anderen Kleider, ein braunes und ein violettes, bildeten die Grundlage ihrer Garderobe. Heute griff sie nach dem braunen, aus dem einfachen Grund, weil es das nächstbeste war.

Sie verließ das Haus und ging zu den alten Nebengebäuden, der langen Reihe ehemaliger Sklavenquartiere und den kleinen, spärlich bebauten Feldern, die nun den Schwarzen gehörten. Auf zwanzig Morgen, die Virginia zurückgekauft hatte, wuchs bessere Baumwolle, die aber den Standard der Vorkriegsproduktion nicht erreichte.

Elias schwang gerade eine Hacke. Bei Virginias Anblick ließ er das Werkzeug fallen und kam ihr entgegen. Er legte einen Arm um ihre Taille und führte sie zu einer schattigen Bank unter einer alten Ulme.

»Schau nicht so düster drein!« ermahnte sie ihn.

»Verzeih, Liebling. Manchmal bin ich so deprimiert – obwohl ich eine wunderschöne Frau habe. Mit zwanzig Morgen Land kann man nicht viel anfangen, trotz aller Mühe.«

»Ich weiß – und ich werde weder ruhen noch rasten, bis ich alle Felder, die jetzt den ehemaligen Sklaven und diesen Yankee-Abenteurern gehören, zurückerobert habe.«

Elias rückte ein wenig von ihr ab und musterte sie mit schmalen Augen. »Ist das eigentlich ein Gemeinschaftsunternehmen – oder arbeite ich für dich?« fragte er kühl.

»Natürlich ist Willowbrook ein Gemeinschaftsunternehmen«, versicherte sie hastig. »Tut mir leid, Liebling. Es ist nur – ich habe mich in Charleston so einsam gefühlt – und vielleicht denke ich deshalb immer noch so ... Aber ich brauche deine Hilfe. Ohne dich würde ich es nicht schaffen.«

»Das bezweifle ich, Virgie. Du bist während des Krieges sehr gut zurechtgekommen – ohne mich.«

»O Elias, bitte sei mir nicht böse. Wenn du meiner Schwester und mir nicht erlaubt hättest, auf Valcour zu bleiben, wäre Nanine jetzt tot.«

»Der Krieg ist vorbei, und was du eben erwähnt hast, gehört der Vergangenheit an. Ich will es vergessen. Und du sollst wissen, daß ich mein eigener Herr bin.«

»Das ist uns allen klargeworden, als du diese Insel verwaltet hast. Für mich bist du der beste, bewunderungswürdigste Mann auf dieser Welt, und ich werde mich dir immer unterordnen.«

»Das sagst du«, entgegnete er skeptisch. »Aber meinst du es auch? Du bist genauso willensstark und eigensinnig wie ich.«

»Mit dem einen Unterschied, daß ich eine Frau bin. Und meine Liebe zu dir kennt keine Grenzen. Ich nehme doch an, daß du meine Gefühle erwiderst?«

Er nickte, doch sie wartete vergeblich auf ein Lächeln. »Erzähl mir nun von deinem Plan.«

Virginia beugte sich vor und begann ihre Absichten zu erläutern, mit wachsender Begeisterung. »Das Land, das jetzt von den Sklaven bewirtschaftet wird, ist so klein, daß sich ihre Mühe gar nicht lohnt. Das wissen sie noch nicht, und sie werden es vermutlich erst nach langer Zeit begreifen. Sie verstehen nichts von der Baumwollbranche. Und jetzt zu meinem Plan – ich weiß, wie wir unser Land zurückgewinnen können. Es ist ganz einfach. Ich werde Lebensmittel kaufen, Kleidung, auch Whisky, denn darauf legen die Schwarzen großen Wert. Das alles will ich im alten Hospital zum Verkauf anbieten, um die Schwarzen in Versuchung zu führen. Natürlich haben sie kein Geld, um für die Waren zu bezahlen. Deshalb werde ich ihnen Kredite anbieten. Bald werden sie bis zum Hals verschuldet sein. Ich werde ihre Schuldscheine zerreißen, wenn sie mir dafür ihr Land überschreiben, und garantiere ihnen, sie als Feldarbeiter einzustellen.«

Elias war sichtlich beeindruckt. »Das müßte funktionieren. Die Schwarzen sind zu unerfahren, um mit Geld umzugehen, und deshalb werden sie bei solchen Geschäften das Nachsehen haben. Obwohl sie nicht dumm sind – nein, davon kannst du mich niemals überzeugen.«

»Wie kommst du auf die Idee, daß sie nicht dumm sind?«

»Wir haben Schulen gegründet, die nicht nur von Kindern, sondern auch von Erwachsenen besucht werden. Und sie sind sehr wißbegierig. Es ist nicht Dummheit, die ihnen Steine in den Weg legt, Virgie, sondern der Mangel an Bildung und Erfahrung.«

»Wie dem auch sei, Liebling – ich glaube, sie werden überglücklich sein, wenn sie sich zum erstenmal in ihrem Leben alles kaufen können, was ihr Herz begehrt.«

»Ein schmutziger Trick«, bemerkte Elias tonlos.

»O Liebling! Es wird ihnen viel mehr Spaß machen, schöne Dinge zu kaufen, statt sich auf den Feldern abzurackern.«

»Das streite ich nicht ab. Trotzdem ist es unmoralisch.«

»Vielleicht – aber nicht unreell. Wenn es so weitergeht wie bisher, werden weder die Schwarzen noch wir auf einen grünen Zweig kommen.«

»Du sprichst nur von den paar Feldern, die den Exsklaven gehören. Was soll mit den anderen Plantagen geschehen, deren ursprüngliche Besitzer geflohen sind und die jetzt von Unionsleuten bewirtschaftet werden? Davon gibt es etwa zwanzig Betriebe, und jeder einzelne produziert mehr Baumwolle als alle Felder, die den Schwarzen übereignet wurden, zusammen.«

»Das habe ich nicht vergessen«, entgegnete Virginia. »Aber vorerst ist es einfacher, das Land von den Negern zurückzubekommen.«

»Und wie willst du die Nordamerikaner loswerden?«

»Ich habe da ein paar Ideen, Elias, und ich versichere dir, ich habe kein Mitleid mit diesen Kriegsgewinnern. Manche haben nur ein paar hundert Dollar für Plantagen bezahlt, die Tausende wert waren – die Summen, die den Steuerschulden der früheren Besitzer entsprachen.«

Elias nickte. »Mir sind sie auch nicht besonders sympathisch. Sie verstehen nichts von der Baumwolle und wissen auch nicht, wie man mit den Exsklaven umgeht, die auf ihren Feldern arbeiten. Ihre Ernte ist schlecht, die Qualität noch schlechter. Aber du mußt dir schon einiges einfallen lassen, um sie von der Insel zu vertreiben.«

»Darüber zerbreche ich mir den Kopf, wenn es soweit ist. Erst will ich die Felder der Schwarzen haben.«

»Die Waren, die du kaufen willst, sind sicher sehr teuer.«

»Schrecklich teuer, aber es gibt keine andere Möglichkeit.«

Sie unterbrachen ihr Gespräch und beobachteten einen großen, kräftigen Schwarzen, der langsam heranritt. Moses war nun der meistgeachtete Neger von Valcour. Früher hatte er den Hammonds als Fahrer und Sklavenaufseher gedient. Er hatte sogar bestimmt, wer ausgepeitscht werden mußte, und war nur dem weißen Master verantwortlich gewesen.

»Falls ich auf dieser Insel irgendwelche Erfolge erzielt habe, dann ist es Moses zu verdanken«, meinte Elias nachdenklich.

Virginia hob die Brauen. »Von welchen Erfolgen redest du?«

»Ich weiß nicht recht . . . Das alles begann, als Lincoln Angst vor den Folgen der Sklavenbefreiung hatte. Er befürchtete, ein Chaos könnte ausbrechen, wenn plötzlich vier Millionen Schwarze frei herumliefen. Deshalb wollte er ein Experiment auf dieser Insel durchführen, indem er den ehemaligen Sklaven ein paar Felder übereignete, die früher ihren Besitzern gehört hatten. Das war mein Auftrag. Ich sollte die Insel erobern und dann verwalten, bis wir feststellen konnten, ob die Exsklaven imstande wären, für sich selber zu sorgen.«

»Du weißt, daß das nicht geklappt hat.«

»Nicht so, wie wir es erhofften – obwohl wir ihnen Werkzeuge und Baumwollsamen zur Verfügung stellten.«

»Auf Kosten der Weißen«, warf Virginia bitter ein.

»Wie gesagt, es war ein Experiment. Lincoln hat sogar erwogen, den Sklaven Geld zu geben, unter der Bedingung, daß sie nach Afrika zurückkehren. Nach seiner Ermordung wurde natürlich nichts aus diesem Plan.«

»Man hat den Sklaven nur Inselfelder gegeben. Findest du das fair?«

»Nein, aber dein Plan ist auch nicht fair, Liebling, sondern ein Betrug.«

»Das sehe ich anders. Sobald die Schwarzen für mich arbeiten, werden sie besser dran sein als jetzt, wo sie sich auf ihren kleinen Feldern abplagen, ohne Aussicht auf Erfolg. Wenn sich die Baumwollzucht lohnen soll, muß man sie auf großen Plantagen betreiben.«

»Das stimmt«, gab Elias zu.

»Die Schwarzen haben dir ihre Baumwolle übergeben. Hattest du beim Verkauf irgendwelche Schwierigkeiten?«

»Nicht die geringsten«, antwortete er und fragte sich, worauf sie hinauswollte.

»Auf dem normalen Markt hättest du große Probleme. Die Schwarzen produzieren minderwertige Baumwolle. Solange die Nachfrage so bleibt wie jetzt, kann man praktisch alles verkaufen. Aber in einem Jahr wird man keinen Cent mehr für diese schlechte Qualität zahlen. Also tue ich den Exsklaven im Grunde einen Gefallen.«

Elias' Blick verriet widerwillige Bewunderung. »Ich muß gestehen, du bist eine gute Geschäftsfrau.« Nach einer kleinen Pause sah er wieder den großen Schwarzen an, der inzwischen herangekommen war und vom Pferd stieg. »Moses schaut ganz unglücklich drein. Was ist denn jetzt wieder los?«

Der Neger nahm seinen Hut ab und verbeugte sich so ehrerbietig wie eh und je. »Massa Elias, ich habe Ärger mit einem Feldarbeiter. Er will nicht arbeiten, weil er jetzt frei ist, und trotzdem seinen Lohn kassieren.«

»Werfen Sie ihn doch einfach hinaus.«

»Das habe ich versucht, aber er verschwindet nicht.«

Elias stand auf. »Gut, ich kümmere mich darum.«

»Sei vorsichtig!« warnte ihn Virginia. »Diese Feldarbeiter sind unheimlich stark. Und seit ihrer Befreiung bilden sie sich ein, sie wären völlig unabhängig.«

»Ich werde schon mit ihm fertig«, entgegnete Elias zuversichtlich. »Da er so arrogant ist, müssen wir ihn loswerden, bevor er die anderen demoralisiert.«

Virginia erhob sich ebenfalls. »Ich komme mit ... Keine Angst, ich werde aufpassen«, fügte sie beruhigend hinzu, als sie die sorgenvolle Miene ihres Mannes sah. Ich möchte nur noch für einen Augenblick ins Haus gehen, dann komme ich euch beiden nach. Leihst du mir dein Pferd, Moses?«

»Gern, Missy – wo es doch früher Ihnen gehört hat.«

Trotz ihres langen Kleides bereitete es ihr keine Mühe, in den Sattel zu steigen. In schnellem Trab kehrte sie zum Haus zurück, rannte hinein und holte das Gewehr aus dem Waffenschrank, den ihr Vater früher benutzt hatte. James Hammonds Arsenal war während der Invasion verschwunden. Das Gewehr, das Virginia nun mitnahm, gehörte Elias – eine Yankee-Automatic. Ihre Mutter und Nanine waren offenbar noch nicht heruntergekommen. Virginia verließ das Haus wieder – froh, keine Erklärung abgeben zu müssen.

Sie galoppierte zu den Feldern und sah, wie Elias mit einem riesengroßen Neger rang. Die anderen hatten zu arbeiten aufgehört, um den Kampf zu verfolgen. Moses versuchte einzugreifen, war aber dem kräftigen Neger nicht gewachsen. Während sich Virginia vom Pferd schwang, wurde Elias hochgehoben und zu Boden geschleudert. Der Schwarze hob einen Fuß, um nach ihm zu treten. Sie richtete das Gewehr auf ihn. »Zurück!« befahl sie mit kalter Stimme. »Oder ich schieße!«

Der Mann zögerte. Vor dem Krieg hätte er in einer solchen Situation sofort nachgegeben. Doch nun war er frei und sah keinen Grund mehr, die Weißen zu fürchten – eine Frau schon gar nicht. Grinsend zeigte er große, unregelmäßige Zähne. »Das glaube ich Ihnen nicht.«

»Geh zum Wasser hinunter! Nimm dir ein Boot, irgendeins, nur nicht meines. Das ist deine letzte Chance, Tobal.«

Elias stand keuchend auf und wankte auf den Neger zu, der die Arme ausbreitete, als wollte er seinen Feind willkommen heißen. Aber wie Virginia unschwer erkannte, beabsichtigte er in Wirklichkeit, den weißen Master zu zerquetschen – wozu er durchaus fähig war. »Elias!« rief sie. »Nein, bitte ...«

»Halt dich da raus!« stieß er hervor.

Die langen, muskulösen Arme konnten ihn schon fast erreichen, als Virginia feuerte. Die Kugel strich dicht am Ohr des Schwarzen vorbei und jagte ihm einen solchen Schrecken ein, daß er zurückwich. Elias drehte sich zu ihr um, ebenso verwirrt wie sein Gegner.

»Die nächste Kugel wird ihr Ziel treffen«, erklärte Virginia gelassen. »Elias, geh aus der Schußlinie!«

Zögernd gehorchte er. Tobal hatte wieder Mut gefaßt. Er sagte sich, daß die weiße Frau sicher nicht danebengeschossen hätte, wenn sie ihn töten wollte. Langsam ging er auf Elias zu.

»Verschwinde von dieser Insel, Tobal!« herrschte sie ihn an. »Nimm dir ein Boot von irgendeiner Yankee-Familie und komm nie wieder!«

»Oh, doch«, entgegnete er höhnisch. »Wenn ich gehe, dann komme ich zurück und bringe Sie um – weil Sie mich bedroht haben!«

Virginia drückte noch einmal ab. Die Kugel bohrte sich in Tobals Schulter und schleuderte ihn nach hinten. Als er sein Gleichgewicht wiedergefunden hatte, tastete er verwirrt nach der Wunde und starrte auf das Blut an seinen Fingern.

»Die nächste Kugel trifft dich zwischen die Augen«, erklärte Virginia tonlos. »Wenn du mir nicht glaubst, versuch doch, einen Schritt in meine Richtung zu machen ... So, und jetzt sieh endlich zu, daß du wegkommst.«

Er wandte sich ab und ging auf die Landebrücke zu. Sie folgte ihm, die Waffe auf seinen Rücken gerichtet. Elias rannte ihr nach. »Gib mir das Gewehr.«

»Ich kann damit umgehen, Elias.«

Er sagte nichts mehr, blieb aber an ihrer Seite. Tobal erreichte den Wasserrand, stieg in eines der Boote und griff nach den Rudern, die auf einem Landesteg lagen. Mit einer Hand begann er davonzurudern. Blut breitete sich auf seiner Schulter aus. Virginia wartete, bis er weit draußen auf dem Wasser war, dann drehte sie sich zu Elias um und gab ihm die Waffe.

»Danke«, sagte er leise. »Ich dachte, ich wäre mit ihm fertig geworden – so wie ich's immer geschafft habe, als ich noch meine Uniform trug. Jetzt weiß ich, daß er mich getötet hätte.«

Sie nahm seinen Arm. Langsam wanderten sie zum Haus. »Ich wußte sofort, welchen Mann Moses meinte. Tobal war schon immer ein Unruhestifter. Jetzt sind wir ihn endlich los.«

»Hoffentlich hat dieser Zwischenfall keine Folgen. Wahrscheinlich wird Tobal sofort ins Büro für Freigelassene laufen und behaupten, er wäre grundlos angeschossen worden. Das Büro wird von Ben Bowman geleitet, dem früheren Zivilverwalter von Valcour. Er ist mir keineswegs wohlgesinnt. Im Krieg hatte ich oft Streit mit ihm. Er ist ein eingefleischter Unionsmann, der alle Südstaatenrebellen haßt. Und er hätte noch einen Grund, uns Ärger zu machen. Als die Plantagen konfisziert und verkauft werden sollten, um Steuerrückstände auszugleichen, versuchte er Willowbrook in seinen Besitz zu bringen – für ein paar hundert Dollar. Du hast ihn überboten, und das wird er dir nie verzeihen. Er wollte das Haus schon immer haben.«

»Das hatte ich nicht bedacht«, gab sie zu. »Doch es spielt keine Rolle. Ich hätte auch auf Tobal geschossen, wenn es mir eingefallen wäre. Es gab keine andere Möglichkeit.«

2

Nanine hatte die Schüsse gehört und stand nervös auf der Veranda. Lenore beugte sich angstvoll aus ihrem Schlafzimmerfenster. Virginia winkte ihr beruhigend zu und erzählte ihrer Schwester mit gedämpfter Stimme, was geschehen war.

»Tobal war schon immer gefährlich«, meinte Nanine. »Hat er dich verletzt, Elias?«

»Nein, aber das hätte er getan, wenn Virgie nicht eingegriffen hätte.« Er küßte seine Frau auf die Stirn, dann wandte er sich zu Moses. »Gehen wir zu den Feldern zurück, bevor die anderen auf dumme Gedanken kommen.«

Die beiden Schwestern betraten das Haus, und Virginia verstaute das Gewehr wieder im Waffenschrank, der im Arbeitszimmer stand. »Erzähl Mama nicht, daß ich auf Tobal geschossen habe«, bat sie Nanine, die ihr gefolgt war.

»Du mußt bedenken, daß sie die Schüsse gehört hat.«

»Ich werde ihr einfach sagen, ich hätte in die Luft gefeuert, um die Schwarzen einzuschüchtern.«

Lenore stieg die Treppe herab und wollte wissen, was vorgefallen wäre.

»Nichts Besonderes«, erwiderte Virginia in beiläufigem Ton. »Ein Schwarzer hat Ärger gemacht, und ich mußte ihn wegjagen. Leider wollte er nicht sofort gehen, und da habe ich in die Luft geschossen, um ihm Angst zu machen. Daraufhin hat er sofort das Weite gesucht.«

»Ich bin so erschrocken, als ich die Schüsse hörte«, jammerte Lenore. »Es war wie im Krieg ... Und meine Kopfschmerzen sind noch schlimmer geworden. Am besten lege ich mich wieder hin. Vielleicht könntet ihr Belle bitten, einen Kuchen für das Dinner zu backen. Ich weiß, das ist sehr extravagant, aber ich würde mich so darüber freuen. Leider kann ich ihr meine Wünsche nicht selbst unterbreiten. Sie ist immer so unhöflich zu mir.«

»Zu mir auch«, entgegnete Virginia.

»Kein Wunder – da du sie vor dem Krieg ständig herumkommandiert hast ...«

Virginia verkniff sich die Bemerkung, daß ihre Mutter die Köchin nicht viel besser behandelt hatte, und Nanine eilte zur Küche, um Lenores Auftrag auszuführen.

Ein paar Minuten später saßen die beiden Schwestern im Arbeitszimmer, wo ein alter Küchentisch den Schreibtisch ersetzte. Zwei harte Stühle und ein fadenscheiniges Sofa vervollständigten die Einrichtung. Nanine hatte einen Krug mit Limonade und zwei Gläser aus der Küche mitgebracht.

Durstig trank Virginia ihr Glas leer, und ihre Schwester füllte es zum zweitenmal. Dann fragte sie: »Nun, Virgie? Was hast du vor?«

Virginia berichtete von ihrem Plan, die ehemaligen Sklaven durch ein verlockendes Warenangebot im alten Hospital in Versuchung zu führen, damit sie sich in Schulden stürzten und ihr die Felder abtreten mußten.

»Das wird den Leuten in der Freigelassenenbehörde nicht gefallen«, warnte Nanine.

»Wenn wir unser Land auf legale Weise zurückgewinnen, kann uns niemand etwas anhaben.«

»Dein Vorhaben ist ziemlich heimtückisch, und ich kann mir nicht vorstellen, daß Elias damit einverstanden ist.«

»Zuerst war er dagegen«, gestand Virginia, »aber dann konnte ich ihn überzeugen. Und selbst wenn es ein Betrug wäre – Willowbrook soll wieder in seinem alten Glanz erstrahlen, und um dieses Ziel zu erreichen, ist mir jedes Mittel recht.«

Nanine schaute ihre Schwester erschrocken an. »Wenn man dich so reden hört, kriegt man's direkt mit der Angst zu tun. Ich glaube, du würdest nicht einmal vor einem Mord zurückschrecken.«

»Hoffentlich werde ich nie gezwungen, zu solchen Maßnahmen zu greifen«, entgegnete Virginia mit ruhiger Stimme.

»Was willst du damit sagen?« flüsterte Nanine bestürzt.

Ihre Schwester zuckte mit den Schultern. »Das kannst du so auslegen, wie du willst. Mach dir keine Sorgen und vertraue mir.«

»Ich wünschte, Phoebe wäre hier. Sie ist so stark und tüchtig wie du, aber auf andere Weise.«

»Mir wäre es auch lieber, wenn sie zurückkäme. Valcour bedeutet ihr ebensoviel wie uns. Und sie gehört zur Familie. Es ist so wichtig, daß wir alle zusammenhalten. Nur so können wir die Insel retten.«

Eine Zeitlang blickte Virginia nachdenklich vor sich hin, dann fuhr sie fort: »Ich erinnere mich noch gut an den Tag, an dem ich erfuhr, daß Phoebe unsere Halbschwester ist. Sie führte mir eines meiner Ballkleider vor, weil ich mich nicht entscheiden konnte, was ich anziehen sollte. Davor hatte sie sich genauso frisiert wie ich, und als sie das Kleid anhatte, sah sie plötzlich aus wie meine Zwillingsschwester. Die Ähnlichkeit war so unheimlich, daß ich sofort merkte, was sie schon die ganze Zeit geahnt hatte. Ich schrie sie wütend an, dann rannte ich hier in dieses Zimmer zu Papa und beschimpfte ihn. Aber er grinste nur belustigt und erklärte, Phoebes Mutter wäre beinahe eine Weiße. Er hätte sie freigelassen und ihr ein Hurenhaus in New Orleans gekauft. Genau dieses Wort hat er benutzt, Nanine. Und er gab auch zu, daß er sie immer noch besuchte. Ich haßte ihn – und Phoebe haßte ich noch mehr.«

»Es ist verständlich, daß du erregt warst. Aber du hattest kein Recht, deinen Zorn an Phoebe auszulassen.«

»Ich war jung und dumm, und ich mußte erst den Krieg miterleben, um zu erkennen, daß Phoebe in mancher Hinsicht besser ist als ich.«

»Der Krieg hat eine erwachsene Frau aus dir gemacht – eine starke Frau«, meinte Nanine.

Virginia lächelte wehmütig. »So ungern ich das auch eingestehe – dabei hat mir Phoebe geholfen. Es war ihre Idee, auf die Insel zurückzukehren und das Silber zu holen.«

»Und dabei habt ihr Elias und Tom kennengelernt. Ich habe eure Ehen immer wie Symbole für die Versöhnung zwischen der Union und den Südstaaten betrachtet. Glaubst du, daß es jemals zu einer echten Versöhnung kommen wird?«

»O ja, wenn wir unsere Niederlage akzeptieren – falls wir das jemals schaffen. Der Süden muß sich der Union wieder anschließen, aus der er niemals hätte austreten dürfen. Es gibt keinen anderen Weg, und es wäre das Beste für uns alle, für den Süden ebenso wie für den Norden. Hast du in der letzten Zeit irgendwas in der Zeitung gelesen, das uns Hoffnung machen könnte?«

»Nicht viel«, antwortete Nanine seufzend. »Präsident Johnson möchte alle Südstaaten wieder in der Union aufnehmen, wenn zehn Prozent beschwören, daß sie die Verfassung unterstützen werden.«

»Das klingt fair.«

»Das ist es auch. Aber im Kongreß wird heftig gegen diesen

Vorschlag opponiert. Ach, ich weiß nicht, was geschehen wird. Aber was immer es auch ist – es wird noch lange nicht passieren.«

Virginia stand auf. »Ich gehe jetzt in mein Zimmer, um mich für Elias schön zu machen.«

Nanine erhob sich ebenfalls und begleitete ihre Schwester zur Treppe. »Leg dich vorher noch ein wenig hin. Das hast du dir heute wirklich verdient.«

Im Schlafzimmer schlüpfte Virginia aus ihrem Kleid und bürstete ihr schimmerndes Haar. Da sie Naturlocken hatte, fiel das Ergebnis zu ihrer Zufriedenheit aus. Sie trat vor den Spiegel und drapierte die weichen goldblonden Wellen um ihre Schultern, dann nahm sie ihr violettes Kleid aus dem Schrank. Bevor sie es über den Kopf streifte, legte sie saubere Kleider für Elias bereit. Wenn er von den Feldern nach Hause kam, nahm er immer ein Bad und zog frische Sachen an.

Das violette Kleid betonte ihre Augen, die fast die gleiche Farbe hatten. Sie wollte möglichst hübsch für Elias aussehen, vor allem heute, wo er ihr Vorhaben gebilligt hatte, wenn auch nur mit sichtlichem Widerwillen. Sie wußte, daß ihr Plan gewagt war – vielleicht sogar ehrlos. Trotzdem kannte sie keine Skrupel, denn die Yankees waren mindestens ebenso niederträchtig gewesen, als sie die Plantagenbesitzer um ihr Hab und Gut gebracht hatten.

Ihre Gedanken kehrten zu Elias zurück, und sie sagte sich wieder einmal, wie glücklich sie sein mußte, weil sie einen solchen Mann gefunden hatte. Er war ebenso stark und zäh wie sie. Wade LeGarue, ihr erster Gatte, war ein Wüstling und ein Dieb gewesen. Wie gut, daß er damals nur einen Teil des Familiensilbers aufgestöbert hatte ... Der Rest war im Zimmer ihrer Mutter verwahrt worden.

Hastig verdrängte sie diese unangenehmen Erinnerungen und stieg die Treppe hinab. Der Tisch war bereits gedeckt, aber die anderen hatten sich noch nicht eingefunden. Virginia ging wieder ins Arbeitszimmer und legte sich auf das Sofa, um noch ein wenig zu ruhen. Von Müdigkeit überwältigt, schloß sie die Augen und war schon nach wenigen Minuten eingeschlafen. Eine halbe Stunde später wurde sie von Stimmen geweckt.

»Da bist du ja!« rief Elias, als sie in die Halle trat. Sein frischgewaschenes Haar war noch feucht, seine braunen Hosen saßen wie angegossen, und das makellos weiße Hemd betonte seine gebräunte Haut. »Deine Mutter und Nanine sitzen schon am Tisch.«

Virginia gab ihm einen Kuß. »Du siehst großartig aus.«

»Und du bist so schön wie immer.« Er nahm ihren Arm, und während er sie ins Speisezimmer führte, überlegte sie, daß Elias im Grunde kein hübscher Mann war. Aber er wirkte anziehend, weil er soviel Selbstbewußtsein und Stolz ausstrahlte. Obwohl er ein wenig hinkte, hatte er einen sicheren, energischen Gang. Wie sehr ich ihn liebe, sagte sich Virginia träumerisch. Ich will ihn nie verlieren...

Lenores ärgerliche Stimme unterbrach ihre Gedanken. »Wir sind schon halb verhungert. Wo warst du denn so lange?«

»Ich bin eingeschlafen. Tut mir leid.«

»Du brauchst dich nicht zu entschuldigen«, meinte Elias. »Kein Wunder, daß du müde warst.«

»Ich wollte Nanine gerade fragen, ob Belle einen Kuchen gebacken hat«, sagte Lenore.

Ihre ältere Tochter nickte. »Das hat sie getan, Mama.«

Lenore lächelte strahlend. »Wie schön!«

Elias schnitt das Steak, das nicht besonders groß geraten war, in dünne Scheiben. »Für Nanine würde Belle sogar einen Kopfstand machen.«

»Das wäre ein umwerfender Anblick!« rief Virginia lachend. »Wenn ich mir unsere dicke Belle bei einer solchen Leibesübung vorstelle...«

Ihr Mann und Nanine stimmten in ihr Gelächter ein, nur Lenore verzog keine Miene und bemerkte: »Wir sollten diese impertinente Person endlich hinauswerfen.«

»Das ist unmöglich, Mutter Hammond«, erwiderte Elias, während er die Fleischportionen verteilte. »Wir brauchen Moses.«

»Ja – vermutlich. Aber sie könnte doch auf den Feldern arbeiten.«

»Nein, Mama«, widersprach Virginia energisch. »Sie ist eine ausgezeichnete Köchin – wenn sie will. Und sobald sich die Dinge auf Willowbrook geändert haben, wird sie sich wieder so benehmen müssen wie früher.«

»Sie war schon immer frech, und es ist mir ein Rätsel, warum James sie nicht verkauft hat.«

»Weil Papa genau wußte, was er an ihr hatte. Und jetzt hör

zu nörgeln auf, Mama. Ich habe wirklich wichtigere Probleme.«

Lenore runzelte die Stirn. »So? Ich wüßte nicht, was wichtiger sein könnte als die Tatsache, daß eine Tonne Mehl tausend Dollar kostet. Und ein Pfund Kaffee vierzig.«

Nanine legte beruhigend eine Hand auf ihren Arm. »Immerhin können wir heute nach dem Dinner endlich wieder Kaffee trinken.«

»Ah, da kommt das Dessert!« verkündete Virginia. »Deine Lieblingsspeise, Mama.«

Belle stellte eine Platte mit einem dick glasierten Kuchen vor Nanine auf den Tisch. »Sie können ihn aufschneiden und verteilen, Schätzchen«, sagte sie mit einem Lächeln, das ausschließlich für die ältere der beiden Hammond-Schwestern bestimmt war.

»Oh, dieser Kuchen sieht ja köstlich aus!« rief Lenore entzückt und vergaß vorübergehend ihre Abneigung gegen die Negerin.

»So schmeckt er auch, Mistreß.« Erfreut über das Kompliment, beschloß Belle, Lenore ebenfalls mit einem Lächeln zu bedenken. »Ich habe Kaffee dazu gekocht.« Sie verließ das Zimmer und kehrte mit einem Tablett zurück, auf dem eine kostbare Kanne aus Sterlingsilber und passende Tassen standen.

Alle dankten ihr, außer Virginia, die sich nicht von der dicken Köchin übertölpeln ließ. Sie wußte nur zu gut, daß Belle und Moses in der Küche einen zweiten Kuchen verspeisen und sich auch eine Kanne Kaffee gönnen würden.

Nachdem die Negerin wieder hinausgegangen war, wartete Virginia, bis alle ihr Dessert gegessen hatten. Dann gab sie ihre große Überraschung bekannt. »Ich werde einen Ball veranstalten.«

Elias grinste belustigt, und die beiden Frauen starrten sie an, als hätte sie den Verstand verloren.

»Meinst du das ernst?« fragte Nanine.

»O ja«, bestätigte Virginia.

Lenore hatte ihre Fassung wiedergefunden und brachte ein Lächeln zustande. »Wen willst du einladen?«

»Überlaß das nur mir.«

»Darf ich wenigstens die Einladungen schreiben?« rief Lenore in anklagendem Ton.

»Ja, Mama.«

»Wir haben viel zuwenig Mehl und Zucker«, wandte Nanine ein, »kaum Kaffee und keinen Wein. Und es wird uns kaum gelingen, ein paar Flaschen Bourbon aufzutreiben. Was willst du den Gästen anbieten?«

»Das wird sich finden.«

»Und welchen Zaubertrick möchtest du anwenden?« erkundigte sich Elias, immer noch belustigt.

»Gar keinen«, entgegnete Virginia gelassen. »Ich habe gehört, daß die Yankee-Siedler nächsten Samstag ein Picknick organisieren wollen. Und wir werden am selben Abend unseren Ball geben.«

»Ein Picknick!« stieß Lenore indigniert hervor.

»Wer hat dir das erzählt, Virgie?« wollte Elias wissen.

»Einer von unseren alten Sklaven, der jetzt für die Yankees arbeitet. Er meinte, man würde uns einladen.«

»Wie können sie es wagen!« jammerte Lenore. »Das ist eine Beleidigung!«

»Da bin ich anderer Meinung«, entgegnete Elias nachdenklich.

»Warum?« fragte Virginia erstaunt.

»Die Leute wollen in guter Nachbarschaft mit uns leben. Warum sollten sie uns sonst einladen?«

»So denke ich auch«, pflichtete Nanine ihm bei. »Wir sollten unsere alten Vorurteile vergessen und mit unseren ehemaligen Feinden Freundschaft schließen.«

Elias nickte. »Genau. Und wenn du die Pläne, die du mir heute unterbreitet hast, wirklich durchführen willst, solltest du versuchen, Freunde zu gewinnen, Virginia – und dich nicht noch mehr mit den Leuten verfeinden.«

»Ich werde meinen Willen so oder so durchsetzen«, behauptete sie. »Niemand kann mich aufhalten. Und was das Picknick betrifft – da gehen wir nicht hin.«

Die Augen ihres Mannes verengten sich. »Ich bin Amerikaner. Und du müßtest endlich Amerikanerin werden.«

»Ja – nachdem ich die verdammten Yankees von dieser Insel verjagt habe. Sie sind nur hier, weil die rechtmäßigen Eigentümer gezwungen wurden, ihren Grund und Boden zu verlassen – und weil man ihnen erklärte, die Plantagen müßten verkauft werden, um Steuerrückstände zu decken. Ich werde nie vergessen, daß Ben Bowman ein paar hundert Dollar für Willowbrook zahlen wollte.«

»Wie lange willst du deine Zeit noch mit diesem unvernünftigen Haß verschwenden?« fragte Elias kühl.

»Du irrst dich. Ich nutze meine Zeit, so gut ich kann, und mit einem einzigen Ziel – die Yankees hereinzulegen. Glaub mir, Elias, ich möchte nicht mit dir streiten. Du solltest zumindest versuchen, meinen Standpunkt zu verstehen.«

»Das kann ich nicht. Du willst wieder so leben wie früher, und das ist unmöglich.«

»Elias hat recht, Virgie«, mischte sich Nanine ein.

»Das lasse ich mir nicht einreden«, erwiderte Virginia erbost.

»Ach, ich weiß nicht mehr, was ich denken soll«, klagte Lenore. »Ich wünschte nur, es würde Virgie gelingen, die Situation zu ändern, damit wir wenigstens ein halbwegs menschenwürdiges Leben führen können. Aber ich bezweifle, daß sie es schaffen wird.«

Virginia lächelte ihr zu. »Ich werde es schaffen, Mama. Hab Vertrauen zu mir.«

»Du hast gesagt, dein Mann würde dir helfen.« Lenore wandte sich zu ihrem Schwiegersohn. »Bist du dazu bereit, Elias?«

»Ja – obwohl ich nicht so felsenfest an ihren Erfolg glaube wie sie selbst.«

Lenore atmete auf. »Wenn du ihr nur helfen willst... Mit diesem Wissen werde ich ruhiger schlafen können. Wenn ihr mich jetzt entschuldigen würdet – ich möchte nach oben gehen.« Sie warf einen sehnsüchtigen Blick auf den restlichen Kuchen, widerstand aber der Versuchung. »Nun werden wir eine ganze Weile ohne Dessert auskommen müssen, nachdem wir soviel Zucker verbraucht haben.«

»Und ohne Kaffee«, ergänzte Nanine lächelnd. »Aber ich finde, unsere Verschwendungssucht hat sich gelohnt. Komm, Mama, ich werde dich hinaufbegleiten. Ich bin auch müde. Gute Nacht, Virgie und Elias, schlaft gut.«

Elias hatte sich bereits erhoben und beobachtete seine Frau, die gedankenverloren vor sich hin starrte. Anscheinend hatte sie gar nicht gemerkt, daß ihre Mutter und Nanine hinausgegangen waren. »Du bist sicher todmüde nach diesem anstrengenden Tag«, meinte er mit sanfter Stimme.

»So schlimm war es gar nicht. Wollen wir uns noch ein wenig auf die Terrasse setzen? Dann könntest du rauchen.«

»Eine gute Idee.«

Er legte einen Arm um ihre Taille, als sie das Haus verließen. Sie setzten sich auf die Veranda, die zum Meer hinausging. Der Vollmond beleuchtete das Land fast taghell, und die milde Luft duftete nach Geißblatt. Elias zündete seine Zigarre an und lehnte sich in seinem bequemen Korbstuhl zurück. Virginia seufzte zufrieden. »Wie schön es hier ist! Wundert es dich, daß ich die glücklicheren Zeiten von Valcour wieder zum Leben erwecken will?«

»Nein.« Er sog an seiner Zigarre und blies eine Rauchwolke vor sich hin. »Aber es mißfällt mir, wie besessen du von diesem Gedanken bist. Manchmal glaube ich, du liebst die Insel mehr als mich.«

»Meinst du das ernst?«

»O ja.«

»Ich dachte, es wäre auch dein Wunsch, Valcour so zu gestalten, wie es früher war.«

»Ich wünsche mir alles, was dich glücklich macht, Virgie. Aber ich will nicht, daß du andere Leute unglücklich machst – nur um dir deine Träume zu erfüllen.«

»Das habe ich nicht vor, Elias. Glaub mir. Und du wirst immer an erster Stelle in meinem Leben stehen. Auch das mußt du mir glauben.«

»Das würde ich nur zu gern ... Du weißt, wie sehr ich dich liebe.«

Virgie griff zärtlich nach seiner Hand. »Das kann ich gar nicht oft genug hören. Und wenn du deine Zigarre zu Ende geraucht hast, mußt du es mir beweisen.«

»Bist du nicht zu müde?«

»Ich bin nie zu müde, um in deinen Armen zu liegen.« Ihre Stimme war atemlos und leise, fast ungeduldig.

»Dann wollen wir keine Zeit mehr verschwenden.« Er drückte seine Zigarre in dem Aschenbecher aus, der auf dem Terrassentisch stand. Hand in Hand gingen sie ins Haus.

In der Halle ließ er Virginias Hand los und klopfte auf ihr Hinterteil. »Ich sperre die Tür zu. Geh inzwischen schon nach oben. Ich kann es kaum erwarten.«

Lachend lief sie zur Treppe. Sie war schon ein paar Stufen hinaufgestiegen, als sie ihn murmeln hörte: »Verdammt!«

»Was ist denn los?«

»Du hast vergessen, den Waffenschrank abzuschließen.«

»Tut mir leid. Aber wegen einer solchen Kleinigkeit solltest du mir nicht böse sein.«

»Ich lasse mich nur ungern an die Tatsache erinnern, daß ich Tobal nicht gewachsen war und von einer Frau gerettet werden mußte – noch dazu von meiner eigenen Frau.« Seine kalten Worte verrieten nur zu deutlich, daß seine zärtliche Stimmung verflogen war.

»Du warst erschöpft von deinem Kampf mit Tobal. Ich hatte nur einen einzigen Gedanken – dein Leben ... Und jetzt will ich nichts mehr davon hören.«

Bevor Elias antworten konnte, rannte sie die Treppe hinauf und verlangsamte ihre Schritte erst, als sie ihr Zimmer erreicht hatte. Kraftlos warf sie sich auf das Bett und schluchzte, teils wegen ihres Streites mit Elias, teils vor Erschöpfung. Wie er bereits festgestellt hatte – es war ein anstrengender Tag gewesen.

Sie hörte nicht, wie die Tür geöffnet und geschlossen wurde, und als Elias zerknirscht ihren Namen rief, ignorierte sie ihn. Er griff nach ihren Oberarmen, sie versuchte sich vergeblich loszureißen, und er drehte sie mit sanfter Gewalt auf den Rücken. Behutsam wischte er ihr mit seinem Taschentuch die Tränen von den Wangen und bedeckte ihr Gesicht mit Küssen. »Verzeih mir, Virgie. Ich liebe dich, und ich würde alles für dich tun. Was bin ich doch für ein undankbarer Bastard ...«

Da mußte sie lachen. »Vergiß nicht, daß ich dich auch liebe – ganz wahnsinnig.«

»Das glaube ich dir nur, wenn du es mir beweist.« Lächelnd begann er ihr Kleid aufzuknöpfen.

»Laß mich das machen! Du brauchst ja eine halbe Ewigkeit dazu.«

Er zog sich ebenso schnell aus wie Virginia, und sie liebten sich voller Leidenschaft. Später hielten sie sich in den Armen, und Virginia bat leise: »Laß uns nie wieder streiten – nicht über Tobal, nicht über Valcour, über gar nichts.«

»Ich schwöre es.« Seine Hände wanderten zärtlich über ihre Hüften, er preßte sie an sich und spürte, wie ein neues Verlangen in ihm erwachte. Ihre Lippen suchten die seinen. Voller Hingabe erwiderte sie seine Küsse, und ihre Körper bewegten sich in sanftem und dann immer schnellerem Rhythmus, bis ihre Gefühle den Höhepunkt erreichten, bis sie sich mit einem Aufschrei aneinanderklammerten.

Danach schmiegte sich Virginia zufrieden an ihren Mann. Er streichelte ihr Haar, flüsterte Zärtlichkeiten in ihr Ohr, schwor ihr seine ewige Liebe. »Jetzt weiß ich, daß ich dir helfen muß, die alte Ordnung von Valcour wiederherzustellen. Ich habe nur nach einem Grund gesucht, der wichtiger ist als ich oder du.«

Langsam glitten ihre Lippen über seine Brust. »Und was ist das für ein Grund?«

»Ja. Wir müssen unseren Kindern ein Erbe hinterlassen, auf das sie stolz sein können.«

Im ersten Augenblick war sie zu verwirrt, um zu antworten. Dann richtete sie sich auf und starrte ihn ungläubig an. »Kinder? Das meinst du doch nicht ernst.«

»Natürlich meine ich es ernst. Wofür willst du kämpfen? Warum willst du die Yankees von der Insel vertreiben und die Hammond-Felder zurückgewinnen, wenn nicht für deine Erben?«

»Mein lieber Elias, so sehr ich mir Kinder wünsche – vorerst habe ich keine Zeit, um eine Familie zu gründen. Im Augenblick muß ich mich auf Valcour konzentrieren. Nichts ist wichtiger als Valcour.«

»Nichts und niemand!« stieß er hervor.

»O Gott, Elias, fang nicht schon wieder an!« flehte sie. »Du weißt doch, daß du mir wichtiger bist als Valcour.«

»Das ist es ja – ich weiß es eben nicht«, entgegnete er bitter.

»Bist du eifersüchtig auf eine Insel?«

»Wahrscheinlich werde ich dieses gottverdammte Stück Land eines Tages hassen und mir wünschen, ich hätte seinen Namen nie gehört.«

»Elias, ich wünsche mir Kinder von dir – aber jetzt noch nicht.«

»Glaubst du vielleicht, du kannst warten, bis du vierzig bist? Schau dir doch Nanine an! Sie wird niemals heiraten und ist schon jetzt eine alte Jungfer.«

»Du bist sehr unfreundlich«, beklagte sie sich gekränkt.

»Tut mir leid«, erwiderte er zerknirscht. »Ich mag Nanine sehr gern, und ich hätte das nicht sagen dürfen. Aber du weißt doch selber, daß sie niemals heiraten wird. Dein Bruder Martin ist nur mehr ein trauriges Zerrbild seiner früheren Persönlichkeit. Und Phoebe ...« Elias verstummte abrupt.

»Was ist mit Phoebe?«

»Tom hat mir erklärt, er würde nicht zögern, eine Familie zu gründen. Aus irgendeinem Grund bezweifle ich das.«

»Ich auch, obwohl Phoebe ihr Kind lieben würde, unabhängig von seiner Hautfarbe.«

»Toms Eltern sind so verdammt konservativ. Wenn Phoebe ein farbiges Kind auf die Welt bringen würde, wären sie todunglücklich, und das weiß Tom. Was immer er auch geschworen hat – und er war rettungslos verliebt, als er das alles behauptete –, es würde ihn vernichten.«

»Auch wenn das Kind schwarz wäre – er müßte es als sein Fleisch und Blut anerkennen«, argumentierte Virginia.

»Darauf kommt es nicht an. Was ich dir klarzumachen versuche – falls wir beide keine Nachkommen haben –, für wen willst du Valcour retten. Vielleicht sind wir schon Großeltern, oder zumindest sollten wir das sein, wenn du die Insel zurückerobert hast, falls dir das jemals gelingt.«

Virginia setzte sich empört auf. »Warum glaubst du nicht an mich? Ich will und ich werde mein Ziel erreichen. Und ich möchte erst dann Kinder bekommen, wenn ich den Zeitpunkt für richtig halte. Sollte dir das nicht passen, mußt du dich in einem anderen Schlafzimmer einquartieren.«

»Geh doch zum Teufel!« Elias drehte sich auf die andere Seite und rückte von ihr ab, so daß er ihren Körper nicht mehr berührte.

Sie sank auf ihr Kissen zurück und kniff die Augen zusammen, um ihre Tränen zurückzuhalten.

Am nächsten Morgen saß sie allein am Frühstückstisch, als Elias herunterkam. »Du bist zeitig aufgestanden«, bemerkte er.

»Ich habe nicht gut geschlafen. Du weißt sicher, warum.«

»Verzeih mir, Virgie. Ich wollte dich nicht kränken. Und ich bin wie du der Meinung, daß die frühere Ordnung von Valcour wiederhergestellt werden müßte – egal, mit welchen Mitteln, und um jeden Preis.«

Lächelnd strich sie über seine Hand. »Ich habe mir so sehnlich gewünscht, daß du das sagen würdest. Mir tut es auch leid ... Vielleicht können wir jetzt über alles reden, ohne uns anzuschreien.«

Er beugte sich herab und küßte sie. »Ich glaube, wenn wir uns so leidenschaftlich wie in der letzten Nacht lieben, uns streiten und am nächsten Tag wieder versöhnen können, müssen wir uns wirklich lieben. Und jetzt erzähl mir bloß nicht, unsere Liebe wäre unwichtiger als Valcour!«

»Setz dich, Liebling. Belle backt gerade Pfannkuchen.«

»Im Ernst? Wie hast du sie denn dazu gebracht?«

»Ich drohte ihr, ich würde sie auspeitschen lassen, wenn sie sich weigert.«

Lachend zog er einen Stuhl unter dem Tisch hervor und nahm Platz. »Darauf wußte sie sicher einiges zu sagen.«

»O ja. Sie schlug mir vor, ihren Hintern zu küssen. Das ist eine ihrer bevorzugten Redewendungen.«

Elias grinste immer noch, als Belle eine Platte mit Pfannkuchen hereinbrachte.

»Hoffentlich schmecken sie«, bemerkte Virginia.

»Wenn Sie nicht mit mir zufrieden sind, kochen Sie doch selber, Missy«, erwiderte die Negerin.

Die knusprigen, mit Sirup bestrichenen Pfannkuchen waren köstlich, und Virginia geizte nicht mit ihrem Lob. Belle strahlte über das ganze Gesicht.

»Eines Tages werde ich Belle dorthin treten, wo ich sie küssen soll«, murmelte Virginia.

»Wovon reden Sie?« fragte die Köchin mißtrauisch.

Virginia ignorierte sie und fuhr fort, zu Elias gewandt: »Moses hin, Moses her, irgendwann werde ich es tun.«

»Sie redet nur Unsinn, Belle«, beteuerte Elias. »Achten Sie nicht drauf.«

»Ja, das ist wohl am besten«, stimmte die Negerin zu und entfernte sich mit hoch erhobenem Kopf.

Elias strich sich noch etwas Sirup auf seine Pfannkuchen. »Ich glaube, allmählich kehren die alten Zeiten nach Valcour zurück.«

Sie lachten schallend, und ihre gute Laune verdrängte den letzten Rest von Bitterkeit, den der Streit hinterlassen hatte.

3

Virginia und Nanine beschatteten ihre Augen mit den Händen, blinzelten ins helle Sonnenlicht und versuchten den Insassen des Bootes zu erkennen, das sich der Insel näherte.

»Hoffentlich ist es Marty«, sagte Nanine. »Es wäre so schön, wenn er wieder da wäre ...« Wenige Sekunden später seufzte sie enttäuscht auf. »Nein, es ist dieser gräßliche Mr. Bowman.«

Virginia runzelte die Stirn. »Ich fürchte, es wird Ärger geben. Wahrscheinlich hat sich Tobal beim Freigelassenenbüro beklagt, weil ich auf ihn geschossen habe, und jetzt will uns Bowman zur Rechenschaft ziehen. Bitte, Nan, lauf auf die Felder und hol Elias.«

Virginia ging zu der schmalen Landebrücke hinab, während ihre Schwester davoneilte, und als Bowman ihr das Tau seines Ruderboots zuwarf, machte sie es fest. Er stieg aus dem Boot und folgte ihr an Land, ein vierschrötiger, mißgelaunter Mann, der die Südstaaten mitsamt ihren Bewohnern haßte. »Sie sind verhaftet, Mrs. Birch«, eröffnete er das Gespräch.

Sie schaute ihn unschuldig an. »Ich? Wieso?«

»Niemand, nicht einmal eine Südstaatenlady wie Sie, darf ungestraft auf andere Leute schießen. Auch wenn's nur Nigger sind.«

»Ach, das meinen Sie!« Sie nickte, als würde sie sich jetzt erst erinnern, dann lächelte sie liebenswürdig. »Danke, daß Sie mich Südstaatenlady genannt haben, Mr. Bowman.«

Kampfeslustig starrte er auf sie herab. »Für mich sind Sie eine Rebellin, die zuviel Unsinn redet und mich betrogen hat. Ich werde Sie vor Gericht bringen. Und der Nigger ist bereit, gegen Sie auszusagen.«

»Sprechen Sie von Tobal?«

»Das wissen Sie doch.«

»Nun, ich hoffe, Tobal wird die Wahrheit sagen, wenn er vor Gericht steht.« Sie sah Elias die Böschung herablaufen, gefolgt von Nanine, die nicht mit ihm Schritt halten konnte.

Bowman hatte ihn ebenfalls entdeckt und schnaufte verächtlich. »Bilden Sie sich bloß nicht ein, Ihr Mann könnte Ihnen helfen. Auch wenn er mal ein Unionsmajor war – seit er Sie geheiratet hat, ist er ein Rebell, und als solchen wird man ihn behandeln.«

»Mr. Bowman behauptet, du wärst ein Rebell«, erklärte Virginia, als Elias keuchend vor ihr stehenblieb. »Deshalb wirst du nicht verhindern können, daß er mich aufs Festland mitnimmt und vor Gericht stellt – weil ich auf Tobal geschossen habe.«

Elias wandte sich an Bowman. »Wer hat die Verhandlung angeordnet?«

»Captain Delaney.«

»Sie können doch bestimmt einen Haftbefehl vorweisen.«

»Der Captain hat nur gesagt, ich soll Ihre Frau nach Charleston bringen.«

»Versuchen Sie doch, sie anzurühren! Wenn Sie das wagen, schlage ich Ihren gottverdammten Schädel zu Brei.«

»Moment mal!« erwiderte Bowman unbehaglich. »Ich will nicht mit Ihnen streiten. Aber Ihre Frau kann nicht einfach rumlaufen und auf Leute schießen. Sie sollte lieber freiwillig mit mir kommen, sonst schickt der Captain ein paar Soldaten nach Valcour.«

»Nehmen Sie doch mich mit«, schlug Elias vor.

»Nein«, widersprach seine Frau. »Wir bleiben beide hier.«

»Sie kommen sich wohl schrecklich überlegen vor, was?« stieß Bowman hervor. »Eine stolze Südstaatenfamilie, die glaubt, die ganze Welt würde sich um sie drehen. Aber Sie haben gar keinen Grund, stolz zu sein – schon gar nicht, seit Ihr Bruder im Gefängnis sitzt!«

Bevor Elias antworten konnte, sagte Virginia hastig: »In diesem Fall komme ich mit Ihnen.«

Sie wollte auf den Landesteg laufen, aber Elias hielt sie am Arm fest. »Wenn meine Frau nach Charleston fährt, dann mit mir. Verschwinden Sie jetzt, Bowman! Noch ein Wort, und ich prügle Sie windelweich!« Nach einem letzten angewiderten Blick auf den unwillkommenen Besucher zog er Virginia den Hang hinauf.

Bowman bezweifelte nicht, daß Elias seine Drohung ernst meinte. Mit einem unterdrückten Fluch band er sein Boot los, stieg hinein und ruderte davon.

»Ich ziehe mich nur rasch um, bevor wir losfahren«, sagte Virginia, während sie mit ihrem Mann zum Haus eilte.

»Du bleibst hier.«

»Aber Elias!« rief sie flehend. »Marty sitzt im Gefängnis!«

Nanine hatte auf der Veranda gewartet und die letzten Worte gehört. Nun lief sie erschrocken die Stufen herab. »O Gott! Und ich dachte schon, alles wäre in Ordnung, als ich Mr. Bowman wegrudern sah . . .«

»Gar nichts ist in Ordnung«, erwiderte Elias. »Bowman wollte Virgie verhaften, weil sie auf Tobal geschossen hat. Damit hatte ich gerechnet. Aber ich werde das alles in Charleston klären und Marty aus dem Gefängnis holen. Zufällig kenne ich den Kommandanten der Kaserne. Überlaß alles mir, Virgie, auch wenn es dir schwerfällt. Ich will die Sache auf meine Weise regeln, nicht auf deine.«

Virginia lächelte ihn unsicher an. »Natürlich, Elias.«

Nanine sah ihren Schwager besorgt an. »Was glaubst du, warum Marty festgenommen wurde?«

»Wahrscheinlich war er betrunken und hat eine Keilerei angefangen. Was immer er auch angestellt hat, ich werde ihn rausholen. Regt euch nicht auf. Wenn ich mich umgezogen habe, werde ich sofort zum Festland rudern.«

Sie gingen ins Haus, und während Elias nach oben rannte, setzten sich die beiden Frauen in die Halle. Nanine holte tief Atem. »Ich sehe dir an, daß du wütend bist, weil Elias die Angelegenheit in die Hand genommen hat, Virgie. Aber es wäre klüger, ihn gewähren zu lassen, wenigstens in diesem Fall. Immerhin kennt er diesen Kommandanten, und wir kennen niemanden.«

»Das stimmt«, gab Virginia widerstrebend zu. »Trotzdem mißfällt es mir, daß er sich über meinen Willen hinwegsetzt – einfach so. Ich war noch nie eine schüchterne, unbedarfte Frau, die keine eigenen Entscheidungen treffen kann. Das muß er endlich begreifen.«

»Darüber könnt ihr euch später unterhalten. Jetzt solltest du ihm viel Erfolg wünschen, ihn liebevoll umarmen und ihn wissen lassen, daß du volles Vertrauen zu seinen Fähigkeiten hast. Jeder Mann braucht eine gewisse Selbstbestätigung – noch dazu, wenn er mit drei Frauen unter einem Dach lebt.«

Virginia begleitete Elias zur Landebrücke und befolgte den Rat ihrer Schwester. »Paß gut auf dich auf, Elias, und vergiß nicht, daß ich dich liebe.«

»Danke, mein Schatz.« Nach einem kurzen, aber leidenschaftlichen Kuß kletterte er ins Boot und griff nach den Rudern.

Lächelnd winkte sie ihm nach, während der Kahn aufs Meer hinausglitt, dann kehrte sie ins Haus zurück.

In der Halle begegnete sie Nanine, die ihr noch einmal ins Gewissen redete. »Bitte, sei vorsichtig, Virgie! Es wird noch ein schlechtes Ende nehmen, wenn du andauernd versuchst, deinen Mann zu unterjochen.«

»Das tue ich nicht!« protestierte Virginia.

»Doch, das tust du. Und du darfst eins nicht vergessen – er ist nur dir zuliebe im Süden geblieben.«

»Wenn wir am Ziel unserer Wünsche sind, wird er froh sein, daß er nicht in den Norden zurückgekehrt ist.«

»Diese Erkenntnis wird ihn sicher nicht auf Valcour festhalten, wenn du ihm ständig deinen Willen aufzwingen willst. Und da wäre noch etwas. Vielleicht dürfte ich es nicht erwähnen, aber da du meine Schwester bist, möchte ich offen zu dir sein. Letzte Nacht konnte ich nicht schlafen und ging nach unten, um mir ein Buch zu holen. Als ich an eurer Tür vorbeikam, hörte ich laute Stimmen.«

Virginia zuckte mit den Schultern. »Wir haben besprochen, ob wir eine Familie gründen sollen.«

»Was für eine großartige Idee«, meinte Nanine, »wenn auch nicht besonders originell... In der Rolle eines Familienoberhauptes wird sich Elias sicher gefallen. Das könnte ihm neuen Auftrieb geben.«

»O Nanine!« rief Virginia ungeduldig. »Was für einen Unsinn du redest! Wie kann ich ein Kind großziehen, während ich um Valcour kämpfe? Das würde mich nur behindern.«

»Hast du ihm das gesagt?«

»Natürlich. Wenn ich eine Familie habe, möchte ich ihr meine volle Aufmerksamkeit widmen. Wie könnte ich das, wenn ich diese Yankee-Schufte von der Insel scheuchen muß? Für ein Kind ist kein Platz in unserem Leben, bevor ich nicht Valcour zurückgewonnen habe.«

»Du bist genauso willensstark wie Papa, und dafür bewundere ich dich. Aber ich fürchte, du wirst Elias' Geduld auf eine harte Probe stellen.«

Lächelnd erinnerte sich Virginia an das leidenschaftliche Liebesspiel, das sie in der vergangenen Nacht mit ihrem Mann geteilt hatte. »Ich werde schon mit ihm fertig.«

Auf dem Festland angekommen, ging Elias sofort zur Garnison der Unionstruppen, die Charleston besetzt hatten. Er wußte, daß sie die Einwohner mit milder Hand regierten, denn Washington hatte ihnen aufgetragen, sowenig Druck wie möglich auszuüben und die Bildung einer unionstreuen Stadtverwaltung zu fördern, die man einer aufgezwungenen Legislatur vorziehen würde.

Captain Delaney war nur ein paar Jahre älter als Elias, aber sein Haar hatte sich vorzeitig weiß gefärbt. Der hochgewachsene Mann bot einen imposanten Anblick in seiner Uniform.

Mit einem freundlichen Lächeln hieß er Elias in seinem Büro willkommen und bot ihm Platz an. Sie tauschten ein paar belanglose Höflichkeitsfloskeln aus, dann meinte der Captain, immer noch liebenswürdig: »Sie sehen großartig aus, Major. Anscheinend tut Ihnen die Ehe mit einer Rebellin gut.«

»Ich war nie zuvor glücklicher«, erwiderte Elias. »Und ich hatte nie zuvor so viele Probleme.«

»Was Ihre erste Feststellung betrifft – nachdem ich Ihre schöne Frau kennengelernt habe, weiß ich, was Sie meinen. Und die Probleme sind vermutlich entstanden, weil sie auf einen Nigger geschossen hat.«

»Nicht nur deshalb.« Elias erzählte, wie es zu den Schüssen gekommen war, und fügte hinzu: »Glauben Sie mir, Tobal hätte mich sonst umgebracht. Außerdem muß man meiner Frau zugute halten, daß sie ihn nicht getötet hat. Sie ist eine Scharfschützin und hätte ihn mühelos zwischen die Augen treffen können.«

»Vergessen Sie die Sache. Der Nigger ist ohnehin verschwunden. Was haben Sie sonst noch auf dem Herzen?«

»General Martin Hammond, mein Schwager. Er steht unter Arrest, und ich will ihn herausholen.«

»Das ist verständlich. Aber der General macht schon seit Wochen Ärger. Er trinkt zuviel und prügelt sich mit jedem, der auch nur ein gutes Haar an den Yankees läßt. Ich hege keine besonderen Sympathien für ihn, das will ich offen zugeben.«

Elias bot dem Captain eine Zigarre an, steckte sich selbst eine zwischen die Lippen, und nachdem sie die ersten Rauchwolken in die Luft geblasen hatten, erwiderte er: »Ich verstehe Ihren Standpunkt, aber versetzen Sie sich mal in seine Lage. Er war ein sehr stolzer Mann, ein typischer Rebell. In seiner Jugend führte er ein zügelloses Leben, doch das änderte sich schlagartig, sobald der Krieg begann. Er brachte es bis zum Brigadegeneral und war nahe daran, seinen zweiten Stern zu erringen, als der Krieg zu Ende ging. Seine Welt brach zusammen, alles, wofür er gekämpft hatte, war vernichtet, seine Familie litt bittere Not. Das konnte Marty nicht verkraften, und deshalb suchte er Zuflucht im Alkohol.«

»Ich gebe zu, daß man ihm einiges nachsehen muß. Aber

wenn ich ihn freilasse – können Sie mir garantieren, daß er uns keine Schwierigkeiten mehr machen wird?«

»Ich möchte ihn auf die Insel mitnehmen. Natürlich kann ich nicht beschwören, daß er mit mir kommen wird. Wir haben Pläne, die er noch nicht kennt. Wenn er davon erfährt, wird er sich vielleicht bereit erklären, uns zu unterstützen. Im Grunde ist er ein braver Mann. Er verdient eine Chance.«

»Gut, ich werde meine Leute beauftragen, General Hammond in Ihre Obhut zu geben. Wie stehen die Dinge auf der Insel?«

»Mittelmäßig, würde ich sagen. Die Unionsleute verstehen nichts von der Baumwollzucht und wissen nicht, wie man mit den Schwarzen umgeht. Außerdem bezweifle ich, daß sie das Klima vertragen. Die Exsklaven rackern sich erfolglos auf den Feldern ab, die ihnen übereignet wurden. Und wir machen auch keine Fortschritte, weil wir zu wenig Land haben. Kleine Plantagen sind einfach nicht konkurrenzfähig.«

»Da fällt mir ein – ich habe gute Neuigkeiten für Sie, Elias. Washington hat soeben die Order erteilt, alle konfiszierten Ländereien den früheren Eigentümern zurückzugeben, weil die Schwarzen unfähig sind, die Felder richtig zu bewirtschaften. Wir brauchen Baumwolle, und die ehemaligen Pflanzer sind die einzigen, die uns dazu verhelfen können. Also wird die Familie, in die Sie eingeheiratet haben, ihr Land zurückbekommen, allerdings unter der Bedingung, daß Sie so viele Exsklaven wie möglich als Pächter beschäftigen.«

Elias grinste erfreut. »Wie schön! Endlich kann ich gute Neuigkeiten nach Valcour mitnehmen! Meine Frau wird entzückt sein, und ich bin froh, daß Washington endlich aufgewacht ist. Unsere Situation erschien mir schon seit geraumer Zeit hoffnungslos.«

»Nun, das wird sich bestimmt bald ändern. Ich werde jetzt Ihren Schwager aus seiner Zelle holen lassen. Sie können draußen auf ihn warten. Bevor er gehen darf, will ich ihm noch eine Lektion erteilen. Die hat er nämlich nötig. Und ich habe mir schon immer einmal gewünscht, als Captain einem General die Leviten zu lesen. Alles Gute, Elias.«

Captain Delaney begleitete seinen Besucher zur Tür, wo sie sich mit einem festen Händedruck voneinander verabschiedeten. Elias sog genüßlich an seiner Zigarre, während er zum Kasernentor schlenderte. Er war so glücklich, daß er am liebsten einen Luftsprung gemacht hätte. Die Plantage gehörte wieder den Hammonds, und er konnte es kaum erwarten, Virginia die freudige Botschaft zu überbringen.

Er war sehr erleichtert, weil sie es jetzt nicht mehr nötig hatte, ein Warenhaus im alten Hospital zu eröffnen und ihre unlauteren Pläne zu verwirklichen. Er war damit einverstanden gewesen, obwohl es ihm in tiefster Seele widerstrebt hätte, die Neger um ihren rechtmäßigen Besitz zu betrügen. Doch er liebte seine Frau zu sehr, um ihr irgend etwas zu verweigern. Nun konnte er das alles vergessen.

In diesem Augenblick wäre er mit seinem Leben restlos zufrieden gewesen – wenn Virginia ihm nicht ständig das Gefühl gegeben hätte, er wäre ihr unterlegen. Das lag an ihrem verdammten Südstaatenstolz, an ihrem unversöhnlichen Haß gegen die Yankees, den sie ihn zwar niemals spüren ließ – aber er wußte trotzdem, was in ihr vorging.

Sie war eine kluge Frau, und sie war eine Hammond. Das würde sie immer bleiben. Er wünschte, er könnte sich vorstellen, daß Willowbrook zur Hälfte ihm gehörte. Aber er würde die Plantage immer nur als Eigentum der Hammonds betrachten. Manchmal kam er sich sogar wie ein Eindringling vor. Natürlich konnte er jederzeit in den Norden zurückkehren und seine Karriere als Techniker fortsetzen, die der Krieg unterbrochen hatte. Aber er brachte es nicht über sich, die Frau zu verlassen, die er liebte. War er vielleicht ein Schwächling?

Hastig verdrängte er diesen unangenehmen Gedanken, als er Marty auf das Tor zukommen sah, begleitet von einem Soldaten. Der Mann zog sich sofort zurück, nachdem er seinen Schützling dem Major überantwortet hatte.

Marty sah gut aus wie alle Hammonds, obwohl sein Gesicht jetzt von Ausschweifungen und übermäßigem Alkoholkonsum gezeichnet war. Mit seinen tiefliegenden dunkelbraunen, fast samtigen Augen glich er eher Nanine als Virginia. Nun waren diese Augen blutunterlaufen und voller Zorn. Das dunkle Haar hing ihm strähnig in die Stirn. »Was bist du denn?« fragte er mit einem bitteren Lächeln. »Virgies Laufbursche?«

»Laß das, Marty«, entgegnete Elias gutmütig. »Ich bin nicht mehr dein Feind, sondern dein Schwager.«

»Du bist ein gottverdammter Yankee«, behauptete Marty, aber seine Stimme klang etwas sanfter.

»Erlaubst du dem gottverdammten Yankee, dich auf einen Drink einzuladen?«

Da brachte Marty sogar ein Grinsen zustande. »Jetzt erweist du dich als wahrer Freund und Schwager. Kannst du mir einen Hunderter leihen? Seit dem Krieg ist der Fusel verflucht teuer geworden.«

»Ja, ich weiß nur zu gut, wie die Preise gestiegen sind.«

»Das ist eure Schuld. Ihr habt den Krieg gewonnen, und deshalb kostet der Whisky soviel.«

»Im Krieg wird alles teurer, und letzten Endes gewinnt niemand.«

Marty verdrehte die Augen. »Soeben hat mir der Captain eine Predigt gehalten. Ich will nicht noch eine hören.«

»Gehen wir irgendwohin, wo wir in Ruhe reden können.«

»Ich kenne eine gemütliche Kneipe.«

»Gut, führe mich hin.«

Die gemütliche Kneipe stellte sich als schäbiger, übelriechender Saloon heraus, aber sie fanden wenigstens einen Ecktisch, wo sie sich ungestört unterhalten konnten. Elias ging zur Bar, kaufte eine Flasche Whisky und trug sie zusammen mit zwei Gläsern zu seinem Tisch.

Marty goß sein Glas voll, leerte es in einem Zug und füllte es sofort wieder. Dann lehnte er sich zufrieden zurück. »Gibt es irgendwelche Neuigkeiten?«

Elias lächelte. »Ich habe eine Überraschung für dich. Wie ich soeben erfuhr, wird Washington den ehemaligen Plantagenbesitzern das konfiszierte Land zurückgeben.«

»Verdammt will ich sein. Ich hätte nie gedacht, daß die Leute in Washington so was Vernünftiges tun würden. Jetzt hasse ich sie ein bißchen weniger. Aber sie sind immer noch eine Bande von Bastarden – dich mit eingeschlossen.«

»Sei nicht so kindisch, Marty. Der Krieg ist vorbei. Die Union hat ein paar hunderttausend Männer verloren.«

»Glaubst du, wir nicht?«

»Natürlich – ihr auch. Es war ein schrecklicher, sinnloser Krieg. Auch wenn wir ihn nicht geführt hätten, wäre die Sklaverei letzten Endes abgeschafft worden, das weißt du.«

»Vielleicht«, gab Marty zu. »Aber zu unseren Bedingungen.«

»Wir haben euch nie als Verräter betrachtet, Marty. Jetzt, wo das alles überstanden ist, wollen wir euch wieder in der Union aufnehmen. Gemeinsam können wir ein großartiges Land schaffen. Soviel ich weiß, floriert der Norden schon wieder.«

»Klar, ihr habt ja auch den Krieg gewonnen. Und wir verhungern. Eins muß ich dir sagen, Yankee. Wir mußten uns geschlagen geben – aber ich bin trotzdem stolz auf die Art und Weise, wie wir gekämpft haben.«

»Mit Recht. Wir haben eure Tapferkeit stets respektiert.«

»Scheiße!« flüsterte Marty und griff wieder nach seinem Glas. »Was interessiert mich eure Meinung?«

»Du solltest deinen Haß endlich begraben«, bat Elias. »Das ist ein törichtes Gefühl – und ein zerstörerisches, mit dem du dich irgendwann selbst vernichten wirst.«

»Ich genieße meinen Haß ebenso wie den Whisky«, entgegnete Marty mit einem Blick auf die halbleere Flasche. »Aber ich gebe zu, daß ich leicht beschwipst bin, weil ich in den letzten zwei Tagen nichts gegessen habe. Den Fraß, den mir eure Soldaten vorsetzen wollten, habe ich zurückgewiesen – um ihnen zu zeigen, daß ich immer noch ein Rebell bin.«

»Warum hast du mir das nicht gleich gesagt? Kann man hier irgendwas essen?«

»Hier wird nur mieser Fusel serviert, der einen so richtig blau macht, den Magen ruiniert und das Gehirn aushöhlt. Aber es gibt auch einige Restaurants in der Nähe.«

»Du siehst aus, als wärst du soeben aus einer Jauchegrube gekrochen – falls du mir diese Bemerkung gestattest. Kennst du ein Restaurant, wo man uns nicht vor die Tür setzen wird?«

»Diese Art von Lokalen ist meine Spezialität. Ich zeige dir eins, gleich unten an der Straße. Hast du die ganze Flasche bezahlt?«

»Ja, sie gehört uns.«

Marty steckte sie unter seinen Arm. »Dann lasse ich sie natürlich nicht stehen – obwohl's in diesem Restaurant besseren Whisky gibt. Du kaufst doch noch eine Flasche?«

»Darüber reden wir, wenn du was gegessen hast.«

Das Restaurant sah nicht viel besser aus als der Saloon, und es gab nur fetten Speck mit Eiern. Marty schlang sein Essen in sich hinein und verspeiste genügend Brot dazu, um einen Teil seines Alkoholkonsums zu kompensieren. Als er sich dann zurücklehnte und auf den Bauch klopfte, hatte der Kampfgeist in seinem Blick erheblich nachgelassen. »Das war sehr gut, mein Freund. Und jetzt eine neue Flasche.«

»Nachdem wir uns unterhalten haben«, entgegnete Elias. »Wenn du zuviel getrunken hast, kann man kein vernünftiges Wort mit dir reden. Virginia, deine Mutter und Nanine wollen, daß du auf die Insel zurückkehrst. Wir brauchen dich, Marty. Wir brauchen alle Hilfe, die wir nur kriegen können.«

»Ich komme erst nach Valcour, wenn ich die große Plantage verkauft habe.«

»Und wann wird das sein?«

»Wie soll ich das wissen, zum Teufel? Kein Südstaatler hat genug Geld, um einen so großen Grundbesitz zu kaufen. Die Plantage ist über eine halbe Million wert. Aber ich tue mein Bestes und halte nach einem cleveren Yankee Ausschau, den ich übers Ohr hauen kann. Das würde mich in tiefster Seele befriedigen.«

»Ich habe deiner Familie versprochen, ich würde versuchen, dir Vernunft beizubringen und dich mit nach Hause zu nehmen.«

»Wie könnte ich meiner Familie vor die Augen treten – wenn ich so aussehe?«

»Sie wären überglücklich, wenn sie dich wieder hätten – da kannst du aussehen, wie du willst. Wenn ich auch zugeben muß, daß man einen gesunden Magen braucht, um deinen Anblick zu verkraften.«

»Vielleicht komme ich eines Tages zurück, wenn ich beim Friseur war. Aber jetzt noch nicht. Ich muß so viel vergessen, Elias. Viel zuviel. Und bevor ich das geschafft habe, bin ich zu nichts zu gebrauchen. Sag Mama, daß ich sie liebe, erzähl ihr, ich würde gut aussehen und kein bißchen nach Fusel stinken und mich unermüdlich bemühen, die Plantage zu verkaufen. Was du Virgie und Nanine erzählst, ist deine Sache. Die würden eine solche Geschichte nicht glauben, aber Mama schon.«

Marty schien es ernst zu meinen. Sein Schwager nahm fünfzig Dollar aus seiner Brieftasche und gab sie ihm. »Gut, dann ertränk diesen verdammten Krieg im Whisky, und wenn's dir endlich gelungen ist, komm zu uns zurück. Für deine Familie, zu der übrigens auch ich gehöre, bist du immer noch Brigadier Martin Hammond von der Konföderiertenarmee, und das wirst du immer bleiben, auch wenn du dich mit deinem Haß und billigem Branntwein umzubringen versuchst.«

»Elias, ich bin froh, daß Virgie dich geheiratet hat. Du bist der Retter unserer Familie, auch wenn deine Kinder nicht Hammond heißen werden. Alles liegt bei dir und Virgie. Nanine ist ständig krank. Phoebe ist zwar in gewisser Weise eine Hammond, aber wie kann sie jemals Kinder in die Welt setzen? An Toms Stelle würde ich so ein Wagnis nicht eingehen. Was würde wohl passieren, wenn sie ein schokoladenbraunes Baby bekäme? Vermutlich würde uns der Norden erneut den Krieg erklären.«

Elias stand auf und hielt Marty die rechte Hand hin. Er hatte genug Zeit verschwendet und wollte vor Einbruch der Dunkelheit zur Insel zurückrudern. Marty erhob sich ein wenig schwankend und griff mit schlaffen Fingern nach der Hand seines Schwagers. »Du bist ein feiner Junge, Elias, aber du hast vergessen, mir die zweite Flasche Whisky zu kaufen.«

Sie blieben an der Bar stehen, wo Elias die gewünschte Flasche erstand, dann verließen sie das Lokal. Auf der Straße schüttelten sie sich noch einmal die Hände, und Marty kehrte auf unsicheren Beinen zu dem Saloon zurück, den sie zuvor besucht hatten.

Deprimiert schaute Elias ihm nach. Marty besaß nichts von Virginias Entschlußkraft und Nanines Durchhaltevermögen. Trotzdem war er ein Hammond, also mußte er auch seine guten Seiten haben. Wo immer sich seine Vorzüge verbargen, es war Elias an diesem Tag nicht gelungen, sie hinter Martys Panzer aus haßerfüllter Bitterkeit zu entdecken.

Er ging zum Postamt, wo er zwischen einigen Rechnungen auch einen Brief von Phoebe vorfand. Das hob seine Stimmung. Wenn er es auch nicht geschafft hatte, Marty zur Heimkehr zu bewegen – er konnte immerhin die Nachricht von der Rückerstattung aller konfiszierter Plantagen und einen langersehnten Brief mit nach Hause nehmen.

Nanine und Virginia erwarteten ihn auf der Landebrücke, und der zärtliche Kuß seiner Frau versetzte ihn in noch bessere Stimmung. »Liebling!« rief sie und sah ihn forschend an. »Du mußt was Wunderbares erlebt haben – sonst würden deine Augen nicht so strahlen.«

Er lachte. »Diese Wirkung übst du doch tagtäglich auf mich aus. Wann immer ich dich sehe, bin ich glücklich. Aber nun im Ernst – ich habe gute Neuigkeiten. Was Tobal betrifft, brauchst du dir keine Gedanken mehr zu machen.«

Virginia atmete erleichtert auf. »Oh, du hast also alles in Ordnung gebracht. Vielen Dank, Liebster.«

»Und was ist mit Marty?« wollte Nanine wissen.

Elias legte je einen Arm um die Schultern der beiden Schwestern und ging mit ihnen zum Haus. »Wie ihr seht, ist es mir nicht gelungen, ihn zur Heimkehr zu bewegen.«

»Sitzt er immer noch in diesem schrecklichen Gefängnis?« erkundigte sich seine Schwägerin.

»Nein – auch wenn er dort am allerbesten aufgehoben wäre. In der Kaserne bekäme er wenigstens keinen Whisky, und der ist offenbar sein einziger Lebensinhalt.«

»Steht es schon so schlimm mit ihm?« fragte Virginia.

»Ziemlich schlimm. Aber irgendwie habe ich das Gefühl, daß er in der Tiefe seines Herzens noch genug Familienstolz besitzt, um wieder zur Vernunft zu kommen. Vorerst kämpft er immer noch gegen die Yankees – unterstützt von seinen Whiskyflaschen. Und solange er soviel trinkt, ist es besser, wenn er auf dem Festland bleibt. Mutter Hammond würde seinen Anblick nicht ertragen.«

»Ein Glück, daß er nüchtern war, als ich mit Mama nach Charleston fuhr!« meinte Virginia. »Ich weiß nicht, wie er das fertiggebracht hat. Anscheinend hat ihm ein sechster Sinn verraten, daß wir kommen würden.«

»Ich habe noch eine Neuigkeit. Phoebe hat geschrieben.«

»Wunderbar!« rief Nanine erfreut. »Wie geht es ihr?«

»Ich habe den Brief nicht aufgemacht, denn ich dachte mir, dabei müßte die ganze Familie versammelt sein. Aber damit wollen wir noch ein bißchen warten, weil ich eine weitere Neuigkeit anzubieten hätte. Und die ist so aufregend, daß ich es gar nicht wage, euch davon zu erzählen.«

»Wenn du nicht sofort den Mund aufmachst«, sagte Virginia in gespielt strengem Ton, »mußt du zum Festland zurückrudern und bei Marty bleiben.«

»Um Himmels willen!« rief Elias lachend. »Euer Bruder ist kein besonders angenehmer Gesellschafter. Bitte, seid jetzt ganz still, bis ich euch alles verraten habe. Captain Delaney, der Kasernenkommandant, hat vor kurzem erfahren, daß Präsident Johnson die enteigneten Plantagen an die früheren Besitzer zurückgibt.«

Virginia starrte ihn ungläubig an. »Die Felder, die jetzt von den Schwarzen bebaut werden?«

»Genau. Die Plantage, die ihr früher hattet, gehört jetzt wieder euch. Die Sklaven sollen die Felder weiterhin bebauen, aber nur als Pächter, und wir brauchen ihnen keinen Cent zu bezahlen.«

Jubelnd griff Virginia nach seinen Händen, tanzte mit ihm den Weg entlang, und er ließ sich nur zu gern von ihrer ausgelassenen Freude anstecken. Nanine stieß einen triumphierenden Rebellenschrei aus und sprang hinter ihnen her. Bevor sie das Haus erreichten, blieben sie keuchend stehen und lachten über ihre kindischen Dummheiten. »Ist das nicht himmlisch?« rief Virginia. »Nun können wir all das verwirklichen, was ich mir erträumt habe! Der liebe Gott steht also auf unserer Seite, trotz allem. Und einen Brief von Phoebe haben wir obendrein gekriegt! Ich bin überzeugt, daß er nur gute Nachrichten enthält. An einem solchen Glückstag können wir einfach keine Hiobsbotschaften bekommen.«

»Das werden wir erst wissen, wenn wir hineingehen und ihn lesen«, meinte Elias.

In diesem Augenblick öffnete Belle die Haustür. »Dieses Geschrei hört sich ja fast so an, als wären Sie alle verrückt geworden.«

»Verrückt vor Freude!« erklärte Virginia. »Sag Mama, sie soll herunterkommen! Wir wollen ihr einen Brief vorlesen.«

»Von Phoebe?« fragte die Köchin hoffnungsvoll.

»Ja.« Virginias Tonfall verriet, wie sehr sie Belles aufdringliche Frage mißbilligte.

»Was schreibt sie denn? Gefällt es ihr da oben im Norden?«

»Wir haben den Brief noch nicht gelesen«, erwiderte Virginia irritiert. »Geh jetzt hinauf und hol Mama!«

»Ja, ja...« Belle lief vor Elias und den beiden Frauen ins Haus. »Aber ich möchte auch wissen, was sie schreibt... Mistreß Lenore!« schrie sie und stieg ein paar Stufen hinauf. »Mistreß Lenore! Kommen Sie! Schnell!«

Entrüstet öffnete Virginia den Mund, um mit ihr zu schimpfen. Aber Elias griff rasch nach ihrem Arm und zog sie in den Salon, wo Nanine bereits Platz genommen hatte und auf Phoebes Neuigkeiten wartete, geduldig wie immer.

Virginia setzte sich mit ihrem Mann auf das Sofa und horchte erstaunt auf, als eilige Schritte die Treppe herabpolterten. Mama ist also durchaus fähig, sich etwas schneller zu bewegen, wenn sie nur will, dachte sie. Aber sie war heute viel zu glücklich, um sich darüber zu ärgern. Nicht einmal Belle, die vor der Salontür stand, um zu lauschen, konnte ihr die Freude verderben.

»Wir haben gute Neuigkeiten, Mama!« rief sie, sobald Lenore hereingekommen war. »Phoebe hat geschrieben.«

Lenore setzte sich seufzend. »Das interessiert mich natürlich sehr – aber das kann doch wohl kaum der Grund für dieses schrille Gelächter sein, das bis in mein Zimmer gedrungen ist.«

»Das hing mit einer anderen guten Nachricht zusammen, Mutter Hammond«, erwiderte Elias grinsend.

»Dann will ich diese Nachricht zuerst hören«, sagte Lenore gereizt. »Phoebe ist nicht meine Tochter.«

»Ob es dir nun paßt oder nicht, sie ist deine Stieftochter, Mama«, entgegnete Virginia.

»Das stimmt, Mama«, pflichtete Nanine ihr bei. »Außerdem ist sie beinahe eine Weiße.«

»Beinahe weiß ist nicht weiß«, bemerkte Lenore tonlos.

Mühsam unterdrückte Virginia ihren Ärger. »Selbst wenn sie nicht unsere Schwester wäre – wir sind ihr eine ganze Menge schuldig. Immerhin kam sie damals auf die Idee, zur Insel zurückzukehren und das Silber auszugraben. Ich dachte, du wärst ihr auch dankbar.«

»Das bin ich ja«, lenkte Lenore ein. »Sonst hätte ich es nicht für nötig befunden, herunterzukommen, nur weil sie geschrieben hat.«

Elias seufzte ungeduldig. »Dann sollten wir diese Diskussion endlich beenden und hören, was sie uns mitzuteilen hat.«

Virginia riß den Umschlag auf, faltete den weißen Briefbogen auseinander und begann laut vorzulesen.

»›Liebe Familie, wie wunderbar ist es doch, einen Brief mit diesen Worten zu beginnen! Ich kann Euch heute nicht allzu ausführlich schreiben, denn Tom will mich zum Dinner ausführen und steht ungeduldig neben mir, während meine Feder über das Papier fliegt. Unsere Reise nach New York City war angenehm und ereignislos. Vorerst leben wir in einer Einzimmerwohnung, doch das stört mich nicht. Die Stadt ist so aufregend, und alles ist mir so neu und fremd. Es ist einfach herrlich, in ein Restaurant zu gehen, ohne daß man durch die Hintertür hineingeschickt wird und in der Küche essen muß. Als ich heute die Straße entlangging, streifte ein Herr meinen Arm, lüftete den Hut und entschuldigte sich. In meiner Verwirrung vergaß ich ihm zu antworten. Ich fühle mich so seltsam zwischen all den vielen Weißen, aber ich bezweifle, daß irgendeiner auf den Gedanken kommen könnte, ich wäre anders als er. Jedenfalls hat bis jetzt niemand Fragen gestellt, und Tom freut sich so, weil ich mit meinem kleinen Versteckspiel Erfolg habe. Wir sind glücklich, abgesehen von der betrüblichen Tatsache, daß Tom noch immer keine Arbeit gefunden hat. Seine Stelle als Lehrer wurde anderweitig besetzt, als er zur Armee ging. Aber ich bin ganz sicher, daß sich bald neue Möglichkeiten ergeben werden. Ich habe grenzenloses Vertrauen zu den Fähigkeiten meines Mannes. Er hat versprochen, mich bald mit seinen Eltern bekannt zu machen. Leider haben wir noch kein Geld für die Reise. So, nun muß ich meinen Brief beenden, denn Tom wird immer nervöser. Ich liebe Euch alle sehr und hoffe, Ihr seid ebenso glücklich wie ich. Bitte, richtet Belle herzliche Grüße aus und sagt ihr, daß es mir gutgeht. Mag sie auch noch so ruppig und widerborstig sein – sie war uns allen immer treu. Mit den besten Wünschen, Eure Phoebe.‹«

»Offenbar hat sie keinen Grund, ihre Hochzeit zu bereuen«, meinte Nanine. »Aber es tut mir leid, daß Tom noch immer keine Arbeit hat.«

Elias nickte. »Das macht mir auch Sorgen. Wir sollten ihnen Geld schicken.«

Lenore hob die Brauen. »Können wir uns das leisten?«

»Natürlich«, sagte Virginia. »Immerhin ist sie unsere Schwester. Das mußt du akzeptieren, Mama, auch wenn du nichts für sie übrig hast.«

»Also gut, dann schick ihr das Geld«, entgegnete Lenore kühl.

Elias runzelte die Stirn. »Vielleicht wäre das doch keine so gute Idee. Es würde Tom kränken. Er ist sehr stolz.«

»Dann schreiben wir ihnen, daß sie uns stets willkommen sind, wenn sie in New York City Schwierigkeiten haben«, schlug Virginia vor, »und daß sie uns sofort verständigen sollen, wenn sie Geld brauchen, um einen Engpaß zu überwinden.«

»Ja, Virgie, so wollen wir's machen«, stimmte Elias dankbar zu.

»Hätte Tom auf der Seite der Konföderierten gekämpft, wäre ihm so etwas nicht passiert«, behauptete Lenore. »Hier hat niemand seinen Posten verloren, nur weil er in den Krieg gezogen ist.«

Niemand antwortete, denn man hielt es für überflüssig, Lenore zu erklären, daß die meisten Schulen in den Südstaaten noch nicht wieder eröffnet worden waren und daß es hier viel mehr arbeitslose Lehrer gab als im Norden.

»Mama«, sagte Virginia sanft, »die Union hat uns gar nicht so schlecht behandelt, wie du glaubst. Wir bekommen das Land zurück, das man uns weggenommen hat.«

Für ein paar Sekunden verschlug es Lenore die Sprache, was nur selten vorkam. Sie blinzelte verwirrt, und als ihr die Stimme wieder gehorchte, fragte sie atemlos: »Wo habt ihr das gehört?«

»Elias hat seinen Freund, Captain Delaney, in Charleston besucht. Er wollte sich erkundigen, ob es Neuigkeiten aus Washington gibt.« Die Lüge kam Virginia mühelos über die Lippen. »Dann kam er sofort zurück, um es uns zu sagen. Deshalb haben wir vorhin so geschrien und gelacht.«

Lenore lächelte zögernd. »Das ist wirklich eine gute Nachricht. Aber glaubt ihr, daß uns die Schwarzen ihre Felder überlassen werden?«

»Es bleibt ihnen gar nichts anderes übrig«, entgegnete Elias. »Außerdem können sie als Pächter hierbleiben.«

Virginia seufzte glücklich. »Es ist wie ein himmlisches Wunder...«

»Das finde ich nicht«, widersprach Lenore. »Immerhin handelt es sich um unser rechtmäßiges Eigentum und...«

Bevor sie weitersprechen konnte, erschien Belle in der Tür. »Das Essen steht auf dem Tisch und wird langsam kalt.«

Lenore war als erste auf den Beinen. Virginia reichte den Brief an Nanine weiter, die ihn mit einem dankbaren Lächeln entgegennahm und ihrer Mutter ins Speisezimmer folgte.

Virginia und Elias blieben noch eine Weile im Salon, um sich leidenschaftlich zu umarmen.

4

Am nächsten Morgen wurde Moses von Virginia ins Haus bestellt. Er schaute sich in dem spärlich möblierten Arbeitszimmer um und schüttelte betrübt den Kopf. »Als Ihr Papa noch lebte, hat's hier anders ausgesehen, Missy.«

»Bald wird das ganze Haus noch viel besser aussehen als je zuvor, Moses. In einer halben Stunde sollen sich alle Feldarbeiter vor dem Haus versammeln. Ich muß ihnen etwas Wichtiges mitteilen. Da ich nicht weiß, wie sie es aufnehmen werden, will ich es dir schon jetzt sagen. In Washington wurde ein neues Gesetz erlassen. Wir bekommen das Land zurück, das uns weggenommen und den ehemaligen Sklaven übereignet wurde. Das hat die Yankee-Regierung bestimmt.«

Moses sank verwirrt auf einen der alten Küchenstühle. »Oh, das ist aber eine Überraschung, Missy...« Seine Stimme klang nicht nur verblüfft, sondern auch besorgt.

»Was glaubst du, wie sich die Leute dazu stellen werden?«

»Das weiß ich nicht so recht, Missy. Wenn sie auch nicht viel an ihrer Baumwolle verdient haben – aber es war ihr Land, und deshalb sind sie sich irgendwie wichtig vorgekommen.«

»Werden sie gehen, wenn sie die Neuigkeit erfahren?«

»Keine Ahnung, Missy. Über so was habe ich mir nie den Kopf zerbrochen.«

»Ich möchte, daß sie als Pächter auf Willowbrook bleiben. Sie würden fünfzig Cent am Tag erhalten. Dieses Geld ziehe ich dann von ihrem Anteil ab, wenn die Baumwolle einmal im Jahr verkauft wird. Sie können umsonst in ihren alten Quartieren wohnen, und sie brauchen keine Steuern mehr zu zahlen. Die übernehme ich.«

Moses nickte. »Das wird ihnen sicher zu denken geben. Ja, Ma'am, dann werden sie sicher besser dran sein als jetzt.«

»Das glaube ich auch. Erzähl ihnen aber nicht, was ich vorhabe. Ich will es ihnen selber sagen und dann ihre Gesichter sehen. Es ist nämlich für uns alle sehr wichtig, was sie davon halten.«

»Gut, ich hole sie jetzt, Missy. Und wenn Sie mit ihnen gesprochen haben, werde ich ihnen auch noch ein bißchen was erzählen.«

»Danke, Moses. Natürlich wirst auch du deine Felder verlieren, aber ich zahle dir das Doppelte wie den anderen, und wenn wir die erste große Ernte verkauft haben, bekommst du eine schöne Prämie.«

»Vielen Dank, Missy. Dann will ich jetzt gehen.«

»Gut, Moses. Und sag meinem Mann, daß ich mit ihm reden möchte.«

Moses verneigte sich – eine Angewohnheit, die er bis an sein Lebensende beibehalten würde – und verließ das Arbeitszimmer. Virginia vertiefte sich wieder in ihre Rechnungsbücher und beschloß, die Buchhaltung von jetzt an Nanine zu übertragen, die viel mehr von Mathematik verstand als sie selbst.

Elias kam schon nach wenigen Minuten herein, und sie erklärte ihm ihren Plan. Er war mit allem einverstanden, schien aber irritiert zu sein.

»Elias, ich sehe dir an, daß dir irgend etwas nicht paßt. Heraus mit der Sprache!«

»Nun, ich frage mich, welche Rolle ich in diesem neuen System spielen werde. Soll ich als eine Art Aufseher fungieren?«

»Du bist mein Mann. In einer anderen Rolle habe ich dich nie gesehen.«

»Das fällt mir schwer zu glauben«, entgegnete er mit ruhiger Stimme. »Vor allem, wenn du mich hierher beorderst, um mir deine Absichten zu erzählen.«

»Was macht das für einen Unterschied?« fragte sie ungeduldig.

»Für mich einen sehr großen.«

»Elias, sei doch vernünftig. Die Neger kennen uns. Wir sind die Hammonds.«

»Verdammt, ich bin kein Hammond!« stieß er hervor. »Marty hat mir gesagt, was ich bin – dein Laufbursche! Langsam glaube ich, daß er recht hat.«

»Marty ist ein Trunkenbold und ein Narr.«

»Ein Trunkenbold ist er tatsächlich – aber kein Narr.« Nach einer kleinen Pause fügte Elias bitter hinzu: »Der Narr in dieser Familie bin ich.«

Virginia holte tief Luft. »Warum müssen wir streiten? Wir sind erst seit ein paar Wochen verheiratet, und es sieht so aus, als wären wir in fast allen Dingen verschiedener Meinung.«

»Wieso denn?« fragte er sarkastisch. »Ich habe doch soeben beteuert, daß ich deine Pläne für gut halte.«

»Du bist so schwierig, Elias. Willowbrook ist unsere Zukunft, und du wirst die Plantage leiten.«

»Das bezweifle ich.« Er schob die Hände in die Hosentaschen und begann vor dem alten Küchentisch auf und ab zu gehen.

»Bitte, Elias, laß das!« flehte sie. »Du machst mich nervös.«

»Verzeih ...« Er blieb stehen und sah sie mit schmalen Augen an. »Ich wollte mich nur ein bißchen abreagieren – weil ich mich gerade an die Zeit erinnert habe, als ich an diesem Tisch saß, den du jetzt okkupierst, und Befehle gab. Jetzt muß ich deine Befehle befolgen.«

»Wir können gern die Plätze tauschen, wenn du dich dann wohler fühlst«, erwiderte sie kühl.

»Ich beginne mich zu fragen, ob ich mich in diesem Haus jemals wohl fühlen werde.«

Sie stand auf, ging um den Tisch herum und blieb vor ihm stehen. »Du denkst nur an dich selbst. Aber ich denke an uns beide, an die restliche Familie und natürlich an Willowbrook, das ich wieder in seinem alten Glanz sehen will. Wenn ich am Ziel bin, wollen wir unsere Hochzeit nachfeiern – mit einem großen schönen Fest, das wir uns damals nicht leisten konnten.«

»Wenn du mit mir in den Norden gingst, würden wir unsere Hochzeit sofort nachfeiern. Das hat meine Mutter in ihrem letzten Brief sogar vorgeschlagen.«

»Ich kann Mama und Nanine nicht allein lassen.«

»Doch, das könntest du. Oder wir nehmen sie mit.«

»Aber die Plantage ... Du weißt, was geschehen ist, als wir von der Insel geflohen sind.«

»Zum Teufel mit der Plantage! Du hast nur noch diese verdammte Plantage im Kopf.«

»Es war auch dein Wunsch, Willowbrook wieder zu dem zu machen, was es früher war.«

»Nur weil ich dich liebe!« schrie Elias, dann schluckte er und fuhr mit leiserer Stimme fort: »Aber jetzt frage ich mich, was ich überhaupt noch hier mache.«

»Du sagtest ...«, begann Virginia zögernd.

»Ich weiß, was ich sagte«, unterbrach er sie. »Und weil ich es versprochen habe, werde ich dir helfen, deinen großen Traum zu verwirklichen. Nur – ich weiß nicht recht, wie ich das anfangen soll. Gerade wollte ich Moses einen Auftrag auf dem Feld erteilen, doch da erklärte er mir, er müßte die Leute zusammentrommeln, weil du ihnen etwas zu sagen hättest.«

»Ja...« Virginia sah unsicher zu ihm auf. Sie war nicht auf seine Rebellion gefaßt gewesen. »Sie kommen alle zum Haus. Vielleicht solltest du zu ihnen sprechen.«

»Nein, ich werde neben dir stehen, während du redest. Auf dich werden sie eher hören als auf mich, weil sie viel mehr Achtung vor dir haben.«

»Das ist nicht wahr. Sie respektieren dich, weil sie genau wissen, wie gut du die Insel während des Krieges verwaltet hast.«

Er verbeugte sich mit einem ironischen Lächeln. »Vielen Dank für das Kompliment, Missy.«

»Elias, hör doch auf mit dem Unsinn! Ich möchte, daß wir beide zusammenarbeiten.«

»Nun, vielleicht würde sich ein Versuch lohnen. Aber sag mir nie wieder ins Gesicht, daß wir eine schäbige Hochzeit hatten! Ich hoffe, Phoebe und Tom sehen das anders – weil es doch eine Doppelhochzeit war. Ich hatte keine Ahnung, daß dir unser kleines Fest nicht glanzvoll genug war.«

Virginia lächelte. »Ich will ehrlich sein. Ich hätte dich auch unter noch erbärmlicheren Umständen geheiratet, weil ich Angst hatte, du würdest in den Norden zurückkehren. Und der Gedanke, du könntest mich verlassen, war mir unerträglich. Ich frage mich, ob du jemals ahnen wirst, wie sehr ich dich liebe...«

Elias erwiderte ihr Lächeln und zog sie an sich. »Wenn ich dich in den Armen halte, verstehe ich nicht, wie ich jemals an dir zweifeln konnte. Und sobald ich wieder klar denken kann, fürchte ich, du würdest dich für Valcour entscheiden, wenn du jemals zwischen der Plantage und mir wählen müßtest.«

»Niemals!« flüsterte sie, erregt von seiner Nähe. »Du wirst immer den ersten Platz in meinem Herzen einnehmen.«

»Das wird sich zeigen...« Er beugte sich herab, um sie zu küssen, doch als sich Schritte näherten, ließ er sie los.

Nanine kam herein und wollte etwas sagen. Aber Virginia fiel ihr ins Wort, berichtete von ihren Plänen und erklärte, Nanine müßte mit ihnen auf der Veranda stehen, während die Schwarzen die Neuigkeiten erfuhren.

»Wäre es nicht besser, wenn Elias mit ihnen reden würde?« schlug Nanine vor. »Immerhin hat er diese Insel einmal verwaltet und wurde von den Sklaven sehr geschätzt.«

»Nein, Virginia wird ihnen das alles auseinandersetzen«, widersprach er mit ruhiger Stimme. »Ich trage keine Uniform mehr, und vor dem Krieg hatte ich keinen Anspruch auf dieses Land.«

»Das stimmt«, pflichtete seine Frau ihm bei. »Aber nun wirst du Willowbrook in eine Pächterplantage umwandeln. Ich verlasse mich ganz auf dich, Elias.«

Er nickte. »Ich werde mein Bestes tun.«

»Danke, Liebling.« Virginia küßte ihn zärtlich auf die Wange, und Nanine ahnte, daß es wieder einmal Streit zwischen den beiden gegeben hatte – oder zumindest eine Meinungsverschiedenheit über das autoritäre Verhalten ihrer Schwester.

»Ich bin gekommen, weil ich euch etwas sagen wollte«, sagte sie hastig, um das Thema zu wechseln und die immer noch gespannte Atmosphäre aufzulockern. »Zwei Yankee-Damen werden uns besuchen; sie wollen uns persönlich zu ihrem Picknick einladen.«

»Diese Einladung werden wir ablehnen«, sagte Virginia kurz angebunden.

»Warum?« fragte Elias.

»Wir nehmen nicht an Picknicks teil, die von Yankees veranstaltet werden.«

»Da solltest du dir aber eine bessere Entschuldigung einfallen lassen.«

»Offensichtlich hast du vergessen, daß ich schon eine habe – auch wenn ich gar keine brauche.«

»Was hast du denn jetzt schon wieder ausgeheckt?«

»Etwas, das zu meinem Plan gehört – und großartig funktionieren wird.«

Nanine sah Elias mitfühlend an. »Sicher ist es etwas ganz Grauenvolles«, versuchte sie zu scherzen.

Virginia lachte. »Keineswegs. Es ist völlig harmlos – aber kompliziert. Ich muß höllisch aufpassen, damit ich auch die richtigen Karten ausspiele.«

»Was soll das, Virgie?« stieß Elias hervor. »Spiel bloß nicht Katz und Maus mit mir! Sag mir endlich, was du vorhast!«

Sie schaute unschuldig zu ihm auf. »Sei doch nicht so

böse! Ich werde mich wie eine vollendete Südstaatenlady benehmen.«

»Wenn deine Definition einer perfekten Südstaatenlady das bedeutet, was ich befürchte, wirst du dich äußerst unangenehm aufführen.« Sein Tonfall erinnerte sie an die Zeiten, als er noch die Insel verwaltet hatte.

»Geh nach oben und sag Mama, daß wir Gäste haben«, bat sie ihre Schwester. »Wir werden unser schönes Teeservice benutzen, damit sie sich bei uns wohl fühlen.«

Nanine schaute sie erstaunt an. »Das wird ihr gar nicht gefallen.«

»Darauf können wir keine Rücksicht nehmen. Sag ihr, sie soll ihr Spitzenhäubchen und das Nachmittagskleid anziehen, auch wenn es schon ein bißchen zerschlissen ist. Bitte, Nanine, verschwende keine Zeit! Elias und ich werden uns jetzt um die Schwarzen kümmern, und du mußt auch auf die Veranda kommen.«

»Du weißt noch nicht einmal, wie die Damen heißen«, protestierte Nanine.

»Sag es mir später«, erwiderte Virginia. »Dafür haben wir jetzt keine Zeit. Da kommen unsere Leute schon, ich kann ihre Stimmen hören.«

Nanine wußte, daß weitere Einwände sinnlos waren, und eilte aus dem Zimmer. Virginia ging hinter ihr in die Halle. Als sie merkte, daß Elias ihr nicht folgte, drehte sie sich um und sah ihn in der Tür des Arbeitszimmers stehen, die Lippen zu einem schmalen Strich zusammengepreßt. »Bitte, komm, Elias!« rief sie.

»Du brauchst mich nicht, Virgie«, erwiderte er kühl, »und du wirst es auch ohne mich schaffen.«

»Doch, ich brauche dich!« stieß sie hervor und lief zu ihm zurück. »Ohne deine Hilfe kann ich sie vielleicht nicht dazu überreden, bei uns zu bleiben.«

»Das wirst du schon schaffen.«

»Elias, bitte!« Flehend sah sie zu ihm auf. »Ich habe Angst – trotz meines Selbstbewußtseins. Immerhin bin ich nur eine Frau.«

»Eine sehr starke Frau. Und ich finde die Komödie, die du mir jetzt vorspielst, irgendwie faszinierend. Also gut, ich komme mit dir. Es wäre wirklich schade, wenn ich dieses Spektakel versäumen würde.«

»Wenn etwas schiefgeht, mußt du eingreifen. Versprich mir das!«

Elias lächelte zynisch. »Ja, ich verspreche es – wenn ich auch bezweifle, daß es nötig ist. Gehen wir.«

Er nahm Virginias Arm, und sie verließen das Haus. Die Schwarzen hatten sich bereits vor der Veranda versammelt, in unterwürfiger Haltung und ordentlichen Viererreihen – wie in alten Tagen, wenn man sie zum Kauf angeboten hatte. Aber jetzt waren ihre Füße nicht mehr mit Stricken gefesselt. Moses hatte sich vor der ersten Reihe postiert, seinen Hut in der Hand.

»Was ich zu sagen habe, betrifft euch alle«, begann Virginia. »Es geht um ein Gesetz aus Washington, gegen das wir nichts tun können. Und dieses Gesetz besagt, daß ihr die Felder zurückgeben müßt, die ihr während des Krieges erhalten habt.«

Leises Murren klang auf, vermischt mit vereinzelten Flüchen. Elias hob eine Hand und bat mit durchdringender Stimme um Ruhe. Virginia ließ sich ihre Erleichterung nicht anmerken. Nun wußte sie, daß sie mit der Unterstützung ihres Mannes rechnen konnte, auch weiterhin.

»Die Regierung in Washington hat auf dieser Insel einen Versuch unternommen«, erklärte Elias. »Niemand wußte, was sich daraus entwickeln würde. Anfangs glaubte man, auf kleineren Farmen könnte ebensoviel Baumwolle erzeugt werden wie auf großen Plantagen. Inzwischen wißt ihr alle, daß das unmöglich ist. Eure Erträge sind gering, eure Baumwolle ist minderwertig. In Zukunft werden wir euch fünfzig Cent am Tag zahlen, dazu euren Anteil, wenn wir die Ernte verkaufen.«

»Aber dann haben wir kein Land mehr, Major!« rief einer der Männer. »Deshalb wurde doch dieser Krieg geführt, oder?«

»Nein.« Elias erkannte den Schwarzen, der bereits mehrere Reden auf Valcour gehalten hatte. Der Mann war intelligent und würde sicher in der Lage sein, den anderen die Hintergründe der Neuerungen zu erklären. »Wir haben in diesem Krieg nicht für das Land gekämpft, sondern für euch. Es gab auch andere Anlässe, doch es ging niemals um den Profit. In erster Linie wollten wir euch befreien.«

»Bekommen wir unseren vollen Anteil, wenn die Baumwolle verkauft wird?«

»Fünfzig Prozent werden unter euch verteilt. Der Tagesverdienst von jeweils fünfzig Cent wird natürlich später von eurem Anteil abgezogen. Außerdem habt ihr euer Quartier, gutes Essen und die Möglichkeit, alles zu kaufen, was ihr euch leisten könnt.«

»Aber dafür müßt ihr sechs Tage in der Woche arbeiten«, ergänzte Virginia. »Wer faulenzt, wird nicht bezahlt.«

Die dicke Köchin kam wütend auf die Veranda gewatschelt. »Sie kriegen also alles wieder, was Sie vorher hatten! Das ist nicht richtig, denn Sie haben den Krieg verloren und kein Recht, von neuem auf uns runterzuschauen, nur weil wir schwarz sind.«

Virginia wandte ihr einen vernichtenden Blick zu. »Du redest zuviel, Belle. Du und Moses, ihr müßt euer Land zurückgeben, aber damit bringst du gewiß kein Opfer. Soviel ich weiß, hast du niemals einen Fuß auf das Feld deines Mannes gesetzt.«

»Ich bin kein Feldnigger, das ist doch klar«, entgegnete Belle. »Und deshalb dürfen Sie mich nicht so von oben herab behandeln.«

»Wenn es dir hier nicht mehr gefällt, kannst du jederzeit gehen – je früher, desto besser.«

»Dann kommt Moses mit mir!« warnte die Köchin.

»Das bezweifle ich. Moses ist nicht so dumm. Aber da du unbedingt von hier weg willst – geh nur! Allerdings muß ich dich warnen – und alle anderen auch, die sich vielleicht einbilden, sie würden auf dem Festland Arbeit finden. Dort gibt es keine Arbeit. Auf jede einzelne Stelle warten schon fünfzig Leute von eurer Sorte. Einige Weiße sind auch arbeitslos und genauso schlimm dran wie die Schwarzen.«

Als Virginia die Köchin aufgefordert hatte, die Insel zu verlassen, war wieder unwilliges Gemurmel erklungen. Nun meldete sich Nanine zu Wort, was Virginia überraschte, denn sie hatte die Anwesenheit ihrer Schwester noch gar nicht bemerkt. »Vorerst ist es das beste, wenn ihr alle auf der Insel bleibt. Das müßt ihr mir glauben. Die meisten von euch haben ihr ganzes Leben auf Valcour verbracht. Auf dem Festland geht es anders zu als hier bei uns. Wartet zumindest ab, bis wieder Ruhe und Ordnung auf Willowbrook eingekehrt ist, und bis wir unsere nächste Ernte auf den Markt gebracht haben. Dann werdet ihr bestimmt nicht mehr gehen wollen. Solltet ihr euch trotzdem dazu entschließen, werden wir nicht versuchen, euch aufzuhalten.«

Die Exsklaven bildeten kleine Gruppen, um aufgeregt über das Problem zu debattieren. Moses ging zwischen ihnen umher und erteilte Ratschläge. Als er an Belle vorbeikam, die mit hoch erhobenem Kopf dastand, die Hände herausfordernd in die Hüften gestemmt, gab er ihr einen klatschenden Klaps auf das runde Hinterteil. Sie quietschte empört, schlug aber nicht zurück und fuhr fort, Virginia erbost anzustarren.

Nun ergriff Elias wieder das Wort. »Wir geben euch bis morgen früh Zeit, damit ihr euch alles überlegen und eine Entscheidung treffen könnt. Für alle, die uns verlassen wollen, wird die alte Barke an der Landebrücke bereitliegen. Das wäre alles. Wer schon jetzt weiß, daß er bleiben wird, geht am besten gleich wieder an die Arbeit.«

»Aber sobald ihr beschlossen habt, von hier fortzugehen, gibt es kein Zurück mehr«, fügte Virginia hinzu. »Wer später wiederkommen will, wird nicht mehr aufgenommen.«

Langsam entfernten sich die Schwarzen. Virginia befürchtete nicht, daß zu wenig Arbeitskräfte übrigbleiben würden, um die Felder zu bebauen. Die Exsklaven waren zu lange von ihren weißen Herren abhängig gewesen, um sich in ein unsicheres Leben auf dem Festland zu stürzen. Die Freiheit war ihnen noch zu fremd und flößte ihnen Unbehagen ein.

Die beiden Schwestern und Elias kehrten ins Haus zurück und gingen sofort in den Salon, wo sie von einer sichtlich erzürnten Lenore erwartet wurden.

»Hast du gehört, was wir draußen besprochen haben, Mama?« fragte Virginia.

»Teilweise. Aber daß du mir befohlen hast, ein Nachmittagskleid anzuziehen und Yankees zu empfangen, macht mir viel größere Sorgen.«

»Da fällt mir ein ...« Virginia wandte sich zu ihrer Schwester. »Du wolltest mir doch sagen, wie die Damen heißen.«

»Mrs. Pallen und Mrs. Blair«, antwortete Nanine.

Lenore sah ihre jüngere Tochter herausfordernd an. »Ich werde sie nicht empfangen.«

»Doch, das wirst du, Mama«, entgegnete Virginia in ruhigem, aber bestimmtem Ton. »Und du wirst ihnen Tee mit Gurkensandwiches servieren.«

»Mein silbernes Teeservice bleibt jedenfalls im Schrank!«

»Keineswegs! Es ist glänzend poliert und wird die Damen sicher beeindrucken.«

»Habe ich das nötig?«

»Du vielleicht nicht, aber ich. Wir werden den Yankees zeigen, was man in den Südstaaten unter Gastfreundschaft versteht. Dafür sind wir immerhin berühmt.«

»Wie können wir freundlich zu diesen Leuten sein, die wir abgrundtief hassen?«

»Wir werden sie nicht freundlich behandeln, sondern mit kühler Höflichkeit.«

»Jedenfalls haben wir keinen Grund, unsere Nachbarn zu beleidigen«, mischte sich Nanine ein. »Vergeßt nicht, daß die Damen mit den besten Absichten zu uns kommen. Sie wollen uns zu einem Picknick einladen.«

»Das ich nicht besuchen werde«, fügte Lenore prompt hinzu.

»Keiner von uns wird hingehen«, sagte Virginia leichthin. »Oder habt ihr vergessen, daß ich am selben Abend einen Ball geben möchte?«

Das heiterte Lenore sofort auf. »Ach ja, natürlich! Dann besteht kein Grund zur Sorge. Wir brauchen den Damen nur mitzuteilen, daß ihr Besuch überflüssig ist.«

»Das werden wir nicht tun«, widersprach Virginia. »Ich möchte die Damen kennenlernen und wissen, mit wem wir's hier zu tun haben. Wenn man die Chance hat, den Feind zu beobachten, sollte man sie nutzen.«

»Warum benutzt du dieses Wort, obwohl der Krieg vorbei ist?« fragte Nanine.

Virginia lachte verächtlich. »Ich spreche nicht von dem Krieg, der zu Ende ist, sondern von einem anderen, der erst jetzt beginnt. Die erste Runde haben wir gewonnen. Das Land gehört wieder uns. Nun müssen wir die Insel zurückerobern und ihren rechtmäßigen Besitzern übergeben. Wir müssen die Yankees loswerden – und zwar auf diskrete Weise, so daß sie's erst merken, wenn es schon zu spät ist.«

»Und diese Teestunde gehört zu deinem Plan?« fragte Lenore ungläubig.

»Genau, Mama.«

Elias grinste amüsiert. »Ich bezweifle nicht, daß Virgie alles erreichen wird, was sie sich vorgenommen hat. So, und jetzt habe ich Hunger. Ein Glück, daß ich dieses heuchlerische Spektakel heute nachmittag nicht miterleben muß! Obwohl es sicher interessant wäre.«

Virginia ignorierte seinen Sarkasmus. »Du bist uns herzlich willkommen.«

»Nein, danke. Ich gehe lieber auf die Felder. Du willst doch nicht, daß dein Aufseher seine Pflichten vernachlässigt.«

Bevor sie etwas erwidern konnte, ging er in die Halle und befahl Belle mit donnernder Stimme, das Essen aufzutragen. Die schwarze Köchin schrie zurück, es stünde längst auf dem Tisch. Lenore war als erste auf den Beinen, um ins Speisezimmer zu eilen.

Die Damen aus den Nordstaaten erschienen kurz vor zwei Uhr. Virginia empfing sie in der Salontür und neigte leicht den Kopf, während sie sich als Mrs. Pallen und Mrs. Blair vorstellten. »Ich bin Mrs. Elias Birch. Bitte, treten Sie näher. Ich möchte Sie mit meiner Mutter und meiner Schwester bekannt machen.«

Mrs. Pallen war eine große, schlanke Frau mit grimmigem Gesicht, die sich im Verlauf des Besuchs erstaunlich charmant zeigte. Die rundliche Mrs. Blair machte keinen Hehl aus ihrer beleidigenden Neugier. Zunächst inspizierte sie die Gastgeberin und deren Töchter. Dann wanderte der Blick ihrer kleinen, ständig blinzelnden Augen über die primitiven Möbel, die verblichene Tapete und den fadenscheinigen Teppich. Ihr selbstzufriedenes Lächeln bewies, daß ihr nicht entgangen war, wie sehr die Bewohner dieses Hauses immer noch unter den Folgen des Krieges litten.

Virginia musterte ihrerseits die Kleider der Damen. Jede trug ein leichtes Nachmittagskleid aus Baumwolle, gut geschnitten und nach der neuesten Mode. Widerwillig bewunderte sie die eleganten Tournüren, mit denen die Röcke an der Hinterseite aufgebauscht wurden.

Nanine eilte in die Küche und beauftragte Belle, den Tee zu servieren. Bald darauf kehrte sie mit der Köchin zurück, die ein sauberes Kleid angezogen und ein frisch gewaschenes Spitzenhäubchen mit schwarzen Samtbändern aufgesetzt hatte. Sie stellte das Tablett vor Lenore auf den Tisch und zog sich dann mit einer leichten Verbeugung zurück. Virginia hätte sie am liebsten umarmt. Lenore schenkte den Tee ein, während Nanine Servietten und kleine Teller mit Gurkensandwiches verteilte.

»Wie nett Sie uns bewirten!« bemerkte Mrs. Pallen. »Anscheinend genießt die Gastfreundschaft in den Südstaaten nicht zu Unrecht einen so weitreichenden Ruf.«

Diese Worte überrumpelten Lenore. Es machte sie so glücklich, endlich wieder die Rolle der Gastgeberin spielen zu dürfen, daß sie ihren Haß gegen die Yankees vorübergehend vergessen hatte. Nun ließ sie vor Verblüffung beinahe ihre kostbare Teekanne aus Sterlingsilber fallen. »Haben Sie daran gezweifelt, Mrs. Pallen?« fragte sie in förmlichem Ton.

»Keineswegs!« beteuerte Mrs. Pallen lächelnd. »Aber um ehrlich zu sein – ich hatte nicht erwartet, daß Sie uns empfangen würden. Seit ich mit meiner Familie hierhergezogen bin, wurde ich mit wenigen Ausnahmen sehr unhöflich behandelt. Und Sie sind so freundlich ...«

»Das ist für uns selbstverständlich«, erklärte Virginia mit einem liebenswürdigen Lächeln. »Obwohl wir die Auswirkungen des Krieges immer noch spüren ...«

Mrs. Blair hüstelte und nippte an ihrem Tee. »Ich verstehe, daß Sie eine gewisse Bitterkeit empfinden, nachdem Sie eine so verheerende Niederlage erlitten haben. Aber jetzt sind wir Nachbarinnen, und als solche sollten wir vergeben und vergessen.«

»Das Vergessen fällt uns nicht so leicht«, entgegnete Lenore kühl. »Immerhin habe ich in diesem unseligen Krieg meinen Mann und meinen Schwiegersohn verloren.«

Mrs. Blair starrte Virginia neugierig an. »Soviel ich weiß, haben Sie unmittelbar nach dem Krieg wieder geheiratet«, bemerkte sie in leicht mißbilligendem Ton. »Einen Unionsoffizier. Auch Ihre Schwester ist mit einem Offizier aus den Nordstaaten verheiratet. Es war eine Doppelhochzeit, nicht wahr? Und ein Unionspriester hat die Trauung vorgenommen.«

Virginia hob die Brauen. »Wieso wissen Sie das?«

Mrs. Blair zuckte mit den rundlichen Schultern. »Dienstbotenklatsch ...«

Nun meldete sich Mrs. Pallen wieder zu Wort, um das Thema zu wechseln. »Die Tatsache, daß wir nun Nachbarinnen sind, hat nichts mit dem Krieg zu tun oder mit der Frage, wer auf welcher Seite stand. Es wäre doch albern, wenn man seinen Haß bis ans Lebensende nähren würde.«

»Anscheinend sind Sie eine intelligente Frau, Mrs. Pallen«, meinte Virginia nachdenklich.

»Danke, Mrs. Birch.«

Zu ihrem Entsetzen erkannte Virginia, wie schwer es ihr fallen würde, diese Frau zu verabscheuen.

»Vielleicht darf ich hinzufügen, daß Ihre Familie auf dem Festland sehr geschätzt wird«, fuhr Mrs. Pallen fort.

»Tessa, um Himmels willen!« mischte sich Mrs. Blair ein. »Hör auf mit diesen Komplimenten, damit ich den Hammonds endlich sagen kann, warum wir gekommen sind. Oder willst du das übernehmen?«

»Nein, Margaret«, erwiderte Mrs. Pallen. »Es war deine Idee, unsere Nachbarn zu besuchen und einzuladen. Deshalb gebührt dir auch die Ehre, unser Anliegen vorzutragen.«

Mrs. Blair stellte ihre Tasse auf den Tisch und hüstelte wieder, bevor sie zu sprechen begann. »Wir möchten Sie zu einem Picknick einladen, das wir am Samstagnachmittag im Ulmenwäldchen veranstalten wollen.«

Mrs. Pallen beugte sich eifrig zu Lenore vor. »Sie werden uns doch keinen Korb geben, Mrs. Hammond. Wir würden uns so freuen, wenn Sie mit Ihren Töchtern und Ihrem Schwiegersohn zu uns kämen.«

»Das ist sehr freundlich von Ihnen«, entgegnete Virginia, noch ehe ihre Mutter antworten konnte, »aber es ist unmöglich.«

»Warum denn?« fragte Mrs. Pallen sichtlich verwirrt.

»Wir haben für diesen Abend bereits eine Soiree geplant«, erklärte Virginia. »Zwei gesellschaftliche Ereignisse an einem Tag wären uns zu anstrengend. Und da wir aus begreiflichen Gründen nur in beschränktem Maße Einladungen geben können, wären wir nicht in der Lage, die Ihre zu erwidern.«

»Sie wären uns zu nichts verpflichtet«, wandte Mrs. Pallen ein.

»Wir würden uns trotzdem verpflichtet fühlen.« Lenore nahm sich noch ein Sandwich und reichte die Platte dann zu ihren Gästen hinüber. »Möchten Sie noch etwas nehmen?«

Mrs. Blair ergriff die Platte. »Ja, danke, es schmeckt köstlich.«

»Wir haben eine ausgezeichnete Köchin«, berichtete Lenore und fügte nach einem Blick auf Mrs. Blairs interessierte Miene hinzu: »Und sie ist uns treu ergeben. Niemand könnte sie uns abspenstig machen, nicht einmal mit hunderttausend Dollar.«

Virginia seufzte verstohlen, denn sie ahnte, daß Belle ein Ohr an die Salontür pressen und lauschen würde.

»Könnten Sie die Soiree nicht verschieben?« fragte Mrs. Pallen hoffnungsvoll.

Virginia schüttelte den Kopf. »Ebensowenig wie Sie Ihr Picknick.«

»Oh, das ließe sich machen«, versicherte Mrs. Pallen.

»Damit würden Sie uns nur in Verlegenheit bringen. Wie ich bereits betont habe – unsere Einladungen werden sich vorerst in Grenzen halten.«

Mrs. Blair runzelte die Stirn. »Seltsam – niemand auf Valcour hat Ihren Ball erwähnt.«

»Niemand auf Valcour wurde eingeladen«, erklärte Virginia.

»Ich verstehe«, sagte Mrs. Pallen leise.

»Ich auch.« Mrs. Blair stellte ihre Tasse samt Untertasse mit solchem Nachdruck auf das Tablett zurück, daß das zierliche Geschirr beinahe umfiel.

In diesem Augenblick watschelte Belle in den Salon. »Da ist ein Junge, der behauptet, wir wären ihm was schuldig.«

Virginia gab sich keine Mühe, ihren Ärger zu verbergen. »Wovon redest du?«

Zum erstenmal, seit der Besuch erschienen war, ergriff Nanine das Wort. »Schick ihn doch herein, Belle! Dann werden wir herausfinden, warum er glaubt, er müßte Geld von uns bekommen.«

Ein etwa zehnjähriger Junge trat ein, in einem weißen Hemd und zerlumpten Kniehosen. Er hielt einen Zweig in der Hand, an dem eine tote Schlange hing. Virginia schaute ihre Schwester fragend an, aber Nanine war vor Angst blaß geworden, und ihre Mutter saß wie erstarrt da, in einer Hand ihre Tasse, in der anderen das halbgegessene Sandwich. Auch die beiden Besucherinnen waren sichtlich verstört.

»Mrs. Pallen – Mrs. Blair, bitte, verzeihen Sie«, sagte Virginia mit ruhiger Stimme. »Der Junge hätte die Schlange höchstens bis zur Küchentür bringen dürfen. Ich weiß nicht, was in Belle gefahren ist.«

Langsam gewann Lenore ihre Fassung wieder. »Manchmal kann sie richtig pervers sein.«

»Wir dürfen ihr keine Vorwürfe machen«, meinte Nanine. »Vermutlich hat der Junge darauf bestanden, dich zu sprechen, Virgie, nachdem du jedem, der eine Klapperschlange fängt, zwei Cent versprochen hast.«

»Aber...« Virginia unterbrach sich und lächelte gequält. »Offensichtlich liegt der Fehler bei mir. Und ich muß mich nochmals bei unseren Gästen entschuldigen.«

Mrs. Blair hielt den Kopf krampfhaft zur Seite gedreht, um die Schlange nicht sehen zu müssen. »Ich könnte Ihnen viel eher vergeben, wenn Sie das Kind endlich hinausschicken würden.«

Virginia bedeutete dem Jungen, hinauszugehen. »Du kannst die Schlange jetzt begraben. Ich werde sehen, daß du deine beiden Cents bekommst.«

»Oh, danke, Missy, und ich werde sicher noch viele fangen«, beteuerte der Junge strahlend, bevor er hinauseilte.

Mrs. Pallen und Mrs. Blair erhoben sich nervös, und Virginia stand ebenfalls auf. »Es tut mir wirklich leid. Ich hätte Ihnen diese unerfreuliche Szene gern erspart.«

Mrs. Pallen brachte ein unsicheres Lächeln zustande. »Wir werden es überleben. Und wir bedauern es sehr, daß Sie unsere Einladung nicht annehmen wollen.«

»Ich habe Ihnen meine Gründe erklärt. Und um ganz offen zu sein – wir brauchen noch ein wenig Zeit, um uns an die veränderten Umstände zu gewöhnen. Immerhin haben alle unsere Freunde ihr einstiges Heim verloren.«

»Sie meinen«, erwiderte Mrs. Blair pointiert, »wir hätten uns angeeignet, was rechtmäßig Ihren Freunden gehört.«

»Das habe ich nicht gesagt«, protestierte Virginia sanft.

Mrs. Blair lächelte kalt. »Das war auch nicht nötig. Ihr Verhalten spricht Bände, Mrs. Birch. Wir werden nie wieder hierherkommen – nicht wahr, Tessa?«

Mrs. Pallen zögerte. »Nein, Margarete – aber ich muß dich daran erinnern, daß ich von Anfang an gegen diesen Besuch war. Wir haben gleichsam Salz in offene Wunden gerieben. Der Krieg hat das Leben dieser Damen beinahe zerstört.«

»Jeder hat unter dem Krieg gelitten, Margarete, wir auch.« Mrs. Blair warf Virginia einen vernichtenden Blick zu. »Wir werden Sie nie wieder belästigen, Mrs. Birch, und wir hoffen, Ihre Soiree wird ein ebenso großer Erfolg wie unser Picknick – letzteres auch ohne die Anwesenheit der Hammonds.«

Nanine stand auf. »Ich begleite Sie hinaus.«

»Das ist nicht nötig.« Mrs. Blair trippelte bereits zur Tür. »Wir kennen den Weg. Komm, Tessa!«

Die drei Frauen warteten schweigend, bis die Haustür ins Schloß fiel. Dann goß sich Virginia nachdenklich noch eine Tasse Tee ein. Lenore holte tief Luft. »Ich bin froh, daß du sie losgeworden bist, Virgie, obwohl ich deine Methoden mißbillige. Diese Klapperschlange ...«

»Damit hatte ich nichts zu tun«, fiel ihr Virginia ins Wort.

»Ich auch nicht«, versicherte Nanine. »Ihr wißt doch, wie sehr ich mich vor Schlangen fürchte.«

»Vielleicht war es Belles Idee«, meinte Lenore. »Jedenfalls wird es den Damen jetzt nicht mehr so gut auf Valcour gefallen.«

Virginia trank ihren Tee aus und stand auf. »Genau das war auch der Sinn dieser Teestunde, Mama. Ich werde jetzt einen Brief an Phoebe schreiben.«

Als Belle nach dem Dinner den Kaffee servierte, bestritt sie energisch, daß sie den Jungen veranlaßt hatte, die Klapperschlange ins Haus zu bringen.

Virginia seufzte. »Dann werden wir wohl nie erfahren, wer auf diesen genialen Gedanken kam. Jedenfalls muß ich dem Jungen die zwei Cent geben, denn er hat uns einen großen Dienst erwiesen. Ohne seine Hilfe wären wir die beiden Yankee-Damen nicht so schnell losgeworden.«

»Ich habe ihn schon bezahlt«, bemerkte Elias leichthin.

»Du!« rief Virginia entgeistert.

Angesichts der verwirrten Gesichter ringsum brach er in schallendes Gelächter aus.

»Du Teufel!« Virginia stimmte in sein Lachen ein, dann sprang sie auf, rannte um den Tisch herum und drückte ihm einen Kuß auf die Lippen.

»Das war genau der richtige Lohn für meine Mühe«, meinte er grinsend.

Virginia kehrte zu ihrem Stuhl zurück und setzte sich wieder. »Warum hast du es getan?«

»Aus zwei Gründen. Erstens wußte ich, daß du die Damen haßt, und wollte ihren Besuch abkürzen und deinen Zorn in Grenzen halten. Zweitens wollte ich dir beweisen, wie ernst es mir mit meinem Versprechen ist, dir zu helfen. Ich weiß nicht, ob es klug von mir ist, hierzubleiben. Aber ich will dich nicht verlieren. Und ich fürchte – falls ich dir ein Ultimatum stelle und dir erkläre, daß ich in den Norden zurückkehren möchte, wirst du mir sagen, ich soll allein gehen. Dann wäre mein Leben unerträglich.«

»Meines auch«, erwiderte sie leise. »Bitte, stell mir niemals ein solches Ultimatum. Ich liebe dich – und ich brauche dich.«

Er lächelte ein wenig bitter. »Manchmal habe ich das Gefühl, daß die Plantage mein schlimmster Rivale ist.«

»Wie albern!« rief Virginia. »Und selbst wenn es wahr wäre, bräuchtest du dir keine Sorgen zu machen. Ein paar Klumpen Erde können mich nicht lieben. Und es gibt keinen anderen Mann auf dieser Welt, der mich interessiert.«

»Das will ich hoffen. Ich bin nämlich sehr eifersüchtig.«

5

Als Virginia das letztemal in Charleston gewesen war, hatte sie in einem Laden für gebrauchte Kleider ein rotes Reitkostüm, passende Stiefel und einen schwarzen Derby-Hut mit Schleier erstanden. Die Manschetten und die schwarzen Samtrevers an der Jacke waren schon ein wenig abgestoßen. Trotzdem war sie sehr zufrieden mit ihrer Errungenschaft, von der sie bis jetzt noch niemandem erzählt hatte. Natürlich wäre es klüger gewesen, ein Kleid zu kaufen, das man bei vielen Gelegenheiten tragen konnte. Doch sie hatte der Versuchung nicht widerstehen können, denn das Kostüm erinnerte sie an die alten Tage, an denen sie so oft zur Jagd gegangen war.

Nachdem sie das Kostüm zum erstenmal angezogen hatte, stand sie lächelnd vor dem Spiegel und konnte es kaum erwarten, es ihrer Schwester vorzuführen.

Sie eilte nach unten. Nanine wartete vor der Haustür und hielt die braune Stute am Zügel, auf der Virginia ausreiten wollte. »Virgie! Wo hast du denn dieses prachtvolle Kostüm her?«

»Wenn du es aus der Nähe betrachtest, wird es dir nicht mehr so prachtvoll vorkommen.«

»Es sitzt wie angegossen. Wo hast du es gekauft?«

»In einem Gebrauchtwarenladen in Charleston. Ich schlich

davon, während sich Mama in der Hotelhalle mit Marty unterhielt. Eigentlich wollte ich mir nichts kaufen, aber es gefiel mir so gut, und da konnte ich nicht anders.«

»Wenn ich dich so anschaue, möchte ich mich am liebsten in den Sattel schwingen und davongaloppieren«, sagte Nanine sehnsüchtig.

»Bald wirst du vollständig genesen sein, und dann kannst du reiten, so oft du willst! Und du wirst auch ein wunderbares neues Reitkostüm bekommen.«

»Mit dem da wäre ich schon zufrieden.« Nanine schaute ihre Schwester immer noch bewundernd an. »Und erzähl mir bloß nicht, welche Mängel du entdeckt hast! Das würde meine Illusionen zerstören.«

Virginia lachte. »Gut, dann will ich dir verschweigen, daß die Nähte jeden Moment aufplatzen können. Wie geht es Mama?«

»Sie ist erschöpft, aber sie arbeitet immer noch.«

»Was soll das heißen?« fragte Virginia verwirrt.

»Mama und ich waren fast die ganze Nacht auf, um die Einladungen für den Ball zu schreiben.«

»Das hättet ihr nicht tun sollen. Du siehst schrecklich müde aus. Du weißt doch, daß du dich schonen mußt.«

»Das kann ich immer noch tun, wenn alle Einladungen geschrieben sind. Heute ist schon Dienstag, und der Ball findet am Samstag statt. Wir müssen den Damen Zeit geben, damit sie ihre Kleider in Ordnung bringen können – wenn sie überhaupt welche besitzen. Da die Reifröcke aus der Mode und die Tournüren der letzte Schrei sind, werden sie improvisieren müssen.«

»Die Kleider sind doch nicht so wichtig.«

»Seltsam, daß ausgerechnet du das sagst...«

Virginia nahm ihrer Schwester die Zügel aus der Hand, stieg aber noch nicht in den Sattel. »Es kommt auf die Gesinnung an. Ich möchte unseren Freunden Mut machen, damit sie voller Hoffnung in die Zukunft blicken. Sie sollen das Gefühl haben, daß eines Tages alles wieder so sein wird wie früher – und daß sie bald wieder in ihren alten Häusern wohnen werden.«

Nanine lächelte. »Allmählich steckt mich deine Zuversicht an.«

»Das freut mich.« Virginia runzelte die Stirn. »Wie viele

Yankee-Häuser können wir um jeweils zweitausend Dollar kaufen?«

Nanine überlegte kurz. »Die meisten – wenn nicht alle. Aber wir könnten die Lebenskosten der Familien nicht bestreiten, wenn sie in ihre alten Häuser zurückkehren. Und sie würden das auch gar nicht annehmen.«

»Das ist auch nicht nötig. Sobald sie ihre Felder wieder bebauen, werden ihnen die Banken auf dem Festland Kredite geben.«

»Wenn sie überhaupt Geld haben, das sie verleihen können«, wandte Nanine skeptisch ein. »Im Augenblick haben sie jedenfalls keines.«

»Die Dinge werden sich ändern – sie müssen sich ändern. Und wenn Marty eines Tages doch noch einen Käufer für die Festlandplantage findet, werden wir in Geld schwimmen – auch wenn die Banken keinen Cent besitzen.«

»Ich hatte keine Ahnung, daß du Marty soviel zutraust.«

»Das tue ich nicht – aber Elias hält sehr viel von ihm, und ich respektiere die Meinung meines Mannes.«

»Wer könnte wohl soviel Geld haben, um diese Riesenplantage zu kaufen?«

»Wir müssen noch ein wenig Geduld haben. Auf dem Festland wird behauptet, Washington würde alles tun, um die Südstaaten zur Rückkehr in die Union zu bewegen. Und ich bin überzeugt, daß das ein gutes Zeichen ist. Bald werden sich die Dinge zum Guten wenden.«

Nanines Lächeln wirkte immer noch skeptisch. »Hoffentlich dauert es nicht zu lange.«

»Wann sind die Einladungen fertig?«

»In spätestens einer Stunde.«

Virginia schüttelte den Kopf. »Mama überrascht mich immer wieder – wenn sie etwas tut, was sie wirklich will.« Anmutig schwang sie sich in den Sattel.

»Sei vorsichtig!« warnte Nanine, während ihre Schwester das Pferd in Bewegung setzte. »Du bist schon lange nicht mehr ausgeritten.«

»Mach dir keine Sorgen um mich.« Virginia lenkte das Pferd auf die Straße, die zum anderen Ende der Insel führte. Während sie zwischen den Feldern dahintrabte, beobachtete sie die Arbeiter, die ihre Hacken schwangen. Moses saß auf einem kräftigen Ackergaul und blickte immer wieder nach allen Seiten, um sich zu vergewissern, daß niemand in seinen Bemühungen nachließ. Elias stand inmitten einer Gruppe von Negern und schien ihnen etwas zu erklären. Offenbar war alles in bester Ordnung. Nur wenige Leute waren zum Festland gerudert. Die meisten hatten beschlossen, auf Valcour zu bleiben.

Virginia erreichte den mittleren Teil der Insel, wo die schmale Straße durch jungfräulichen Wald und dichtes Gebüsch führte. Sie bog in einen schattigen Pfad und schrie erschrocken auf, als plötzlich zwölf zerlumpte Männer aus dem Wald sprangen, um sie zu umzingeln. Sie sah sich gezwungen, das Pferd zu zügeln, und die lüsternen Blicke, die ihr zugeworfen wurden, jagten einen Schauer über ihren Rücken. Voller Angst hob sie die Peitsche.

Mit einem durchdringenden Schrei scheuchte ein Mann in einer zerrissenen Rebellenuniform, eine Feldkappe mit Goldborten auf dem Kopf, die anderen zurück. Dann schob er die Kappe nach hinten und sah zu ihr auf. Er war ungefähr in Martys Alter, groß und kräftig gebaut – und sehr attraktiv. Sein dichtes schwarzes Haar hing ihm widerspenstig in die Stirn. Dunkelbraune, tiefliegende Augen beherrschten sein markantes Gesicht mit dem eigenwilligen Kinn und den sinnlichen Lippen, die sich zu einem zufriedenen Lächeln verzogen, während er Virginia musterte. Halb unbewußt dachte sie, daß sie noch nie zuvor einen hübscheren Mann gesehen hatte – und auch keinen gefährlicheren.

»Ist sie nicht eine Schönheit?« rief einer der Männer. »Was für ein Glück wir haben!«

»Wir brauchen noch mehr Frauen«, meinte ein anderer. »Eine genügt nicht. Die wird zu schnell müde.«

»Haltet den Mund!« befahl der Mann in der zerrissenen Uniform mit rauher Stimme. Er griff nach Virginias Hand, zog sie aus dem Sattel, und bevor sie ihr Gleichgewicht wiederfand, lag sie in seinen starken Armen. Er preßte sie fest an sich, und als sie schreien wollte, verschloß er ihr den Mund mit einem fordernden, brutalen Kuß. Als seine Hand über intimere Teile ihres Körpers zu wandern begann, trat sie mit aller Kraft gegen sein Schienbein. Mit einem lauten Fluch, der überraschend fröhlich klang, lockerte er seinen Griff.

»Sie Bastard!« schrie sie. »Nehmen Sie sofort Ihre schmutzigen Pfoten weg, oder ich lasse Sie auspeitschen!«

Er warf den Kopf in den Nacken und brüllte vor Lachen. »Verdammt will ich sein! Sie reden ja wie eine waschechte Südstaatenlady! Ihr Yankee-Frauen könnt einen ganz schön zum Narren halten.«

»Ich bin eine Südstaatenlady, und wagen Sie es bloß nicht, mich als Yankee zu bezeichnen!«

Er rückte ein wenig von ihr ab, um sie genauer zu betrachten. »Beim Teufel, ich glaube, Sie gehören tatsächlich zu uns.«

»Ich bin Virginia Hammond«, erklärte sie erbost. »Lassen Sie mich sofort los, Sie – Sie Schurke!«

Grinsend trat er zurück, riß sich schwungvoll die verbeulte Kappe vom Kopf und verbeugte sich tief. »Verzeihen Sie mir, Miß Hammond.«

»Mein Vater ist für unsere Sache gestorben – und mein Bruder war Brigadegeneral in der Konföderiertenarmee.«

»Ma'am, ich habe von Ihrem Bruder gehört, und Ihrem Vater bin ich sogar einmal begegnet. Ein bemerkenswerter Mann. Ich habe Sie auf eine Art und Weise beleidigt, die ich niemals wieder gutmachen kann – allerhöchstens, indem ich beschwöre, wie leid es mir tut, daß ich Sie ›Yankee‹ genannt habe.«

»Wer sind Sie?« Virginia warf einen unbehaglichen Blick auf die Männer, die sie voll unverhohlener Begierde anstarrten. »Und was machen Sie hier?«

»Wir sind Räuber, Miß Hammond, und ich heiße Bradley Culver – Colonel Culver, zu Ihren Diensten. Meine Kameraden und ich haben entschieden, daß General Lees Kapitulation verfrüht war, und wollen den Krieg auf unsere Art fortsetzen.«

»Sie sind doch nichts weiter als Räuber und Banditen!« entgegnete Virginia, verblüfft über seine Arroganz.

»Das sind wir«, bestätigte er, ohne mit der Wimper zu zucken. »Außerdem vergewaltigen wir jedes hübsche Yankee-Mädchen, das uns über den Weg läuft, und jede Südstaatlerin, die sich mit dem Feind verbündet. Wir sind Gesetzlose, reiten unserer Wege und nehmen uns, was wir kriegen. Genügt Ihnen diese Erklärung?«

»Soviel wir gehört haben, leben nur Yankees auf dieser Insel«, fügte einer der Männer hinzu. »Und deshalb sind wir gekommen, um ihnen klarzumachen, daß der Krieg noch nicht vorbei ist.«

»Sie sind alle grausam und abscheulich!« stieß Virginia hervor.

Culver vollführte eine weitere elegante Verbeugung. »Besten Dank für das Kompliment.«

»Wir wollen die Yankees nur besuchen«, versicherte einer der anderen. »Heute sind wir nicht in der Stimmung, um irgend jemanden umzubringen. Wir möchten ihnen nur eine Lektion erteilen.«

»Abgesehen von Willowbrook, das meiner Familie gehört, wird Valcour nur von Yankees bewohnt«, erklärte Virginia, »und das sind lauter Schurken, mit denen ich nichts zu tun haben will. Aber sie werden die Insel bald verlassen, und ich möchte nicht, daß die Ländereien und Gebäude verwüstet werden. Bald werden die ehemaligen Plantagenbesitzer in ihre alten Häuser zurückkehren.«

Bradley Culver nickte. »Ich verstehe. Wir werden uns mit dem Eigentum der Yankees begnügen, und wenn sie keinen Widerstand leisten, wird niemandem auch nur ein Haar gekrümmt. In einer Stunde verlassen wir die Insel, sehr zu meinem Bedauern, denn hätte ich gewußt, daß ich hier einer so schönen Frau begegne, wäre ich nicht als Räuber gekommen, sondern hätte mich um eine Einladung bemüht.«

»Kann ich jetzt gehen?«

»Selbstverständlich. Darf ich Ihnen aufs Pferd helfen?« Ohne ihre Antwort abzuwarten, hob er sie in den Sattel. Die Männer traten zurück, um sie vorbeizulassen, und verneigten sich ebenso tief wie Bradley Culver. Bevor sie die Straße erreichte, drehte sie sich noch einmal um. Der Colonel stand breitbeinig mitten auf dem Weg und winkte ihr nach. Unwillkürlich winkte sie zurück, was ihm einen lauten Rebellenschrei entlockte.

Virginia zitterte am ganzen Körper, doch es gelang ihr, die Fassung wiederzufinden, als sie sich dem Haus näherte. Wie sie wußte, zogen solche Räuberbanden schon seit einiger Zeit durch die Südstaaten und wurden sogar von ehemaligen Rebellen als Gesetzlose verachtet.

Trotzdem begrüßte sie die Ankunft des Colonels und seiner Leute. Alles, was die Yankees in die Flucht schlagen könnte, war ihr recht und billig. Andererseits wünschte sie nicht, daß jemand verletzt wurde. Eigentlich müßte ich die Garnison in Charleston informieren, denn immerhin sind diese Renegaten sehr gefährlich, überlegte sie, doch dann beschloß sie, vorerst nichts zu unternehmen. Es wäre jammerschade, wenn Culvers Leben am Galgen enden würde, nachdem er für den Süden gekämpft und es sogar bis zum Colonel gebracht hatte.

Moses erwartete sie vor dem Stall. Als sie abgestiegen war, befahl er einem Jungen, die Stute abzureiben und trinken zu lassen.

Virginia lächelte ihn freundlich an. »Danke, Moses. Wolltest du mir etwas mitteilen?«

»Vielleicht ist es nicht so wichtig, Missy, aber ich möchte Ihnen nur sagen, daß der Nigger, auf den Sie geschossen haben, nach New York gegangen ist. Also wird er Ihnen keinen Ärger mehr machen.«

»Das freut mich, Moses. Er war ein gefährlicher Mann.«

»Ja, das war er. Und da wäre noch was, Missy. Wenn wir Ihnen bei den Vorbereitungen für den Ball helfen sollen, sagen Sie's, bitte. Missy Nan und Belle haben mir davon erzählt.«

»Am Freitagnachmittag brauche ich vier Männer und ein halbes Dutzend Frauen. Sie werden genauso bezahlt, als wenn sie auf den Feldern arbeiten würden.«

»Gut, Missy.«

Virginia ging in den Salon, wo Nanine ihr altes Ballkleid flickte, und berichtete von ihrem Erlebnis im Wald. Erschrokken ließ ihre Schwester die Näharbeit sinken. »Eine Räuberbande – um Himmels willen! Wir müssen etwas tun ...«

»Das wäre sinnlos. Bevor wir die Garnison verständigen können, sind Culver und seine Leute längst über alle Berge. Außerdem werden sie uns nichts anhaben. Sie wissen, daß Willowbrook das einzige Haus von Valcour ist, wo eine Südstaatenfamilie wohnt, und der Colonel wird uns verschonen. Darauf kann ich mich verlassen, denn er hat mir erzählt, er wäre unserem Vater im Krieg begegnet. Offenbar hat er Papa sehr bewundert.«

»Aber wenn er die Leute umbringt und alles niederbrennt ...«

»Ich habe ihm klargemacht, ich würde nicht wünschen, daß die Häuser zerstört werden, und er hat versprochen, nur die Yankees zu bestehlen.«

Nanine runzelte nachdenklich die Stirn. »Wir müssen Elias

benachrichtigen. Er wird wissen, was in dieser Situation zu tun ist.«

»Das ist überflüssig. Was glaubst du, was er gegen diese Bande ausrichten würde? Glaubst du, er kann zwölf Mann aufhalten, die zu allem entschlossen sind? Und wenn ich's recht bedenke – sie werden uns mehr nützen als schaden. Sie werden den Yankees Angst einjagen und sie von der Insel vertreiben.«

Nanines Atem stockte. »Großer Gott! Und deshalb begünstigst du diese Verbrecher?«

»Ich begünstige sie nicht. Sie sind hier, und niemand kann sie verscheuchen. Und wenn sie uns Vorteile bringen, müssen wir das akzeptieren – ob wir wollen oder nicht.«

Nanine legte ihre Näharbeit beiseite, stand auf und eilte zur Tür. »Ich hätte nie gedacht, daß du so grausam sein könntest. Ich gehe jetzt zu Elias und gebe ihm Bescheid.«

Virginia schlug die Hände vors Gesicht. »Verzeih mir, Nan... Ich weiß nicht, was ich da rede. Diese Männer haben mich so erschreckt, und ich bin immer noch durcheinander. Bevor sie erfuhren, wer ich bin, wollten sie mich – vergewaltigen... Das haben sie zumindest gesagt.«

Nanine schrie entsetzt auf und rannte zu ihr zurück. »Es tut mir leid, Virgie. Es muß furchtbar für dich gewesen sein. Hoffentlich siehst du jetzt ein, daß Elias sofort verständigt werden muß.«

Virginia nickte. »Aber du mußt ihn warnen. Diese Männer schrecken vor nichts zurück. Und wenn Elias etwas zustößt, würde ich sterben.«

»Ja, ich werde ihm sagen, daß er vorsichtig sein muß. Geh jetzt nach oben und ruh dich aus.«

Nach einer Stunde betrat Elias das Schlafzimmer, das er mit seiner Frau teilte. Virginia hatte am Fenster gesessen und auf ihn gewartet. Als sie ihn unversehrt wiedersah, war sie so erleichtert, daß sie aufsprang und sich schluchzend in seine Arme warf.

»Es ist vorbei«, berichtete er. »Ich habe sie gar nicht mehr gesehen. Sie sind auf und davon, aber erst, nachdem sie sieben oder acht Häuser ausgeraubt haben.«

»Wurde irgend jemand verletzt?« fragte sie unter Tränen.

»Nein, und das ist seltsam, denn Culver gilt nicht gerade als barmherziger Bandit. Was hat er mit dir angestellt? Nan wollte meine Fragen nicht beantworten.«

»Er riß mich vom Pferd und küßte mich – und dann faßte er mich an ...«

»Verdammt!« stieß Elias hervor.

»Aber als er erfuhr, wer ich bin, ließ er mich sofort los«, fügte Virginia hastig hinzu.

»Wie nett von ihm!« bemerkte Elias sarkastisch. »Ich werde Captain Delaney sofort informieren. Diese Bande muß endlich gefaßt werden und am Galgen baumeln.«

Virginia begleitete ihren Mann in die Halle hinunter, wo sie von Nanine erwartet wurden. Plötzlich rief sie: »Warte einen Augenblick, Elias!« Sie lief ins Arbeitszimmer und kam mit einem Stapel Briefe zurück, den sie in einen kleinen Beutel stopfte.

»Was ist denn das?« fragte er verwundert.

»Die Einladungen für den Ball. Mama und Nan haben sie gestern und heute geschrieben. Bitte, bring sie zur Post, Liebling.«

Er schüttelte den Kopf, griff aber widerspruchslos nach dem Beutel.

Virginia und Nanine folgten ihm bis zur Veranda und blickten ihm nach, während er mit großen Schritten zur Landebrücke ging. Hinter ihnen öffnete sich die Haustür, und Lenore kam in einem alten Nachthemd heraus, über dem sie einen fadenscheinigen Morgenmantel trug. »Was ist denn los? Was soll dieser Wirbel? Ich habe so gut geschlafen, bis dieser Lärm in der Halle ausbrach ... Wohin geht Elias?«

»Er will mit dem Captain in der Garnison sprechen, weil eine Räuberbande hier war«, erklärte Nanine. »Reg dich nicht auf, sie sind schon wieder weg.«

»Räuber?« rief Lenore entgeistert. »Wie furchtbar! Waren sie hier bei uns?«

»Nein, Mama«, versicherte Nanine. »Sie haben früher in der Konföderiertenarmee gedient und wollten nur die Yankees bestehlen. Geh wieder hinauf und schlaf weiter.«

»Nur, wenn ich sicher sein kann, daß ich nicht im Schlaf überfallen werde ...«

»Du kannst völlig sicher sein«, beteuerte Virginia.

Lenore nickte gähnend, klopfte mit zwei Fingern anmutig auf ihren offenen Mund und zog sich wieder ins Haus zurück.

»Virgie, ich finde, wir sollten nach den Yankees sehen«, meinte Nanine.

Virginia mußte ihr wohl oder übel recht geben. »Ja, wir müßten uns um sie kümmern. Gehen wir.«

Die Yankee-Familien hatten sich am Rand eines Feldes versammelt und beobachteten die Ankunft der Hammond-Schwestern mit Mißtrauen und unverhohlener Abneigung. Mrs. Blair wurde von den anderen zur Sprecherin ernannt, weil sie die Hammonds bereits kannte. »Diese elende Bande hat uns beraubt und beleidigt«, klagte sie, »und zu Tode erschreckt! Nun wissen wir, was für Leute die Rebellensoldaten sind. Wie können wir uns vor diesen Bestien schützen?«

»Ist jemand verletzt worden?« erkundigte sich Virginia.

»Das nicht«, gab Mrs. Blair zu, »wenigstens nicht ernstlich. Was sollen wir unternehmen?«

»Mein Mann ist schon unterwegs, um die Garnison in Charleston zu benachrichtigen.«

»Wie Hyänen sind sie über unsere Häuser hergefallen!« rief ein Mann, »und sie nahmen alles mit, was ihnen zwischen die Finger kam!«

»Offenbar sind Sie nicht bestohlen worden, Mrs. Birch«, sagte Mrs. Blair ironisch.

»Ich habe keine Ahnung, warum wir verschont wurden.«

»Wahrscheinlich, weil Sie eine alteingesessene Südstaatenfamilie sind.«

»Wir sind gekommen, um zu sehen, ob Sie Hilfe brauchen«, entgegnete Virginia kühl. »Offensichtlich war das überflüssig ... Entschuldigen Sie uns jetzt, bitte.« Sie nahm Nanines Arm und ging mit ihr davon, ohne sich noch einmal umzudrehen.

Sobald sie außer Hörweite waren, meinte Nanine: »Du kannst es ihnen nicht verdenken, daß sie aufgebracht sind. Sie haben einiges durchgemacht, und ich verstehe ihren Zorn.«

»... den sie an uns ausgelassen haben.«

»Auch das ist begreiflich – da wir offenbar die einzigen auf dieser Insel sind, die nicht beraubt wurden.« Nanine schwieg eine Weile, dann fragte sie zögernd: »Virgie – würdest du mir eine Frage beantworten?«

»Wenn ich es kann ...«

»Du sagtest, du hättest dich vor diesen Banditen gefürchtet.

Aber deine Angst ist rasch verflogen, und dann warst du neugierig und fasziniert. Habe ich recht?«

»Wie kannst du so etwas behaupten?« rief Virginia ärgerlich.

»Ich kenne dich. Du bist eine schöne, temperamentvolle Frau, die das Leben als Herausforderung betrachtet. Und ein wagemutiger Mann, mag er auch ein Verbrecher sein, stellt eine ganz besondere Herausforderung dar. Du liebst alles, was aufregend ist, und ich glaube, jeder Mann kann spüren, was in dir steckt. Und wenn ein Mann einer Frau wie dir begegnet, ist das auch für ihn eine Herausforderung.«

»Ich weiß nicht, worauf du hinauswillst«, erwiderte Virginia. Es fiel ihr schwer, ihrer Stimme einen beiläufigen Klang zu geben, denn es erschreckte sie, daß Nanine ihren Charakter so scharfsinnig durchschaut hatte.

Zerknirscht senkte ihre Schwester den Kopf. »Tut mir leid, ich hätte nicht so reden dürfen. Aber ich habe manchmal Angst, weil du so waghalsig bist.«

»In den Zeiten, wo wir uns verteidigen mußten, habe ich einen gewissen Mut entwickelt«, entgegnete Virginia und schaute starr geradeaus. »Das bedeutet noch lange nicht, daß ich mich zu Verbrechern hingezogen fühle.«

»Reden wir nicht mehr davon, und vergiß, was ich gesagt habe«, bat Nanine.

»Schon gut.« Virginia sah sie noch immer nicht an. Sie fürchtete, ihre Augen könnten verraten, daß Bradley Culver tatsächlich einen tiefen Eindruck auf sie gemacht hatte. Als er sie so wild und brutal geküßt hatte, war ein seltsames Gefühl in ihr aufgestiegen. Beinahe hätte sie ihre Arme um seinen Hals geschlungen...

Ich bin eine verheiratete Frau, sagte sie sich energisch, und ich liebe meinen Mann über alles... Doch ihre Fantasie war stärker als ihr Verstand, und obwohl sie es nicht wollte, verglich sie die beiden Männer miteinander. Elias war ein Neuengländer, der die ruhige, zurückhaltende Art seiner Ahnen geerbt hatte. Und mit einem Mann wie Bradley Culver konnte eine Frau die gefährlichsten Abenteuer erleben – und eine leidenschaftliche, hemmungslose Romanze...

Widerstrebend gestand sie sich ein, daß Nanine recht hatte. Sie fühlte sich zu Bradley Culver hingezogen, und sie wünschte sich, daß er zu ihr zurückkam. Warum? Sie liebte ihren

Mann, daran gab es keinen Zweifel. Nervös kaute sie an ihrer Unterlippe und versuchte diese beunruhigenden Gedanken zu verdrängen – ohne Erfolg.

Was würde sie tun, wenn er wiederkam? Wie konnte eine Frau einen Mann wie Bradley Culver lieben?

Und warum sollte sie ihn nicht lieben?

6

Zu ihrem Entzücken hatten Virginia und Nanine auf dem Dachboden zwei große Kisten mit Fähnchen und japanischen Lampions gefunden. Offenbar hatten die Sklaven vergessen, das Dachgeschoß zu plündern.

Am Samstagmorgen beaufsichtigte Virginia die jungen Negermädchen, die das Haus mit den Fahnen schmückten. Nanine gab einer weiteren Mädchenschar Anweisungen, die bunten Lampions an Bäumen und Verandapfosten zu befestigen. Unzählige Blumen wurden in großen Bodenvasen verteilt.

Eine junge Farbige, die sich besonders geschickt anstellte, erregte Virginias Aufmerksamkeit. Sie war ungewöhnlich schön und bewegte sich sehr anmutig. Ihr ovales Gesicht verriet, daß auch Weiße zu ihren Vorfahren zählen mußten. Sie hatte eine hellbraune Haut, ebenmäßige Gesichtszüge, volle Lippen und eine schmale Nase. Die Intelligenz, die aus ihren Augen sprach, erinnerte Virginia an Phoebe, und sie fragte sich unwillkürlich, ob ihr Vater auch dieses Mädchen gezeugt hatte ... Doch über solche Probleme wollte sie sich jetzt, wo sie den Ball vorbereiten mußte, nicht den Kopf zerbrechen.

Auf ihre Frage antwortete das Mädchen, es heiße Ivy und wohne mit seiner Großmutter in einer der ehemaligen Sklavenhütten. Die Mutter sei schon vor einiger Zeit gestorben.

»Glaubst du, daß du die anderen beaufsichtigen kannst?« erkundigte sich Virginia. »Dann könnte ich jetzt etwas anderes erledigen.«

»Ja, Miß Virginia. Und wenn Sie nichts dagegen hätten – ich würde gern die Blumenvasen aufstellen. Ich glaube, ich weiß, wie sie am besten zur Geltung kämen.«

»Wo hast du so gut sprechen gelernt?« fragte Virginia überrascht.

Ivy lächelte. »Ich bin während des Krieges zur Schule gegangen. Unser Lehrer aus den Nordstaaten hat sich besonders um mich bemüht, weil er meinte, daß ich sehr schnell lerne.«

Virginia erwiderte das freundliche Lächeln. »Du kannst sehr gut Englisch.«

»Danke, Miß. Ich gebe auch den anderen Unterricht.«

Virginia nickte beifällig, obwohl sie gewisse Bedenken hatte. Es war nicht gut, wenn die Schwarzen zuviel lernten. Dann würden sie ihr nur Schwierigkeiten machen. »Gut, Ivy, dann kümmerst du dich jetzt um die Mädchen und verteilst die Blumenvasen.«

»Danke, Miß Virginia. Ich bin sehr stolz, weil ich Ihnen helfen darf.«

Virginia ging in die Küche, wo Belle mehrere schwarze Frauen anschrie, die Gemüse und Obst schälten. »Was wollen denn Sie in meiner Küche?« rief sie beim Anblick ihrer Herrin.

Mühsam unterdrückte Virginia ihren Ärger. »Ich wollte nur sehen, ob du genug Hilfe hast und ob alles rechtzeitig fertig wird.«

Die Negerin stemmte die Arme in die runden Hüften. »Habe ich Ihren Papa und Ihre Mama jemals enttäuscht?«

Virginia seufzte gequält. »Nicht daß ich wüßte... Aber dieser Ball ist sehr wichtig, und deshalb darf nichts schiefgehen.«

»Wenn was schiefgeht, ist es nicht meine Schuld.«

»Was ich dich noch fragen wollte – kennst du ein Mädchen namens Ivy?«

»Natürlich.«

»Sie ist mir erst heute aufgefallen. Soviel ich weiß, habe ich sie vor dem Krieg nicht auf Willowbrook gesehen.«

Belle lächelte boshaft. »Oh, ich weiß, was Sie denken, Missy.«

»Das kannst du gar nicht wissen«, entgegnete Virginia kühl.

Belle wandte sich wieder zu ihren Helferinnen und merkte, daß eine Frau, die vor einer großen Schüssel mit Zwiebeln saß, ihre Arbeit unterbrochen hatte, um das Gespräch zu belauschen. »Sieh zu, daß du deine Zwiebeln schälst!« fuhr Belle sie an. »Sonst trete ich dich so kräftig in den Hintern, daß du wieder auf die Felder zurückfliegst!« Dann drehte sie sich zu Virginia um. »Nur damit Sie sich wegen Ivy keine grauen Haare wachsen lassen, sie ist siebzehn – und nicht die Tochter Ihres Papas. Ivy ist nicht einmal hier geboren. Sie stammt vom Festland. Ihre Mama kam während des Krieges in einem brennenden Haus ums Leben. Und ihr Papa ist schon vor langer Zeit auf und davon gegangen, weil sie ihm zu häßlich war. Zum Glück hat Ivy nichts von ihrer Mutter geerbt ...«

»Wie interessant«, erwiderte Virginia kühl und fragte sich, ob Elias dem Mädchen schon einmal begegnet war ... Ohne es zu wissen, besaß Ivy eine starke sinnliche Anziehungskraft.

Belle konnte anscheinend Gedanken lesen. »Wegen Ihres Mannes brauchen Sie sich nicht zu sorgen, Missy. Der wird Ihnen immer treu bleiben. Und Sie ihm hoffentlich auch.«

»Sei nicht so impertinent!« fauchte Virginia.

»Ich rede nicht von jetzt«, erklärte die Köchin, ohne sich um den Zorn ihrer Herrin zu kümmern, »sondern von späteren Zeiten. Sie wissen doch, daß ich Sie aufwachsen sah, und ich habe genau beobachtet, wie Sie allen Männern schöne Augen machten, schon als ganz junges Mädchen, und die armen Kerle an der Nase rumführten.«

Wütend preßte Virginia die Lippen zusammen und flüchtete aus der Küche.

Im Lauf des Vormittags wurden die Möbel aus dem Salon geräumt, der als Tanzsaal dienen sollte. Die Frauen wachsten den Boden ein und polierten ihn, bis er wie ein Spiegel glänzte. In dem Gang zwischen Küche und Haus standen lange Tische bereit, die in der ersten großen Tanzpause aufgestellt werden sollten. Das Podium für die Tanzkapelle, die Virginia für eine enorm hohe Summe engagiert hatte, erhob sich bereits an einem Ende des Raums, geschmückt mit Blumen und Grünpflanzen.

Virginia und Nanine trugen ihre ältesten Kleider, die vom häufigen Waschen längst ausgeblichen waren. Gegen Mittag, bevor die ersten Gäste eintrafen, wollten sie baden und sich schön machen, bald war es an der Zeit.

Weniger als zehn Prozent ihrer alten Freunde hatten die Einladung abgesagt, aufgrund anderweitiger Verpflichtungen oder krankheitshalber. Beide Hammond-Schwestern ahnten, daß die ›anderweitigen Verpflichtungen‹ wahrscheinlich mit mangelnder anständiger Garderobe oder hoffnungsvoller Arbeitssuche gleichzusetzen waren. Oder vielleicht hatten manche Leute schon eine so entwürdigende Arbeit gefunden, daß sie nicht mehr mit ihren früheren Freunden verkehren wollten.

Nanine gesellte sich zu Virginia in den Salon, um die Dekoration zu bewundern. Bald darauf schleppte Ivy eine große Urne herein, gefolgt von anderen Mädchen, die beinahe hinter den langen Blütenzweigen in ihren Armen verschwanden. Ivy plazierte die Urne an einer Seite des Kamins, dessen schwarze Asche sie bereits unter fächerförmig angeordneten Blumen verborgen hatte. Fasziniert schaute Nanine zu, als Ivy den Mädchen erklärte, wie die Blütenzweige in der Urne arrangiert werden müßten. Willig befolgten sie ihre Anweisungen, und Ivys Geschick schien sogar ein wenig auf die anderen abzufärben.

»Wer ist das?« wisperte Nanine.

»Sie heißt Ivy und wohnt mit ihrer Großmutter in einer Sklavenhütte«, antwortete Virginia.

»Ich habe sie nie zuvor gesehen.«

»Wahrscheinlich, weil Belle ihr geraten hat, sich im Hintergrund zu halten – damit ich nicht auf sie aufmerksam werde und mich nach ihr erkundige.«

»Anscheinend ist sie hochintelligent. Irgendwie erinnert sie mich an Phoebe.«

»Sie spricht genausogut Englisch wie unsere Halbschwester.«

»Hoffentlich ist sie nicht auch Papas ...« Nanine unterbrach sich und runzelte nachdenklich die Stirn. »Nein, bestimmt nicht ... Sie ist noch ein halbes Kind, und Papa war doch schon in fortgeschrittenem Alter ...«

»Dafür war Papa nie zu alt«, meinte Virginia. »Aber ich halte es auch für unwahrscheinlich, daß sie unsere Halbschwester ist.«

»Wenn sie so wäre wie Phoebe, würde mir das nichts ausmachen.«

Virginia holte tief Luft. »Wir reden wieder einmal Unsinn und vergessen, wie spät es schon ist. Es wird Zeit, daß wir uns umziehen und in unsere traumhaften, sechs Jahre alten Kleider schlüpfen.«

»Unsere Gäste werden auch nicht viel besser aussehen«,

sagte Nanine beruhigend, während sie die Treppe hinaufstiegen.

»Vielleicht hätten wir auf den Einladungen vermerken sollen, daß wir einen Lumpenball geben.« Dieser Gedanke brachte Virginia zum Lachen. Plötzlich spürte sie eine so unbändige Heiterkeit in sich aufsteigen, daß sie am liebsten den Korridor entlanggetanzt wäre.

Doch ihre Freude verflog sofort wieder, als sie das Schluchzen hörte, das aus dem Zimmer ihrer Mutter drang. Erschrokken liefen die beiden jungen Frauen hinein und fanden Lenore in Tränen aufgelöst. »Der Saum ist abgerissen!« jammerte sie, »und ich kann ihn nicht festnähen. Ich habe doch noch nie eine Nadel in der Hand gehalten.«

»Reg dich nicht auf, Mama«, bat Nanine. »Ich bringe das sofort in Ordnung.«

Virginia ging zum Fenster. »Ich bin mir nicht sicher, aber ich glaube, ich sehe die Barke da draußen in der Bucht. Das müssen die ersten Gäste sein. Jedenfalls sollten wir uns beeilen.«

Sie rannte in ihr Zimmer und stellte dankbar fest, daß Belle ihr, entgegen sonstiger Gepflogenheiten, einen Kessel mit heißem Wasser geschickt hatte. Nach ihrem Bad bürstete sie ihr Haar, bis es wie gesponnenes Gold auf ihre Schultern fiel. Dann schlüpfte sie in ihre Unterwäsche und Baumwollstrümpfe. Die Schuhe aus hellviolettem Satin, passend zu ihrem Ballkleid, waren unglücklicherweise im Spann durchgescheuert, so daß das weiße Leinenfutter zum Vorschein kam. Bei diesem Anblick lachte sie laut auf und überlegte, wie wütend sie früher gewesen wäre, wenn sie in so schäbigen Schuhen hätte tanzen müssen.

Sie nahm ihr lavendelblaues Kleid aus dem Schrank. Der Rock war für einen großen Reif geschneidert worden, aber zu ihrer Überraschung hatte Nanine die neueste Mode kopiert, mit Hilfe eines Magazins, das ihr irgendwo in die Hände gefallen war. In einer knappen Woche hatte sie ein wahres Wunder vollbracht. Virginia fädelte die Schnüre in die Schlingen und band sie hinten fest, so daß sich eine modische Tournüre bildete. Das erforderte Zeit und Mühe, aber sie schaffte es. Sie steckte eine verblichene Seidenblume hinter ein Ohr, dann musterte sie ihr Spiegelbild, nickte zufrieden und eilte nach unten, um die Gäste zu begrüßen.

Wie sie erwartet hatte, wartete Nanine bereits am Fuß der Treppe. Sie gingen auf die Veranda hinaus und blickten den ersten Gästen entgegen, die soeben die Landebrücke erreichten. Virginia drückte die Hand ihrer Schwester. »Die Tournüre ist großartig geworden, Nan, und ich danke dir sehr herzlich dafür. Ich hatte keine Ahnung, daß du daran gearbeitet hast.«

Nanine lächelte liebevoll. »Dieser Stil steht dir sehr gut. Mama wird einen Anfall bekommen, wenn sie dich so sieht. Ihr Kleid und meines habe ich nur gekürzt, weil wir keinen Reif mehr unter dem Rock tragen.«

»Du mußt nächtelang an meiner Ballrobe genäht haben. Aber ich will nicht mit dir schimpfen – dazu freue ich mich viel zu sehr.«

»Schade, daß der lavendelblaue Satinstoff schon so verblichen ist! Dagegen konnte ich nichts tun.«

Virginia lachte fröhlich. »Das paßt doch großartig zu der ausgebleichten Orchidee in meinem Haar.«

Dann wandten sie sich zu einem Ehepaar, das die Veranda beinahe erreicht hatte. Die anderen Gäste ließen sich Zeit. Einige waren stehengeblieben, um sich umzublicken oder vielleicht Erinnerungen an eine schönere Vergangenheit nachzuhängen.

Liebenswürdig begrüßten die Hammond-Schwestern Alice und Lipton Trent, die einmal die Plantage zur Rechten von Willowbrook besessen hatten. Virginia und Nanine konnten nur mühsam ihr Entsetzen verbergen, als sie die einst so schöne Mrs. Trent nach langer Zeit wiedersahen. Sie war stark gealtert, wirkte gebrechlich, und ihre Schultern hatten sich nach vorn geneigt. Kein Wunder, dachte Virginia, immerhin hat sie zwei Söhne und ihren Bruder im Krieg verloren, und ihr Mann besitzt nur noch einen Arm. Liptons blondes Haar war weiß geworden, ansonsten hatte er sich kaum verändert. Er trug nach wie vor seinen dünnen Oberlippenbart und war immer noch so attraktiv wie in früheren Zeiten, als er so manches Frauenherz gebrochen hatte.

»Wie gut Sie aussehen, Mr. Trent«, sagte Virginia höflich und reichte ihm die Hand, die er mit seiner Linken umfaßte.

»Und Sie sind so schön wie eh und je, meine Liebe«, erwiderte er und küßte sie auf die Wange. »Vielen Dank für die Einladung. Ich hoffe, wir werden tanzen?«

»O ja, ich habe ein Fünf-Mann-Orchester engagiert.«

»Mit einem Arm kannst du doch nicht tanzen, Lipton«, meinte Alice mißbilligend.

»Und wie ich das kann! Ich tanze nämlich mit den Füßen. Um Himmels willen, Alice, reiß dich zusammen und versuch ein bißchen zu lächeln. Das ist unser erster Ball nach dem Ende des Krieges, und ich will ihn genießen, verdammt noch mal, auch wenn es unser letzter ist.«

»Tun Sie das, Mr. Trent«, ermunterte ihn Virginia lachend.

Lipton Trent wandte sich nun ihrer Schwester zu und gab ihr ebenfalls einen Kuß auf die Wange. »Sie sehen viel besser aus als bei unserer letzten Begegnung. Damals waren Sie so krank, meine liebe Nanine. Anscheinend hat Ihnen der Krieg gutgetan.«

»Wie kann man so was Schreckliches sagen!« rief Alice empört.

»In gewisser Weise hat er recht, Mrs. Trent«, erklärte Nanine. »Ein Yankee-Doktor hat mir genau die richtige Medizin verschrieben, und jetzt bin ich fast völlig genesen.«

»Schade, daß er nicht hier ist!« meinte Lipton. »Vielleicht hätte er eine Arznei, die dich ein wenig aufheitern würde, Alice.« Seine Stimme nahm einen strengen Klang an. »Du mußt die Vergangenheit endlich vergessen. Wir können weder unsere Söhne noch deinen Bruder aus dem Jenseits zurückholen. Und mein rechter Arm wird auch nie mehr nachwachsen. Also müssen wir ein neues Leben anfangen und aufhören, unseren Verlust zu beweinen. Sicher, wir wurden vernichtend geschlagen, aber wir haben's nicht besser verdient.«

Alice blickte entsetzt zum Himmel auf. »Großer Gott! Das ist Blasphemie!«

»Ich bin nicht ganz Ihrer Meinung, Mr. Trent«, warf Nanine ein. »Vielleicht war es nicht richtig, daß die Südstaaten von der Union abgefallen sind. Aber was während des Krieges auf dieser Insel und anderswo geschah, werde ich nie vergessen.«

»Ich auch nicht, meine Liebe«, stimmte ihr Lipton zu. »Trotzdem möchte ich nicht andauernd rumlaufen, mir die Haare raufen und mich lächerlich machen.«

Nanine lächelte ihm beifällig zu. »Genauso denke ich auch, Mr. Trent.«

»Sie sind ja auch nicht so schlimm dran wie wir, meine Liebe«, sagte Alice spitz. »Immerhin konnten Sie nach Valcour zurückkehren.«

»Geben Sie die Hoffnung nicht auf, Mrs. Trent«, bat Virginia. »Oder darf ich Sie Alice nennen?«

Zu ihrer Überraschung strahlte Mrs. Trent über das ganze Gesicht. »Natürlich, meine liebe Virginia. Wie nett, daß Sie auf diese Idee gekommen sind!«

Virginia lächelte geheimnisvoll. »Ich habe noch andere Ideen. Davon werden Sie später hören. Aber jetzt sollten wir hineingehen. Mama muß jeden Augenblick herunterkommen. Die anderen Gäste werden bald eintreffen, und sie will sicher an der Spitze des Empfangskomitees stehen.«

»Sicher, das ist ihr gutes Recht.« Alices Stimmung schien sich zu heben, als sie die Halle betrat und den Blumenschmuck sah. »Wie in alten Zeiten...«, murmelte sie, dann entdeckte sie Lenore.

»Oh, meine Liebe!« riefen beide Frauen gleichzeitig und umarmten sich schluchzend.

Lipton runzelte die Stirn und flüsterte Virginia zu: »Ich fürchte, wir werden heute noch viele Tränen sehen.«

»Mag sein, aber ich hoffe, daß ich sie trocknen kann.«

»Wovon reden Sie, Mädchen?«

Bevor sie antworten konnte, wandte sich Alice zu ihr. »Ich hoffe, die Yankees sorgen gut für unser Heim. Oder haben sie alles ruiniert?«

»Das geht uns nichts mehr an, Alice«, sagte Lipton seufzend.

»Mich wird dieser Gedanke bis an mein Lebensende beschäftigen.« Alice schaute sich um. »Ich habe Ihren Mann noch gar nicht gesehen, Virginia.«

»Er ist auf dem Festland«, erklärte Virginia. »Manche Gäste haben keine Möglichkeit, zum Kai von Charleston zu gelangen. Deshalb holt er sie mit einer Kutsche ab und kommt dann zurück, wenn die Barke zum letztenmal nach Valcour herüberfährt.«

»Er ist ein Yankee, nicht wahr?«

Virginia nickte.

»Wie konnten Sie ihn nur heiraten?« fragte Alice mißbilligend.

»Ganz einfach – ich liebe ihn.«

»Aber ein Yankee ... Wo doch Ihr Vater von Yankees getötet wurde ...«

»Ich liebe ihn«, wiederholte Virginia in energischem Ton. »Genügt das nicht? Außerdem ist Papa eines natürlichen Todes gestorben.«

»Und wie Sie sehen, sorgt Elias sehr gut für Willowbrook«, fügte Nanine hinzu. »Und die Häuser wurden schon geplündert, bevor er hier ankam und Militärkommandant von Valcour wurde. Aber das wissen Sie ja.«

»Er ist ein fairer Mann«, betonte Virginia. »Für ihn ist der Krieg vorbei.«

»Für mich wird er niemals vorbei sein«, entgegnete Alice bitter.

»Alice!« stieß ihr Mann mit scharfer Stimme hervor. »Wir sind Gäste in diesem Haus. Bitte, benimm dich anständig.«

Sie senkte unglücklich den Kopf. »Verzeihen Sie, meine liebe Virginia. Ich hätte nicht so reden dürfen.«

»Schon gut, ich verstehe Ihre Gefühle«, versicherte Virginia, und Alice atmete erleichtert auf.

Als die Barke am späten Nachmittag ihre letzte Fahrt beendet hatte, erstrahlte Willowbrook im hellen Glanz von unzähligen Kerzen und Lampions und war von fröhlichen Stimmen und Gelächter erfüllt. Einstige Nachbarn begrüßten sich freudig und gaben voller Galgenhumor Kommentare über ihre schäbige Garderobe ab. Nur sieben Herren hatten es geschafft, ihre Abendanzüge über den Krieg hinwegzuretten, aber in der Zwischenzeit waren sie ihnen wegen der Lebensmittelknappheit viel zu groß geworden. Da sich alle als Opfer derselben Umstände betrachten konnten, klagte niemand. Statt dessen erging man sich in ironischen Witzen.

Während die Abenddämmerung hereinbrach, bat Virginia um allgemeine Aufmerksamkeit. »Meine lieben Freunde«, begann sie, »ich möchte Sie alle bitten, zu Ihren ehemaligen Häusern zu gehen, um festzustellen, in welchem Zustand sie sich jetzt befinden. Dabei sollten Sie sich auch bewußt machen, wieviel Ihnen Ihre alte Heimat bedeutet. Ich habe einen Plan, den ich Ihnen nach dem Dinner erklären möchte, und Ihr Besuch auf Ihrem früheren Grundbesitz gehört dazu. Die Yankees veranstalten heute ein Picknick. Wir wurden dazu eingeladen, doch das haben wir natürlich abgelehnt ...«

Virginia machte eine kleine Pause, um Luft zu holen, und da ergriff ihre Schwester hastig das Wort. »Liebe Freunde, glauben Sie mir, die Unionsleute sind gar nicht so übel. Wir hatten niemals unter Repressalien zu leiden und ...«

»Noch nicht!« fiel ihr Virginia sarkastisch ins Wort. »Aber wen interessiert es schon, ob sie freundlich oder grausam sind? Wir wollen sie loswerden, nur darauf kommt es an. Nun wollen wir gemeinsam über die Insel wandern. Bis zum Dinner haben wir noch anderthalb Stunden Zeit, und ein Spaziergang wird Sie noch mehr erfrischen als ein paar Tänze. Damit können wir uns später immer noch vergnügen.«

Manche Gäste weigerten sich, ihre alten Häuser zu besuchen. Sie erklärten, sie könnten den Anblick nicht ertragen. Andere zögerten und ließen sich schließlich von Virginia überreden. Die meisten freuten sich über die Gelegenheit, einen Ausflug in die Vergangenheit zu unternehmen.

Lenore und Nanine blieben bei den Gästen, die sich nicht an der Wanderung beteiligten, und das Orchester hörte zu spielen auf. Während der Pause begannen ein paar Mädchen, von Belle angebrüllt und eingeschüchtert, die langen Tische für das Bankett aufzustellen und zu decken. Nanine beschloß, ein wenig frische Luft auf der Veranda zu schnappen, wo sie Ivy antraf. Das Mädchen schaute nachdenklich auf das Meer, über dem ein leichter Nebel lag.

Als die junge Farbige merkte, daß sie nicht mehr allein auf der Veranda war, wollte sie sich zurückziehen, aber Nanine sagte freundlich: »Bitte, geh nicht, Ivy, ich möchte mit dir reden.«

»Ja, Missy«, erwiderte das Mädchen gehorsam.

»Ich heiße Nanine Hammond. Die anderen Angestellten müssen mich Miß Hammond nennen, aber du sollst Nanine zu mir sagen.«

»Womit habe ich diese Bevorzugung verdient?« fragte Ivy geradeheraus.

»Ich mag dich. Du weißt dich auszudrücken und bist sehr tüchtig.«

»Und nicht dunkelbraun«, ergänzte Ivy kühl.

»Bitte, sei nicht sarkastisch. Gefällt es dir auf Valcour?«

»Ich hoffe, daß ich hier sterben werde, Miß Hammond.«

»Also gut, dann wollen wir förmlich miteinander umgehen.«

Plötzlich lachte Ivy. »O Nanine, ich liebe Sie, weil Sie so nett zu mir sind. Ich weiß, Sie meinen alles genauso, wie Sie es sagen.«

»So gefällst du mir schon besser. Wir reden später miteinander, denn da kommen schon die ersten Gäste zurück. Lauf jetzt, und – ich liebe dich auch.« Spontan umarmte Nanine das Mädchen und sah erstaunt, wie zwei dicke Tränen über Ivys Wangen rollten.

Während die Gäste ins Haus zurückkehrten, blieb Virginia bei ihrer Schwester auf der Veranda stehen. »Ich möchte nur wissen, wo Elias bleibt. Er wollte doch mit der letzten Barke zurückkommen.«

»Sie ist noch einmal zum Festland zurückgekehrt. Anscheinend hat er noch etwas zu erledigen. Er wird sicher bald hiersein.«

»Hoffentlich fühlt er sich zwischen lauter Südstaatenbewohnern nicht fehl am Platz.«

»Dafür müßtest du Verständnis haben«, meinte Nanine. »Immerhin war er ein Yankee-Offizier.«

»Unsinn! Für ihn gehört das alles der Vergangenheit an.«

Der Spaziergang über die Insel hatte die verschiedensten Reaktionen hervorgerufen. Einige Gäste waren tieftraurig und den Tränen nahe, andere schimpften wütend auf die Yankees. Einige von ihnen revidierten ihre Vorurteile gegen die Einwanderer aus den Nordstaaten, weil die alten Häuser gut instand gehalten wurden. Während die Leute lebhaft über die Eindrücke diskutierten, die sie in der letzten Stunde gewonnen hatten, sah Nanine zwei Männer von der Landebrücke zum Haus heraufkommen. Der eine schien den anderen zu stützen.

»Verdammt!« rief Virginia. »Das ist Elias mit unserem beschwipsten Bruder.«

Nanine hielt erschrocken den Atem an. »Du lieber Himmel! Ich glaube, Marty trägt seine Uniform.«

»Und er ist so betrunken, daß er kaum gehen kann. Elias muß ihn beinahe tragen.«

Nanine seufzte. »Marty ist trotz allem unser Bruder.«

Mit aller Kraft stieß er seinen Schwager beiseite und taumelte die Verandastufen hinauf, um seine Schwestern mit einem wilden Rebellenruf zu begrüßen.

»Er trägt sogar sein Schwert«, jammerte Nanine.

»Und er macht seiner Uniform nur Schande«, meinte Virginia angewidert. »Wir müssen ihn irgendwie beruhigen... Oh, da kommt Mama! Sieht sie denn nicht, daß er kaum auf den Beinen stehen kann?«

»Eine Mutter sieht so was vielleicht nicht«, entgegnete Nanine.

Lenore umarmte ihren Sohn, und bald darauf waren die beiden von Gästen umringt, die so taten, als merkten sie nichts von Martys Zustand. Elias gesellte sich zu Virginia und Nanine. »Was glaubt ihr, was ich durchgemacht habe! Marty hatte erfahren, daß ich in die Stadt kommen würde, und wartete auf mich. Er bat mich, ihn zur Insel mitzunehmen. Da er mir zu jenem Zeitpunkt völlig nüchtern erschien, sah ich keinen Grund, ihm diesen Wunsch abzuschlagen. Willowbrook ist immerhin sein Zuhause. Wir vereinbarten, uns im ›Bar and Whistle‹ zu treffen, nachdem ich die letzten Gäste zur Insel befördert hatte. Als ich dort ankam, sah ich, daß er inzwischen seine Uniform angezogen hatte. Er ließ sich von seinen Trinkkumpanen bewundern, und jeder, der ein paar Dollars übrig hatte, bezahlte ihm einen Whisky. Ich mußte ihn förmlich von der Theke wegzerren.«

»Tut mir leid.« Virginia stellte sich auf die Zehenspitzen und küßte ihn. »Ich hatte mir schon Sorgen gemacht, jetzt bin ich froh, daß du wieder da bist – ob mit oder ohne Marty.«

Elias lächelte sie liebevoll an. »Offensichtlich ist dein Ball ein großer Erfolg. Da fällt mir ein – ich werde ihn zur Sicherheit verstecken. Marty hat gedroht, er würde alle Yankees auf der Insel erschießen.«

Nanine schlang angstvoll die Finger ineinander. »O Gott! Bitte, versteck ihn ganz schnell...«

»Hoffentlich nützt das was«, erwiderte er mit einem gequälten Grinsen. »Er hat immer noch sein Schwert, und ich will lieber nicht versuchen, ihm das Ding wegzunehmen.«

»Hat er es zu einem bestimmten Zweck mitgebracht?« fragte Virginia.

»O ja, er kündigte an, er würde ein paar Yankees die Köpfe abhauen.«

Nanine schüttelte den Kopf. »Das meint er sicher nicht ernst.«

»Bei Marty kann man nie wissen«, entgegnete Virginia. »Wenn er verrückt spielt, würde er meinen Plan vereiteln.

Elias, bitte, bleib in seiner Nähe und paß auf ihn auf. Sieh zu, daß er möglichst viel Kaffee trinkt, damit er wieder halbwegs nüchtern wird.«

»Ich werde mein Bestes tun und mich bei Tisch neben ihn setzen«, versprach er. »Vielleicht kann ich verhindern, daß er vom Stuhl fällt. Hier wird doch weder Wein noch Schnaps serviert, oder?«

Nanine lächelte verächtlich. »Seit unserer Heimkehr gibt es keinen Tropfen Alkohol in diesem Haus.«

Virginia wandte sich zur Tür. »Ich muß jetzt sehen, wie Belle und die Mädchen im Ballsaal zurechtkommen, Nan, kümmere dich inzwischen bitte um die Gäste.«

Sie besänftigte die wütende Belle, die gerade ein angeblich unfähiges Mädchen an den Ohren riß, und veranlaßte, daß der erste Gang, eine Suppe, serviert wurde. Dann gab sie dem Dirigenten des kleinen Orchesters ein Zeichen, worauf ein Trommelwirbel die Gäste zum Essen rief.

Virginia und Nanine saßen zu beiden Seiten ihrer Mutter am Kopfende einer der langen Tafeln und lächelten zufrieden, während die Austernsuppe allseits gelobt wurde. Nachdem die Mädchen unter Belles Aufsicht die Suppenteller abserviert hatten, gab es Süßkartoffelbiskuits mit Salat. Wegen der Lebensmittelknappheit hatten sie das Menü sehr sorgfältig planen müssen. Die Austern stammten aus den Gewässern der Bucht, die Hühner wurden von den Exsklaven gezüchtet, und das Gemüse wuchs im Garten von Willowbrook. Alle Gäste versicherten, sie hätten schon lange nicht mehr so gut gegessen, und bedankten sich überschwenglich bei den Hammonds.

»Wo ist denn der Wein?« rief Marty. »Und wo bleibt der Bourbon? Früher hatten wir einen reichbestückten Keller.«

»Als wir die Insel besetzten, tranken die Sklaven alle Flaschen leer, die sie nur finden konnten«, sagte Elias, ohne zu überlegen.

Tiefes Schweigen folgte seinen Worten. Nanine preßte die Hände auf den Mund und begann zu kichern. Virginia biß sich auf die Unterlippe, dann gab sie ihre Bemühungen auf und stimmte in das Gelächter ihrer Schwester ein. Schon nach wenigen Sekunden lockerte sich die angespannte Atmosphäre.

»Jetzt bin ausnahmsweise mal ich ins Fettnäpfchen getreten«, meinte Elias.

»Er ist ein gottverdammter Yankee!« schrie Marty und wollte

aufstehen, wurde aber von seinem Schwager auf den Stuhl zurückgedrückt.

Virginia erhob sich. »Liebe Freunde, wenn wir gegessen haben, möchte ich Ihnen etwas mitteilen. Dabei müssen alle Fenster und Türen fest verschlossen sein, denn die Unionsleute dürfen nichts hören.«

Marty murmelte etwas vor sich hin, dann sank sein Kopf auf die Schulter seines Schwagers. Nach einer Weile begann er leise und friedlich zu schnarchen. »Wenn Sie mich nun entschuldigen würden«, bat Elias. »General Hammond wünscht sich zurückzuziehen.« Er stand auf, hievte sich Marty auf die Schulter und trug ihn nach oben. Nachdem er ihn auf ein Bett geworfen hatte, kehrte er zu den Gästen zurück.

Mittlerweile hatten alle ihre Teller leer gegessen, und Virginia stand wieder auf. Alle schienen zu spüren, daß sie ihnen etwas Wichtiges zu sagen hatte, denn die Tischgespräche verstummten abrupt.

»Wir alle sind auf Valcour geboren«, begann sie. »Unsere Vorväter haben die Insel erobert, und wir waren sehr glücklich hier – bis dieser schreckliche Krieg anfing. Wir gehören hierher, und Sie alle werden in die Heimat zurückkehren. Dann werden Sie wieder hier leben, genauso wie zuvor. Das verspreche ich Ihnen . . .«

»Virginia«, fiel ihr Paul Blake, ein ehemaliger Pflanzer, ins Wort. »Wir wissen zu schätzen, was Sie uns erzählen, und wären Ihnen ewig dankbar, wenn es Wirklichkeit würde. Abgesehen von Ihrer Familie sind wir alle bankrott. Wir leben von der Hand in den Mund. Und dieser Zustand wird sich in den nächsten Jahren wohl kaum ändern.«

»Sie alle werden wieder in Ihre ehemaligen Häuser ziehen«, versicherte Virginia ihnen, »denn ich werde die Yankees von dieser Insel vertreiben.«

»Selbst wenn Ihnen das gelänge – mit welchem Geld sollen wir unsere ehemaligen Plantagen zurückkaufen?« fragte Blake.

»Wenn die Yankees gehen, werden sie die Häuser und Felder nicht mehr besitzen«, antwortete Virginia zuversichtlich. »Ich werde ihnen alles abkaufen. Sie sind hierhergekommen, um von unserem Unglück zu profitieren. Wir wurden von der Insel gejagt, und man bot unsere Häuser mitsamt den

Grundstücken zum Verkauf an. Während des Krieges konnten wir natürlich keine Steuern bezahlen, und danach kauften die Yankees unsere Plantagen jeweils für die Summe, die unseren Steuerschulden entsprach. Das bedeutete, daß die Einwanderer aus den Nordstaaten um ein paar hundert Dollar Landbesitz erwerben konnten, der dreißig- oder vierzigtausend wert war.«

»Sie sagten, Sie würden den Yankees dieses Geld zurückzahlen?« vergewisserte sich Blake, der weiterhin als Sprecher aller Zuhörer fungierte.

Virginia nickte. »Wir hatten Glück, denn unser Vater verhinderte, daß das Gold, das er noch besaß, dem Feind in die Hände fiel. Davon ist noch einiges übrig, und außerdem besitzen wir die größte Plantage in den Carolina-Staaten, außerhalb von Charleston. Mein Bruder versucht sie gerade zu verkaufen, und sie dürfte genug einbringen, so daß ich alle Plantagen auf Valcour zurückkaufen kann.«

»Dann gehören sie Ihnen – nicht uns«, wandte Blake ein.

»Sobald Sie alle wieder in Ihre alte Heimat zurückgekehrt sind, werden Sie gute Baumwolle in großen Mengen produzieren, wozu die Yankees übrigens unfähig sind, und uns bald alles zurückzahlen. Und sollte das durch irgendwelche Umstände nicht möglich sein, vergessen wir die Schulden.«

Überrascht starrten sich die Gäste an, dann ergriff Blake wieder das Wort. »Das ist sehr großzügig von Ihnen, und ich nehme an, Sie sprechen auch im Sinne Ihrer Mutter und Ihrer Schwester«, sagte er, worauf Lenore und Nanine lächelnd nickten. »Aber was hält Ihr Mann von diesem Plan, Virginia? Immerhin ist er ein Yankee.«

Elias stand auf und warf seiner Frau einen belustigten Blick zu. »Ich habe Valcour mit meiner Truppe besetzt und vier Jahre lang als Militärkommandant verwaltet. Dabei lernte ich diese Insel lieben – und auch das Mädchen, dem sie soviel bedeutet. Ich möchte, daß die alten Zeiten auf Valcour zurückkehren. Der Krieg ist vorbei, auch wenn einige von Ihnen anderer Meinung sind. Wir alle sind Amerikaner, und die Feindschaft zwischen zwei Teilen ein und desselben Volkes kann zwar lange dauern, müßte aber mit einer gewissen Toleranz auf beiden Seiten gemildert werden können. Ich werde alles tun, um Virginia bei der Durchführung ihrer Pläne zu helfen und glücklich sein, wenn Sie alle in Ihre Heimat zurückgekehrt sind. Ich danke Ihnen für Ihre Aufmerksamkeit.«

Obwohl nur wenige Leute zögernd Beifall klatschten, war allen anzusehen, daß sie Elias' Worten Glauben schenkten.

»Vielen Dank, Liebling«, sagte Virginia lächelnd, dann wandte sie sich wieder zu ihren Gästen. »Nun wissen Sie, was ich vorhabe. Sind Sie alle damit einverstanden?«

Lautes Jubelgeschrei brach aus, und niemand erhob Einwände. Dann führte man an allen Tischen lebhafte Gespräche, sprach von Träumen, deren Verwirklichung nun in greifbare Nähe gerückt war. Das Orchester begann wieder zu spielen, aber niemand hatte Lust zu tanzen, und nach einer Weile ging der Dirigent klugerweise zu Kammermusik über.

Virginia war sehr zufrieden mit dem Erfolg ihrer Ansprache. Sie hatte genug Kapital, um mit der Durchführung ihres Plans zu beginnen. Nun mußte sie nur noch Mittel und Wege finden, um die Yankees zu veranlassen, ihre Ansprüche auf die Valcour-Plantagen aufzugeben, und dabei würde sie keine Skrupel kennen.

Nach einiger Zeit stand Elias auf, ging zu seiner Frau und flüsterte ihr zu, daß er nach Marty sehen und versuchen wollte, ihn wieder auf die Beine zu bringen. Dann hob er den Arm und bat um allgemeine Aufmerksamkeit. »Wir sind heute abend aus einem wichtigen Anlaß zusammengekommen. Wie wir nun alle wissen, können wir vertrauensvoll in die Zukunft blicken. Deshalb sollten wir uns endlich wieder unseres Lebens freuen und tanzen. Man hat mir erzählt, Willowbrook wäre früher berühmt gewesen für solche Feste. Und in diesem Sinne wollen wir auch heute feiern und den Auftakt geben zur Rückkehr dieser Insel in alte, glanzvolle Zeiten.«

Virginia sprang auf, schlang die Arme um seinen Hals und küßte ihn. Und als sie ihn losließ, klang lauter, ehrlich gemeinter Beifall. Elias verneigte sich, dann verließ er den Raum, in der Hoffnung, daß ihn die Freunde seiner Frau endgültig akzeptiert hatten. Doch die Furcht, die Rebellen könnten ihn immer noch als Feind betrachten, ließ sich nicht ganz verdrängen.

Marty lag lang ausgestreckt auf dem Bett und schnarchte laut. Elias zog ihm die Uniformjacke und die Schuhe aus. Er versteckte das Schwert auf einem Schrank. Dann deckte er seinen Schwager zu, der sich schnarchend auf die andere Seite drehte. Offensichtlich würde es noch eine Weile dauern, bis er seinen Rausch ausgeschlafen hatte. Seufzend verließ Elias das Zimmer und ging wieder nach unten.

7

Gebadet, sauber rasiert und in einer frisch gebügelten Uniform, sah Marty beinahe wieder wie der Brigadegeneral der Konföderiertenarmee aus, dessen illustre Karriere so viel Aufsehen erregt hatte. Er kam zu Virginia ins Arbeitszimmer, ging um den Schreibtisch herum und küßte sie auf die Wange. »Verzeih, daß ich mich gestern abend so unmöglich benommen habe«, bat er. »Wahrscheinlich wird es noch öfter passieren, dann will ich mich auch von neuem entschuldigen, aber jetzt wollen wir erst mal einen Waffenstillstand vereinbaren. Dein Mann hat mir gesagt, daß du mich in einer wichtigen Angelegenheit sprechen möchtest.«

»Setz dich, Marty«, forderte sie ihn mit sanfter Stimme auf. »Ich will dir keine Lektion erteilen, aber versuchst du tatsächlich, die Plantage auf dem Festland zu verkaufen?«

»O ja«, erwiderte er, und als er ihren skeptischen Blick bemerkte, fuhr er eifrig fort: »Wirklich, Virgie! Aber du mußt bedenken, daß es sich um eine der größten Plantagen in dieser Gegend handelt. Außerdem ist das Haus abgebrannt, auch die Nebengebäude sind zerstört.«

»Aber das Land ist da – gutes, fruchtbares Land.«

»Ich weiß. Unter normalen Bedingungen wäre es ein Kinderspiel, die Plantage zu verkaufen, aber jetzt, wo alle bankrott sind... Ich bekam ein paar Angebote aus dem Norden, aber mit den Yankees will ich keine Geschäfte machen.«

»Das würde ich dir auch gar nicht erlauben. Und sonst interessiert sich niemand für die Plantage?«

»Doch, ein gewisser Miles Rutledge aus New Orleans. Ich kenne ihn nicht besonders gut, doch das dürfte sich bald ändern. Sein Vater ist bei Shiloh umgekommen. Miles ist schwerreich. Als damals der Krieg in der Luft lag, hat er sich im Gegensatz zu vielen anderen Leuten geweigert, sein Vermögen der Konföderation zu überlassen und das Geld statt dessen in Unionsbanken deponiert. Jetzt hebt er es sukzessive wieder ab.«

»Was hindert ihn dann daran, unsere Plantage zu kaufen?« fragte Virginia ungeduldig.

»Keine Ahnung. Ich habe noch nicht mit ihm gesprochen, sondern nur über Mittelsmänner Verbindung mit ihm aufgenommen. Sobald ich wieder in Charleston bin, werde ich mich direkt an ihn wenden. Eins macht mir allerdings Sorgen. Er ist mir zweimal über den Weg gelaufen, und ich kann dir sagen – der Mann sieht aus wie eine schwindsüchtige Vogelscheuche. Er ist etwa eins achtzig groß und wiegt höchstens hundertdreißig Pfund. Irgendwie habe ich das Gefühl, daß er schwer krank ist.«

»Dann darfst du keine Zeit mehr verschwenden. Und – bitte, Marty, versuch nüchtern zu bleiben. Wir brauchen das Geld, das uns die Plantage einbringen wird, und zwar so schnell wie möglich. Bedauerlicherweise sind wir völlig von dir abhängig.«

Er nickte. »Ich werde mein Bestes tun. Das bin ich dir nach meinem gestrigen Fauxpas schuldig. Ich werde noch heute aufs Festland zurückkehren.«

»Zieh in ein respektables Hotel und halt dich von diesen fragwürdigen Freunden fern. Vergiß nicht, du bist ein Hammond. Du darfst den guten Ruf dieses Namens nicht ruinieren.«

Marty seufzte. »Ich würde gern tun, was du sagst, aber dazu brauche ich Geld – ungefähr hundert Dollar.«

»Die gebe ich dir, bevor du gehst. Übrigens, ich hätte noch eine Frage. Hast du von einem Renegaten namens Bradley Culver gehört? Er ist der Anführer einer Räuberbande.«

»Ja, dieser Name ist mir bekannt. Warum?«

Virginia schilderte ihr Abenteuer im Wald und fügte hinzu: »Er hat mir versprochen, die Häuser auf Valcour nicht niederzubrennen und auch sonst keinen materiellen Schaden anzurichten.«

»Wenn er sein Wort halten würde, wäre es das erstemal. Er ist ein gefährlicher, gewissenloser Verbrecher. Und wenn man ihn erwischt, wird man ihn aufhängen – ganz egal, ob ihn die Nord- oder Südstaatler schnappen. Du darfst dich keinesfalls auf sein Wort verlassen, denn dieser Mann hat keinen Funken Ehre im Leib.«

»Danke für die Warnung. Aber ich bezweifle, daß er zurückkommen wird. Elias hat Captain Delaney über den Zwischenfall informiert und Waffen aus der Stadt mitgebracht, damit wir für eventuelle Überfälle gerüstet sind.«

»Ich nehme an, auch die Yankees werden sich in Zukunft besser schützen.« Marty stand auf. »So, und nun will ich mich verabschieden. Gib Mama und Nanine je einen Kuß von mir.«

Als er das Arbeitszimmer verlassen hatte, versuchte sich Virginia vergeblich auf ihre finanziellen Probleme zu konzentrieren. Schließlich legte sie ihre Rechnungsbücher beiseite, lehnte sich in ihrem Stuhl zurück und dachte an Bradley Culver.

Natürlich hatte Marty recht, wenn er ihn als skrupellosen Verbrecher bezeichnete. Trotzdem begann ihr Herz schneller zu schlagen, als sie sich an seinen Kuß erinnerte, und eine seltsame Schwäche breitete sich in ihren Gliedern aus. Trotz seines üblen Rufs konnte sie ihn einfach nicht vergessen...

Verwirrt schreckte sie aus ihren Gedanken auf, als ein Hausmädchen an die Tür klopfte und den Besuch Henry Tannets anmeldete, eines Yankees, der sich auf Valcour niedergelassen hatte. Virginia wies das Mädchen an, ihn hereinzuführen.

Mr. Tannet war ein großer, dürrer Mann mit schmalem Gesicht und spitzem Kinn und großen Ohren, die ihm ein satanisches Aussehen verliehen. »Guten Morgen«, sagte er und setzte sich, ohne auf eine entsprechende Aufforderung zu warten. »Ich muß mit Ihnen reden.«

»Worüber, Mr. Tannet?«

»Über eine ganze Menge. Ich lebe nun schon seit eineinhalb Jahren hier und begreife diese Insel noch immer nicht. Ich brauche Ihre Hilfe. Wie bringen Sie es bloß fertig, Baumwolle zu züchten, die sich verkaufen läßt? Das Zeug, das auf meinen Feldern wächst, ist völlig unbrauchbar. Und diese Nigger! Sie ignorieren mich einfach – abgesehen vom Zahltag, dann kennen sie mich plötzlich. Ich geben ihnen fünfzig Cent pro Tag, aber sie sind nicht einmal die Hälfte wert.«

»Die Schwarzen gehören einer anderen Rasse an als wir«, erklärte Virginia. »Man muß sie streng, aber taktvoll behandeln. In alten Zeiten haben wir sie auspeitschen lassen, wenn sie sich schlecht benahmen. Und wenn sie nur geringfügige Missetaten begingen, mußten sie härter und länger arbeiten als sonst. Aber die menschenfreundlichen Leute aus dem Norden scheinen zu glauben, daß die Neger nach ihrer Befreiung genauso fleißig arbeiten werden wie früher. Wir Südstaatler wissen, wie man mit ihnen umgehen muß. Sie werden das nie lernen, Mr. Tannet. Die Schwarzen werden Sie belügen und betrügen, aber niemals für Sie arbeiten.«

»Manchmal glaube ich fast, die Rebellen hatten recht, als sie die Nigger so malträtierten. Es gibt Augenblicke, wo sie mich so wütend machen, daß ich ihnen am liebsten die Hälse umdrehen würde.«

»Davon würde ich Ihnen abraten, Mr. Tannet.«

Er sah Virginia forschend an. »Sie sind nicht besonders hilfsbereit, Ma'am.«

»Ich habe nur versucht, Sie über gewisse Eigenheiten der Schwarzen zu informieren, Mr. Tannet«, erwiderte Virginia höflich, aber kühl.

Er sah sie skeptisch an. »Noch etwas ... Ich habe keine Lust mehr, Baumwolle anzubauen. Deshalb dachte ich mir, ich könnte den Marketenderladen übernehmen. Der wird nicht mehr genutzt, seit die Truppen abgezogen sind, und wir müssen alles, was wir brauchen, auf dem Festland kaufen. Das bedeutet, daß wir ständig hin und her rudern müssen. Das würden wir uns in Zukunft ersparen, wenn ich einen Laden aufmache. Was halten Sie davon?«

Virginia lächelte zufrieden. Soeben hatte er einen erheblichen Beitrag zur Durchführung ihrer Pläne geleistet. »Es ist immer riskant, ein Geschäft zu gründen, aber so ein Laden würde allen Inselbewohnern nur Vorteile bringen, Sir. Vor allem die Neger werden Ihr Vorhaben zu schätzen wissen, weil sie nicht oft nach Charleston kommen.«

»Dann werd' ich's tun, bei Gott, und wenn es mich meinen letzten Cent kostet. An die Nigger habe ich dabei noch gar nicht gedacht – obwohl sie hier viel zahlreicher vertreten sind als unsereins. Meine Frau meinte, ich werde gegen eine Wand reden, wenn ich hierher zu Ihnen komme, Ma'am, aber Sie sprechen eine klare Sprache. Und die verstehe ich, denn ich bin ein Yankee aus Vermont. Ein netter Staat, besser als diese verdammte Insel – aber hier läßt sich's auch leben. Meine Frau erzählt ständig von Hurrikanen und Klapperschlangen. Sie hört sich eben zu viele Klatschgeschichten an.«

»An solchen Geschichten ist schon was dran, Mr. Tannet«,

entgegnete Virginia, »doch mit solchen Problemen werden wir mühelos fertig.«

»Sagen Sie mal, als ich hierherging, sah ich mir Ihre Baumwolle an – viel besser als meine. Wie machen Sie das bloß?«

»Für uns Südstaatler strengt sich die Baumwolle eben mehr an«, entgegnete Virginia bescheiden. »Wir tun nur das, was wir schon immer getan haben, mehr kann ich Ihnen nicht dazu sagen.«

»Ja, das leuchtet mir ein. Nun, dann will ich Ihre Zeit nicht länger in Anspruch nehmen. Vielen Dank für Ihre guten Ratschläge, Ma'am.«

Er verabschiedete sich, und als Virginia wieder allein war, lächelte sie triumphierend vor sich hin. Mr. Tannet wird sich auf einige Überraschungen gefaßt machen müssen, vor allem, was seine finanzielle Zukunft betrifft.

Auf seinem Heimweg sah Henry Tannet ein paar Schwarze am Wegrand stehen, die gerade von Elias Birch Anweisungen erhielten. Er schlenderte auf ihn zu und rief: »He, Major, freut mich, daß wir uns mal begegnen. Kann ich Sie mal kurz sprechen?«

Elias wandte sich unwillig zu ihm und bedeutete den Arbeitern, aufs Feld zurückzukehren. »Guten Tag, Mr. Tannet. Was gibt's?«

»Ich verstehe nicht, wie Sie mit diesen Niggern zurechtkommen, obwohl Sie doch ein Yankee sind, genau wie ich; also ein vernünftiger Mann.«

»Mr. Tannet, der Krieg ist vorbei. Ich bin weder Yankee noch Rebell, sondern Amerikaner. Und ich werde mich weder mit der einen noch mit der anderen Seite verbünden. Das wäre auch gar nicht nötig, denn ich beabsichtige, in Frieden zu leben und mich nur um meine eigenen Angelegenheiten zu kümmern. Wollten Sie noch etwas mit mir besprechen, Sir?«

Henry Tannet musterte ihn mit widerwilligem Respekt. »Gerade habe ich mich mit Ihrer Frau unterhalten und ihr erzählt, daß ich den alten Marketenderladen übernehmen und dort ein Geschäft gründen will.«

»Ein riskantes Unternehmen, Mr. Tannet.«

»Ihre Frau war anderer Meinung, Major.«

»Heutzutage ist jede Geschäftsgründung ein Risiko.«

Tannet schob seinen alten Panamahut aus der Stirn. »Sie sind nicht besonders entgegenkommend, Major. Und ich finde, Sie sollten Ihre eigenen Leute etwas mehr mit Rat und Tat unterstützen – obwohl Sie eine Rebellin geheiratet haben.«

»Das tu' ich, Sir. Ich setze mich jederzeit für meine Familie ein.«

»Ich meine uns, verstehen Sie das nicht? Uns, die wir gutmütig genug waren, um hierher zu übersiedeln und etwas aus dieser gottverlassenen Insel zu machen.«

»Verzeihen Sie, wenn ich Sie korrigiere, Mr. Tannet, aber es war die Bodenspekulation, die Sie und die anderen aus den Nordstaaten in den Süden gelockt hat. Sie haben große Ländereien und Plantagen für ein Spottgeld gekauft und wollen drauf sitzenbleiben, bis sich die Nachwirkungen des Krieges verflüchtigt haben und Sie Ihren Grundbesitz mit beträchtlichem Gewinn wiederverkaufen können. Deshalb hat man Sie und Ihresgleichen als Schurken und Halsabschneider bezeichnet, und das mit Recht.«

»Verdammt!« Tannet bemühte sich nicht, seinen Zorn zu unterdrücken. »Diese Leute haben Sie in einen Rebellen verwandelt!«

»Guten Morgen, Sir!« sagte Elias kühl.

So leicht ließ sich Tannet den Wind nicht aus den Segeln nehmen. »Ihre Frau hat Sie ganz schön unter dem Pantoffel, was? Sie bildet sich ein, sie wäre immer noch eine steinreiche Südstaatenlady, und jeder, der ihr über den Weg läuft, wäre ein Sklave, den sie rumkommandieren kann, und so macht sie's auch mit Ihnen.«

»Mr. Tannet, soll ich Ihnen die Nase einschlagen?« fragte Elias höflich.

Henry Tannet trat einen Schritt zurück. »Wenn Sie mich anrühren, werde ich Captain Delaney informieren. Ich schäme mich für Sie, Mr. Birch! Ein Major, der in der Unionsarmee gedient hat und zum gemeinen Verräter geworden ist...«

»Sie stehen auf dem Grund und Boden von Willowbrook«, fiel ihm Elias ins Wort. »Verschwinden Sie, oder ich werde Ihnen Beine machen – und wenn Sie die ganze Garnison von Charleston auf mich hetzen.«

Tannet wandte sich wortlos ab und ging davon. Elias starrte ihm mit schmalen Augen nach. Diese Leute kamen einfach nicht über die Tatsache hinweg, daß sie einen Krieg gewonnen hatten, der niemals hätte stattfinden dürfen, und betrachteten Valcour als ihre rechtmäßige Kriegsbeute.

Ärgerlich ging er zum Haus. Als er zwei Männer von der Landebrücke heraufkommen sah, verengten sich seine Augen. Der eine war sehr groß, der andere schien nicht viel kleiner zu sein, obwohl die schwere Last eines Sacks, den er auf der einen Schulter trug, seinen Rücken beugte.

»Verdammt!« flüsterte Elias.

Der große Mann war Bradley Culver, der Bandit, den sowohl der Norden als auch der Süden fürchtete. Elias drehte sich um. Tannet war stehengeblieben und beschattete mit einer Hand seine Augen. Vermutlich hatte er Culver sofort wiedererkannt, denn jetzt wandte er sich hastig ab und rannte zu seiner Plantage, wie von Furien gejagt.

Auch Elias begann zu laufen, um Culver den Weg abzuschneiden, bevor er das Haus erreichte. Doch der Vorsprung des Räubers war zu groß. Als der Major die Verandastufen hinaufstürmte, vorbei an dem Mann, der den Sack schleppte – stand Culver bereits in der Halle. Elias folgte ihm durch die offene Tür und sah, wie sich der ungebetene Gast über Virginias Hand beugte.

»Ich bin in friedlicher Absicht gekommen«, erklärte der Bandenführer. »Bei meinem letzten Besuch auf dieser Insel habe ich nur die Häuser der Yankees geplündert und Ihr Heim verschont, Ma'am.«

Sie konnte nicht verhindern, daß sie rot wurde. »Dafür sind wir Ihnen sehr dankbar.«

»Diebstahl bleibt Diebstahl«, bemerkte Elias mit kalter Stimme. »Es ist völlig gleichgültig, wen man bestiehlt. Da gibt es keine Unterschiede.«

Culver wandte sich lächelnd zu ihm. »Da bin ich anderer Meinung, Sir, doch ich gestehe Ihnen das Recht auf eigene Ansichten durchaus zu. Und ich weiß, daß ich aufgrund meines wohlverdienten schlechten Rufs eigentlich gar nicht feststellen dürfte, was Rechtens ist und was nicht.«

»Was wollen Sie?« fragte der Major.

»Bitte, Elias!« mischte sich Virginia hastig ein, bevor Culver antworten konnte. »Mr. Culver ist ganz sicher nicht gekommen, um uns Schaden zuzufügen.«

»Das stimmt, Ma'am«, pflichtete ihr der Bandenführer bei.

»Auch bei meinem vorangegangenen Besuch habe ich niemandem etwas zuleide getan und auch die Yankee-Häuser nicht so gründlich geplündert, wie ich das sonst zu tun pflege. Denn ich sagte mir, daß jeder, der auf Valcour lebt – Yankees oder Rebellen –, unter dem Schutz der Hammonds steht, einer der großartigsten Südstaatenfamilien. Nach meiner Rückkehr auf das Festland dachte ich in Ruhe über das alles nach und schämte mich, weil ich die Insel überfallen hatte, für die diese bedeutende Familie verantwortlich ist. Deshalb bringe ich nun alles zurück, was ich den Yankees – eh – weggenommen habe.«

»Ich danke Ihnen«, sagte Virginia leise.

Elias starrte den Räuber mißtrauisch an. »Ich begreife das nicht. Auf dem Festland rauben Sie schon seit Wochen Yankee-Häuser aus, und soviel ich weiß, haben Sie Ihre Beute noch nie zurückgegeben.«

»Das stimmt, und es widerstrebt mir auch ganz gewaltig, die Sachen, die ich mir angeeignet habe, wieder herauszurükken. Aber in diesem Fall fand ich, daß ich es der Familie Hammond schuldig sei – der guten Mrs. Hammond, ihren Töchtern, ihrem bewundernswerten Sohn und ihrem Gatten, der als Märtyrer gestorben ist. Und natürlich auch Ihnen, Sir.«

»Ich bin ein Yankee und habe als Major in der Unionsarmee gedient. Warum komme auch ich in den Genuß Ihrer Großzügigkeit?«

»Was Sie früher einmal waren, spielt keine Rolle mehr. Jetzt sind Sie mit einer wunderschönen Südstaatenlady verheiratet, und ich weiß den Ruf, den Sie sich als gerechter Verwalter dieser Insel erworben haben, durchaus zu würdigen. Ich respektiere Sie, Sir – und ich beneide Sie, denn ich habe nie zuvor eine schönere Frau gesehen als Mrs. Birch.«

Virginia senkte lächelnd den Blick. »Danke, Sir.«

Elias schüttelte den Kopf. »Ich weiß nicht, was ich von Ihnen halten soll, Culver. Nach allem, was ich gehört habe, verschonen Sie niemanden. Angeblich haben Sie mit Hilfe Ihrer Renegaten schon eine ganze Menge Leute ermordet.«

»Ermordet? Das hängt davon ab, wie man die Dinge betrachtet. Wenn die Leute, deren Besitz wir uns aneignen, Widerstand leisten, wenden wir Gewalt an.«

»Das ist in meinen Augen Mord. Und Sie sind ein Verbrecher.«

Culver zuckte lässig mit den Schultern. »Wie gesagt – das hängt von dem Standpunkt ab, den man vertritt.«

»Außerdem müßte Ihnen bewußt sein, daß Sie von Kopfgeldjägern verfolgt und am Galgen baumeln werden, wenn man Sie schnappen sollte.«

»Das ist mir klar«, entgegnete Culver lächelnd.

»Warum führen Sie ein solches Leben, Mr. Culver«, fragte Virginia, »wenn Sie genau wissen, was Ihnen droht?«

Er sah ihr tief in die Augen, und Virginia spürte erneut, wie ihr das Blut in die Wangen stieg. »Ich bin in den Krieg gezogen, den uns die dummen Nordstaatler aufgezwungen haben. Dadurch habe ich fünf Jahre meines Lebens verloren, und dieser Verlust muß ersetzt werden. Deshalb suche ich die Häuser dieser Yankee-Halsabschneider auf und nehme mir, was ich haben will.«

»Wenn alle Südstaatler so dächten wie Sie, würde ein neuer Krieg ausbrechen«, wandte Elias ein.

»Mein lieber Major, für mich ist der alte Krieg noch gar nicht beendet. Ich werde immer gegen den Norden kämpfen. Lees Kapitulation interessiert mich nicht. Dieser Krieg geht weiter, bis ich das Gefühl habe, daß ich einigermaßen entschädigt wurde – und sollte es auch mein Leben kosten.« Culver ging zu Virginia, um ihr die Hand zu küssen. Dann hielt er seine Rechte dem Major hin, der sie jedoch verschmähte. »Nun werde ich die Insel wieder verlassen, Sir. Bitte betrachten Sie mich nicht als Feind – auch wenn Sie keinen Freund in mir sehen können. Die Sachen, die ich den Yankees gestohlen habe, befinden sich in dem Sack auf Ihrer Veranda. Leben Sie wohl, Sir – Ma'am.«

Er wandte sich ab und ging hinaus. Virginia und Elias folgten ihm und beobachteten, wie er zur Landebrücke hinunterging, wo sein Adjutant in einem Ruderboot wartete.

»Was für ein seltsamer Mann!« meinte Virginia und schaute dem Boot nach, das sich vom Steg entfernte. »Welch ein vergeudetes Leben ...«

»Seltsam – das ist nicht ganz das richtige Wort, Virgie«, entgegnete Elias mißbilligend.

»Sei doch fair, Elias! Irgendein guter Kern muß in ihm stecken, sonst hätte er die Sachen nicht zurückgebracht.«

»Warum er das getan hat, ist mir ein Rätsel. Jedenfalls ändert das nichts an der Tatsache, daß er ein gemeiner

Verbrecher ist – ein Dieb und Mörder. Und mit seiner großzügigen Geste hat er uns keineswegs genützt. Tannet hat gesehen, wie Culver zu unserem Haus gegangen ist. Und jeder, dem dieser Bandit über den Weg läuft, ist verpflichtet, die Behörden zu verständigen. Wer ihn beherbergt und unterstützt, wird das gleiche Schicksal erleiden wie er.«

»Niemand kann behaupten, wir hätten ihn beherbergt.«

»Das nicht, aber man könnte sagen, daß wir ihn in unserem Haus geduldet haben, und zwar für eine ganze Weile, statt die Behörde auf dem schnellsten Weg zu benachrichtigen. Und genau das wird Tannet tun. Wahrscheinlich wird er sich an Bowman vom Freigelassenenbüro wenden.«

»Dann sollten wir sofort zum Festland fahren und deinem Freund, Captain Delaney, mitteilen, daß Culver seine Beute zurückgebracht hat – daß die Hammonds nach seiner Meinung für alle Inselbewohner verantwortlich sind, daß er seinen Raubzug auf Valcour als Beleidigung aller Südstaatenpatrioten empfand, auch wenn seine Opfer ausschließlich Yankees waren.«

Elias lächelte sarkastisch. »Der Captain wird uns ebensowenig glauben, wie ich Culvers Motive für ehrenwert halte.«

»Eine andere Erklärung können wir nicht vorbringen. Jedenfalls müssen wir zum Festland fahren, bevor Tannet den Captain verständigen kann. Culver hat uns eben erst verlassen, und wenn wir die Garnison so schnell wie möglich aufsuchen, kann man uns keinen Vorwurf machen.«

»Also gut. Hol deinen Hut, ich erwarte dich an der Landebrücke.«

8

Am Kai von Charleston angekommen, mieteten sie einen Wagen und ließen sich zum Unionshauptquartier in der Stadtmitte bringen. Vor dem Gebäude standen vier uniformierte Männer. Als Elias seiner Frau aus dem Wagen geholfen hatte und sie zum Tor führte, traten ihm zwei Soldaten in den Weg.

»Sie sind Major Birch«, sagte einer der Männer. »Versuchen Sie gar nicht erst, das abzustreiten. Und das ist Ihre Frau. Sie sind beide verhaftet.«

»Wer hat das veranlaßt?« fragte Elias kühl.

»Das Freigelassenenbüro, Sir.«

»Mit anderen Worten – Ben Bowman.«

»Ganz recht, Sir.«

»Wie lautet die Anklage?« erkundigte sich Virginia tonlos.

»Sie haben einem allseits bekannten Mörder und Flüchtling Obdach gewährt, Ma'am.«

»Was glauben Sie denn, warum wir hierhergekommen sind?« stieß sie hervor. »Wir wollen die Militärbehörde verständigen. Wir beherbergen keine Renegaten, Sir, und wir sind hier, um zu melden, daß dieser Mann auf der Insel war.«

»Das alles können Sie vor Gericht aussagen, Ma'am.«

»Darf ich der Unionsarmee offiziell Bericht erstatten?« bat Elias.

»Das dürfen Sie nicht, Sir. Sie werden sofort mit uns kommen. Das Freigelassenenbüro befindet sich gleich da drüben.«

Elias wandte sich zu seiner Frau. »Tannet war offensichtlich schneller als wir. Er muß schon zum Festland gefahren sein, während Culver noch in unserem Haus war, und Bowman informiert haben. Ich könnte mir gewaltsam Zugang zu Captain Delaney verschaffen, aber da du mich begleitest, kann ich nichts riskieren, Liebling. Also müssen wir diesen Männern wohl oder übel folgen.« Er wandte sich um und rief den beiden Wachtposten am Eingang zum Hauptquartier zu: »Bitte, teilen Sie Captain Delaney mit, daß Major Birch im Freigelassenenbüro festgehalten wird!«

Der Sprecher der vier Soldaten winkte die anderen herbei. Elias und Virginia wurden abgeführt, bevor sie feststellen konnten, ob sich einer der Wachtposten von der Stelle rührte, um den Captain zu informieren.

Im Vorzimmer des Büros warteten einige Exsklaven und beobachteten erstaunt, wie eine weiße Lady am Ellbogen in Mr. Bowmans Dienstzimmer geführt wurde.

Der Bürochef saß mit einem triumphierenden Lächeln hinter seinem Schreibtisch. »Na, wen haben wir denn da?« fragte er gedehnt. Er beugte sich über die Papiere, die vor ihm lagen, dann blickte er wieder auf. »Mr. und Mrs. Birch, wohnhaft auf Valcour – eine Südstaatenlady und ein Unionsmajor, die mit einem gemeinen Raubmörder sympathisieren.«

»Wenn Sie uns vor Gericht stellen wollen, sollten wir zusehen, daß wir das so schnell wie möglich hinter uns bringen«, sagte Elias mit betont ruhiger Stimme.

»Warum diese Eile?« fragte Bowman unschuldig. »Wir können Ihnen Unterkunft gewähren. Unsere Quartiere sind zwar nicht besonders komfortabel, aber für Leute wie Sie, die einen Mörder in ihr Haus bitten, dürften sie genügen.«

Elias führte seine Frau zu einem Stuhl. Als sie Platz genommen hatte, ließ er sich an ihrer Seite nieder. »Wir werden hier warten.«

Bowman stand auf. »Ich werde Sie jetzt in getrennte Zellen bringen lassen, und dort müssen Sie bleiben, bis der Richter eintrifft.«

»Wenn Sie meine Frau anrühren, werde ich Sie umbringen«, drohte Elias. »Und wenn Sie um Hilfe schreien, schlage ich Ihnen den Schädel ein, bevor Ihre Leute in dieses Zimmer laufen können. Wir werden hier auf Captain Delaney warten. Er ist der Kommandant dieser Behörde – nicht Sie.«

Bowman setzte sich wortlos und öffnete eine Schreibtischschublade. Seine Hand schloß sich um eine Pistole, die er aber sofort wieder losließ, als zwei Unionssoldaten eintraten, gefolgt von Captain Delaney.

»Elias, wie geht es Ihnen?« fragte der Captain, dann verneigte er sich vor Virginia. »Es ist mir eine große Ehre, Sie wiederzusehen, Mrs. Birch. Wie ich hörte, wurden Sie mit Gewalt hierhergebracht. Und jetzt will ich wissen, warum. Bowman, ich habe Ihnen bereits mehrfach geraten, Ihre Kompetenzen nicht zu überschreiten.«

»Mr. und Mrs. Birch haben Culver in ihrem Haus aufgenommen, Sir, als wäre er ein ganz normaler Mensch und kein blutrünstiger Bandit.«

»Sollte das den Tatsachen entsprechen, wäre ich höchst überrascht, Bowman.«

»Wir alle wissen, daß ein Kopfgeld auf diesen Verbrecher ausgesetzt wurde. Und jeder, der ihn unterstützt, macht sich strafbar.«

»Das ist wahr«, stimmte Captain Delaney zu. »Was haben Sie dazu zu sagen, Elias?«

»Wir kamen sofort, nachdem uns Culver verlassen hatte,

nach Charleston, um Sie zu informieren. Aber Bowman hatte seine Leute vor dem Tor des Unionshauptquartiers postiert und ließ uns festnehmen.«

»Festnehmen?« Delaney drehte sich zu Bowman um. »Welches Recht maßen Sie sich an?«

»Ich leite das Freigelassenenbüro, und deshalb stehen mir gewisse Rechte zu.«

»Das Freigelassenenbüro hat keine andere Aufgabe zu erfüllen, als die ehemaligen Sklaven zu unterstützen.« Der Captain wandte sich wieder an den Major. »Elias, ich nehme offiziell zur Kenntnis, daß Sie und Ihre Frau mich von einem Besuch eines Verbrechers namens Bradley Culver in Ihrem Haus unterrichtet haben. Was wollte er?«

»Wie ich Ihnen bereits vor einigen Tagen mitgeteilt hatte, war er mit seiner Bande auf der Insel, um mehrere Häuser zu plündern«, erwiderte Elias. »Und heute ist er noch einmal gekommen, um seine Beute zurückzubringen.«

»Was ist denn das für eine verrückte Geschichte?« rief Bowman.

»Mr. Culver gelangte zu der Überzeugung, daß alle Inselbewohner unter dem Schutz meiner Familie stehen«, erklärte Virginia. »Er sagte, unter diesen Umständen könnte er die gestohlenen Sachen nicht behalten.«

»Warum nicht?« fragte Delaney.

»Ich bin eine Hammond, Captain. Meine Familie lebt schon seit vielen, vielen Jahren auf Valcour. Wir sind eine alteingesessene Südstaatenfamilie – eine Tatsache, für die Mr. Bowman kein Verständnis aufbringt. Mr. Culver möchte keinem Südstaatler Schaden zufügen – auch wenn die Beute aus den Häusern von Unionsleuten stammt.«

»Ich lebe schon lange genug in Charleston, um zu wissen, wie sehr die Südstaatler einander respektieren«, sagte Delaney. »Um diesen Wesenszug beneide ich sie, und ich finde, wir Nordstaatler sollten uns ein Beispiel daran nehmen.«

»Danke, Captain«, entgegnete Virginia, erfreut über dieses Kompliment.

Elias erhob sich. »Captain Delaney, meine Frau und ich würden Sie gern zum Essen ins Hotel einladen.«

»Vielen Dank, es wird mir ein Vergnügen sein. Am besten machen wir uns sofort auf den Weg, damit wir noch einen guten Tisch bekommen.«

Bowman sprang auf. »Moment mal! Die Birchs können nicht einfach hier rausgehen, als hätten sie nichts getan!«

»Was haben sie denn getan?« fragte Delaney. »Sie sind gekommen, um Culvers Besuch zu melden, und diese Aufgabe haben sie erfüllt. Wollen Sie noch irgendwelche Anklagen vorbringen?«

Bowman setzte sich wieder, hochrot vor Zorn. Er wußte, daß er sich geschlagen geben mußte.

Captain Delaney führte den Major und dessen Frau aus dem Büro. Auf dem Korridor drückte ihm Elias die Hand. »Danke, Doug.«

»Und ich danke für die Einladung ins Hotel. Ich habe sie angenommen, um Bowman einen Denkzettel zu verpassen, aber leider kann ich mein Büro nicht verlassen. Hüten Sie sich vor diesem Mann. Er könnte gefährlich werden, und er hat es anscheinend auf Sie abgesehen.«

Virginia nickte. »Das wissen wir. Auch ich möchte Ihnen herzlich für Ihre Hilfe danken, Captain.«

»Wir werden vorsichtig sein«, versicherte Elias. »Schade, daß Sie nicht mit uns kommen können, Doug, aber wir werden die Einladung ein andermal nachholen. Sollte Bowman trotz allem Anklage gegen uns erheben – Virginia und ich werden im Hotel übernachten, also können Sie uns dort erreichen. Das ist dir doch recht, Virgie?«

»Natürlich. Du weißt, wie ungern ich nach Einbruch der Dunkelheit über das Wasser fahre.«

Sie verabschiedeten sich von Captain Delaney, gingen ins Hotel und quartierten sich in einem schönen großen Zimmer ein. Nachdem sie sich frisch gemacht hatten, suchten sie den Speisesaal auf, wo man ihnen ein erstaunlich gutes Essen und sogar eine Flasche Wein servierte.

»Wo haben sie denn diesen guten Tropfen aufgetrieben?« Elias hob sein Glas und betrachtete anerkennend die bernsteinfarbene Flüssigkeit.

Virginia lachte. »Wen interessiert das schon?« Wie der Klang ihrer Stimme deutlich verriet, hatte der Alkohol sie bereits in gehobene Stimmung versetzt.

Nach dem Dinner wanderten sie noch ein wenig durch die Straßen der Stadt, und Virginia kaufte ein Nachthemd und ein paar Toilettengegenstände. Um zehn Uhr lagen sie im Bett. Elias war im Lauf des Abends immer ernster und wortkarger geworden. Nun wandte sie sich zu ihm. »Was hast du?«

»Nichts.«

»Elias, ich weiß genau, daß dich etwas bedrückt. Beim Essen warst du noch so fröhlich, und dann bist du so still geworden. Und du hast mir kaum zugehört, wenn ich mit dir gesprochen habe.«

»Vielleicht bin ich nur müde.«

»Hast du Heimweh? Sehnst du dich nach deiner Familie?«

Er schüttelte den Kopf.

»Elias! Ich weiß doch, daß irgend etwas nicht stimmt.«

»Willst du es wirklich wissen?«

»Selbstverständlich. Ich möchte nicht nur deine Freuden, sondern auch deinen Kummer teilen.«

»Also gut. Ich möchte eine Familie gründen. Jetzt.«

»Oh...«, flüsterte Virginia.

»Valcour bedeutet dir mehr als eine eigene Familie. Und das ist nicht richtig.« Elias rückte zu ihr hinüber und nahm sie zärtlich, aber auch besitzergreifend in die Arme. »Virgie, kein Mann hat eine Frau jemals mehr geliebt, als ich dich liebe. Und ich wünsche mir einen lebendigen Beweis unserer Liebe. Ich möchte ein Kind haben, und vielleicht wirst du in den nächsten Minuten eines empfangen. Es gibt wichtigere Dinge im Leben als diese verdammte Insel.«

Sie stieß ihn weg und setzte sich auf. »Nein, Elias. Ich habe es dir schon einmal gesagt. Nein! Ich habe dir auch meine Gründe genannt. Ich kann nicht Kinder großziehen und gleichzeitig Valcour retten.«

»Ist es denn unmöglich, dich umzustimmen?« fragte er flehend.

»Wir haben doch noch soviel Zeit, Elias. Ich bin Mitte Zwanzig, und du bist eben erst dreißig geworden. Warum diese Eile?«

»Weil wir warten und immer nur warten würden, meine schöne, ehrgeizige Frau. Es wird länger als drei oder vier Jahre dauern, die alten Zeiten von Valcour wiederzuerwecken. Vermutlich wird dich diese Aufgabe bis an dein Lebensende beschäftigen. Und dann wirst du die Insel für nichts und wieder nichts gerettet haben – weil es keine Hammond-Familie mehr geben wird.«

Virginia seufzte. »Ich habe dir doch gesagt, daß ich Kinder haben möchte. Aber jetzt noch nicht.«

»Ich hätte gute Lust, dich zu nehmen – jetzt sofort, ohne langes Vorspiel.«

»Dann würde ich dich bis ans Ende meiner Tage hassen«, entgegnete sie leise. Nach einer kleinen Pause fuhr sie zögernd fort: »Ich weiß, es fällt dir schwer, das alles zu verstehen. Du bist nicht auf Valcour aufgewachsen, du kennst das Leben nicht, das wir früher geführt haben. Es war ein unbeschreibliches Glück, das uns der Krieg entrissen hat. Und als wir von der Insel fliehen mußten und bittere Not litten, quälten mich die Erinnerungen an die schönen alten Zeiten – bis ich mir geschworen habe, das alles wieder zurückzuerobern, irgendwann, eines Tages. Das ist mein großer Wunschtraum, den ich mir erfüllen werde.«

»Es ist eine gottverdammte Besessenheit!« stieß Elias hervor.

»Gut, dann bin ich besessen.«

Er schaute zu ihr auf und sah, daß ihre Augen strahlten – wie immer, wenn sie von ihren Zukunftsplänen sprach. In diesem Moment bedauerte er es beinahe, daß seine Truppe die Insel nicht angezündet hatte. So sehr er sich auch bemühte – er konnte ihre Liebe zu Valcour nicht teilen. Es war nur seine Liebe zu Virginia, die ihn bewog, ihr bei der Verwirklichung ihrer Absichten zu helfen.

»Übrigens, ich habe gute Neuigkeiten für dich«, unterbrach sie seine Gedanken. »Mr. Tannet war heute bei mir. Er möchte einen Laden auf Valcour eröffnen.«

Elias nickte. »Ja, das hat er mir erzählt. Anscheinend hat er den Verstand verloren.«

»Was Besseres könnte uns gar nicht passieren. Die Schwarzen werden bei ihm einkaufen, er wird ihnen Kredite geben, die sie niemals zurückzahlen können, und eines Tages muß er seinen Bankrott erklären. Dann wird er sich gezwungen sehen, sein Haus zu veräußern. Ich werde es kaufen, wir sind eine Yankee-Familie los und können die früheren Eigentümer nach Valcour zurückholen.«

»Aber die anderen Unionsleute wären immer noch da«, erwiderte Elias unbeeindruckt.

»Wir können immerhin einen Anfang machen.« Virginia seufzte tief auf. »Wenn Marty doch endlich die Festlandplantage verkaufen würde ... Bitte, Elias, geh morgen früh zu ihm und sag ihm, daß wir das Geld dringend brauchen. Er soll sich endlich anstrengen und seine verdammte Pflicht tun.«

»Er ist doch erst heute morgen von Valcour weggefahren«, entgegnete Elias ungeduldig.

»Wenn du ihm erzählst, wie die Yankees heute mit uns umgesprungen sind, wird er in Wut geraten und seine Bemühungen verdoppeln.«

Er drehte sich auf die andere Seite. »Wenn ich's nicht verspreche, wirst du mich wahrscheinlich nicht schlafen lassen.«

»Bekomme ich keinen Gute-Nacht-Kuß?« fragte sie schmollend.

»Nein. Du würdest es ohnehin nicht spüren, weil du dir ausmalst, wie du die Yankees von deiner kostbaren Insel scheuchen wirst.«

Virginia lachte fröhlich. »Endlich beginnst du mich zu verstehen.«

»Du irrst dich. Ich werde dich nie verstehen, doch das spielt offenbar keine Rolle mehr.« Er zog die Decke noch höher, so daß nur noch sein Haarschopf herausragte.

Sie streckte eine Hand nach ihm aus, zog sie aber wieder zurück. Er hatte recht. Ihre Pläne beschäftigten sie so intensiv, daß sie jetzt nicht an die Liebe denken konnte. Dafür würde sie später noch genügend Zeit finden.

Virginia schlief noch, als Elias am nächsten Morgen das Hotel verließ. Wie erwartet, fand er seinen Schwager in einem der drei schäbigen Saloons, die er regelmäßig besuchte. Offensichtlich hatte Marty in der Kneipe geschlafen. Unrasiert und schmutzig saß er an einem der Tische, den Kopf in den aufgestützten Armen vergraben.

Als Elias ihn wach gerüttelt hatte, richtete er sich auf und blinzelte verwirrt. Mit blutunterlaufenen Augen starrte er ihn an, und es dauerte eine Weile, bis er ihn erkannte. »Gottverdammter Yankee!« grunzte er.

Elias schüttelte ihn noch einmal. »Wach auf! Ich muß mit dir reden – im Auftrag deiner Schwester.«

»Zuerst brauche ich einen Drink, und ich trinke sogar mit einem verfluchten Yankee, wenn du mich einlädst.«

Elias winkte dem Mann an der Bar und bestellte eine Flasche

Whisky. Nach dem ersten großen Schluck fühlte sich Marty besser. Zumindest behauptete er das. »Was führt dich nach Charleston?« fragte er.

»Bradley Culver.«

»Der Räuber?«

Elias nickte und schildete die Ereignisse des vergangenen Tages. »Unser Aufenthalt in Charleston hat noch einen anderen Grund«, fügte er hinzu. »Wir wollten herausfinden, was du unternommen hast, um die große Plantage zu verkaufen.«

»Das hätte ich mir denken können«, erwiderte Marty sarkastisch. »Virgie hat nichts anderes im Kopf als diese verdammte Insel, die wieder im alten Glanz erstrahlen soll. Nun, wie ich ihr bereits erzählt habe, ist ein Mann aufgetaucht, der als Käufer in Frage käme. Entweder ich kann ihm die Plantage heute andrehen – oder nie. Ich habe ihn schon gestern bearbeitet.«

»Dann geh dich um Himmels willen waschen und rasieren – und sieh zu, daß du nüchtern wirst! Wenn du ihm in deinem jetzigen Zustand gegenübertrittst, wird er sofort die Flucht ergreifen.«

Marty grinste. »Er kann mir nicht mehr durch die Lappen gehen. Ich habe nämlich einen Plan geschmiedet, der allerdings einiges kosten wird.«

»Wieviel?«

»Hundertfünfzig.«

»Also gut. Aber wenn du diese Chance verpaßt, gebe ich dir keinen Cent mehr.«

»Vor Sonnenuntergang habe ich die Plantage verkauft.«

»Sehr schön. Und sobald dir das gelungen ist, kommst du auf die Insel zurück und hilfst uns. Ich habe in der letzten Zeit hart gearbeitet und bin verdammt müde. Vergiß diesen elenden Krieg, er ist vorbei.«

Marty nickte. »Ich will's versuchen, Elias, mein Wort darauf. Allmählich merke ich selber, was aus mir geworden ist.«

»Virginia wird sich sehr freuen, wenn sie das hört.« Elias gab ihm hundertfünfzig Dollar. »Viel Glück. Ich gehe jetzt, damit du dich auf dein Manöver vorbereiten kannst.«

Bevor er ins Hotel zurückkehrte, besuchte er Captain Delaney, der ihn nicht so freundlich begrüßte wie am Vortag. »Ich bin froh, daß Sie vorbeikommen, Major. Sind Sie sicher, daß Ihre Frau keinerlei Verbindung zu diesem Culver hat?«

»Zum Teufel, wie meinen Sie das? Warum sollten wir uns mit einem solchen Menschen anfreunden?«

»Gestern nacht ist Bowmans Haus bis auf die Grundmauern niedergebrannt. Der arme Mann und seine Familie konnten dem Tod nur mit knapper Not entrinnen.«

»Großer Gott! War das Culvers Werk?«

»Kurz bevor das Feuer ausbrach, wurden ein paar von seinen Leuten in der Nähe des Hauses gesehen. Irgendwie habe ich das Gefühl, daß Culver von Ihrer gestrigen Festnahme erfahren hat und Bowman eine Lektion erteilen wollte. Was sollte ihn dazu veranlassen, wenn Sie nichts mit ihm zu tun haben?«

»Das weiß ich genausowenig, wie ich den Grund kenne, warum er seine Beute zurückgebracht hat. Ich verstehe nicht, was in diesem Mann vorgeht, und ich will es auch gar nicht wissen.«

»Gut, Elias. Ich glaube Ihnen, aber Sie werden ins Gerede kommen. Culver hat sich noch nie bemüht, irgend jemandem einen Gefallen zu erweisen.«

»Falls er wieder auf die Insel kommt, werde ich mich nach besten Kräften bemühen, ihn dingfest zu machen und Ihnen zu überantworten, Doug. Und ich hoffe inständig, daß Sie ihn dann am nächsten Baum aufknüpfen werden.«

»Nun, er wird jedenfalls am Galgen enden, das kann ich Ihnen versprechen. Halten Sie Augen und Ohren offen, und wenn Sie Culver begegnen und ihn umbringen, hätte ich nichts dagegen.«

»Das überlasse ich lieber Ihnen. Nochmals vielen Dank für Ihre Hilfe, Doug.«

Der Captain zwinkerte Elias zu. »Wir Yankees müssen doch zusammenhalten, vor allem im Feindesland.«

Auf der Bootsfahrt nach Valcour erzählte Elias seiner Frau, daß Marty die große Plantage noch am selben Tag verkaufen wolle, und sie stieß einen Freudenschrei aus. »O Liebling, wie gern würde ich dich jetzt umarmen und küssen, aber ich habe Angst, daß das Boot kentern würde.«

»Ich werde dich später an dein Vorhaben erinnern. Und nun muß ich dir noch etwas erzählen. In der letzten Nacht ist Ben Bowmans Haus niedergebrannt. Zu seinem und unserem Glück sind seine Familie und er selbst mit dem Leben davongekommen.«

Virginia schaute ihren Mann verständnislos an. »Er tut mir leid, obwohl ich ihn nicht ausstehen kann – aber was haben wir damit zu tun?«

»Das weiß ich nicht«, erwiderte er, »und Delaney weiß es auch nicht. Ich dachte, du könntest mich aufklären.«

»Wie kommst du darauf?«

»Es ist so gut wie sicher, daß Culvers Leute Bowmans Haus angezündet haben. Diese Aktion ist mir ebenso rätselhaft wie der wahre Grund, warum er die Beute zurückgebracht hat. Dieses Geschwätz von seiner Hochachtung vor der großartigen Familie Hammond nehme ich ihm nicht ab. Culver hat es noch nie für nötig befunden, irgend jemandem zu helfen. Er ist kein Robin Hood.«

»Gewiß nicht«, bestätigte Virginia. »Er ist ein gemeingefährlicher Verbrecher.«

9

Marty war der Meinung, daß sich der ehemalige Sklavenmarkt, ein großer Hof mit Steinboden, gut für seine Zwecke eignete. In früheren Zeiten hatte sich hier hauptsächlich Gesindel eingefunden, um zu beobachten, wie die Sklaven, vor allem die Frauen, ausgezogen und von den wenigen ernsthaft interessierten Käufern begutachtet wurden. Auch heute drängte sich übler Pöbel im Sklavenhof, und nur zwei oder drei Leute waren gekommen, um bei der Versteigerung der großen Hammond-Plantage mitzubieten.

Einer der potentiellen Käufer war ein großer, dünner, fast ausgemergelter Mann, elegant und modisch gekleidet. Er trug graue Hosen, weiße Schuhe und ein cremefarbenes Jackett aus feinstem Material. Unter seinem breitrandigen Strohhut hing schütteres hellbraunes Haar hervor, um seinen Hals war ein weißes Tuch geschlungen. Ein trauriger Ausdruck lag in seinen tiefliegenden Augen. Miles Rutledge sah wie ein schwerkranker Mann aus, und das war er auch.

»Sechstausend.«

»Sechs-fünf!« rief jemand in der Menge.

»Sechs-fünfundsiebzig!« lautete ein weiterer Ruf, worauf Rutledge sein Angebot auf siebentausend erhöhte.

Die Versteigerung nahm ihren Lauf, bis man bei dreißigtausend angelangt war. Nach einigem Zögern rief einer der Männer: »Zweiunddreißig«, was Rutledge um tausend Dollar überbot.

Marty hob den Arm. »Dreiunddreißig! Zum ersten, zum zweiten ... Die Plantage geht an den Herrn im weißen Rock!«

Die Menge löste sich überraschend schnell auf. Bald standen Rutledge und der Auktionär allein in dem großen Hof. Marty – glattrasiert, mit ordentlich frisiertem Haar und in einem abgetragenen, aber sauberen Anzug – streckte die Hand aus. »Sie haben eine kluge Entscheidung getroffen, mein Freund. Das weiß ich, denn als mein Vater vor langer Zeit tausend Sklaven auf dieser Plantage beschäftigt hatte, gab es weit und breit keine bessere Baumwolle.«

»Ich glaube eher, daß ich zuviel dafür bezahle.«

»Vor dem Krieg hätte sie doppelt soviel eingebracht.«

»Daran zweifle ich nicht, aber wir haben den Krieg hinter uns, und die Grundstückspreise sind erheblich gesunken.«

»Warum haben Sie sich dann zum Kauf entschlossen?«

»Das weiß ich nicht. Vielleicht, weil ich die Plantage unbedingt haben wollte. Das war schon immer mein größter Wunsch. Ich bin in New Orleans aufgewachsen und habe erst als erwachsener Mann zum erstenmal in meinem Leben eine Plantage gesehen. Möglicherweise könnte ich mich einer besseren Gesundheit erfreuen, wenn ich in der freien Natur groß geworden wäre.«

»Sie sehen nicht besonders gut aus, und ich hoffe, Sie leiden an keiner ernsthaften Krankheit«, erwiderte Marty und fügte hastig hinzu: »Natürlich nicht, sonst hätten Sie wohl kaum so viel Geld in eine Plantage investiert – wenn Sie befürchten müßten, daß Sie nicht in der Lage sein werden, Ihre Felder zu bestellen. Wollen wir nun ins Rathaus gehen und das Geschäft ordnungsgemäß abschließen?«

Rutledge nickte. »Übrigens, der Verlauf der Auktion hat mich einigermaßen überrascht.«

»Die Plantage ist sehr bekannt in dieser Gegend«, erklärte Marty. »Alle wissen, was sie wert ist. Und ich versichere Ihnen, daß Sie Ihre Entscheidung nicht bereuen werden, Sir.«

»Ich finde es trotzdem erstaunlich, gerade in Charleston, das im Krieg schwere Verluste erlitten hat, so wohlhabende Leute zu treffen.«

»Nun ja – manche haben ihr Geld auch vor dem Krieg angelegt, in Gold und Yankee-Wertpapieren.«

»Ich verstehe. Wenn die Formalitäten erledigt sind, werde ich Ihnen einen Wechsel schicken. An welche Adresse?«

Marty zögerte. Dreiunddreißigtausend Dollar – so viel Geld würde er nie wieder in den Händen halten ... Doch er kannte seine Schwächen. Das Risiko war zu groß. »An meine Schwester, Mrs. Virginia Hammond-Birch auf Valcour.«

Sie erreichten das Rathaus, und nachdem der Kaufvertrag unterzeichnet war, begleitete Marty den Käufer zum Postamt. Rutledge telegrafierte seiner Bank in New Orleans, um die finanzielle Transaktion in die Wege zu leiten. Vor dem Amt verabschiedeten sich die beiden Männer voneinander, und Marty ging geradewegs in seinen Lieblingssaloon. Seine Kumpane waren an der Theke versammelt und befanden sich bereits in verschiedenen Stadien der Trunkenheit.

»Den haben wir ganz schön reingelegt, was, Marty?« rief einer der Männer.

»Und ob! Trinkt aus, dann stellt euch in einer Reihe auf. Jeder bekommt fünf Dollar ... Aber zuerst brauche ich einen Drink.« Er griff nach der Flasche, die auf der Theke stand, und füllte ein Glas.

»Als ich dreißigtausend geboten hatte, bin ich ganz schön ins Schwitzen gekommen«, erzählte ein anderer. »Was hätten wir denn gemacht, wenn der Kerl nicht höher gegangen wäre?«

»Dann hätten wir noch mal von vorn angefangen und bei einer niedrigeren Summe aufgehört«, entgegnete Marty.

»Du solltest uns lieber zwanzig Dollar geben statt fünf«, meinte ein verhutzelter kleiner Mann namens Curley.

»Wir hatten uns auf fünf geeinigt.«

»Zwanzig wären nicht zuviel für unsere Mühe.«

»Wenn du nicht den Mund hältst, drehe ich dir den dünnen Hals um.«

»Zwanzig«, beharrte Curley. »Und wenn du dich weigerst, wird's dir verdammt leid tun.«

Marty stellte sein Glas mit einem lauten Knall auf die Theke und packte den Mann am Kragen. »Jetzt bekommst du überhaupt nichts! Wenn man was abgemacht hat, dann bleibt man dabei. Verschwinde – und wenn du jemals alberne Geschichten herumerzählst, nehme ich dich auseinander, verstanden?«

Er gab Curley einen kräftigen Stoß, worauf der kleine Mann nach hinten taumelte und empört protestierte. Doch er verstummte sofort, als Marty die Faust hob, und verließ fluchtartig den Saloon.

›Liebe Virginia, ich habe die Plantage für dreiunddreißigtausend verkauft. Mr. Rutledge wird Dir einen Wechsel schicken. Ich unternehme noch eine allerletzte Kneipentour, dann komme ich nach Valcour zu Dir und unterstütze Dich bei Deinen Bemühungen, der Insel zu neuem Glanz zu verhelfen.‹

Schwungvoll setzte Marty seine Unterschrift unter den Brief, dann beauftragte er einen Mann namens Claude, ihn seiner Schwester zu bringen. »Damit kannst du dir noch fünf Dollar extra verdienen.«

»Klar, Marty.« Gierig streckte Claude seine Hand nach dem Kuvert und den Banknoten aus.

Marty war mit sich und der Welt zufrieden. Von dem Geld, das Elias ihm gegeben hatte, besaß er noch vierzig Dollar, die in Whisky investiert wurden. Natürlich konnte er nicht wissen, daß Curley in diesem Augenblick das Hotel betrat, in dem Miles Rutledge wohnte.

Am späten Nachmittag hörte er zu trinken auf. Sein großer Erfolg hatte ihn bewogen, gute Vorsätze zu fassen. Sobald er wieder nüchtern war, wollte er nach Valcour fahren. Müde vom reichlichen Alkoholgenuß, wankte er in sein schäbiges Hotelzimmer und sank auf das Bett, ohne sich die Schuhe auszuziehen.

Plötzlich riß ihn ein beharrliches Klopfen aus dem Schlaf. Stöhnend, von heftigen Kopfschmerzen geplagt, stand er auf, schleppte sich zur Tür und öffnete sie. Drei Männer standen auf dem Flur, und einer davon, der unaufgefordert und mit zornrotem Gesicht ins Zimmer stürmte, war Miles Rutledge. Mit einem kraftvollen Stoß warf er den General auf das Bett.

»Was bilden Sie sich eigentlich ein?« rief Marty erbost. Er sprang auf und überlegte, ob er sich auf Rutledge stürzen sollte, doch beim Anblick der beiden Männer, die seinem Kontrahenten ins Zimmer gefolgt waren, besann er sich anders.

»Sie wissen, warum ich hier bin«, begann Rutledge ohne Umschweife.

Marty nickte resigniert. »Irgend jemand hat geplaudert.«

»Allerdings. Und es hat mich keine Mühe gekostet, mir die Wahrheit dieser interessanten Geschichte bestätigen zu lassen. Man braucht Ihren Freunden nur ein paar Drinks zu bezahlen, und sie reden wie Wasserfälle. Die Auktion wurde nur veranstaltet, um den Preis für die Plantage in die Höhe zu treiben. Jetzt weiß ich, daß ich sie für weniger als die Hälfte hätte kaufen können.«

Marty kämpfte gegen ein schmerzhaftes Gefühl in der Magengrube an. »Ich werde Ihnen den Wechsel zurückerstatten, Sir.«

»Das genügt mir nicht. Ich bin reich genug, um diese Summe zu verschmerzen. Aber daß ich von einem unwürdigen Trunkenbold hereingelegt wurde, stört mich ganz gewaltig. Das werde ich nicht auf sich beruhen lassen.«

Einer der Männer, die Rutledge begleitet hatten, griff nach seinem Ellbogen und zog ihn nach hinten. »Tun Sie es nicht, Miles!«

Rutledge riß sich wütend los. »Mischen Sie sich da nicht ein!« Er ging auf Marty zu und schlug ihn mitten ins Gesicht.

»Diese Ohrfeige gibt Ihnen das Recht, Genugtuung zu verlangen. Wenn Sie nicht dazu bereit sind, werde ich es tun.«

Marty blinzelte verwirrt. »Wollen Sie mich zu einem Duell fordern?«

»Was sonst? Und Sie werden darauf eingehen – wenn Sie kein elender Feigling sind.«

»Haben Sie den Verstand verloren?«

»Wenn Sie mir die gewünschte Genugtuung versagen, werde ich Sie überall als feigen Versager brandmarken. Nun? Wie lautet Ihre Antwort, General?«

»Miles!« flehte sein zweiter Begleiter. »Sie sind ein kranker Mann!«

»General Hammond ist Soldat«, fügte der andere hinzu. »Ich nehme an, er kann sehr gut mit Pistolen umgehen.«

Rutledge ignorierte die beiden. »Mr. Hammond, ich warte.«

Marty wandte sich an die Männer, die hinter seinem Widersacher standen. »Meine Herren, nehmen Sie bitte zur Kenntnis, daß ich mich nicht mit Mr. Rutledge duellieren möchte – aus zwei Gründen. Ich werde ihm das Geld zurückzahlen.«

»Und der zweite Grund?« fragte Rutledge.

»Ich kann Ihnen aus hundert Meter Entfernung eine Kugel ins rechte Auge jagen.«

»Das habe ich Ihnen doch gesagt, Miles!« rief einer der Männer.

»Halten Sie sich da raus! Geben Sie mir endlich eine Antwort, Mr. Hammond!«

»Nun, wenn Sie darauf bestehen, werde ich mich mit Ihnen duellieren – aber zu meinen Bedingungen. Wenn Sie mich töten, wird unser Geschäft hinfällig, und Sie bekommen Ihr Geld zurück. Wenn ich Sie töte, gilt der Kaufvertrag.«

Zu Martys Verblüffung nickte Rutledge, ohne zu zögern. »Einverstanden.«

»Sie können Zeit und Ort bestimmen.«

Rutledge zog eine goldene Uhr aus der Tasche und ließ den Deckel aufschnappen. »Jetzt ist es ein Uhr. Kennen Sie Miller's Field?«

»Meinen Sie die Wiese am Stadtrand, wo die alte Mühle abgebrannt ist?«

»Ja, Sir. Dort erwarte ich Sie um vier. Guten Tag, Sir.« Rutledge wandte sich ab, stieß seine beiden Gefährten beiseite und verließ das Zimmer.

Marty setzte sich auf das Bett und schüttelte den Kopf. »Er ist verrückt. Reden Sie ihm das aus! Er hat keine Chance.«

»Mr. Hammond«, sagte der größere der beiden Männer, »ich heiße James Warren, und dies hier ist mein Freund, Anton Boyle. Wir sind mit Miles aus New Orleans hierhergekommen. In unserer Heimatstadt duelliert man sich oft und gern. Und Miles ist ein stolzer Mann.«

»Mit Ihrem Betrug haben Sie ihn tief in seiner Ehre getroffen«, erklärte Mr. Boyle. »Wenn wir auch nicht billigen, was Sie getan haben – wir wollen nicht, daß unser Freund getötet wird. Keiner von uns kann Ihnen eine Summe in der Größenordnung anbieten, die Miles für die Plantage bezahlt hat. Aber tausend Dollar könnte ich aufbringen.«

»Ich lege tausend dazu«, versprach Warren.

»Sie wollen mir Geld geben, wenn ich mich aus dem Staub mache?« fragte Marty.

»So ungefähr. Rutledge ist ein schwerkranker Mann.«

»Was kümmert mich das? Auch ich habe meinen Stolz. Wenn ich mich nicht mit ihm duelliere, wird er mich in der ganzen Stadt unmöglich machen.«

Warren zuckte mit den Schultern. »Dann gibt es nichts mehr zu besprechen. Wir sehen uns um vier bei der alten Mühle. Irgendwie werden wir zwei Pistolen auftreiben. Kommen Sie mit Ihren Sekundanten.«

»Die brauche ich nicht.«

Die beiden verneigten sich und gingen hinaus. Marty warf die Tür zu und sank wieder auf das Bett. Nachdem er eine Weile nachgedacht hatte, begann er sich zu fragen, ob er tatsächlich der ausgezeichnete Pistolenschütze war, für den er sich hielt. Versuchsweise streckte er den rechten Arm aus und sah, daß die Hand heftig zitterte. Er konnte sich nur mit einer einzigen Hoffnung trösten – Rutledge war krank und vielleicht außerstande, mit einer schweren Pistole zu zielen.

»Ich muß nüchtern werden – und zwar schleunigst«, flüsterte er vor sich hin. Er stand auf, ging zum Waschtisch, goß aus einem großen Krug kaltes Wasser in die Schüssel und wusch sich das Gesicht. Danach konnte er klarer denken. Er trocknete sich ab, ging in die Hotelhalle hinunter und ließ sich an der Rezeption Briefpapier geben. Dann nahm er an einem der Tische Platz und begann an seine Schwester zu schreiben.

›Liebe Virgie, bedauerlicherweise ist Mr. Rutledge dahintergekommen, daß ich einen Trick angewandt habe, um den Preis für die Plantage hochzutreiben. Um seinen verletzten Stolz zu besänftigen, hat er mich zum Duell gefordert. Heute nachmittag um vier treffen wir uns bei Miller's Field. Ich fürchte mich nicht vor ihm, denn ich bezweifle, daß er die Wände seines Hotelzimmers treffen könnte, wenn er mitten darin stünde. Hoffentlich gelingt es mir, ihn nur leicht zu verwunden. Auch dann wird er vermutlich sterben, weil er schwer krank ist. Ich habe eine Vereinbarung mit ihm getroffen. Falls er getötet wird, gilt der Handel. Wenn ich dran glauben muß, wird ihm sein Geld zurückerstattet. Letzteres ist allerdings unwahrscheinlich. Sobald ich dieses verdammte Duell hinter mich gebracht habe, komme ich auf die Insel zurück. Jetzt ist mir endlich klargeworden, was für ein verdammter Idiot ich war. Mach Dir keine Sorgen um mich. Mit Pistolen kann ich besser umgehen als mit mir selber. Marty.‹

Er steckte den Brief in einen Umschlag und schrieb Virginias Namen darauf. Dann verließ er das Hotel und suchte die Kneipen ab, bis er Claude traf, der nur zu gern bereit war, das Schreiben für zehn Dollar auf der Insel abzuliefern. »Du mußt dich beeilen«, sagte Marty. »Meine Schwester muß den Brief in spätestens einer Stunde erhalten.«

»Schon gut, General. Ich werde rudern, so schnell ich kann.« Claude eilte aus dem Saloon, und Marty goß sich einen Drink ein. Er hob das Glas an die Lippen, dann stellte er es entschlossen auf die Theke zurück. Er mußte nüchtern bleiben – für den Fall, daß Virginia nicht rechtzeitig auf dem Festland eintraf, um dieses verrückte Duell zu verhindern.

Mit schnellen Schritten kehrte er in sein Hotelzimmer zurück und wühlte in seiner alten Reisetasche, bis er seine Armeepistole und die Munition gefunden hatte. Er steckte eine Handvoll Kugeln in die Tasche, schob die Waffe in seinen Gürtel und ging wieder auf die Straße hinaus, um eine Mietkutsche herbeizuwinken.

»Wissen Sie, wo das Miller's Field ist?« fragte er den Fahrer.

»Ja, Sir. Das kostet eineinhalb Dollar.«

»Bringen Sie mich hin.« Marty stieg ein, und der Wagen polterte die belebte Straße hinab. Nach ein paar Häuserblocks bat er den Fahrer, vor einem Saloon anzuhalten.

»Wenn ich warten soll, müssen Sie mich sofort bezahlen«, verlangte der Mann.

Marty gab ihm einen Dollar. »Den Rest bekommen Sie, wenn wir am Ziel sind. Ich komme in ein paar Minuten zurück.«

Er lief in den Saloon, wo er von einem Dutzend Männer begrüßt wurde, die schon oft mit ihm getrunken hatten. Diesmal wollte er weder eine Runde spendieren, noch sich zu einem Drink einladen lassen. Er legte einen Dollar auf den Tisch.

»Was darf's denn sein, General?« fragte der Barkeeper.

»Ein Dutzend Flaschen. Leere.«

»Leere Flaschen? So betrunken sehen Sie gar nicht aus, General.«

»Ich bin stocknüchtern, und ich brauche zwölf leere Whiskyflaschen – oder so viele Sie haben. Packen Sie sie in einen Sack.«

Der verwunderte Barkeeper fand nur neun Flaschen und verstaute sie in einem Sack, den er Marty reichte. Dann griff er nach dem Dollar.

Der General stieg wieder in den Wagen und ließ sich zum Miller's Field fahren. Dort angekommen, bezahlte er den

Kutscher, der in die Stadt zurückkehrte. Marty stellte die Flaschen auf einen alten, umgestürzten Baumstamm, in regelmäßigem Abstand. Dann entfernte er sich hundert Schritte, zog die Pistole aus dem Gürtel und zielte. Die erste Flasche verfehlte er, auch die zweite. Die dritte zersprang in unzählige Fragmente, die vierte und die fünfte blieben unversehrt.

Marty setzte sich ins Gras und runzelte betrübt die Stirn. Dann lud er seine Waffe von neuem und versuchte es noch einmal. Jetzt war er erfolgreicher. Trotzdem wußte er, daß seine Leistungen zu wünschen übrigließen. Wenn er mit ausgestrecktem Arm schoß, zitterte seine Hand, als würde er unter Malaria leiden. Verzweifelt hoffte er, daß Virginia rechtzeitig eintreffen würde, um diesem Unsinn ein Ende zu bereiten. Auf ihn würde Rutledge nicht hören. Aber vielleicht konnte ihn seine Schwester zur Vernunft bringen. Virgies Überredungskünste waren allgemein bekannt.

Marty lud die Pistole nach, um noch ein paar Schießübungen durchzuführen, und beschloß, sich keine Sorgen zu machen. Diesen Vorsatz hätte er aufgegeben, wäre er dem Mann gefolgt, dem er den Brief an Virginia anvertraut hatte.

Claude war prompt zum Hafen gegangen, hatte sich aber unterwegs erinnert, wie anstrengend es war, die weite Strecke zu rudern. Er entschied, daß er einen Drink brauchte, sonst würde er das nicht überstehen. Und so betrat er den nächstbesten Saloon, die zehn Dollar in der schweißnassen Hand.

Zehn Minuten später war er betrunken und hockte im Halbschlaf an einem der schmutzigen Tische.

10

Virginia saß im Arbeitszimmer von Willowbrook und las Martys Brief zum drittenmal.

Nanine, die ihr gegenüber Platz genommen hatte, beugte sich vor. »Ich kann es kaum glauben. Er hat die Plantage tatsächlich verkauft, für eine unglaubliche Summe. Wie hat er das nur geschafft?«

»Keine Ahnung. Er hat mir erzählt, er habe bereits einen Käufer ins Auge gefaßt und versprochen, nüchtern zu bleiben, während er das Geschäft abwickelt. Das ist ihm offenbar gelungen. Vielleicht ist er nun wirklich bereit, sein Lotterleben aufzugeben und nach Valcour zurückzukommen.«

»Hoffentlich«, sagte Nanine seufzend.

Virginia legte den Brief auf den Schreibtisch und strich ihn glatt. »Du weißt, was das bedeutet, Nan. Nun haben wir genug Geld, um alle Plantagen auf dieser Insel zu kaufen – wenn die jetzigen Besitzer bankrott sind. Und wir werden beizeiten dafür sorgen, daß sie in finanzielle Schwierigkeiten geraten. Außerdem kann ich Pferde, Maultiere und Arbeitsgeräte kaufen und werde noch mehr Schwarze einstellen. Es ist fast zu schön, um wahr zu sein.«

»Was hält Elias davon?«

Virginia lachte glücklich. »Er ist genauso stolz auf Marty wie wir und behauptet, er hätte immer gewußt, daß unser Bruder eines Tages zur Vernunft kommen würde. O Nan, ich freue mich so. Endlich können wir an die Arbeit gehen. Wir müssen eine Liste von den Yankee-Siedlern aufstellen und sehen, wer am verwundbarsten ist.«

Nanine runzelte die Stirn. »Ich kann mir nicht helfen – die Leute tun mir leid.«

»Vergiß nicht, daß sie üble Halsabschneider sind, die sich auf unsere Kosten bereichern wollen.«

»Das werden sie nicht schaffen.«

»Natürlich nicht. Ihre Baumwolle ist nichts wert.«

»Und sie haben keine Ahnung, wie man die Schwarzen behandelt. Neulich habe ich einen Yankee beobachtet. Er schlug einen Negerjungen, der einen Botengang nicht schnell genug erledigt hatte. Der Mann wird bald in ernsthafte Schwierigkeiten geraten, wenn er nicht aufhört, seine Leute körperlich zu züchtigen.«

»Vielleicht finden wir ihn eines Tages mit durchschnittener Kehle am Wegrand. So, und jetzt zu unserer Liste, Nan . . . Was glaubst du, wer am ehesten die Flinte ins Korn werfen wird?«

»Die Hagers. Sie haben die alte Murtha-Plantage übernommen, und die war damals schon heruntergewirtschaftet. Die Situation hat sich nicht gebessert, und außerdem müssen sie sieben Kinder ernähren. Lange werden sie nicht mehr durchhalten.«

»Wahrscheinlich werden sie versuchen, sich Geld zu leihen«, meinte Virginia, »und du weißt, wie unmöglich das ist. Wenn es soweit ist, werde ich ihnen ein Angebot unterbreiten. Wie ich meinen Unterlagen entnehme, haben sie siebenhundert Dollar für die Plantage bezahlt. Siebenhundert! Dabei ist sie fünfzigmal soviel wert. Ehrlich, Nan, ich finde nicht, daß diese Leute unser Mitgefühl verdienen. Sie haben aus der Invasion und unserer Niederlage Vorteile gezogen, auf skrupellose Weise. Valcour ist viel zu gut für sie.«

Nanine schaute ihre Schwester nachdenklich an. »Ich bin nicht so rachsüchtig wie du, Virgie, aber ich finde auch, daß es am besten wäre, wenn die Yankees wieder nach Hause gingen. Dort werden sie vielleicht Erfolg haben – auf Valcour gewiß nicht.«

»Weißt du, was ich glaube?« Virginia lächelte verträumt. »Im nächsten Sommer sind wir sie alle los, dann werden unsere alten Nachbarn und Freunde zurückkehren, und wir können diese Insel wieder aufbauen. Und wenn ich unser ganzes Geld dafür opfern müßte – es würde sich lohnen.«

»Sprich mit Elias darüber«, riet Nanine. »Er ist ein vernünftiger Mann, und wir sollten mit unserem Geld haushalten.«

»Ja, ich werde mit ihm reden. Geh jetzt bitte in die Küche und sag Belle, sie soll zur Feier des Tages etwas ganz Besonderes kochen.«

Nanine stand sofort auf. »Ja, das ist eine gute Idee.«

Als Virginia allein war, hörte sie die Stimmen der Hausmädchen, die im Speisezimmer den Tisch deckten. Vor einiger Zeit hatte sie Belle angewiesen, zwei junge Negermädchen einzustellen und zu beaufsichtigen, während sie die Hausarbeit erledigten. Die beiden waren froh, daß sie sich nicht mehr auf den Baumwollfeldern plagen mußten, und erwiesen sich als willig und geschickt.

Ich werde den Mädchen sagen, sie sollen den Tisch mit Blumen schmücken, beschloß Virginia. Lenore würde zwar ihre Blumenschüssel aus Sterlingsilber vermissen, war aber glücklicherweise in erster Linie an der Speisenfolge interessiert. Bei allen Mahlzeiten schlang sie ihr Essen heißhungrig in sich hinein und nahm ständig zu, weil sie sich so wenig bewegte.

Als Virginia ihr vom Verkauf der Plantage erzählt hatte, war Lenore in Tränen ausgebrochen und in ihr Zimmer geflohen. Zunächst hatte Virginia diese Reaktion nicht verstanden. Dann war ihr bewußt geworden, daß der Verlust der großen Plantage ein schwerer Schlag für ihre Mutter sein mußte. Ihre

Eltern hatten sie gemeinsam aufgebaut und während jener Zeit eine führende Rolle in der Gesellschaft von Charleston gespielt. Lenore würde den notwendigen Verkauf der Festlandplantage als weiteres Symbol für das bittere Leid betrachten, das der Krieg ihrer Familie zugefügt hatte.

Virginia ging nach oben, um sich für das Dinner umzukleiden. Als sie die Treppe wieder hinabstieg, sah sie durch die offene Haustür einen Negerjungen auf der Veranda stehen, der mit einer Hand die Augen beschattete und aufs Meer blickte. Die Sonnenstrahlen spiegelten sich so grell auf der Wasserfläche, daß sie nichts erkennen konnte. Sie eilte hinaus und fragte: »Was ist denn los?«

»Ich weiß nicht, Missy. Da kommt ein Mann in einem Boot. Er rudert wie verrückt.«

Nun sah auch Virginia das kleine Ruderboot. Es näherte sich der Insel, schien aber heftig zu schwanken und alle paar Sekunden den Kurs zu ändern. Sie mußte sofort an Marty denken, und kalte Furcht stieg in ihr auf. War ihm etwas zugestoßen? War er krank – oder wieder betrunken?

Sie lief zum Landesteg hinab, und da erkannte sie den Mann wieder, der ihr gestern mittag Martys Brief gebracht hatte. Ungeduldig wartete sie, bis er anlegte und ihr das Tau zuwarf, das sie festhielt. Dann stand er auf und zog einen Brief aus seiner Hemdtasche, den er ihr überreichte. Ohne auch nur ein einziges Wort zu sagen, setzte er sich wieder, stieß den Kahn vom Steg ab und ruderte davon.

Virginia öffnete den Brief und begann ihn zu lesen, dann hielt sie entsetzt den Atem an, rannte zum Haus zurück, rief verzweifelt nach Nanine und Elias. Ihre Schwester trat erschrocken auf die Veranda.

»Marty!« schrie Virginia. »Nanine – er wird sich duellieren!«

Nanine wurde blaß. »Ein Duell? O nein!«

»Marty hat es mir geschrieben. Er muß den Mann betrogen haben, dem er die Plantage verkauft hat. Und dieser Rutledge ist offenbar dahintergekommen und hat ihn zum Duell gefordert.«

»Wann? Wo?«

Virginia überflog den Brief noch einmal. »Heute nachmittag. In einer Stunde. Auf dem Miller's Field. O Gott, was sollen wir tun, Nan? Wir haben keine Zeit mehr...«

»Laß Elias holen. Wenn wir rechtzeitig an Ort und Stelle sind, können wir vielleicht das Schlimmste verhindern.«

Elias hatte auf dem Rückweg von den Feldern den hysterischen Ruf seiner Frau gehört und seine Schritte sofort beschleunigt. Nun lief er die Verandastufen hinauf, und Virginia reichte ihm wortlos den Brief.

Nachdem er ihn gelesen hatte, stieß er einen Fluch aus und stürmte zur Landebrücke hinab. Nanine und Virginia folgten ihm. Er saß bereits auf der Ruderbank, als sie einstiegen.

Nanine zitterte am ganzen Körper, und Virginia preßte die Hände auf die Lippen. Elias' Gesicht blieb unbewegt, während er zu rudern begann, aber er war ebenso erregt wie die beiden Frauen. Wenn er sich auch noch so kräftig in die Riemen legte – es würde eine Stunde dauern, bis sie das Miller's Field erreichten, und er mußte befürchten, zu spät zu kommen.

»Hoffentlich finden wir sofort eine Mietkutsche«, keuchte er. »Zum Teufel, was ist bloß in Marty gefahren?«

Virginia zuckte unglücklich mit den Schultern. »Anscheinend hat er sich viel zu krampfhaft bemüht, die Plantage loszuwerden.«

»Womöglich stirbt unser Bruder!« jammerte Nanine.

»Und dann würde Rutledge den Kaufvertrag für null und nichtig erklären«, fügte ihre Schwester hinzu.

»Zum Teufel mit der Plantage!« rief Elias. »Wir müssen diesen Wahnsinn verhindern. Wenn wir doch nur zur rechten Zeit dort wären ...«

Nie zuvor hatte er die Strecke zwischen der Insel und dem Hafen von Valcour schneller bewältigt. Er half seinen beiden Begleiterinnen an Land. Während er die Aufmerksamkeit eines Fahrers zu erregen versuchte, der anscheinend in seiner Mietkutsche schlief, vergeudete er kostbare Minuten. Schließlich rannte er hinüber, rüttelte den Mann wach und sprang in den Wagen. »Sehen Sie die zwei Frauen am Kai? Fahren Sie hin, lassen Sie sie einsteigen, und dann bringen Sie uns so schnell wie möglich zum Miller's Field. Ein Menschenleben steht auf dem Spiel.«

»Ja, Sir«, entgegnete der Mann verschlafen, als wäre es für ihn eine ganz alltägliche Angelegenheit, das Leben eines Menschen zu retten.

Sobald Virginia und Nanine in die Kutsche gestiegen

waren, schwang er die Peitsche, und das Pferd setzte sich in einen schnellen Trab, der aber den drei Fahrgästen viel zu langsam erschien.

»Wir kommen zu spät«, stieß Virginia schluchzend hervor. »Ich weiß es ...«

»Wir tun, was wir können«, entgegnete Nanine, die ihre Gefühle inzwischen unter Kontrolle gebracht hatte.

Als der Wagen am Rand des Miller's Field hielt, sahen sie zwei Gestalten am Boden liegen, über die sich ein Mann beugte. Ein anderer stand daneben. Virginia schrie auf, sprang aus dem Wagen und lief zum Schauplatz des Duells, das offenbar schon stattgefunden hatte. Nanine folgte ihr, und bevor Elias hinter den beiden herrannte, rief er dem Fahrer zu: »Warten Sie!«

»O nein! Die Yankees haben Duelle verboten, und ich will nicht reingezogen werden ...«

Elias stürzte sich auf den Mann und zerrte ihn vom Kutschbock. »Sie warten hier, oder ich breche Ihnen alle Knochen, verstanden?«

Der Kutscher konnte nicht antworten, weil ihm die kräftigen Hände seines Fahrgasts die Kehle zuschnürten, aber er nickte. Elias ließ ihn los und eilte mit großen Schritten zu seinen Begleiterinnen, die zu beiden Seiten einer reglosen Gestalt knieten. Es war ihr Bruder. Nanine strich über seine Stirn, Virginia hatte seine rechte Hand ergriffen. Mit leeren Augen sah sie zu Elias auf. »Marty ist niedergeschossen worden.«

»Was wissen Sie davon?« fragte Elias die zwei Männer, die bei der anderen hingestreckten Gestalt standen.

»Ich heiße James Warren«, stellte sich einer der beiden vor. »Mein Freund Anton Boyle und ich waren die Sekundanten des Gentleman, der hier zu unseren Füßen liegt.«

Elias blickte auf den dünnen, bleichen Mann hinab. »Das ist vermutlich Mr. Rutledge.«

»Ja«, bestätigte Anton Boyle, der die beiden Pistolen in den Händen hielt.

»Was ist passiert?«

»Unser Freund, Mr. Rutledge, hat Mr. Hammond zu einem Duell gefordert, und der General mußte darauf eingehen. Er hatte keine Wahl.«

»Ist Mr. Rutledge tot?«

Anton Boyle schüttelte den Kopf. »Er ist in Ohnmacht gefallen.«

Elias traute seinen Ohren nicht. »Er ist ohnmächtig? Was zum Teufel geht hier eigentlich vor? Ihr Freund muß festgenommen werden. Wenn mein Schwager stirbt, wird man Rutledge aufhängen.«

Warren trat einen Schritt vor. »Ich verstehe Ihre Erregung... Und ich möchte vorschlagen, Mr. Hammond in ein Hospital zu bringen, bevor wir mit langwierigen Erklärungen kostbare Zeit verschwenden. Die Kugel hat ihn in die Brust getroffen, und er blutet sehr stark.«

Elias nickte und stellte sich vor. Dann wandte er sich zum Kutscher um und befahl ihm mit durchdringender Stimme, den Wagen heranzufahren. Der Mann gehorchte, und Elias bat Nanine und Virginia, aufzustehen und beiseite zu gehen. Er beugte sich hinab, um Marty hochzuheben, der inzwischen das Bewußtsein wiedererlangt hatte.

»Ich bin in die falsche Richtung ausgewichen«, würgte er mühsam hervor, und während er sprach, rann Blut aus einem Mundwinkel.

»Wir bringen dich jetzt in ein Krankenhaus«, sagte Elias, dann blickte er zum Fahrer auf. »Wissen Sie, wo das Militär-Hospital ist?«

»Ja, Sir.« Der Mann war immer noch zu verängstigt, um zu protestieren.

Marty versuchte sich aufzusetzen. »Ich gehe nicht in dieses Yankee-Krankenhaus. Auf die Gnade eines Yankee-Doktors will ich nicht angewiesen sein...« Seine Stimme versagte, angestrengt rang er nach Luft.

Virginia wandte sich verzweifelt zu ihrem Mann. »Er meint es ernst, Elias. Es gibt noch andere Ärzte... Das Charleston Hospital ist leider bis auf die Grundmauern abgebrannt. Bitte, bring ihn zu irgendeinem Arzt! Schnell!«

»Ich werde Ihnen helfen und mit Ihnen kommen, Mr. Birch«, erbot sich Warren. »Wir müssen die Behörde informieren, Anton, bleiben Sie bitte hier, und kümmern Sie sich um Miles. Meine Damen, ich bitte Sie – gehen Sie nicht zu hart mit ihm ins Gericht. Es gibt da gewisse Fakten, die Sie noch nicht kennen.«

»Ich komme so schnell wie möglich zurück«, versprach Elias den beiden Schwestern, dann wandte er sich zu Mr. Rutledges

Freunden. »Dies ist meine Frau, und die andere Dame ist Miß Hammond, meine Schwägerin.«

»Ich werde die Damen in meine Obhut nehmen, Mr. Birch«, versicherte Anton Boyle.

Elias und Warren hoben Marty vorsichtig hoch und legten ihn in den Wagen. Als sie davongefahren waren, biß sich Virginia auf die Unterlippe und starrte angewidert auf den Mann hinab, der immer noch reglos am Boden lag.

»Mr. Rutledge sieht sehr schlecht aus«, stellte Nanine fest.

»Er ist krank«, erklärte Boyle mit ruhiger Stimme.

»Würden Sie mir nun endlich erklären, was hier vorgefallen ist?« verlangte Virginia kühl.

»Natürlich, Ma'am. Mr. Hammond hat Miles betrogen und ihn veranlaßt, viel mehr für die Plantage zu zahlen, als sie wert ist. Ein Trinkkumpan Ihres Bruders wurde böse auf ihn und kam zu Miles, um ihn über den Trick zu informieren, mit dem der Preis in die Höhe getrieben wurde.«

Trotz ihres Zorns mußte sich Virginia eingestehen, daß man Marty eine solche Schwindelei durchaus zutrauen konnte. Außerdem hatte sie ihn ständig gedrängt, endlich einen Käufer für die Plantage zu finden. Falls er stirbt, wäre sie an seinem Tod ebenso schuldig wie der Mann, der vor ihr am Boden lag. Hastig beschloß sie diesen schrecklichen Gedanken zu vergessen. »Wer ist dieser Miles Rutledge?« fragte sie.

»Er stammt aus einer vornehmen Familie, die schon seit Generationen in New Orleans lebt«, erwiderte Boyle.

»Offensichtlich aus einer Familie, die auf Duelle spezialisiert ist«, meinte sie sarkastisch.

»Keineswegs, Ma'am. Er haßt jede Art von Gewalttätigkeit.«

»Das können Sie mir niemals einreden.«

»Vielleicht würden Sie mir glauben, wenn ich Ihnen mitteile, daß er bald sterben wird.«

»Ich verstehe nicht...«

»Er leidet an einer Blutkrankheit, die seine Kräfte allmählich aufzehrt.«

Virginia schaute auf das bleiche, ausgemergelte Gesicht hinab. Ihre Abneigung gegen diesen Mann überwog das vage Mitgefühl, das in ihr aufstieg. »Hoffentlich stirbt er nicht so schnell, daß er sich seiner Strafe entziehen könnte!« stieß sie hervor.

»Bitte, Ma'am, hören Sie mich erst an, bevor Sie sich ein

Urteil bilden. Ihr Bruder war schon hier, als wir hier ankamen. Warren und ich hatten Duellpistolen mitgebracht und gaben jedem der beiden Gegner eine Waffe. Sie entfernten sich voneinander um eine vorher festgelegte Anzahl von Schritten, drehten sich um und feuerten. Ihr Bruder schoß zuerst, Ma'am. Die Kugel ging daneben.«

Sie zeigte auf den immer noch bewegungslosen Mr. Rutledge. »Warum liegt er dann am Boden?«

»Wie gesagt, er ist sehr krank. Nachdem er abgedrückt hatte, sah er Ihren Bruder stürzen und fiel sofort in Ohnmacht. Er hat ihn ganz sicher nicht mit Absicht niedergeschossen. Es war ein Unfall.«

»Wie können Sie so was Dummes behaupten?« rief Virginia empört. »Bei Duellen gibt es keine Unfälle.«

»Bei normalen Duellen nicht«, erwiderte Boyle.

»Was soll das heißen?«

»Miles zielte weit daneben, aber Ihr Bruder sprang zur Seite, um der Kugel auszuweichen, und geriet in die Schußlinie.«

»Wenn Sie erwarten, daß ich das glaube ...«, begann Virginia wütend.

»Ich muß noch etwas hinzufügen«, unterbrach er sie ungeduldig. »Miles hat dieses Duell provoziert, weil er sterben wollte.«

Virginia starrte ihn fassungslos an, als würde sie an seinem Verstand zweifeln. Nanine, die bis jetzt still neben ihr gestanden hatte, wandte sich ab und kniete neben Miles Rutledge nieder.

»Kümmere dich nicht um ihn!« fuhr Virginia sie an. »Womöglich muß Marty sterben! Willst du seinen Mörder trösten?«

»Mr. Rutledge ist schwer krank«, entgegnete Nanine.

»Unser Bruder auch! Geh weg von ihm!«

»Nein, Virgie.«

»Bist du verrückt?«

»Der Mann braucht Hilfe.«

»Unser Bruder auch, und dafür ist Rutledge verantwortlich. Er ist nicht verletzt, und er stellt sich nur bewußtlos, weil er die Folgen seiner Tat fürchtet. Dieser Feigling!«

»Beruhige dich, Virgie«, bat Nanine sanft. »Ich weiß, was ich tue.«

»Das weißt du eben nicht. Du behandelst diesen Mann genauso wie die streunenden Hunde und Katzen, die dir über den Weg laufen. Dein Mitleid hat deinen Verstand umnebelt. Rutledge ist ein Mörder, und du solltest dir nicht die Finger an ihm schmutzig machen.«

Nanine erhob sich und sah ihre Schwester an. Mit leiser, aber fester Stimme erwiderte sie: »Bei einem Duell kann man nicht von Mord sprechen. Marty wußte, worauf er sich einließ. Und solange ich die genauen Umstände, die zu diesem Duell geführt haben, nicht kenne, gilt meine erste Sorge diesem Mann zu meinen Füßen, der Hilfe braucht. Er ist sehr krank, und ich weiß nur zu gut, was das heißt. Bitte, ärgere mich jetzt nicht und reg ihn nicht auf.«

»Ach, du albernes Ding!« schrie Virginia, wandte sich ab und eilte davon. Aber wohin sollte sie gehen? Nein, nicht zurück zu Boyle, der sich nicht von der Stelle gerührt hatte und sie nachdenklich beobachtete ... Sie wußte, daß ihr Zorn vor allem auf ihr Entsetzen vor den Ereignissen dieses Tages zurückzuführen war. Und sie wußte auch, wie sinnlos es wäre, Boyle zu fragen, ob Marty am Leben bleiben würde. Sie hatte die Wunde gesehen, und da sie während des Krieges in einem Lazarett ausgeholfen und gewisse Erfahrungen gesammelt hatte, machte sie sich keine Hoffnungen. Mutlos sank sie ins Gras und begann zu weinen.

Nanine hatte sich wieder neben Miles Rutledge niedergelassen und fächelte seinem schweißnassen Gesicht mit einer Hand Kühlung zu. Seine Lider flatterten, dann öffnete er die Augen und bewegte die Lippen.

»Sie brauchen jetzt keine Erklärungen abzugeben«, sagte sie mit einem sanften Lächeln. »Warten Sie damit, bis Sie wieder zu Kräften kommen.«

»Ich – ich habe ihn getötet, nicht wahr?«

»Das weiß ich noch nicht. Vielleicht.«

»Ich wollte danebenschießen – wirklich ... Aber er sprang plötzlich zur Seite ... O Gott, warum hat er mich nicht getroffen?«

»Bitte, sprechen Sie jetzt nicht. Wir werden Sie so bald wie möglich in die Stadt bringen. Wo wohnen Sie?«

»In diesem großen Hotel ... Der Name fällt mir nicht ein.«

»Keine Sorge – das wird sich alles finden. Sind Sie wirklich nicht verletzt?«

Miles Rutledge seufzte tief auf. »Ich wünschte, ich wäre es... Ich wünschte, ich wäre tot...«

»Sagen Sie das nicht. Dazu haben Sie kein Recht – schon gar nicht, wenn Sie mir die Wahrheit gesagt haben.«

»Es ist wahr. Aber das spielt keine Rolle. Ich bin so oder so am Ende. Man hat mir mitgeteilt, daß ich nicht mehr lange zu leben habe, aber ich brachte nicht den Mut auf, Selbstmord zu begehen.«

»Haben Sie deshalb meinen Bruder zum Duell gefordert?«

»Ich bestand darauf, Mr. Hammond wollte es nicht, und ich zwang ihn dazu. Er sollte tun, wozu ich nicht fähig war – nämlich mich töten.«

»Bitte, regen Sie sich jetzt nicht auf. Sagen Sie nichts mehr. Wir werden alles besprechen, wenn es Ihnen besser geht und wir über den Zustand meines Bruders mehr wissen.«

»Es tut mir so leid«, flüsterte Rutledge. »Ich bin ein solcher Feigling.«

»Das sind Sie nicht«, widersprach Nanine. »Sie sind krank und entmutigt. Schweigen Sie jetzt, und ruhen Sie sich aus. Wir werden Sie bald von hier wegbringen und Ihnen helfen.«

»Für mich gibt es keine Hilfe.«

»Ich habe auch einmal behauptet, mir könnte keiner helfen. Und dann bewies mir ein Yankee-Doktor das Gegenteil.«

Rutledge holte tief Luft. »Etwas muß ich noch sagen. Ich habe mit Ihrem Bruder eine Vereinbarung getroffen, doch daran halte ich mich nicht. Ich werde den Wechsel nicht zurückverlangen.«

»Das ist jetzt unwichtig«, entgegnete Nanine, obwohl sie sehr erleichtert war. Nun hatte sie wenigstens etwas in der Hand, um Virginia zur Vernunft zu bringen.

»So, und jetzt will ich endlich schweigen«, versprach Miles Rutledge.

»Gut. Dann werde ich Ihnen etwas erzählen. Ich heiße Nanine Hammond, und die junge Frau drüben ist meine Schwester, Virginia Birch. Unsere Familie lebt schon seit Generationen auf Valcour. Deshalb war es so wichtig, daß Marty die Festlandplantage verkaufte. Wir brauchen das Geld, um die Plantagen auf der Insel, die sich jetzt im Besitz von Nordamerikanern befinden, zurückzukaufen. Es ist schwierig, das alles in wenigen Worten zu erklären, aber – Marty war wahrscheinlich verzweifelt. Auch wenn ich die näheren Umstände nicht kenne, ich kann es ihm nicht übelnehmen, daß er einen Trick angewandt hat.«

Rutledge wollte antworten, doch das wurde durch die Ankunft zweier Kutschen verhindert. Aus der einen stiegen Elias und James Warren. Während sich Warren zu seinem Freund gesellte und leise auf ihn einsprach, ging Elias langsam zu seiner Frau, die immer noch mit gesenktem Kopf im Gras saß. »Es tut mir leid, Liebling. Marty ist während der Fahrt in die Stadtmitte gestorben. Die Ärzte im Militär-Hospital haben ihr Bestes getan.«

Unglücklich schaute sie zu ihm auf. Tränen stiegen in ihre Augen und rollten über die Wangen. Elias reichte ihr ein Taschentuch, das sie dankbar entgegennahm.

Sie stand auf, betupfte ihre Augen und putzte sich die Nase. »Mr. Boyle hat mir eine unglaubliche Geschichte von dem Duell erzählt. Und schau dir Nanine an! Sie sitzt neben diesem gräßlichen Mr. Rutledge, hält ihn im Arm, und sein Kopf liegt auf ihrer Schulter. Marty ist tot – und sie tröstet seinen Mörder. Ich begreife das einfach nicht.«

Elias zog sie an sich. »Es war kein Mord, sondern ein Duell. Nach allem, was mir Warren inzwischen erzählt hat, bestand Rutledge nur deshalb auf Genugtuung, weil er getötet werden wollte.«

»Das ist doch idiotisch!« rief Virginia. Heftiger Zorn verdrängte ihre Trauer. »Das wollte mir Mr. Boyle auch schon einreden, aber ich glaube es nicht.«

»Es ist die Wahrheit, Virgie. Immerhin gibt es zwei Zeugen.«

»O ja – Zeugen, die mit dem Mörder befreundet sind. Gibt dir das nicht zu denken?«

»Ich zweifle nicht an Mr. Warrens und Mr. Boyles Aussagen, und wenn du die Fakten kennst, wirst du den beiden ebenfalls Glauben schenken. Marty war gestern abend betrunken und hatte nicht genug Zeit, um vor dem Duell seinen Rausch auszuschlafen. Er war schon lange vor dem vereinbarten Zeitpunkt hier auf dem Feld, um Schießübungen durchzuführen. Anscheinend war er nicht sonderlich erfolgreich.«

»Er wußte ganz genau, wie man mit Pistolen umgeht.«

»Sicher, aber er war in einem erbärmlichen Zustand, und das hat seine Reflexe beeinträchtigt. Er schoß zuerst, das war Rutledges Wunsch. Aber Marty verfehlte sein Ziel.«

»Und dann hat Rutledge ihm eine Kugel in die Brust gejagt!« stieß Virginia hervor.

»Unabsichtlich. Er wollte danebenfeuern, aber Marty sprang in die falsche Richtung, direkt in die Schußlinie.«

»Wenn du dir das einreden läßt, bist du ein Narr, Elias.«

»Ich habe die Wahrheit von einem verläßlichen Zeugen erfahren, Virgie.«

Sie lächelte spöttisch. »Von Mr. Warren, Rutledges Freund...«

»Nein, von Marty. Vor seinem Tod hat er mir alles erzählt, und sein Bericht deckte sich mit Mr. Warrens Aussage.«

»Das werde ich niemals glauben. Rutledge beharrte auf diesem schrecklichen Duell, und Marty sah sich gezwungen, darauf einzugehen – obwohl er Duelle haßte. Das können dir alle seine Freunde bestätigen. Er wurde hereingelegt.«

Elias zuckte mit den Schultern. »Glaub, was du willst, Virgie. Eines Tages wirst du die Wahrheit wissen. Ist Rutledge verletzt?«

»Keine Ahnung. Hoffentlich stirbt er.«

»Ich werde ihn fragen, was er vorhat.«

»Das ist mir verdammt egal. Wir müssen uns um Marty kümmern.«

»Ich habe bereits veranlaßt, daß seine Leiche nach Hause gebracht wird. Du willst ihn sicher auf Valcour begraben.«

»Natürlich. Geh jetzt zu Rutledge, wenn es unbedingt sein muß.«

»Ja, ich will mit ihm sprechen.«

»Und versuch herauszufinden, ob er den Kaufvertrag stornieren will.«

»Was für eine praktisch veranlagte Frau ich doch habe!« sagte er, doch Virginia bemerkte seinen Sarkasmus nicht.

Er ging zu Nanine und Mr. Rutledge hinüber und kniete sich neben die beiden ins Gras. »Mr. Rutledge, ich bin Elias Birch. Sind Sie verletzt?«

»Nein, Mr. Birch.«

»Er ist sehr krank«, erklärte Nanine, »aber nicht verwundet. Ich möchte ihn in sein Hotel bringen. Er braucht Pflege und Fürsorge.«

Elias sah sie verwundert an. »Willst du dich um ihn kümmern?«

»Wer sollte es denn sonst tun? Er braucht die Fürsorge und

das Mitgefühl einer Frau. Mr. Rutledge ist kein Mörder, Elias, auch wenn Virgie auf einem anderen Standpunkt steht. Er hat mir berichtet, was vorgefallen ist, und ich glaube ihm.«

Elias nickte. »Ich auch. Wir müssen Virgie klarmachen, daß er die Wahrheit sagt. Es mißfällt ihr, daß du dich seiner annimmst.«

»Das interessiert mich nicht. Ich bin eine erwachsene Frau und kann tun, was mir beliebt. Wenn jemand Hilfe braucht, werde ich ihm beistehen. Und ich glaube, Mr. Rutledge ist auf mich angewiesen.«

Er lächelte seiner Schwägerin anerkennend zu. »Bei dir ist er in guten Händen. Mr. Rutledge, damit Sie Ihren inneren Frieden wiederfinden, will ich Ihnen sagen, was mir Marty vor seinem Tod mitteilte. Er versicherte mir, Sie wären gänzlich unschuldig. Ich hoffe, das wird Ihr Gewissen erleichtern.«

Miles Rutledge nickte dankbar. »Ja, das nimmt mir eine schwere Last von der Seele.«

»Will Virgie nicht einmal ihrem Bruder glauben?« fragte Nanine.

Elias schüttelte den Kopf. »Sie läßt nicht mit sich reden. Aber du mußt bedenken, daß sie im Augenblick unter einer starken inneren Anspannung steht. Was immer sie auch behaupten mag – sie ist nicht dafür verantwortlich. Vielleicht fühlt sie sich, ohne es zu wissen, schuldig an Martys Tod.«

»Falls du sie damit beruhigen kannst, sag ihr, daß Mr. Rutledge sein Geld nicht zurückfordern wird.«

»Ja, das wird sie sicher besänftigen.« Elias atmete auf, weil er sich die peinliche Frage an Mr. Rutledge ersparen konnte. »Was hast du jetzt vor, Nan?«

»Ich begleite Mr. Rutledge in sein Hotel und lasse einen Arzt rufen. Was danach geschehen soll, weiß ich noch nicht. Ich bin genauso verwirrt wie Virgie.«

»Bitte, benachrichtige mich, wenn du einen Entschluß gefaßt hast. Morgen wird Martys Leiche auf die Insel überführt. Virgie möchte, daß er auf Valcour begraben wird.«

»Ich werde dabeisein – wenn sie es erlaubt.«

»Wenn sie es erlaubt? Nan, Marty war auch dein Bruder. Sei Virgie nicht böse, du weißt ja, wie eigensinnig sie manchmal ist.«

Nanine seufzte. »Das ist es ja – ich weiß es nur zu gut. Dürfen wir eine von diesen Kutschen benutzen?«

»Selbstverständlich. Deshalb haben Warren und ich einen zweiten Wagen gemietet. Soll ich Mr. Rutledge beim Einsteigen helfen?«

Sie blickte unbehaglich über seine Schulter. »Lieber nicht. Deine Frau schaut ohnehin schon so wütend zu uns...«

Elias drückte ihr Geldscheine in die Hand. »Das wirst du brauchen, Nan. Übrigens – du bist eine ungewöhnliche Frau.«

Er stand auf, kehrte zu Virginia zurück und legte einen Arm um ihre Taille. Für einen Augenblick glaubte er, sie würde ihn zurückstoßen, doch statt dessen legte sie den Kopf an seine Schulter. »Ich werde nie soviel Herzensgüte besitzen wie Nanine, und es wird mir auch niemals gelingen, so fair zu sein wie sie. Obwohl ich ihre Haltung bewundern müßte, kann ich es kaum ertragen, sie an der Seite dieses Mannes zu sehen.«

»Du hast mich beauftragt, herauszufinden, ob der Kaufvertrag immer noch gilt. Ich brauchte Mr. Rutledge nicht danach zu fragen. Wie ich von Nanine erfahren habe, wird er sein Geld nicht zurückverlangen.«

Sie seufzte erleichtert auf. »Dem Himmel sei Dank! Kommt Nan mit uns?«

»Nein, sie möchte Mr. Rutledge ins Hotel bringen und ihn in ärztliche Obhut geben. Er ist wirklich schwer krank, das läßt sich nicht leugnen.«

»Und Marty ist tot«, entgegnete Virginia tonlos. »Auch das läßt sich nicht leugnen.«

11

Gefolgt von Nanine, führten Anton Boyle und James Warren ihren kranken Freund in seine Hotelsuite. Während sie im Wohnzimmer wartete, kleideten sie ihn aus und brachten ihn zu Bett. Er war immer noch stark geschwächt von den Aufregungen des Tages, und sobald sein Kopf das Kissen berührte, stöhnte er müde auf. Mit matter Stimme dankte er den beiden Männern für ihre Hilfe, dann fügte er hinzu: »Ich weiß nicht, wie ich mit dem Wissen, daß ich einen Menschen getötet habe, weiterleben soll.«

»Sie wollten es nicht, Miles«, erwiderte Anton Boyle.

»Es war ein Unfall«, ergänzte James Warren. »Der Kommandant hat unsere Aussage akzeptiert, nicht zuletzt, weil sie von Elias Birch bestätigt wurde.«

»Würden Sie bitte dieser Dame – Miß Hammond ausrichten, daß ich ihr sehr dankbar bin?«

Warren lächelte. »Das sollten Sie ihr selber sagen. Sie sitzt im Wohnzimmer und wartet auf die Erlaubnis, hier hereinzukommen, denn sie möchte Sie pflegen.«

»Nachdem ich ihren Bruder getötet habe?« Miles schloß die Augen, als wollte er eine qualvolle Erinnerung auslöschen.

»Miß Hammond weiß, daß Sie unschuldig sind«, erklärte Boyle. »Sie ist eine warmherzige, einfühlsame Frau, und wir wissen, daß Sie bei ihr gut aufgehoben sind.«

»Sie will sich um mich kümmern?« fragte Miles erschrokken. »Das lasse ich nicht zu.«

»Wir werden sie wohl kaum daran hindern können«, entgegnete Warren grinsend. »Wir gehen jetzt essen. Später wollen wir noch einmal nach Ihnen sehen. In der Zwischenzeit wird Miß Hammond bei Ihnen Wache halten.«

Nanine stand bereits in der Tür und blickte besorgt zu dem blassen, kranken Mann hinüber. »Weiß er, daß ich hier bin?« fragte sie seine Freunde, als sie zu ihr kamen.

Warren nickte. »Er versteht nicht, daß Sie bei ihm bleiben wollen.«

Darauf gab Nanine keine Antwort. Statt dessen bat sie: »Beunruhigen Sie sich nicht, meine Herren. Ich werde nicht von seiner Seite weichen. Übrigens habe ich bereits einen Doktor bestellt – obwohl ich genausogut für ihn sorgen könnte.«

»Hoffentlich noch besser«, meinte Boyle lächelnd. »Bis jetzt konnte ihm kein Arzt helfen.«

Nanine entschuldigte sich bei den beiden Männern und eilte ins Schlafzimmer. Warren und Boyle verließen die Suite. Auf dem Korridor bemerkte Boyle: »Wie verschieden diese beiden Schwestern sind...«

»Völlig verschieden«, stimmte Warren zu. »Beide sind sehr schön, doch die eine ist sanftmütig, während die andere ein äußerst lebhaftes Temperament besitzt.«

Boyle lachte. »Eine Teufelskatze, diese Blondine. Elias Birch ist ein ganzer Mann, aber er kann sie offenbar nicht zähmen.«

»Ich bezweifle, daß irgendein Mann auf dieser Welt dazu imstande wäre. Sie hat eine Ausstrahlung, die einen fast verrückt macht.«

Boyle nickte. »Das ist wahr. Da draußen auf dem Miller's Field war ich verdammt wütend auf sie – und trotzdem fühlte ich mich zu ihr hingezogen, so seltsam Sie das auch finden werden, angesichts der Umstände.«

»Ich finde es keineswegs seltsam«, widersprach Warren, »denn mir ging es genauso, und ich schämte mich deshalb. Erstaunlich, daß man diese Frau hassen und gleichzeitig begehren kann...« Plötzlich beschleunigte er seine Schritte. »Kommen Sie, trinken wir ein Glas zusammen, und sehen wir zu, daß wir Mrs. Birch vergessen.«

»Wir sollten diesen ganzen Nachmittag so schnell wie möglich vergessen. Der arme, gute Miles... Er wollte so gern sterben. Statt dessen muß er nun mit der Gewißheit leben, daß er einen Mann erschossen hat.«

Nanine stand neben dem Bett und schaute auf Miles hinab. Sein Gesicht und seine Hände, die auf der Bettdecke lagen, zeigten immer noch Erd- und Grasspuren. Sie eilte ins Bad und kam mit einer Schüssel voll Wasser, einem Waschlappen und einem Handtuch zurück. Behutsam säuberte sie seine Wangen und seine Hände. Dabei spürte sie, wie heiß seine Stirn war. Anscheinend hatte er Fieber. Sie brachte die Schüssel, den Lappen und das Tuch ins Badezimmer zurück, dann setzte sie sich neben das Bett.

»Ich bereue zutiefst, was ich heute getan habe«, sagte er leise, »und ich weiß nicht, wie ich Ihnen für Ihre Freundlichkeit danken soll. Ich verdiene das nicht, denn ich habe Ihren Bruder getötet. Trotzdem will ich Ihnen danken, Miß Hammond.«

»Bitte, nennen Sie mich Nanine, denn ich werde von jetzt an Miles zu Ihnen sagen. Erzählen Sie mir von Ihrer Krankheit.«

Er berichtete, daß er schon als Kind anfällig gewesen war. Kein Arzt hatte feststellen können, woran er litt, und die Arzneien, die ihm verordnet worden waren, hatten ihm nicht geholfen. Während er sprach, erkannte Nanine die Symptome ihrer eigenen Krankheit wieder, von der sie erst vor kurzer Zeit genesen war, jener Blutarmut, die sie mit der Hilfe eines tüchtigen Arztes besiegt hatte.

Im selben Augenblick, als Rutledge seinen traurigen Bericht beendete, erschien der Doktor, ein alter, betulicher kleiner Mann, der den Patienten gründlich untersuchte. Nanine zog sich währenddessen in den Wohnraum zurück.

»Sie sind nicht unmittelbar gefährdet, Mr. Rutledge«, hörte sie den Arzt im Nebenzimmer sagen, »aber sehr krank. Ich würde Ihnen raten, nach Hause zu fahren, wo man besser für Sie sorgen kann als hier im Hotel. Sie brauchen ständige Pflege. Ich lasse Ihnen ein Elixier hier, das Sie bitte viermal am Tag einnehmen, jeweils einen Teelöffel voll. Wenn Sie wollen, werde ich noch einmal nach Ihnen sehen.«

»Ich werde Sie rufen lassen, falls es nötig ist«, antwortete Miles. »Vielen Dank, Doktor.«

Nachdem der Arzt gegangen war, nahm Nanine ihren Platz neben dem Bett wieder ein. »Wie oft mußte ich genau die gleichen Worte von meinen Ärzten hören! Und wie oft habe ich dieses Elixier geschluckt! Es schmeckt scheußlich.«

Miles brachte ein schwaches Lächeln zustande. »Je schlechter eine Medizin schmeckt, desto wirksamer ist sie – zumindest nach der Meinung vieler Ärzte. Bitte, werfen Sie die Flasche in den Papierkorb.«

Sie erfüllte seinen Wunsch. »In einem Punkt hat der Doktor recht – Sie brauchen ständige Pflege, Miles. Haben Sie eine Familie? Sind Sie verheiratet?«

»Weder – noch. Mein Vater ist im Krieg gefallen, und meine Mutter starb schon vor vielen Jahren. Ich habe keine Verwandten, doch das braucht Sie nicht zu beunruhigen. Ich bin reich – sehr reich, und ich kann mir ganze Heerscharen von Pflegerinnen leisten.«

»Bezahlte Krankenschwestern würden Ihnen niemals die gleiche Fürsorge bieten wie ein Mensch, dem Sie etwas bedeuten.«

Er versuchte sich aufzusetzen, und Nanine stützte ihn und bauschte das Kissen auf, damit er bequemer liegen konnte. Diese Mühe nahm ihr den Atem und trieb ihr das Blut in die Wangen, doch sie gab sich keiner Täuschung hin. Die Atemlosigkeit rührte nicht von der körperlichen Anstrengung her, sondern von der Nähe dieses Mannes, zu dem sie sich auf so seltsame Weise hingezogen fühlte. Aber sie hatte ihre Emotionen schnell wieder unter Kontrolle. »Ich werde Sie nach Valcour mitnehmen und für Sie sorgen. Glauben Sie mir –

wenn man sich von einer Krankheit erholen will, gibt es keinen besseren Ort als diese Insel.«

»Ich werde mich nie mehr erholen, Nanine«, widersprach er.

»Doch, das werden Sie«, behauptete sie zuversichtlich. »Ich habe nämlich an der gleichen Krankheit gelitten wie Sie. Glücklicherweise kannte Elias einen Yankee-Doktor, der eine Blutarmut diagnostizierte und mich wieder gesund machte. Essen Sie gern Leber, Miles?«

»Nein, um Himmels willen!«

Sie lachte leise. »In Zukunft müssen Sie sich daran gewöhnen. Der Arzt erklärte mir, ich müßte so oft wie möglich Leber und Rindfleisch essen, und sie hat mir viel besser geschmeckt als die vielen Elixiere, die ich vorher eingenommen hatte. Vor allem hat mir diese Ernährung geholfen, und sie wird auf Sie die gleiche Wirkung ausüben. Am besten fangen wir sofort mit der Therapie an. Machen Sie die Augen zu, und ruhen Sie sich aus, ich bin gleich wieder da.«

Nanine durchquerte das Wohnzimmer. Dabei fiel ihr Blick in einen Spiegel neben der Tür, und sie blieb überrascht stehen. Sie erkannte sich kaum wieder. In ihren Augen lag ein sonderbarer Glanz, ein rosiger Schimmer hatte ihre Wangen gefärbt, und als sie eine Hand auf die Brust preßte, spürte sie, daß ihr Herz schneller schlug als sonst. Ich muß verrückt sein, dachte sie, während sie die Suite verließ und zur Hotelküche hinuntereilte. Es ist völlig unmöglich, daß ich mich in einen Mann verliebe, den ich erst seit knapp zwei Stunden kenne ... und der mehr tot als lebendig ist ...

Hastig verdrängte sie diese verwirrenden Gedanken und suchte den Küchenchef auf, der zunächst ärgerlich die Stirn runzelte, weil sie es gewagt hatte, in seine Domäne einzudringen. Aber ihre freundliche, sanftmütige Art und vielleicht auch dieser neue Glanz in ihren Augen bezwangen ihn, und er versprach, ihren Auftrag gewissenhaft auszuführen.

Eine halbe Stunde später wurde ein Tablett mit zwei Tellern in Miles' Suite gebracht. Auf dem einen Teller lag ein großes Stück gebratener Leber, auf dem anderen ein etwas kleineres Porterhouse-Steak. Nanine bestand darauf, den Patienten zu füttern, und fing mit der Leber an. Er aß alles auf, ohne eine Miene zu verziehen, und sie war gerührt über seine Fügsamkeit. Während sie das Steak in mundgerechte Bissen schnitt, sank er auf das Kissen zurück, ruhte sich aus und beobachtete, wie Blut aus dem halbrohen Fleisch quoll. »Ich glaube, dieses Tier lebt noch.«

Nanine lachte, und das entlockte ihm ein Lächeln.

»Sie sollten öfter lächeln«, meinte sie. »Dann sehen Sie viel netter aus, vor allem, wenn Ihnen diese Locke in die Stirn fällt.«

»Sie ist so widerspenstig!« rief er ärgerlich und strich sein Haar zurück.

»Mir gefällt Ihre Frisur, so, wie sie ist«, versicherte sie und schob ihm ein Stück Fleisch in den Mund.

Pflichtschuldigst aß er so viel, wie er konnte, aber die ganze Portion schaffte er nicht. Trotzdem war Nanine zufrieden mit ihm. Sie trug das Geschirr ins Wohnzimmer, dann setzte sie sich wieder neben das Bett. »Nun werden Sie mit mir nach Valcour kommen?«

»Sie sind sehr freundlich, Nanine. Aber das wird Ihre Schwester niemals dulden. Ich bin auf dem Miller's Field früher zur Besinnung gekommen, als es den Anschein hatte, und habe gehört, was sie sagte. Wer wohnt denn sonst noch in Ihrem Haus?«

»Elias.«

»Ihr Schwager hätte wohl nichts dagegen. Ich habe zugehört, während Sie mit ihm sprachen.«

»Und Mama ist auch noch da.«

»Es wäre ein unzumutbarer Schock für sie, wenn sie mir gegenübertreten müßte.«

»Nun ja, sie würde sich ein bißchen aufregen, aber ich glaube, sie regt sich sehr gern auf.«

»Und Mrs. Birch? Der Gedanke an Ihre Schwester macht mir die größten Sorgen.«

»Ich habe die gleichen Ansprüche auf unser Haus wie Virginia. Daran werde ich sie erinnern, wenn sie gegen meinen Plan protestiert. Außerdem – ich habe niemanden, für den ich sorgen kann, und ich fühle mich ebenso einsam wie Sie.« Nanine schaute ihn an, dann fragte sie unsicher: »Sie sind doch einsam?«

»Schrecklich einsam – zumindest war ich das bis jetzt«, gab er zu. »Ich bin noch keiner Frau begegnet, die mir einen zweiten Blick gegönnt hätte ... Nicht daß Sie das getan haben, Nanine – und wenn, dann nur aus Mitleid.«

Sie griff nach seiner Hand und spürte, als er ihre Finger drückte, wie sich ihr Herzschlag beschleunigte. »Bitte, Miles, sagen Sie, daß Sie mit mir nach Valcour kommen werden – und daß ich Sie pflegen darf.«

»Ja, ich werde kommen«, antwortete er fast unhörbar.

»Dann ist alles abgemacht. Ich fahre jetzt nach Hause. Sie brauchen viel Ruhe, Miles. Ich werde veranlassen, daß man während meiner Abwesenheit gut für Sie sorgt, und Ihre Freunde werden bestimmt nach Ihnen sehen. Morgen oder übermorgen komme ich zurück.«

Wenn es ihr auch unglaublich erschien – in seinen Augen lag der gleiche Glanz wie in den ihren, die sie vorhin im Spiegel gesehen hatte. Sie beugte sich hinab und hauchte einen Kuß auf seinen Mund. »Ich werde Sie nicht im Stich lassen, Miles, das schwöre ich.«

»Endlich habe ich einen Grund, um weiterzuleben«, flüsterte er und zog ihre Hand an die Lippen.

Nanine wandte sich rasch ab, damit er ihre Tränen nicht sah. Sie wußte, daß sie noch viele Tränen vergießen würde, um Martys willen, doch das würden andere Tränen sein.

Sie sprach mit dem Hoteldirektor und trug ihm auf, regelmäßig nach Mr. Rutledge zu sehen. Dann erklärte sie, er müsse die Spezialnahrung bekommen, über die der Küchenchef bereits informiert war. Nanine erinnerte den Direktor an das Millionenvermögen seines Gastes und fügte hinzu, es würde bestimmt nicht sein Schade sein, wenn er sich an ihre Anweisungen hielte.

Sie fuhr mit einer Kutsche zum Hafen und mietete ein Boot, um sich nach Valcour bringen zu lassen. Niemand stand an der Landebrücke zur Begrüßung, obwohl man das Boot gesehen haben mußte. Nanine wußte, daß dies Virginias Methode war, ihr Mißfallen zu zeigen. Sie ließ sich aber nicht einschüchtern. Mit hoch erhobenem Kopf ging sie zum Haus hinauf.

Elias öffnete ihr die Tür und verdrehte die Augen, um ihr zu bedeuten, daß die Dinge nicht zum Besten standen. Sie traf ihre Mutter und ihre Schwester im Salon an, wo sie sie offensichtlich erwarteten.

»Wie konntest du nur?« rief Lenore.

»Guten Tag, Mama«, sagte Nanine gelassen. »Wenn du meine Sorge um Mr. Rutledge meinst, so bin ich der Ansicht, daß ich richtig gehandelt habe.«

»Oh, du findest es also richtig, den Mann zu trösten, der deinen Bruder getötet hat?« fragte Virginia sarkastisch.

»Das war ein tragischer Unfall.« Nanine setzte sich. »Mama, du hast Virgies Version über den Hergang des Duells gehört. Würdest du dir jetzt auch meine anhören?«

»Ich enterbe dich!« stieß Lenore hervor. »Deine Geschichte interessiert mich nicht! Für mich zählt nur eines – mein Sohn ist tot, und dieser Mann hat ihn umgebracht.«

»Wie du willst, Mutter.«

»Warum bist du zurückgekommen?« fragte Virginia.

»Warum wohl? Um am Begräbnis meines Bruders teilzunehmen. Außerdem gehört mir Willowbrook genauso wie dir.«

»Du hast diesem Haus Schande gemacht, Nanine«, klagte Lenore. »Das hätte ich nie von dir gedacht – von meiner Tochter, die immer so pflichtbewußt war...«

Elias, der in der Salontür gestanden hatte, zog sich schweigend zurück. Er wollte sich nicht in die Diskussion einmischen und womöglich alles noch schlimmer machen. Virginia würde ohnehin nur das glauben, was sie glauben wollte. Und er bezweifelte, daß Nanine seine Hilfe brauchte. Sie würde sich weder von ihrer Schwester noch von ihrer Mutter von ihrem Vorhaben abbringen lassen.

»Warum interessierst du dich so für diesen Mann, Nanine?« wollte Virginia wissen.

»Er leidet an der Krankheit, die mich beinahe das Leben gekostet hätte. Ein nordamerikanischer Arzt hat mich gerettet, und was ich von ihm gelernt habe, möchte ich an Miles Rutledge weitergeben. Wenn ich ihm nicht helfe, wird er sterben.«

»Soll er doch!« rief Virginia erbost. »Du darfst ihn nie wiedersehen. Meine Schwester kann nicht...«

Nanine fiel ihr mit ruhiger Stimme ins Wort. »Nach dem Begräbnis werde ich ihn nach Valcour bringen. Hier wird er Ruhe und Erholung finden. Er braucht mich.«

Virginia schüttelte fassungslos den Kopf. »Du bist verrückt – völlig wahnsinnig!«

Lenore erhob sich abrupt, brach in Tränen aus und verließ das Zimmer.

»Wir wollen diese Sache ein für allemal klarstellen«, fuhr Virginia fort. »Ich verbiete dir, diesen Mörder nach Valcour zu holen. Wenn du darauf bestehst, mußt du gehen und darfst nie wiederkommen. Ich hoffe, ich habe mich deutlich genug ausgedrückt.«

»Das hast du«, entgegnete Nanine gelassen. »Aber es könnte dir und Valcour große Vorteile bringen, wenn Mr. Rutledge hier bei uns genesen würde.«

»Wenn er es wagt, einen Fuß auf diese Insel zu setzen, wird er eine Minute später sterben. Ich werde ihn erschießen.«

Nanine nickte. »Das traue ich dir durchaus zu.«

»Niemand würde mir einen Vorwurf daraus machen.«

»Da irrst du dich. Ich könnte es dir niemals verzeihen. Außerdem mußt du noch etwas anderes bedenken. Wenn du dich weigerst, Mr. Rutledge aufzunehmen, wird er sein Geschäft mit Marty rückgängig machen.«

»Das kann er nicht!« rief Virginia entrüstet.

»Doch, das kann er. Der Kaufvertrag wurde unter Vorspiegelung falscher Tatsachen abgeschlossen. Marty hat offenbar einen Riesenschwindel inszeniert, um den Preis hochzutreiben. Also würde es dir gar nichts nützen, wenn du vor Gericht gingst.«

»Er hat gesagt, er würde das Geld nicht zurückverlangen.«

»Das stimmt. Aber wenn ich ihn bitte, den Vertrag zu zerreißen, wird er es tun. Ohne Miles Rutledges Geld kannst du Valcour nicht retten.«

Mühsam unterdrückte Virginia ihren Zorn. »Nan, bitte, sei vernünftig. Wir sind Schwestern und haben uns immer sehr nahe gestanden. Wie kannst du mir zumuten, mit diesem Mann unter einem Dach zu leben? Mir – und Mama?«

»Es wird euch nichts anderes übrigbleiben.«

»Warum tust du das? Was bedeutet er dir?«

»Das weiß ich nicht«, antwortete Nanine leise. »Noch nicht.«

Virginia starrte sie mit großen Augen an. »Du kannst dich doch nicht in den Mörder deines Bruders verlieben!«

»Ich habe bereits gesagt, daß ich es noch nicht weiß.«

Bestürzt sprang Virginia auf, lief zu Nanine und griff nach ihrer Hand. »Du Ärmste! Glaub mir, du machst dir etwas vor. Du warst noch nie in deinem Leben mit einem Mann zusammen. Nur weil Rutledge irgendeine sonderbare Leidenschaft in dir entfacht hat, bildest du dir ein, du würdest ihn lieben. Aber – du kannst dich doch nicht zu einem Mann hingezogen fühlen, der deinen Bruder erschossen hat. Du weißt nichts von Liebe, du bist eine alte Jungfer und ...« Verlegen verstummte sie und preßte eine Hand auf den Mund.

Nanine lächelte sanft. »Ich weiß, ich bin eine alte Jungfer, und das bedrückt mich schon seit Jahren. Virgie, ich habe keine Ahnung, ob es Liebe oder Leidenschaft ist, was ich für Miles empfinde. Das spielt keine Rolle, weil ich es bald wissen werde. Und ich habe die feste Absicht, ihn hierherzuholen – selbst wenn ich dich erpressen müßte, um deine Zustimmung zu erlangen. Wenn du ihn nicht hier haben willst, mußt du auf die dreiunddreißigtausend Dollar verzichten.«

Virginia sank in den nächstbesten Sessel. »O Nan«, flüsterte sie verzweifelt. »Ich brauche das Geld.«

»Das ist mir klar«, entgegnete Nanine ungerührt. »Also? Wie entscheidest du dich?«

»Ich kann es mir nicht leisten, diese Riesensumme zu verlieren. Gib mir noch ein wenig Zeit, ich möchte mit Elias darüber sprechen.«

»Das kannst du dir sparen. Ich weiß, was Elias sagen wird. Er ist von Miles' Unschuld ebenso überzeugt wie ich. Nun, Virgie? Ich warte auf deine Antwort.«

Virginia zerknüllte das Taschentuch, mit dem sie schon während des ganzen Gesprächs gespielt hatte. »Also gut, bring ihn her – aber nicht in dieses Haus. Soviel Rücksicht mußt du auf Mama nehmen.«

Nanine überlegte kurz, dann nickte sie. »Einverstanden. Ich werde mit Miles im alten Hospital wohnen. Moses wird die nötigen Vorbereitungen treffen.«

»Zum Teufel mit dir!« rief Virginia wütend, stand auf und rannte aus dem Zimmer.

Nanine ging in die Küche, um mit Belle zu sprechen. »Ich werde einen Gentleman auf die Insel bringen. Er leidet an derselben Krankheit, die mich beinahe ins Grab gebracht hätte. Du erinnerst dich doch, daß ich möglichst viel Leber und Rindfleisch essen mußte. Er wird sich auf die gleiche Weise ernähren.«

»Ja, Missy.« Belle schaute sie unsicher an. »Hat Ihre Schwester das erlaubt?«

»Meine Schwester hat nichts damit zu tun. Ich gebe dir diese Befehle, und du wirst sie befolgen.«

»Wenn Missy Virginia dagegen ist, mach ich's um so lieber.

Wann kommt er denn? Das muß ich wissen, damit ich rechtzeitig ein paar Tiere schlachten lassen kann.«

»Ich gebe dir rechtzeitig Bescheid. Und laß mir heute abend mein Essen aufs Zimmer bringen.«

»Ja, Missy. Es tut mir so leid wegen Mr. Marty. Das ist wirklich traurig.«

Nanine nickte seufzend. »Sehr traurig.«

Am nächsten Morgen wurde der Sarg ins Haus gebracht. Nanine hatte in der vergangenen Nacht schlecht geschlafen und war später als sonst aufgewacht. Als sie den Salon betrat, hatten sich bereits die alten Freunde und Nachbarn versammelt, die früher auf Valcour gelebt und erst vor wenigen Tagen einen fröhlichen Ball in diesem Haus besucht hatten. Virginia begrüßte die Trauergäste und ignorierte ihre Schwester. Elias führte seine Schwiegermutter herein, die prompt in Tränen ausbrach. Nach einer Weile setzte er sich zu Nanine. »Du sollst wissen, daß ich dein Vorhaben gutheiße. Miles verdient deine Zuneigung, und ich werde euch beiden nach besten Kräften helfen.«

»Danke, Elias, das weiß ich zu schätzen.«

»Wie ich gehört habe, möchtest du ihn im alten Sklavenhospital einquartieren.«

Nanine nickte. »Ich werde dort mit ihm leben und dieses Haus erst wieder betreten, wenn Virginia bereit ist, ihn zu empfangen.«

Elias drückte ihre Hand. »Ich werde dafür sorgen, daß das Gebäude saubergemacht und möbliert wird.«

»Vielen Dank. Ich wollte Moses darum bitten.«

»Ich werde ihm die nötigen Anweisungen geben.« Elias stand auf. »Jetzt muß ich zu Virgie gehen. Der Priester ist soeben eingetroffen.«

Der Geistliche hielt eine kurze Rede, würdigte Martys Verdienste während des Krieges und sprach ein kurzes Gebet. Die Trauergäste stellten sich hintereinander auf, um am offenen Sarg vorbeizudefilieren. Elias stützte Lenore, die ihr Gesicht hinter einem schwarzen Schleier verborgen hatte. Dazu trug sie ein geblümtes Kleid, weil sie keine Trauergarderobe besaß. Virginia, in ihrem schlichten braunen Kleid, trat als letzte an den Sarg, legte dem Toten sein Schwert an die Seite und senkte den Kopf im Gebet. Er trug seine Generalsuniform. Auch ehemalige Kameraden, die erschienen waren, um Abschied von ihm zu nehmen und als Sargträger zu fungieren, hatten ihre grauen Uniformen angezogen.

Als die Prozession an Nanine vorbeizog, schloß sie sekundenlang die Augen und fragte sich, ob ihre Handlungsweise tatsächlich richtig war. Immerhin war ihr Bruder an Miles' Kugel gestorben. Doch eine innere Stimme brachte alle ihre Bedenken zum Schweigen.

Auf dem Friedhof stand sie ein wenig abseits von den anderen, allein und verzweifelt. Aber Elias verließ Virginia und stellte sich schweigend neben seine Schwägerin. Nach der kurzen Zeremonie kehrten die Trauergäste zum Haus zurück.

»Danke, Elias«, sagte Nanine leise. »Ich habe mich sehr einsam gefühlt, bis du zu mir gekommen bist. Hoffentlich ist dir Virgie deshalb nicht böse.«

»Sie hat mich darum gebeten. So rachsüchtig, wie du glaubst, ist sie gar nicht. Du mußt ihr einiges nachsehen. Auch sie hat viel durchgemacht.«

»Das weiß ich, und ich bin froh, daß sie dich zu mir geschickt hat. Bitte, sag ihr das.«

»Ja, sehr gern. Wirst du aufs Festland zurückkehren?«

Nanine nickte. »Ich fahre mit den anderen hinüber.«

»Oh, das hätte ich beinahe vergessen.« Elias griff in die Innentasche seines Jacketts. »Virginia hat mich ersucht, dir diesen Brief zu geben. Er ist von Phoebe. Wir haben ihn gestern auf dem Postamt geholt. Virgie dachte, daß du ihn lesen möchtest.«

12

Phoebe stieg aus der Kutsche und rümpfte angewidert die Nase. Tom Sprague lud das Gepäck aus, stellte es auf den Gehsteig und bezahlte den Fahrer. Dann wandte er sich zu seiner Frau. »Ich weiß, hier ist es nicht besonders schön, aber die Wohnung kostet nur fünfzehn Dollar im Monat.«

»Schau doch, wie schmutzig der Gehsteig ist. Und das Haus ...«

»Es gibt schlimmere. Außerdem wohnen wir im ersten

Stock, und du brauchst keine fünf oder sechs Treppen hinaufzusteigen. Die unteren Wohnungen sind viel teurer.«

»Verzeih mir, Liebling«, bat sie zerknirscht. »Aber – es war so schön im Hotel.«

»Zwei Dollar fünfzig pro Tag können wir uns nicht leisten. Noch nicht.«

»Was mich am meisten stört ...« Phoebe unterbrach sich und wartete, bis zwei große Pferdewagen polternd vorbeigefahren waren. »Ich bin an die Stille und Sauberkeit von Valcour gewöhnt, und hier ist alles ganz anders.«

»Ich weiß. Vergiß nicht, daß ich Valcour kenne.«

Phoebe lächelte ihren Mann liebevoll an. »Dort sind wir uns begegnet.«

Er nickte lächelnd und griff nach den beiden Koffern, um sie in den ersten Stock des alten Hauses hinaufzutragen. Phoebe folgte ihm in die Wohnung, die aus einem einzigen Raum bestand. Der Gasbrenner in der Ecke versöhnte Phoebe mit den schäbigen Möbeln und dem fadenscheinigen Teppich.

»Auf diesem Gerät kannst du kochen«, erklärte Tom. »Es ist ein Gasherd. Am Anfang werde ich ihn benutzen, bis du dich daran gewöhnt hast. Du mußt vorsichtig damit umgehen. Diesen Herd darf man nie einschalten, ohne ihn anzuzünden, und niemals vergessen, ihn abzuschalten. Das könnte einen umbringen.«

»Bevor ich nach New York kam, hatte ich noch nie Gaslicht gesehen. Es ist so schön. Und wie bezahlen wir unseren Herd?«

»Wir werfen ein Zweicentstück in den roten Kasten darunter, wenn das Gas zu schwach wird. Einmal im Monat kommt ein Mann vorbei, um das Geld zu holen.« Tom seufzte. »Phoebe, es tut mir wirklich leid, daß wir in diesem elenden Loch wohnen müssen.«

»Unsinn, mein Liebling«, erwiderte sie und küßte ihn zärtlich auf die Lippen. »Du brauchst dich nicht zu entschuldigen. Es ist ein Palast, denn es ist unser Heim, und wenn der Gasmann kommt, wird er ›Majestät‹ zu mir sagen.« Er stimmte in ihr Gelächter ein, dann fügte sie hinzu: »Ich bin so glücklich, daß es mir ganz egal ist, wie dieses Zimmer aussieht. Am liebsten würde ich weinen vor Glück, aber das lasse ich lieber. In letzter Zeit habe ich das viel zu oft getan. Komisch – immer wenn ich glücklich bin, muß ich weinen.«

»Manchmal bist du ein bißchen verrückt«, meinte Tom liebevoll.

»Und wie ich behandelt werde ... Das ist am allerschönsten. Vor allem in dem Hotel, wo wir gewohnt haben! Die Pagen verneigten sich vor mir. Und die Portiers öffneten mir höflich die Tür – mir, einem Nigger, der eben erst aus der Sklaverei entlassen wurde ...«

»Sag das nie wieder!« fiel er ihr ärgerlich ins Wort. »Du bist so weiß wie ich, hörst du?«

»Natürlich höre ich dich, wenn du so schreist. Aber warum ist es denn falsch, die Wahrheit zu sagen?«

»Das verstehst du nicht. Du hast eben keine Ahnung, wie man sich in der Stadt benimmt, weil du immer auf dem Land gelebt hast.«

Phoebe setzte sich an den Tisch und sah strahlend zu ihm auf. »Dann muß ich es eben lernen. Ich verspreche dir, nie mehr zu sagen, daß ich ein Nigger bin und eine Sklavin war.«

»Gut.« Tom setzte sich zu ihr. »O Phoebe, verzeih, daß ich dich angeschrien habe. Ich liebe dich so sehr – und ich bin froh, weil du glücklich bist. Natürlich könntest du niemals glücklicher sein als ich.«

Sie legte den Kopf an seine Schulter. »O Tom ... In den ersten Tagen nach unserer Hochzeit hatte ich Angst, du würdest es bereuen.«

»Wie könnte ich, Phoebe? Ich habe dich vom ersten Augenblick an geliebt, und ich werde dich immer lieben.«

»Wenn du mir das noch lange erzählst, fange ich zu weinen an.«

»Bitte, nicht!« flehte er grinsend. »Wir müssen nämlich einiges besprechen. Du weißt, daß ich vor dem Krieg Mathematiklehrer war, und als ich danach aus den Südstaaten nach New York City zurückkehrte, war meine Stelle besetzt. Aber wie man mir auf der Schulbehörde versichert hat, wird bald ein Posten für mich frei sein. Die meisten Lehrer sind schon ziemlich alt, und manche hassen ihren Beruf. Bis ich wieder arbeiten kann, haben wir genug zum Leben – wenn wir sparsam sind.«

»Wie sparsam?«

»Nun, wir werden uns keine Mietkutsche nehmen, wenn wir zu Fuß gehen können, und nur Dinge kaufen, die wir wirklich brauchen.«

»Ich habe dir doch erzählt, daß ich noch ein bißchen Geld besitze. Virginia war sehr großzügig. Ich brauche unbedingt ein paar Kleider und Schuhe.«

»Dann geh einkaufen, aber wirf dein Geld nicht zum Fenster hinaus.«

»Natürlich nicht. So, jetzt wollen wir auspacken, und dann mache ich die Wohnung sauber. Wann wirst du dich das nächstemal um eine Stellung bemühen?«

»In ein paar Tagen. Alles wird gut, mach dir keine Sorgen.«

In der nächsten Zeit war Phoebe viel zu gut gelaunt, um sich Sorgen zu machen. Sie ging von einem Geschäft zum anderen, kaufte die billigsten Sachen, die sich fanden, und genoß es jedesmal von neuem, wenn die Verkäuferinnen ›Miß‹ zu ihr sagten und sich höflich für ihren Besuch bedankten.

Auch die anderen Mieter in dem Haus, wo sie jetzt mit Tom wohnte, waren sehr nett zu ihr. Der Hausbesitzer nannte sie Mrs. Sprague, woran sie sich allerdings erst gewöhnen mußte.

Nachdem Tom wieder einmal in der Schulbehörde vorgesprochen hatte, erzählte er seiner Frau, daß mittlerweile so viele Soldaten aus den Südstaaten zurückgekehrt seien und jede Stelle fünfmal besetzt werden könne. Sie müßten eben Geduld haben.

»Vielleicht sollten wir die Wartezeit nutzen, um deine Eltern zu besuchen. Ich würde so gern wissen, ob sie mit mir als Schwiegertochter einverstanden sind.«

Tom schüttelte den Kopf. »Dafür haben wir kein Geld. Außerdem muß ich hierbleiben, für den Fall, daß ich eine Nachricht von der Schulbehörde erhalte. Manchmal wird ganz plötzlich ein Posten frei, und wenn ich nicht da bin, schnappt ihn mir ein anderer vor der Nase weg.«

Phoebe nickte verständnisvoll. »Das hatte ich nicht bedacht. Gehen wir heute abend in ein Restaurant, Liebling? Ich esse für mein Leben gern auswärts.«

»Einverstanden«, stimmte er lächelnd zu. »Aber allzuoft können wir uns das nicht mehr leisten, solange ich keine Arbeit habe. Es tut mir leid, daß wir uns so einschränken müssen...«

»Das macht doch nichts«, unterbrach sie ihn rasch. »Ich bin so glücklich mit dir, und ich habe keine Angst vor der Zukunft.«

»Vielleicht steht dir das Schlimmste noch bevor«, gab er zu bedenken.

»Was könnte schlimmer sein als die Sklaverei? Oh, ich weiß, ich wurde gut behandelt, weil Master Hammond mein Vater war. Doch das änderte nichts an der Tatsache, daß ich als Sklavin in seinem Haus lebte. Ich durfte nie meine Meinung sagen, niemals Fragen stellen. Die Sklaven haben keine Zeitungen gelesen. Wir hatten keine Ahnung, was in der Welt vorging, denn je weniger wir wußten, desto weniger Ärger konnten wir machen... Wenn ich das überstanden habe, werde ich auch alles andere ertragen, was auch immer kommen mag.«

»Ich hoffe, es wird nicht allzu schwierig werden. Wir haben noch genug Geld, um ein paar Wochen davon zu leben, und ich werde bald Arbeit finden. Der Staat muß für die Leute sorgen, die aus dem Krieg zurückgekommen sind. Und ein Soldat, der so viele Opfer gebracht hat, sollte gewisse Privilegien genießen. Glaub mir, alles wird gut.«

Aber Tom irrte sich. Phoebe spürte, wie ihre Freude an der Freiheit, an der großen fremden Stadt und an den vielen Menschen, die so nett zu ihr waren, nachließ. Sie hatte sich daran gewöhnt, wie eine Weiße behandelt zu werden, und manchmal vergaß sie sogar, daß Negerblut in ihren Adern floß. Doch das wollte sie nicht vergessen, denn sie war stolz auf ihre Herkunft. Sie hatte auch schon immer den Standpunkt vertreten, daß es im Grunde keinen Unterschied zwischen dem Blut eines Negers und dem Blut eines Weißen gab.

Das Geld wurde knapp, und Tom hatte noch immer keine Stellung gefunden. Seine Schuhsohlen wurden immer dünner, während er durch die Straßen lief und vergeblich nach Arbeit suchte. Einmal hatte er seiner Frau vorgeschlagen, nach Valcour zu schreiben und die Hammonds um Hilfe zu bitten. Doch das hatte Phoebe abgelehnt. Sie schrieb weiterhin fröhliche Briefe an Virginia und Nanine, fest entschlossen, die beiden niemals wissen zu lassen, wie gefährlich sich die Lage zuspitzte.

»Tom, ich könnte mir doch auch Arbeit suchen«, meinte sie eines Tages. »In New York leben viele reiche Familien, und ich wäre ein gutes Hausmädchen.«

Empört sprang er auf. »Wage es bloß nicht, so etwas noch einmal zu sagen! Ich weiß nicht, wie es im Süden ist. Aber in den Nordstaaten verdient der Mann das Geld, und es ist eine Schande, wenn seine Frau arbeitet.«

»Unsinn! Was Frauenarbeit betrifft, gibt es keinen Unterschied zwischen dem Süden und dem Norden. Dein Stolz wäre verletzt, wenn ich eine Stelle annehmen würde, das ist der wahre Grund.«

»Mein Stolz hat nichts damit zu tun.«

»Wir sind in einer schwierigen Lage. Ich weiß, du wirst bald einen Posten als Lehrer finden, aber in der Zwischenzeit könnte ich doch ...«

»Nein!«

Widerstrebend gab Phoebe nach. »Nun, wenn du es nicht willst ... Aber ich weiß, daß wir kaum noch Geld haben, obwohl du selten davon sprichst. Was sollen wir tun?«

»Wir gehen in Niblo's Garden essen«, erwiderte er grinsend.

»Ist das ein Witz?«

»Keineswegs. Mein Vater hat mir einen Scheck als Hochzeitsgeschenk geschickt. Ich wollte ihn für später aufheben, für bessere Tage, und dich damit überraschen – denn ich dachte mir, du könntest Silber dafür kaufen, so ein schönes Besteck, wie du es damals mit Virginia auf der Insel stehlen wolltest, als wir sie besetzt hatten.«

»O Tom, es gibt so viele Gründe, warum ich dich liebe ...« Sie lief zu ihm und legte die Arme um seinen Hals. »Natürlich würde ich sehr gern mit dir essen gehen – aber wollen wir das Geld nicht sparen?«

»Bald werde ich genug verdienen, um Silber kaufen zu können. Betrachten wir dieses Geld als einen Kredit, den wir uns selber geben. Übrigens, es sind hundert Dollar.«

»So viel? Tom, wir sollten trotzdem nicht ...«

»Wir gehen zu Niblo, keine Widerrede. Dort gibt's eine gute Show und ein großartiges Essen. Du warst doch noch nie in einem Theater, nicht wahr?«

Sie schüttelte den Kopf. »Es gibt viele Dinge, die ich noch nie getan habe.«

»Dann zieh dein schönstes Kleid an. Das ist ein sehr vornehmes Etablissement, und die Oberkellner verbeugen sich viel tiefer als in anderen Lokalen. Und falls du dir Sorgen machst – für die nächste Woche haben wir noch genug Geld, und danach werde ich sicher Arbeit finden.«

»Gut, dann vergessen wir für heute abend unsere Sorgen«, erwiderte Phoebe lächelnd. »Dein Vater muß ein großzügiger Mann sein.«

»Er ist nicht reich, aber gut situiert, wie er es nennt.«

»Ich würde ihn so gern kennenlernen – und deine Mutter natürlich auch.«

Tom runzelte die Stirn. »Du weißt doch, daß wir meine Eltern erst besuchen können, wenn ich wieder eine Stelle habe. Vorher muß ich stets erreichbar sein.«

Sie ließ ihn los und wandte sich ab. »Ja, sicher ... Aber ich habe hin und wieder das Gefühl, daß du diesen Besuch aus einem anderen Grund hinausschiebst – daß es dir peinlich wäre, mich deinen Eltern vorzustellen, weil ich keine Weiße bin.«

»Was für ein Unsinn, Phoebe!« rief er ärgerlich.

»Werden wir eines Tages Kinder haben?« fragte sie ohne Umschweife. »Das wäre mein größter Wunsch.«

Tom sah sie erstaunt an. »Kinder? Mein Gott, wir haben doch selber kaum genug zum Leben. Wie sollten wir Kinder ernähren?«

»Du hast nie über dieses Thema gesprochen.«

»Weil ich nicht daran gedacht habe.«

»Doch, das hast du. Du warst immer sehr vorsichtig. Glaubst du, das hätte ich nicht gemerkt?«

»Ich bin vorsichtig, weil unsere finanzielle Situation nicht die allerbeste ist.«

»Werden wir eine Familie gründen, wenn du Arbeit hast?«

»Darüber können wir reden, wenn es soweit ist.«

Phoebe ging zur Tür. »Ich muß mein Kleid für heute abend bügeln.«

»Bist du mir böse?«

»Nein«, entgegnete sie tonlos. »Obwohl ich etwas mehr Begeisterung deinerseits erwartet hätte, als ich dir sagte, daß ich Kinder haben möchte. Aber wie du gesagt hast – vorerst kommt es ohnehin nicht in Frage.«

»Wie schön, daß du das einsiehst. Denk jetzt nicht mehr daran. Wir wollen diesen Abend genießen.«

In Niblo's Garden vergaß Phoebe ihren Kummer. Der Oberkellner verneigte sich tatsächlich so tief, wie Tom es angekündigt hatte. Ungläubig bestaunte sie die Tische, die mit feinem

Leinen, Silber und Porzellan gedeckt waren, die reichgeschnitzten Stühle, die Topfpalmen und Sträucher, die den großen Raum in einen Garten verwandelten. Der Oberkellner führte das junge Ehepaar zu einem Tisch in der Nähe der Bühne, und Phoebe beobachtete, wie ihr Mann ihm eine Münze in die Hand drückte. Auch diese Geste war ihr neu.

Aufgeregt studierte sie die Speisekarte, und sie bestellten Austern, Schildkrötensuppe und Steaks mit Salat. Zum Dessert gab es einen großen Kuchen, der aber nicht ganz so gut schmeckte wie die köstlichen Süßigkeiten, die Belle auf Valcour zubereitete.

Noch bevor sie ihre Mahlzeit beendet hatten, öffnete sich der Vorhang. Nach einigen Gesangs- und Tanznummern bildeten hübsche junge Damen ein Tableaux, betitelt ›Die vier Grazien‹. Phoebe bewunderte die exquisiten Kostüme und die Schönheit der Mädchen, ohne zu ahnen, daß sie diese weit in den Schatten stellte. Sie war die schönste Frau im ganzen Saal, und Tom musterte sie voller Stolz. Die bewundernden Blicke der anderen Männer waren ihm nicht entgangen.

Nach dem Tableaux tanzte ein Paar mit schwarz geschminkten Gesichtern einen Jim Crow, der Phoebes Mißfallen erregte. »Die beiden wippen und wackeln nur herum, ohne auf den Rhythmus der Musik zu achten.«

Tom nickte. »Ich erinnere mich, wie du auf Valcour zusammen mit den Nig– eh, mit den Schwarzen getanzt hast. Du warst sensationell, und du verstehst es, einen Mann zu erregen, wenn du deinen Körper bewegst.«

»Es ist wirklich eine Schande, wie sie diesen schönen Tanz verpatzen. Am liebsten würde ich auf die Bühne gehen und ihnen zeigen, wie man das macht.«

»Untersteh dich! Du würdest ein Riesenaufsehen erregen.«

»Na und? Man erregt immer Aufsehen, wenn man nach afrikanischen Rhythmen tanzt. Aber die da oben wissen gar nicht, was das ist.«

»Ich hoffe, die Show macht dir trotzdem Spaß.«

»O ja, Tom. Das ist mein schönster Abend seit ich in New York bin.«

»Sobald wir's uns leisten können, führe ich dich ins Bowery Theater. Dort soll's demnächst ein großartiges neues Varieté geben.«

Die Tage verstrichen, und Tom fand keine Stellung. Um sich von ihren Sorgen abzulenken, wanderte Phoebe durch die New Yorker Straßen, während er auf Arbeitssuche ging. Eines Morgens kam sie zufällig zum Bowery Theater und erinnerte sich an die Show, von der ihr Tom erzählt hatte. Wenn hier genauso schlechte Tänzer auftreten wie im Niblo, muß es eine elende Aufführung sein, dachte sie und blieb vor den Theaterplakaten stehen, die Tänzer mit schwarzbemalten Gesichtern zeigten. Von einem seltsamen Instinkt, vielleicht auch von einer Inspiration getrieben, betrat sie das Gebäude durch die Bühnentür. Klaviermusik drang ihr entgegen, begleitet vom Geräusch tanzender Füße.

Langsam näherte sie sich den Kulissen an der Bühnenseite und sah einen weißen Mann tanzen – nicht übel, wie sie zugeben mußte. Zwei andere saßen an der Rampe und beobachteten ihn. Bühnenarbeiter eilten umher, niemand achtete auf sie, und sie wagte sich zwischen die schwarzen Vorhänge seitlich von der Bühne.

»Sie sind als nächste dran, Mädchen«, sagte irgend jemand.

Verwirrt drehte sie sich um. Ein dicker Mann in mittleren Jahren bedeutete ihr, auf die Bühne zu gehen. »Tut mir leid«, sagte sie, »ich weiß nicht, was Sie meinen.«

»Zeigen Sie mir, was Sie können!« forderte er sie ungeduldig auf. »Deshalb sind Sie doch hier, oder?«

»Ich – ich bin nur aus Neugier hereingegangen«, gestand sie.

»Dann kommen Sie gar nicht von der Agentur?«

»Ich weiß nicht einmal, was eine Agentur ist, Sir.«

»Dann verschwinden Sie, und wenn Sie die Show sehen wollen, kaufen Sie sich eine Eintrittskarte.«

»Das werde ich bestimmt nicht tun – wenn das alles ist, was Sie zu bieten haben.«

»Moment mal!« stieß er empört hervor. »Dieser Tänzer ist einer der besten in der ganzen Branche.«

»Ich finde ihn nicht besonders gut. Und die Leute in Niblo Garden sind noch schlechter. Sie malen ihre Gesichter schwarz an und versuchen einen Negertanz nachzuahmen, aber dazu sind sie unfähig.«

Er grinste spöttisch. »Tatsächlich? Ich kenne die beiden, und ich wäre stolz, wenn sie in meiner Show auftreten würden. Leider kann ich sie nicht bezahlen.«

»Dann muß Ihre Show miserabel sein, denn dieses Paar ist nichts wert.«

»Und Sie könnten's vermutlich besser, was?« fragte er sarkastisch.

»Allerdings«, bestätigte Phoebe im Brustton der Überzeugung. »Von Negertänzen verstehe ich eine ganze Menge.«

»Wieso denn das?«

»Ich – ich bin auf einer Plantage in South Carolina aufgewachsen. Dort waren – wir hatten sechshundert Sklaven, und die durften tanzen, wann immer sie wollten.«

Der Mann musterte sie nachdenklich. »Interessant ... Dann zeigen Sie mir doch mal, was Sie für einen authentischen Negertanz halten.«

»O nein«, protestierte Phoebe hastig. »Ich bin nicht gekommen, um Arbeit zu suchen.«

»Wenn Sie diesem Tänzer zeigen, wie ein richtiger Negertanz aussieht, schenke ich Ihnen zwei Karten für die Show.«

Sie lächelte erfreut. Das wäre eine hübsche Überraschung für Tom. »Also gut, dann tu' ich's!«

»Kommen Sie mit. Nach welcher Musik wollen Sie tanzen?«

»Oh – nach irgendeinem Stephen-Foster-Lied.«

»Ich werd's dem Pianisten sagen.« Er führte sie zu dem Tänzer. »Wie heißen Sie?« fragte er Phoebe.

»Phoebe Sprague – Mrs. Thomas Sprague.«

»Sehr schön. Ich bin Rudolph Duncan, der Direktor dieses Theaters, und das ist Bert Lawlor. Er tritt in unserer Show auf. Bert, die junge Dame behauptet, wir hätten keine Ahnung von Negertänzen.«

Lawlor brach in schallendes Gelächter aus. »Da hat sie völlig recht, Rudy. Ich improvisiere nur und weiß nicht mal, was ich improvisiere.«

Phoebe zog ihren Mantel aus. »Wenn Sie für die richtige Musik sorgen, zeige ich Ihnen einen Rockin' de Heel.«

»Den würde ich für mein Leben gern sehen«, sagte Lawlor.

Der Pianist begann die temperamentvolle Musik von ›Camptown Races‹ zu spielen. Nachdem Phoebes anfängliche Nervosität verflogen war, tanzte sie anmutig über die Bühne und zeigte Lawlor einige typische Schritte. Sie tanzten etwa zehn Minuten lang, bis sie außer Atem kam und ihn bat, aufzuhören.

Rudy Duncan und der Pianist applaudierten, dann kam der

Theaterdirektor zu ihr, griff nach ihren Händen und musterte sie von oben bis unten. »Möchten Sie in meiner Show auftreten?«

Das Blut stieg ihr in die Wangen. »O nein, deshalb bin ich wirklich nicht gekommen. Die Plakate haben mich hereingelockt, und ich war noch nie zuvor hinter einer Bühne.«

»Zwölf Dollar pro Woche.«

»Ich fühle mich geschmeichelt, Sir, aber es geht auf keinen Fall.«

»Weil Ihr Mann dagegen wäre, was?« warf Lawlor ein. »Verdammt, Bühnenkünstler sind auch Menschen.«

»Sie haben sicher einen wunderbaren Beruf, Mr. Lawlor, aber ich bin nicht interessiert«, erwiderte Phoebe.

»Fünfzehn Dollar«, sagte Duncan, »und das ist das beste Angebot, das ich einem Amateur jemals gemacht habe.«

Sie hob die Brauen. »Ist das wahr, Mr. Duncan?«

»Natürlich. Kommen Sie morgen früh um zehn.«

Phoebe konnte nicht mehr widerstehen. »Meinen Sie es wirklich ernst?«

Er nickte ungeduldig. »Sicher.«

»Würden Sie mir das beweisen, indem Sie mir einen Vorschuß zahlen – zwei Wochenlöhne?«

»Einen Vorschuß?« wiederholte er irritiert.

Lawlor grinste. »Die Dame hat wirklich keine Ahnung vom Theater...«

»Wie kann ich wissen, ob Sie wiederkommen werden, wenn ich Ihnen das Geld gebe?« fragte Duncan.

»Wie kann ich wissen, ob ich mein Geld kriege, wenn ich auf Ihrer Bühne auftrete?« konterte sie.

Er zog seine Brieftasche hervor und reichte ihr drei Zehn-Dollar-Scheine. Phoebe dankte ihm, faltete sie zusammen und steckte sie in ihre Handtasche. »Also, dann bis morgen um zehn.«

Sie verschwand zwischen den schwarzen Vorhängen, und Duncan schaute ihr belustigt nach. »Wenn sie im Trikot so gut aussieht, wie sie tanzt, müßte es eigentlich klappen.«

»Wenn sie so gut tanzt, wie sie im Trikot aussehen wird, ist sie eine Sensation.«

13

Phoebe legte die kleine Samtschachtel, die sie in Geschenkpapier gepackt hatte, auf den Teller und breitete eine Serviette darüber. Dann lief sie zum Herd und rührte in ihrem Eintopf, für den sie sündteures Rindfleisch gekauft hatte.

Als Tom nach einem weiteren erfolglosen Tag müde und enttäuscht nach Hause kam, begrüßte sie ihn mit einem liebevollen Kuß. »Hattest du kein Glück?«

»Langsam glaube ich, daß es diesen Leuten völlig egal ist, ob sie eine Stelle für mich finden oder nicht. Phoebe – offen gestanden, ich bin am Ende meiner Weisheit.«

»Setz dich und iß, dann werden wir in Ruhe über alles reden.«

Er ging zur Spüle, um sich die Hände zu waschen. Dann setzte er sich an den Tisch und zog die Serviette von dem kleinen Päckchen. »Was ist denn das?« Verwirrt riß er das Geschenkpapier herunter, öffnete die Schachtel und nahm die goldene Taschenuhr heraus. Entgeistert starrte er seine Frau an.

»Gefällt sie dir?« fragte sie. »Ich weiß, daß deine alte Uhr nicht mehr genau geht. Das ist eine Elgin aus vierzehnkarätigem Gold. Sie hat zwölf Dollar gekostet.«

»Hast du heimlich Geld gespart? Nein! Du hast dir was von Virginia geliehen.«

»Weder noch, Tom. Ich habe die Uhr von meinem Vorschuß bezahlt.«

»Vorschuß?« Seine Augen verengten sich. »Hast du dich als Verkäuferin einstellen lassen?«

»Nein, ich ...«

»Jetzt weiß ich's, du willst als Näherin arbeiten. Phoebe, morgen bringst du das Geld zurück – und die Uhr auch. Wenn du dich mit einer solchen Arbeit abquälst, wirst du vor der Zeit altern. Die Schneiderwerkstätten sind so schlecht beleuchtet, daß sich die Mädchen die Augen verderben, und nicht gelüftet, und es gibt auch keine geregelte Arbeitszeit in diesem Beruf ...«

»Nein, Tom, ich werde nicht als Näherin arbeiten«, unterbrach sie ihn. »Heute vormittag wurde ich als Tänzerin eingestellt.«

Er schwieg eine Weile und schaute sie ausdruckslos an.

Dann stand er auf und wandte sich ab. »Du hast wohl den Verstand verloren. Das verbiete ich dir, Phoebe.« Als er sich wieder umdrehte, war sein Gesicht dunkelrot vor Wut. »Du darfst dich nicht mit solchen Leuten einlassen, hörst du? Dieses Theatervolk hat keine Moral.«

»Und wovon sollen wir die Miete zahlen? Wir sind schon zwei Wochen im Rückstand.«

Unbehaglich wich er ihrem Blick aus. »Wir könnten Virginia um Hilfe bitten.«

»Nein, das kommt nicht in Frage. Früher wärst du niemals dazu bereit gewesen.«

»Jetzt hat sich einiges geändert.«

»Und deine Eltern? Würden sie uns etwas leihen?«

»Wie kann ich ihnen sagen, daß ich keine Arbeit gefunden habe?«

»Nun, dann werde ich wohl oder übel arbeiten müssen.«

Tom begann mit gesenktem Kopf auf und ab zu gehen. »Sie werden dich in ein Trikot stecken – und deinen Körper zur Schau stellen ...«

»Stimmt was nicht mit meinem Körper? Bis jetzt hat er dir immer gefallen. Und du warst begeistert von meinen Tanzkünsten. Das hast du mir oft genug versichert.«

»Nein, Phoebe, das lasse ich nicht zu. Ich habe noch etwas von den hundert Dollar übrig, die mir mein Vater geschenkt hat ...«

»Und wenn wir unser letztes Geld ausgegeben haben?« fiel sie ihm ins Wort. »Was dann? Wenn ich diese Stelle annehme, kannst du dir in Ruhe Arbeit suchen oder sogar einen anderen Beruf ergreifen, mit dem du vielleicht mehr Chancen hättest. Es macht mir überhaupt nichts aus, Geld zu verdienen, im Gegenteil. Du weißt, wie gern ich tanze – und daß ich auch noch dafür bezahlt werde, ist einfach großartig.«

Tom schüttelte den Kopf. »Phoebe, du kannst unmöglich zur Bühne gehen. Du weißt nicht, mit welchen Leuten du da in Berührung kommen wirst. Die meisten Schauspielerinnen und Tänzerinnen sind Huren, und die Theaterdirektoren führen sich noch viel schlimmer auf.«

»Mr. Duncan ist ein Gentleman«, erwiderte sie aufgebracht. »Und außerdem solltest du ein bißchen mehr Vertrauen zu mir haben.«

»Ich vertraue dir – aber diesem Mr. Duncan nicht. Wer ist das überhaupt?«

»Ich glaube, er bringt diese neue Show im Bowery heraus.«

»Und wie hast du ihn kennengelernt?«

»Ich kam heute am Theater vorbei und erinnerte mich an das Varieté, von dem du mir erzählt hast. Und als ich mir die Plakate anschaute, war ich so fasziniert, daß ich einfach hineinging...« Sie schilderte, was danach geschehen war, und Tom schüttelte angewidert den Kopf.

»Sie haben dich also dazu überredet. Weißt du eigentlich, was sie von dir verlangen werden?«

»Tom, du verstehst das alles völlig falsch...«

»Wenn du in diesem Theater auftrittst, handelst du gegen meinen Willen.«

Sie hörte, daß seine Stimme nicht so entschieden klang wie zuvor, und hatte plötzlich Mitleid mit ihm. Er war tief in seinem Stolz getroffen worden. Trotzdem mußte sie tun, was sie angesichts der schwierigen Situation für richtig hielt. »Tom, ich schwöre dir, daß ich das Theater sofort verlassen werde, wenn dort irgendwelche schlimmen Dinge passieren. Doch das bezweifle ich. Mr. Duncan würde keine fragwürdigen Leute engagieren. Ich will es zumindest versuchen.«

Müde zuckte er mit den Schultern. »Ich glaube, ich habe gar nicht das Recht, dich daran zu hindern. Und ich kann diese verrückte Idee auch nicht aus dir herausprügeln, so wie man's früher mit unbotmäßigen Sklaven gemacht hat. Du wirst dich selber von deinem Wahnsinn kurieren müssen, und ich hoffe, daß du dir dabei nicht weh tust. Reden wir nicht mehr drüber.«

Phoebe atmete erleichtert auf. »Danke, Tom. Und jetzt sag mir endlich, wie dir die Uhr gefällt. Ich wollte dich damit überraschen.«

»Das war allerdings eine Überraschung«, erwiderte er seufzend. »Sie ist großartig, und ich danke dir sehr herzlich, mein Liebes. Aber von jetzt an kaufe ich mir meine Uhren und alles, was ich sonst noch brauche, selber.«

Am nächsten Morgen wurde Phoebe vom Ensemble des Bowery Theaters freundlich aufgenommen, wußte jedoch, daß sie ihr Können erst noch beweisen mußte. Das tat sie, sie gab ihren neuen Kollegen Unterricht im Jim Crow, Shout und

Cakewalk. Sie arbeiteten bis zum Abend durch, aßen zwischendurch Sandwiches auf der Bühne, und die Zeit verging wie im Flug. Als Mr. Duncan die Probe abbrach, war Phoebe sehr erstaunt, weil es schon so spät war.

Sie rannte nach Hause, voller Angst vor Toms Vorwürfen. Aber er hatte sich auf sein Bett gelegt und war eingeschlafen. Lautlos bereitete sie das Abendessen vor, dann beugte sie sich über ihn und weckte ihn mit einem Kuß auf die Stirn. »Willst du wissen, wie es war?« flüsterte sie in sein Ohr.

»Nein, das ist mir verdammt egal«, entgegnete er kurz angebunden.

»Danke«, erwiderte sie trocken. »Ein bißchen Aufmunterung kann ich immer gebrauchen ... Aber ich bin trotz deiner Mißbilligung stolz auf meine Leistung. Ich soll sogar ein Solo tanzen, und ich glaube, wenn die Show ein Erfolg ist, werde ich noch mehr verdienen als jetzt.«

»Wunderbar«, sagte er ohne Begeisterung.

»Komm, essen wir.«

Er folgte ihr zum Tisch, und als sie ihm gegenüber Platz genommen hatte, schlang er bereits das Essen in sich hinein. Sie holte tief Luft und legte ihr Besteck beiseite. »Heute abend wünsche ich mir zum erstenmal, daß wir eine Zweizimmerwohnung hätten. Dann könnte ich jetzt nach nebenan gehen und mich in Ruhe ausweinen.«

Er ließ die Hand mit der Gabel sinken, die er gerade zum Mund führen wollte, und sah sie reumütig an. »Tut mir leid, daß ich mich so unmöglich benommen habe. Du hast völlig recht, irgendwo muß das Geld herkommen, das wir zum Leben brauchen ... Weißt du was? Ich kaufe mir eine Karte für die Premiere, in der ersten Reihe.«

Phoebe sprang auf, lief um den Tisch herum, und Toms Stuhl fiel beinahe zu Boden, als sie sich auf seinen Schoß warf. Sie umarmte und küßte ihn, bis er sie fest an sich drückte und ihre Küsse mit wachsendem Verlangen erwiderte. »Sollen wir essen oder uns lieben?« fragte er heiser.

Sie befreite sich lachend aus seinen Armen. »Zuerst wird gegessen.«

»Wie du befiehlst.« Er begleitete sie zu ihrem Platz, rückte ihr den Stuhl zurecht, dann ließ er sich ihr gegenüber nieder. »Erzähl mir von der Show.«

Strahlend schilderte sie die Proben, beschrieb ihre Kollegen, berichtete von der Musik, nach der sie tanzten. Tom stellte sogar ein paar Fragen.

Später lagen sie sich in den Armen und liebten sich leidenschaftlich. Tom hoffte, daß seine Frau nicht wußte, wie unglücklich er war und wie hilflos er sich fühlte. Unablässig quälte ihn der Gedanke, daß sie einen großen Erfolg erzielen würde, und er fragte sich, wie er das ertragen sollte.

Als Phoebe am nächsten Morgen durch die Eingangshalle des Miethauses ging, sah sie einen weißen Umschlag in ihrem Briefkasten, konnte ihn aber nicht herausnehmen, weil Tom den Schlüssel bei sich trug. Offenbar war die Post erst gekommen, nachdem er das Haus verlassen hatte. Hoffentlich ist es ein Brief aus Valcour, dachte sie lächelnd. Sie konnte es kaum erwarten, ihrer Familie von ihrem Auftritt auf einer New Yorker Bühne zu schreiben.

Heute, am Vorabend der Premiere, fand eine Kostümprobe mit allen Kulissen und Versatzstücken statt, nur die Gesichter der Tänzer und Sänger wurden noch nicht schwarz geschminkt. Nach Phoebes Solo applaudierte Rudy Duncan entzückt und küßte sie ein bißchen zu herzhaft. »Sie sind so gut, daß mir langsam angst und bange wird, meine Liebe. Bald wird Sie eins von den großen Tieren sehen, die diese Mammut-Shows rausbringen, und Sie mir wegschnappen. Wie ich gehört habe, proben sie drüben am Broadway in Wallacks Theater für ein großes neues Musical. Es heißt ›Der schwarze Gauner‹, und es wird sicher der Erfolg des Jahres.«

»Und Sie glauben, man will mich für diese Aufführung engagieren? Unmöglich! Ich bin doch noch nie vor Publikum aufgetreten. Außerdem würde ich Sie nicht im Stich lassen, Mr. Duncan. Das könnte ich nicht mit meinem Gewissen vereinbaren – nachdem Sie mir diese große Chance gegeben haben.«

»Nun, das freut mich, meine Liebe. Übrigens bekommen Sie ab morgen fünfundzwanzig Dollar pro Woche, und wenn die Show einschlägt, werden Sie noch mehr bei mir verdienen. Natürlich bin ich nicht in der Lage, Ihnen soviel zu bieten wie die Theaterbosse am Broadway, aber Sie können auch bei mir in eine strahlendhelle Zukunft blicken ... Ah, da kommt die Schneiderin mit Ihrem Kostüm. Ich glaube, Sie müssen es noch einmal anprobieren.«

Am Abend war Phoebe genauso erschöpft wie die restliche Truppe, aber es war eine aufregende, beglückende Müdigkeit. Sie wußte, daß sie in dieser Nacht kaum schlafen und unentwegt an die morgige Premiere denken würde.

Tom las Zeitung, als sie nach Hause kam. Er sah nur kurz auf, begrüßte sie einsilbig und widmete sich wieder seiner Lektüre. Offenbar hatte er schon wieder vergessen, wie glücklich sie am vergangenen Abend gewesen waren. Phoebe beschloß, sich nicht die Stimmung verderben zu lassen und seine Launen zu ignorieren. »Ist heute ein Brief aus Valcour gekommen?« fragte sie, während sie die Nadeln aus ihrem Hut zog.

»Ein Brief? Heute ist keine Post gekommen.«

»Ich dachte, ich hätte einen weißen Umschlag im Briefkasten gesehen.«

»Da hast du dich offenbar geirrt. Wie war's heute?«

»Wir sind bestens auf die Premiere vorbereitet. Es ist ganz sicher eine gute Show. Und stell dir vor – Mr. Duncan zahlt mir jetzt fünfundzwanzig Dollar in der Woche. Es war wirklich mein Glückstag, als ich zum erstenmal in dieses Theater ging. Mir ist, als hätte ein neues Leben für mich begonnen.«

Er legte die Zeitung beiseite. »Ich weiß nicht, ob ich es ertragen werde, dich auf der Bühne zu sehen, wenn du diese sinnlichen Sklaventänze vorführst und alle Männer im Zuschauerraum erregst.«

»Alle Tänze sind sinnlich, nicht nur Sklaventänze. Diese rhythmischen Bewegungen reizen die Sinne nun mal, das läßt sich nicht ändern, und ich glaube, ich bin zur Tänzerin geboren. Wann immer ich Musik höre, habe ich das Bedürfnis, mich zu bewegen. Manchmal bin ich innerlich so angespannt, daß ich glaube, jeden Augenblick platzen zu müssen. Und wenn ich tanze, werde ich diese heftigen Gefühle los. Bitte, versuch das zu akzeptieren, Liebling. Jetzt, einen Tag vor der Premiere, kann ich nicht mehr zurück.«

»Das verstehe ich«, entgegnete er mit einem resignierten Lächeln. »Und da ich noch immer keine Arbeit habe, kann ich auch gar nichts gegen deine Bühnenkarriere sagen ... Anscheinend gibt es für jede Schulklasse zehn Lehrer.«

»Du mußt nicht mehr in deinem alten Beruf arbeiten. Jetzt hast du genügend Zeit, dir eine andere Stelle zu suchen – irgendwas, was dir Spaß macht ... O Tom, wir haben keine

Milch mehr. Würdest du bitte rasch nach unten in den Laden laufen?«

»Natürlich.« Er stand auf und gab ihr einen Kuß. »Das ist sogar meine Pflicht und Schuldigkeit, weil ich die ganze Milch getrunken habe, als ich nach Hause gekommen bin.«

»Zieh deinen Mantel an, es ist kalt«, warnte sie.

»Den brauche ich nicht. Der Laden liegt doch gleich gegenüber.«

Er verließ die Wohnung, und Phoebe griff nach seinem Mantel, um ihn in den Schrank zu hängen. Dabei entdeckte sie einen Brief in der Innentasche. Sie zögerte, denn sie fand, daß das Briefgeheimnis auch zwischen Eheleuten galt – aber warum hatte er die Existenz des Briefes abgestritten, den sie im Postkasten gesehen hatte? Kurz entschlossen zog sie den Brief hervor, der von seinen Eltern in Neuengland stammte, und begann ihn zu lesen.

Schon nach den ersten Zeilen stiegen ihr Tränen in die Augen und verschleierten ihren Blick, so daß sie nicht weiterlesen konnte. Rasch schob sie den Brief in die Innentasche des Mantels zurück, dann lief sie zur Spüle, um sich das Gesicht mit kaltem Wasser zu waschen. Tom durfte ihr nichts anmerken ...

Seine Eltern wollten wissen, warum er ihnen seine junge Frau noch immer nicht vorgestellt hatte und warum er sich keine Arbeit in seiner Heimatstadt suchte, wenn es in New York City keine freien Stellen für Lehrer gab. Sein Vater hätte gute Beziehungen und könnte ihm sicher helfen.

Tom hatte sie also belogen. Seine Eltern wußten, daß er immer noch arbeitslos war. Es konnte nur eine einzige Erklärung dafür geben. Er wollte ihnen keine farbige Schwiegertochter präsentieren. Bereute er schon, daß er sie geheiratet hatte? Nein, er liebte sie, genauso wie sie ihn, davon war sie überzeugt. Sie nahm sich vor, ihm nicht zu verraten, daß sie die Wahrheit herausgefunden hatte. Sollte sie auf der Bühne Erfolg haben, so würde er seine Ängste vielleicht vergessen. Berühmte Leute wurden überall akzeptiert, auch in Neuengland.

Sie hörte ihn die Treppe heraufsteigen, kehrte zum Herd zurück und hoffte, er würde nicht sehen, daß ihre Augen immer noch vom Weinen gerötet waren. Er gab ihr die Milchflasche und küßte sie zärtlich. Sie erwiderte seinen Kuß, denn sie mußte so tun, als sei nichts geschehen.

Bei Tisch erzählte sie ausführlich von der heutigen Probe, um ihren Kummer zu überspielen. Verzweifelt wünschte sie, daß sie den Brief nie gelesen hätte – denn mochte er sie noch so innig lieben, nach diesem Abend würde ihre Ehe nie mehr so glücklich sein wie zuvor.

Als sie am nächsten Tag durch die Bühnentür ging, war sie besserer Stimmung. Der Tanz war ihr Leben. Mochte Tom von ihrer neuen Karriere halten, was er wollte – sie würde ihm zeigen, was in ihr steckte, und zum Gipfel des Erfolgs emporstürmen.

Sie eilte zu den anderen in die Garderobe, strich schwarze Schminke auf ihr Gesicht und mußte plötzlich lachen. Wie absurd ... In dieser Stadt wußte niemand, daß sie eine Farbige war – und nun saß sie vor dem Spiegel und malte ihr Gesicht schwarz an.

Phoebe war sich nicht ganz sicher, wie der Shout, den sie barfuß in einer roten Hose und einer roten Jacke tanzte, beim Publikum ankommen würde. Sie mußte die Zuschauer so fesseln, daß sie das unschickliche Kostüm vergaßen und nur noch auf ihre Bewegungen achteten. Sie würde ganz langsam zu tanzen beginnen, dann immer schneller und sinnlicher, bis der leidenschaftliche Höhepunkt erreicht war, und zum Schluß würde sie auf die Knie sinken und den Kopf auf die Schenkel legen.

Sie mußte lächeln, als sie sich erinnerte, was auf Valcour nach dem Ende eines Shouts geschehen war. Die Paare hatten einander an den Händen gefaßt und waren in den Wald gelaufen. Die Plantagenbesitzer hatten sie gewähren lassen, in der Gewißheit, daß man den Schwarzen nur ein Faß Whisky und etwas zu essen geben mußte, und dann würden sie ihre traditionellen Tänze tanzen, in Erregung geraten und neue Sklaven zeugen ...

Phoebe zog ihre weißen Handschuhe an und wandte sich an die Truppe. »Beim Shout müßt ihr so lebhaft wie möglich klatschen und stampfen. Das ist ein typischer Negertanz, und dazu gehört nun mal Lärm. Haltet euch an den Rhythmus der Banjos, versucht euch vorzustellen, ihr wärt irgendwo in Afrika und würdet bei einem Ritual mitmachen, das im Freien stattfindet und die Götter ehren soll. Dieser Tanz soll Gefühle wecken – fröhliche Gefühle, so wie der Cakewalk. Bei dem müßt ihr euch richtig spreizen und brüsten. Habt keine Angst, daß ihr's übertreiben könntet. Werft die Schultern zurück, hebt das Kinn, und die Füße müssen ständig in Bewegung bleiben.«

Manche Kollegen stellten noch ein paar letzte Fragen, die sie bereitwillig beantwortete. Eine Viertelstunde bevor der Vorhang aufging, kam Rudy Duncan in die Garderobe, um ihnen Glück zu wünschen. Vom Erfolg dieser Premiere hing nicht nur die Zukunft der Akteure ab, sondern auch seine eigene. »Das Theater ist ausverkauft, in unserem Zuschauerraum sitzen unzählige Reporter und Kritiker. Sie werden diese Show auseinandernehmen, wenn sie nicht gut ist. Solche Varietés sinken allmählich in der Gunst des Publikums, aber nur, weil es bis jetzt keine wirklich guten gegeben hat. Heute werden wir den Leuten eine Riesenüberraschung bieten. So, und jetzt geht auf die Bühne und macht mir keine Schande!«

Während sich der Vorhang öffnete, begann die Anfangsparade. Phoebe versuchte an den Rampenlichtern vorbei auf die erste Reihe zu schauen. Sie war sich nicht sicher, ob Tom wirklich gekommen war. Wegen der grellen Scheinwerfer konnte sie nur die schwachen Umrisse einiger Köpfe sehen.

Der erste Teil der Show, eine Komödie mit Musik und Tanz, schien gut anzukommen. Phoebe erfüllte ihre Pflichten im Ensemble, schlug die kleine Handtrommel, sang im Chor und tänzelte im Rhythmus der Musik auf und ab. Dann kam ihr langsamer Tanz mit Bert, der mit großem Beifall aufgenommen wurde. Sie bewegten sich in vollendeter Harmonie, als wären sie miteinander verschmolzen.

Nachdem der Applaus verklungen war, setzte sich Bert auf seinen Stuhl an der Seite und überließ Phoebe die Bühne. Die Musik verstummte. Für einen Augenblick herrschte atemlose Stille, dann hob sie die Arme und den Kopf und stieß einen lauten Schrei aus. Leise begannen die Banjos zu dröhnen, die Tänzer erhoben sich von ihren Stühlen, bildeten einen Kreis um die reglose Solistin, stampften fast unhörbar mit den Füßen auf den Boden, während Phoebe immer noch wie erstarrt in der Bühnenmitte stand. Der Rhythmus steigerte sich immer mehr, und sie begann sich langsam zu bewegen, erst die Arme, dann die Beine und schließlich die Hüften.

Die Tänzer an der Rampe traten zur Seite, so daß der Blick des Publikums auf Phoebe freigegeben wurde. Als ihr Körper zu zucken begann, klatschte das Ensemble – erst langsam, dann immer schneller. Phoebes Beine waren leicht gespreizt, die Knie gebeugt. Sie war in ständiger Bewegung, so daß ihre Gestalt zu verschwimmen schien, während sie sich unentwegt schüttelte und vom Kopf bis zu den Zehenspitzen zitterte. Immer wieder stieß sie Schreie aus – so elementar, als würden sie aus der Tiefe des Dschungels kommen. Sie hatte vergessen, daß sie auf der Bühne stand, war wieder eine Sklavin, die ein uraltes rituelles Fest feierte. Das Publikum spürte, was in ihr vorging, und der Applaus brandete schon auf, bevor ihre Knie den Boden berührten und ihr Kopf nach unten sank.

Ohrenbetäubender Lärm erfüllte das Theater. Zunächst wußte sie nicht, was sie hörte und wo sie sich befand. Dann kehrte sie in die Wirklichkeit zurück, stand anmutig auf und verneigte sich. Auch das Ensemble, das wieder auf den Stühlen Platz genommen hatte, spendete ihr begeisterten Beifall.

Die Zuschauer forderten eine Zugabe, und sie tanzte – wie zuvor mit Rudy Duncan vereinbart – einen Rockin' de Heel, der ebenso bejubelt wurde wie der Shout. Mit einem gewissen Erfolg hatte sie gerechnet, aber nicht mit einem so überwältigenden Triumph. Nachdem der Vorhang gefallen war, wurde sie von ihren hingerissenen Kollegen umringt. Ben umarmte sie grinsend und küßte sie. »Du hast's geschafft, Phoebe. Kein Wunder! Du bist die geborene Tänzerin, der Rhythmus steckt dir ganz einfach im Blut.«

Rudy Duncan eilte herbei, um ihr zu danken und ihr einen noch günstigeren Vertrag zu versprechen. Er stellte ihr sogar eine Einzelgarderobe zur Verfügung. Freudestrahlend führte er sie zu einer Tür, auf der ihr Name stand, mit Bleistift geschrieben. Er tätschelte ihre Wange, dankte ihr noch einmal, dann ging er davon.

Phoebe öffnete die Tür und wich verwirrt zurück. Tom stand in der Garderobe und hielt ungeschickt einen großen Rosenstrauß in der Hand. Seine Anwesenheit und sein stolzes Lächeln machten ihr Glück erst vollkommen. Sie warf sich in seine Arme, beschmierte seine Wangen mit schwarzer Farbe, und sie lachten beide aus vollem Hals, während sie die Flecken mit Hautcreme entfernte.

»Phoebe, du warst hinreißend«, schwärmte Tom. »So habe ich noch niemanden tanzen sehen. Die Leute waren ganz aus dem Häuschen, und ein Kritiker sagte, du würdest weltberühmt werden.«

»Das freut mich. Aber daß ich dich überzeugt habe, ist mir noch viel wichtiger.«

Er zog sie zärtlich an sich. »Von jetzt an werde ich in deinem Schatten stehen. Aber das stört mich nicht. Ein Talent, wie du es besitzt, kommt nur alle paar Jahrzehnte vor, und ich darf dich nicht daran hindern, dein Publikum zu erfreuen. Die Öffentlichkeit hat ein Recht auf dich.«

»Danke, Tom ... Ich bin froh über meinen Erfolg. Trotzdem wirst du in meinem Leben stets an erster Stelle stehen. Das mußt du mir glauben.« Sie küßten sich, dann bat Phoebe ihren Mann, sich zu setzen, während sie sich umzog.

Duncan hatte das Ensemble zu einer Party eingeladen, an der auch Tom teilnahm. Bald war das Theater von fröhlichem Gelächter erfüllt, nicht zuletzt wegen des Champagners, den der rundum zufriedene Theaterleiter spendiert hatte.

Phoebe und Tom fuhren in einer Mietkutsche nach Hause. Als sie sich in ihrer schäbigen kleinen Wohnung in die Arme sanken, schworen sie einander, daß dies die letzte Nacht sein würde, die sie hier verbrachten. Glücklich schlief Phoebe in den Armen ihres Mannes ein. Der Brief, der sie am Abend zuvor in so tiefe Verzweiflung gestürzt hatte, war vergessen.

Am nächsten Tag erschien ihr Foto in fast allen Zeitungen, die entzückten Kritiker feierten sie als neuen Star. Sie bezog mit Tom eine Fünf-Zimmer-Wohnung in der Nähe der Thirty-fourth Street und engagierte ein Hausmädchen. Auf ihren Wunsch gab Tom seine Arbeitssuche vorerst auf und kümmerte sich um ihre Geschäfte. Durch kluge Investitionen vermehrte er den Geldsegen, und sie konnten sich ein Luxusleben leisten, das ihre kühnsten Träume überstieg.

Phoebe bekam von mehreren bedeutenden Theaterleitern verlockende Angebote, hielt aber Rudy Duncan die Treue. Das war sie ihm schuldig, zumindest, solange die neue Show auf dem Spielplan stand.

Hin und wieder, wenn auch selten, dachte sie an den Brief und fragte sich, ob er sie nun bald mit ihren Schwiegereltern bekannt machen würde – obwohl sie eine Farbige war. Sie hoffte es von ganzem Herzen.

Im Hafen von New York City stand ein großer Neger an der

Theke eines Saloons, wo nur schwarze Stauer verkehrten. Er starrte auf eine Zeitung, die ihn so fesselte, daß er den nächsten Drink mit einer knappen Handbewegung bestellte, ohne den Kopf zu heben.

»Bezahl erst mal den letzten und die anderen, die du mir noch schuldig bist«, forderte ihn der Barkeeper auf.

Grinsend zeigte der Schwarze seine Zähne. »Du brauchst keine Angst um dein Geld zu haben. Bald bin ich so reich, daß ich den ganzen Laden hier kaufen kann.«

»Wie meinst du das, Tobal?«

»So, wie ich's sage. Mehr kann ich dir jetzt noch nicht erzählen. Schenk mir endlich was ein! Ich brauche einen Drink, und zwar dringend. Meine Schulter tut wieder mal höllisch weh – weil diese verdammte Kugel immer noch drin steckt.«

14

Ein kalter, trüber Januartag war über Valcour angebrochen. Lenore Hammond, ganz in Schwarz gekleidet, wanderte gemächlich den Weg zwischen den alten Sklavenhütten entlang. Sie trug einen Blumenstrauß, sorgsam in eine Armbeuge gebettet, als wäre er ein kostbares, zerbrechliches Gut.

Nanine stand an einem Fenster des alten Hospitals und beobachtete ihre Mutter, die kein einziges Mal in ihre Richtung blickte. »Da ist sie wieder. Jeden Tag besucht sie Martys Grab. Und sie geht ganz langsam, damit wir sie auch bestimmt nicht übersehen.«

Miles, der von mehreren Kissen gestützt in seinem Bett saß, schüttelte den Kopf. »Ich würde eher sagen, sie schreitet feierlich dahin, weil sie um ihren Sohn trauert.«

»Wohl kaum. Ich möchte keineswegs behaupten, sie hätte Marty nicht geliebt. Er war von Anfang an ihr Favorit. Aber sie geht nicht täglich in Trauerkleidung auf den Friedhof, um ihres Sohnes zu gedenken, sondern um uns daran zu erinnern, daß du ihn erschossen hast – und um mich wissen zu lassen, daß sie mich genauso verachtet wie dich, weil ich dich nach Valcour gebracht habe.«

»Ich finde es immer noch nicht richtig ... Glaub mir, ich bin viel zu früh nach Martys Tod hierhergekommen – ich kann die Gefühle deiner Familie verstehen.«

»Mama und Virginia sind intolerant und grausam«, entgegnete Nanine. »Vor allem meine Schwester. Natürlich bin ich traurig, Marty verloren zu haben, aber Virgie weiß genausogut wie ich, daß er sich vor allem mit seiner Trunksucht zugrunde gerichtet hat. Sie weiß auch, wie oft sie ihn gedrängt hat, endlich die Plantage zu verkaufen. Also ist es teilweise auch ihre Schuld, daß er in seiner Verzweiflung diesen üblen Trick angewandt und dich hereingelegt hat.«

»Aber ich habe die Kugel abgefeuert, an der er gestorben ist, das werde ich nie vergessen.«

Lächelnd blickte Nanine vor sich hin. »Ich wünschte, Phoebe wäre hier. Sie würde uns verstehen, denn sie ist ganz anders als Virgie.«

»Du hast ein bezauberndes Lächeln, Nanine. Und du bist wunderschön.«

»O nein, das bin ich nicht.«

»Doch, mein Liebling.«

Ihre Wangen färbten sich rosig. »So hat mich noch niemand genannt.«

Miles lachte leise. »Dann wird es höchste Zeit.«

Sie ging zum Bett und griff nach seiner Hand. »Du bist viel heiterer geworden, seit du auf Valcour lebst. Ich glaube, meine Pflege tut dir gut.«

»Das weißt du. Ich habe es nur dir zu verdanken, daß ich immer noch lebe. Aber ich mache mir Vorwürfe, weil ich einen Keil zwischen deine Schwester und dich getrieben habe.«

»Virgie ist sehr temperamentvoll und genauso eigensinnig wie Marty. Irgendwann wird sie sicher zur Vernunft kommen.« Nach einer kleinen Pause fügte Nanine hinzu: »Wahrscheinlich kann sie es nicht verwinden, daß ich meinen Willen durchgesetzt und ihre Wünsche mißachtet habe. Zuvor war ich stets bereit, mich unterzuordnen, zumindest, wenn es um Dinge ging, die sie für wichtig hielt. Aber in meinem Leben ist nichts Wichtiges passiert – bevor ich dich kennenlernte, Miles.«

»Wird sie dir verzeihen?«

Nanine runzelte nachdenklich die Stirn. »Früher hat sie Phoebe gehaßt. Und jetzt würde es niemand wagen, in Virgies

Gegenwart auch nur ein schlechtes Wort über unsere Halbschwester zu sagen.«

»Warum hat sie Phoebe gehaßt?« fragte Miles.

»Weil ihre Mama eine Sklavin und unser Papa ihr Vater war. Phoebe ist fast so weiß wie wir und so schön wie Virginia. Die beiden haben die gleichen dunkelblauen Augen und sehen sich sehr ähnlich, trotz des dunklen, sanft gewellten Haares von Phoebe. Eines Tages wirst du sie kennenlernen.«

»Darauf freue ich mich schon.«

»Sie ist genauso alt wie Virginia. Papa hatte veranlaßt, daß sie zusammen unterrichtet wurden.«

»Schade, daß er nicht mehr lebt... Ich glaube, ich hätte mich gut mit ihm verstanden, trotz seiner unkonventionellen Lebensweise.«

»Ganz sicher. Papa brauchte eine Frau. Mama wollte nicht mehr mit ihm schlafen, obwohl sie ihn liebte. Sie liebte auch den Luxus, den er ihr bot. Er hat uns alle maßlos verwöhnt.«

»Ich möchte endlich ganz gesund werden – damit ich dich auch verwöhnen kann.«

Nanine lächelte und setzte sich auf den Stuhl neben dem Bett. »Wie war dein Vater?«

»Sehr reich – und er gehörte zu den wenigen wohlhabenden Südstaatlern, die ihr Vermögen während des Krieges nicht verloren haben, denn er besaß eine begnadete Fähigkeit, in die Zukunft zu blicken. Wenn er die Konföderation auch begünstigte – glaubte er, daß sich die Rebellen im Irrtum befanden. Er bestritt zwar nicht, daß sie für ihre Rechte kämpfen mußten, vertrat aber den Standpunkt, daß eine rebellische Nation nur dann einen Krieg provozieren sollte, wenn sie reelle Chancen auf einen Sieg hat – und die hatte die Konföderation nach seiner Meinung nicht. Dazu waren die Nordstaaten zu dicht bevölkert, besaßen eine viel zu produktive Industrie und zuviel Geld. Er fand den Krieg unnötig und erklärte, die Südstaaten hätten versuchen sollen, ihre Ziele auf dem Verhandlungsweg zu erreichen. Da wären sie bestimmt erfolgreicher gewesen.«

»Ja, diese hitzköpfigen Rebellen haben viel Unheil angerichtet.«

»Jedenfalls deponierte mein Vater einen Großteil seines Geldes auf Nordstaatenbanken, wo es sicher aufgehoben war und Zinsen trug. Jetzt steht es mir zur alleinigen Verfügung, weil er während des Krieges gestorben ist. Und meine Mutter habe ich schon vor langer Zeit verloren.«

Nanine stand auf und trat wieder ans Fenster. »Mama kommt zurück. O Miles, sie benimmt sich so kindisch! Der Strauß, den sie täglich zum Friedhof mitnimmt, ist aus getrockneten Blumen, und auf dem Rückweg versteckt sie ihn unter dem Mantel.«

»Laß sie doch – wenn es ihr den Kummer erleichtert«, erwiderte Miles. »Solange du bei mir bist, fällt es mir nicht schwer, die Feindseligkeiten ringsum zu ertragen.«

Lächelnd drehte sie sich zu ihm um. »Das freut mich, Miles. In letzter Zeit haben deine Wangen etwas Farbe bekommen. Fühlst du dich besser?«

»Ja – zumindest, soweit ich es feststellen kann. Du hast soviel für mein körperliches Wohl getan. Und um meinen seelischen Zustand brauche ich mir keine Sorgen zu machen. Auch das habe ich nur dir zu verdanken.«

»Bald wirst du aufstehen können«, meinte Nanine zuversichtlich. »Und dann wirst du die Plantage in Betrieb nehmen, für die du soviel bezahlt hast.«

Er seufzte tief auf. »Was verstehe ich schon von der Baumwollzucht? Ich habe die Plantage gekauft, weil ich dort leben wollte. Ich dachte, die frische Luft würde mir gut tun. Jetzt weiß ich, daß das eine Illusion war. Nach diesem verhängnisvollen Duell werde ich niemals einen Fuß auf die Plantage setzen.«

»Sie ist viel zu wertvoll, um brachzuliegen. Wenn du die Felder bestellst, wirst du den Südstaaten helfen, nach den bitteren Kriegszeiten einen neuen Anfang zu machen. Das ist eine Herausforderung, die du annehmen mußt. Vergiß die Vergangenheit. Die Plantage ist deine Zukunft, Miles.«

»Gut, Nanine, dann wirst du sie verwalten.«

»Ich? Das könnte ich nicht. Außerdem muß ich für dich sorgen, und das ist mir viel wichtiger.«

»Dann soll sich Virginia um meine Plantage kümmern – falls sie das für den Mann tun will, der ihren Bruder getötet und ihr die Schwester weggenommen hat.«

»Sie wird auf beträchtlichen Anteilen bestehen«, warnte Nanine.

»Von mir aus kann sie dieses verfluchte Stück Land haben. Bitte, versuch mich zu verstehen. Ich habe die Plantage aus einer Laune heraus gekauft, und dieses Geschäft hat sich zu einer Katastrophe entwickelt. Ich will nichts mehr damit zu tun haben.«

»Wenn sie bereit wäre, mit mir zu reden, könnte ich herausfinden, wie sie darüber denkt.«

»Mach, was du willst«, entgegnete Miles. »In einem hast du jedenfalls recht – die Plantage darf nicht brachliegen. Der Süden braucht ihre Erträge. Wärst du mir böse, wenn ich jetzt ein wenig schlafe?«

»Natürlich nicht.« Nanine zog ihm die Decke bis ans Kinn, er schloß die Augen und war schon nach wenigen Minuten eingeschlafen. Sie blieb noch eine Weile neben seinem Bett sitzen, dann beschloß sie, ihre neuen Pläne sofort in die Tat umzusetzen. Nachdem sie sich noch einmal vergewissert hatte, daß es ihrem Patienten an nichts fehlte, zog sie ihren dicken Mantel an und schlang einen Schal um ihren Kopf.

Es war schon lange her, seit sie das Haus von Willowbrook zum letzten Mal betreten hatte. Und wäre es nicht um Miles' Anliegen gegangen, hätte sie auch jetzt keinen Fuß über diese Schwelle gesetzt.

Elias saß allein im Salon. Als Nanine hereinkam, sprang er überrascht auf, umarmte sie und küßte sie auf die Wange. »Du siehst großartig aus! Und Miles? Glaubst du, daß er bald gesund wird? Wie fühlt er sich?«

»Ich weiß nicht recht... Manchmal ist er heiter, dann wieder in düsterer Stimmung. Sein Gesundheitszustand scheint sich allerdings zu bessern, wenn auch viel langsamer, als ich damals genesen bin. Aber ich war wohl nicht so krank wie er.«

»Da hast du vermutlich recht«, meinte Elias nachdenklich. »Virgie wird an die Decke springen, wenn sie dich hier findet. Warum bist du gekommen? Was ist bloß in dich gefahren?«

»Erzähl mir zuerst, ob ihr was von Phoebe gehört habt.«

»Du wirst es nicht glauben, Nanine. Deine Halbschwester ist eine berühmte Tänzerin geworden. Sie verdient schrecklich viel Geld, und ihre Bühnenkarriere macht ihr großen Spaß.«

Nanine lächelte strahlend. »Das sind ja wunderbare Neuigkeiten!«

In diesem Augenblick hörten sie Schritte auf der Treppe,

dann öffnete Virginia die Tür. Sie hob die Brauen und warf Nanine einen kühlen Blick zu. »Was willst du hier?«

»Virgie, vergiß deine Manieren nicht!« wurde sie von Elias ermahnt. »Sie ist deine Schwester.«

»Nachdem sie sich mit dem Mörder unseres Bruders zusammengetan hat, sind alle verwandtschaftlichen Bande zwischen uns zerrissen.«

»Würdest du dich setzen und mir zuhören, Virgie?« bat Nanine. »Ich habe dir etwas Wichtiges mitzuteilen. Es handelt sich um ein interessantes geschäftliches Projekt.«

Virginia ließ sich widerstrebend auf dem Sofa nieder. »Also, dann sag, was du zu sagen hast.«

»Miles möchte die große Plantage nicht in Betrieb nehmen«, begann Nanine.

Ihre Schwester lächelte spöttisch. »Vermutlich will er sein Geld zurückhaben. Aber da macht sich dieser Verbrecher vergebliche Hoffnungen.«

Nanine schüttelte traurig den Kopf. »Wie du dich verändert hast ... genauso wie dein gesunder Menschenverstand. Miles möchte uns die Verwaltung der Plantage übertragen.«

Virginia blinzelte verwirrt. »Und was verspricht er sich davon?« fragte sie mißtrauisch.

»Nichts. Ich glaube, er würde sogar auf den Profit verzichten. Das ist die Chance deines Lebens, Virgie. Du weißt, wieviel die Plantage einbringt.«

»An der Sache muß was faul sein. Ich werde erst mal drüber nachdenken.«

»Laß dir bloß nicht zu lange Zeit«, riet Nanine.

»Falls ich das Angebot annehme, wird sich zwischen uns beiden nichts ändern.«

»Das habe ich erwartet, und es ist mir auch lieber so.«

Elias unterdrückte ein belustigtes Lächeln, während er dem feindseligen Wortwechsel der beiden Frauen lauschte.

»Find erst mal heraus, wie er sich das alles vorstellt«, schlug Virginia vor. »Er soll es mir schriftlich geben, dann werde ich mir die Sache überlegen.«

Nanine stand auf und sah ihre Schwester verächtlich an. »Du mußt dir gar nichts überlegen – denn du weißt schon jetzt, daß du ein solches Angebot nicht ablehnen kannst, selbst wenn es von dem Mann stammt, den du des Mordes an Marty beschuldigst. Ich gehe jetzt.«

»Ich erwarte, daß du mir bald Bescheid gibst. Falls das Geschäft zustande kommt, muß ich rechtzeitig Arbeiter und Aufseher einstellen, damit die Felder noch in diesem Frühjahr bebaut werden können.«

»Du hörst von mir. Übrigens wollte ich dir noch etwas klarmachen. Du hast kein Recht, mir Phoebes Briefe vorzuenthalten. Ich habe von Elias eben erst erfahren, daß sie Tänzerin geworden ist. Da ich Phoebe schon immer geliebt habe, was du von dir nicht behaupten kannst, möchte ich in Zukunft ihre Briefe lesen. Solltest du meinen Wunsch nicht respektieren, werde ich ihr schreiben und sie bitten, ihre Korrespondenz mit der Familie einzustellen, bis ich von hier weggezogen bin.«

»Du willst Valcour verlassen?« rief Virginia verblüfft.

Nanine lächelte kalt. »Auf so einen Gedanken wärst du nie gekommen, was?«

Virginia preßte ärgerlich die Lippen zusammen und wandte sich ab, aus Angst, sie könnte in ihrem Zorn etwas sagen, was das lukrative Geschäft mit Miles Rutledge zunichte machen würde. Sie wußte, welch großen Einfluß ihre Schwester auf den Mann ausübte.

»Auf Wiedersehen, Elias.« Als Nanine zur Tür ging, trat Lenore ein. »Hallo, Mama! Ich hoffe, du fühlst dich wohl.«

Lenore schluckte krampfhaft. »Wie soll ich mich wohl fühlen, wenn meine Tochter mit dem Mörder ihres Bruders zusammenlebt? Allein unter einem Dach!«

»Was bleibt mir anderes übrig, nachdem ich Miles nicht in dieses Haus bringen durfte? Aber das ist gut so. Hier würdet ihr uns ständig im Auge behalten, du und Virginia. Im alten Hospital können Miles und ich machen, was wir wollen – und das tun wir auch«, fügte sie mit einem anzüglichen Lächeln hinzu.

»Bitte, Nanine!« flehte Lenore. »Du darfst den Namen Hammond nicht in den Schmutz ziehen. Dein Papa hat mir schon genug Kummer bereitet.«

»Nun, wenn du glaubst, daß der Ruf der Familie Hammond in Gefahr ist, werde ich von hier weggehen.« Nanine verließ den Salon.

Niemand sprach, bis die Haustür ins Schloß gefallen war. Dann fragte Virginia angstvoll: »Glaubt ihr, daß sie es ernst meint?«

»Ich gehe wieder nach oben«, verkündete Lenore mit tränenerstickter Stimme. »Daß meine ältere Tochter jemals so mit mir reden würde, hätte ich nie gedacht...«

Elias grinste. »Und ich hätte mir niemals träumen lassen, daß Nanine soviel Temperament hat«, bemerkte er, als er mit seiner Frau allein war. Dann sah er ihren wütenden Blick und fügte begütigend hinzu: »Mach dir keine Sorgen. Miles ist viel zu krank, um die Sünden zu begehen, die du fürchtest. Nanine wollte dich nur ärgern. Der Mann kann höchstens für ein paar Minuten aufstehen und auch keine langen Gespräche führen. Aber du mußt dich an die Tatsache gewöhnen, daß Nanine endlich selbständig geworden ist. Ich glaube, Miles bedeutet ihr sehr viel, und wenn du klug bist, solltest du das in Zukunft berücksichtigen. Vor allem im Zusammenhang mit Miles' Angebot. Hör endlich auf, ihn zu hassen, und sei etwas netter zu ihm. Außerdem ist Nanine deine Schwester. Ihre Handlungsweise verdient Respekt, und du solltest wirklich etwas mehr Verständnis für sie aufbringen. Du müßtest allmählich erwachsen werden, Virginia, und begreifen, daß nicht immer alles nur nach deinem Kopf gehen kann.«

»Ich wäre verrückt, wenn ich Rutledges Angebot ablehnen würde – falls er tatsächlich dumm genug ist, mir einen solchen Vorschlag zu machen. Und du, halt mir keine Predigten, Elias! Dafür habe ich jetzt keine Zeit. Ich will zur Haywood-Plantage gehen und den Yankees, die sie gekauft haben, einen Scheck überreichen. Damit wären wir die ersten Eindringlinge los. Und die anderen verlieren allmählich den Boden unter den Füßen... Du brauchst nicht mitzukommen«, fügte sie hinzu, als ihr Mann aufstand, um sie zu begleiten.

»Es wird bald dunkel«, wandte er ein.

»Hier auf Valcour habe ich nichts zu befürchten.«

Virginia holte einen Mantel aus ihrem Schlafzimmer. Als sie dann die Halle durchquerte, warf sie nicht einmal einen flüchtigen Blick in den Salon, dessen Tür noch offen stand. Auch Elias sah nicht von seiner Zeitung auf.

Die Dämmerung brach herein. Virginia wanderte an den alten Scheunen und Geräteschuppen vorbei. Der große Holzverschlag, in dem man früher die Sklaven ausgepeitscht hatte, erregte ihre Aufmerksamkeit. Er hätte längst abgerissen werden müssen, denn er weckte unangenehme Erinnerungen an alte Zeiten. Nachdenklich betrachtete sie ihn. Und während sie darauf zuging, ahnte sie plötzlich, daß sie nicht mehr allein war. Irgend jemand folgte ihr oder lauerte ihr auf – das spürte sie, obwohl kein Geräusch zu ihr drang. Das unheimliche Gefühl ließ sich nicht abschütteln, und sie beschleunigte ihre Schritte.

Als sie an dem alten Verschlag vorbeigelaufen war, hörte sie eine Bewegung hinter ihrem Rücken, eine Hand schob sich über ihre Schulter, um ihr den Mund zuzuhalten. Gleichzeitig wurde sie von einem kraftvollen Arm umschlungen, aus dem sie sich nicht befreien konnte. Trotzdem versuchte sie sich loszureißen, wehrte sich mit Ellbogen und Füßen, was ihrem Angreifer aber nur ein leises Lachen entlockte. »Keine Angst, Miß Virginia, ich will Ihnen nichts tun.«

Der Klang dieser Stimme ließ ihren Kampfgeist erlahmen. Sie spürte sogar, wie eine freudige Erregung in ihr aufstieg. Der Mann drehte sie zu sich, fordernde Lippen preßten sich auf ihren Mund. Virginia stemmte beide Hände gegen seine Brust – nur aus Verblüffung und keineswegs, weil ihr dieser Kuß unangenehm war. Dann gab sie ihren Widerstand auf – aber ohne ihn zu weiteren Zärtlichkeiten zu ermuntern. Schließlich ließ er die Arme sinken, und sie trat einen Schritt zurück.

»Bradley Culver!« stieß sie atemlos hervor. »Ich sollte Ihnen eine Ohrfeige verpassen.«

»Tun Sie's doch!« erwiderte er grinsend. »Sie sind die einzige Frau, der ich das erlauben würde. Verzeihen Sie, daß ich Sie erschreckt habe.«

»Ich wäre fast in Ohnmacht gefallen vor Angst. Was machen Sie überhaupt auf Valcour? Möchten Sie wieder Häuser plündern?«

»Ich wollte Sie sehen, Mrs. Birch.«

»Ich fühle mich keineswegs geschmeichelt, Mr. Culver.«

»Das erwarte ich auch gar nicht. Als ich letztes Mal hier war, hatten Sie eine Menge Ärger, was?«

»Elias und ich wären fast eingesperrt worden.«

»Ben Bowman wird Sie sicher nicht mehr belästigen.«

»Haben Sie sein Haus angezündet?« fragte Virginia.

»Ich war nicht einmal in seiner Nachbarschaft, Ma'am.«

»Und warum sind Sie hier?« erkundigte sie sich, obwohl sie die Antwort kannte.

»Das wissen Sie bereits. Ich wollte Sie sehen.«

»Sie riskieren Ihr Leben, Mr. Culver. Wenn man Sie erwischt, sind Sie verloren.«

»Würden Sie weinen, wenn man mich aufhängt?«

»Vielleicht – nachdem ich Sie jetzt ein wenig besser kenne.«

»Das macht mich sehr glücklich, Ma'am, und ich weiß jetzt endgültig, daß ich Sie liebe.«

»Mr. Culver, wie können Sie so etwas sagen!« protestierte sie. »Ich bin verheiratet, und ...«

Er legte einen Finger auf ihre Lippen und brachte sie zum Schweigen. »Sie sind die Frau eines Yankees, und das zählt nicht für mich.«

»Mr. Culver, bitte, kommen Sie nie wieder hierher ...«

»Natürlich komme ich, und ich werde Ihnen vorher mitteilen, wo Sie mich treffen können. Was ist das für ein Schuppen, in dem ich mich vorhin versteckt habe?«

»Da drin wurden früher die Sklaven ausgepeitscht.«

»Oh, das hätte ich mir denken können. Schade, daß wir diese Verschläge nicht mehr benutzen dürfen ... Die Nigger, die jetzt in Charleston leben, führen sich gräßlich auf.«

»Das wußte ich nicht ... Ich muß jetzt gehen.«

»Gut, aber vorher verlange ich noch einen Kuß – zur Belohnung, weil ich ganz allein die weite Strecke gerudert bin. Dann verschwinde ich freiwillig ... Keine Sorge, ich werde bald wiederkommen. Das wünschen Sie sich doch, nicht wahr?«

»O nein ...«

»Sie belügen mich und sich selber auch, Virginia. Glauben Sie, ich hätte nicht gemerkt, was für eine leidenschaftliche Frau Sie sind? Dieser kaltblütige Yankee-Soldat kann Ihnen nichts bieten und Ihr Verlangen nicht stillen, Virginia. Sie sehnen sich nach einer anderen Art von Liebe, und die werde ich Ihnen schenken.«

»Wenn Sie nicht sofort still sind, schreie ich und ...«

»Nein, ganz sicher nicht. Sie werden meinen Kuß erwidern und dann voller Ungeduld auf meine Rückkehr warten. Wenn ich das nächstemal komme, werde ich länger bleiben. Wir treffen uns hier in diesem Verschlag, sobald ich Sie benachrichtigt habe.«

»Ich werde nicht kommen, das schwöre ich ...«

»Doch – weil Sie genauso sind wie ich. Und Sie wissen, was Sie wollen ...« Bradley Culver nahm sie so plötzlich in die

Arme, daß sie keine Zeit fand, um ihm auszuweichen. Er preßte sie an sich, seine Lippen verschlossen ihr den Mund. Seine Hand glitt über ihren Rücken, und sie begann vor Erregung zu zittern. Sie hob einen Arm, hätte ihn beinahe um seinen Hals geschlungen, ließ ihn aber gerade noch rechtzeitig sinken und haßte sich selber, weil sie ihn so heftig begehrte.

Widerstrebend ließ er sie los. »Gute Nacht, meine Liebste. Auf bald – und vergiß mich nicht. Ich werde unentwegt an dich denken, bis zu unserem Wiedersehen.«

Er wandte sich ab und verschwand in der Dunkelheit. Keuchend rang Virginia nach Atem. Für einen verlockenden Augenblick war sie nahe daran, diesem Schurken nachzulaufen, der ihre Sinne so übermächtig gereizt hatte und in seine Arme zu fallen. Nie zuvor hatte sie ein so hemmungsloses Verlangen verspürt...

Es dauerte eine ganze Weile, bis sie ihre Gefühle unter Kontrolle brachte und ihren Weg zu der Yankee-Plantage fortsetzen konnte. Bevor sie an die Tür klopfte, vergewisserte sie sich, daß sie ruhig und gleichmäßig atmete. Ihre Wangen waren immer noch erhitzt, aber sie hoffte, daß man es nicht merken würde.

Frank Upton öffnete die Haustür und ließ sie eintreten. Er bat sie nicht in den Salon, und es ließ sich auch kein weiteres Familienmitglied blicken. In der Halle brannte nur eine schwache Lampe, und Virginia, die sich forschend umblickte, konnte den Zustand der Einrichtung nicht abschätzen.

»Sie brauchen nicht zu befürchten, daß wir das Haus demoliert haben«, sagte Upton mit einem bitteren Unterton in der Stimme. »Wir ziehen übermorgen aus.«

»Das freut mich zu hören, Sir.« Sie nahm den Scheck aus ihrer Handtasche und legte ihn in seine Hand.

»Siebenhundert! Sie wollen dieses prachtvolle Grundstück für siebenhundert Dollar kaufen?«

»Wieviel haben Sie denn dafür bezahlt, Mr. Upton? Keinen Cent mehr als siebenhundert. Dafür konnten Sie monatelang hier wohnen und die Felder nutzen, also erleiden Sie keinerlei Verluste.«

»Ich weiß das besser. Sie verstehen es wirklich, einem Menschen das Gefühl zu geben, daß er unerwünscht ist, Mrs. Birch. Und ich bezweifle nicht, daß auch Sie hinter all den

Machenschaften stecken, die uns jetzt zwingen, diesen Besitz aufzugeben.«

»Ich habe Ihnen nur einen Gefallen getan, Sir. Sie wissen nicht, wie man Baumwolle züchtet, wie man die Schwarzen behandelt, wie das Leben in den Südstaaten aussieht, und Sie werden es auch nie lernen. Gehen Sie in den Norden zurück, und seien Sie froh, daß Sie wenigstens noch ein bißchen Geld aus diesem Abenteuer herausgeschlagen haben. Leben Sie wohl, Sir.«

Sie verließ das Haus und eilte durch die Nacht. Als sie sich dem alten Holzverschlag näherte, verlangsamte sie ihre Schritte. Die Erinnerung an Bradley Culvers heiße Küsse jagte ihr einen Schauer über den Rücken... Nein, sie würde den Forderungen ihrer verräterischen Sinne nicht nachgeben. Bei seinem nächsten Besuch auf der Insel wollte sie ihm unmißverständlich klarmachen, daß sie mit einem solchen Verbrecher nichts zu tun haben wollte – und daß sie eine treue Ehefrau sei, die ihren Mann von ganzem Herzen liebte.

Sollte sie Elias von ihrer Begegnung mit Culver erzählen? Nein, besser nicht... Mit dieser Situation mußte sie allein fertig werden.

Er legte die Zeitung beiseite, als sie den Salon betrat, und hob lächelnd den Kopf. »Nun, ist alles gutgegangen?«

Sie nickte. »Übermorgen verlassen die Uptons unsere Insel. Meg wird so glücklich sein, wenn sie wieder in ihr altes Haus ziehen kann.«

»Wieviel ist die Plantage in Wirklichkeit wert?«

»Ich würde sagen, dreißigtausend. Was steht denn in der Zeitung?«

»Zwei konföderierte Staaten haben sich wieder der Union angeschlossen. Ein kluger Schritt... Die anderen sollten sich ein Beispiel daran nehmen. Das würde den Baumwoll- und Tabakhandel wieder in Schwung bringen. Nun müssen die Leute endlich anfangen, die Ruinen zusammenzuflicken, die dieser furchtbare Krieg hinterlassen hat. Ich bin froh über die neue Entwicklung, und ich hoffe, die Regierungen der beiden Carolina-Staaten sind vernünftig genug, um ebenfalls in die Union zurückzukehren.«

»Es wird ihnen wohl nichts anderes übrigbleiben. Das macht mich keineswegs glücklich, aber es stört mich auch nicht – solange wenigstens hier auf Valcour die alten Zeiten zu neuem Leben erwachen.«

Elias lächelte nachsichtig, stand auf und nahm sie in die Arme. Zu seiner Überraschung erwiderte sie seinen Kuß mit einer Leidenschaft, die sein Verlangen beinahe übertraf und die er seit Martys Tod an ihr vermißt hatte. »Wollen wir nach oben gehen?« flüsterte er.

»Ja.« Ihre Antwort klang beinahe wie ein Befehl.

Er trug sie die Treppe hinauf, bedeckte ihr Gesicht mit Küssen, und als er das Schlafzimmer erreichte, war er genauso ungeduldig wie sie.

Er wußte nicht, daß es Bradley Culver gewesen war, der diese Gefühle in Virginia entfacht hatte. Und als sie im Bett lagen, war es Culver, dem sie sich hingab. Danach wandte sie sich von Elias ab und schloß die Augen. Sie kam sich wie eine Hure vor. Nie zuvor hatte sie ihre Begierde so rückhaltlos gezeigt, und sie konnte nur hoffen, daß ihr Mann keinen Verdacht schöpfen würde.

15

Virginia stand auf einem kleinen Hügel und blickte zufrieden über die Felder. Die Erde war gepflügt, die Saat gesät. Bald würden die Baumwollpflanzen die braunen Äcker grün und dann weiß färben. In froher Stimmung wanderte sie weiter und betrat aus einem Impuls heraus den Laden, den Henry Tannet im vergangenen Herbst eröffnet hatte. Er verkaufte hauptsächlich Baumwollwaren, Mehl, Schmalz, Kerosin, Kerzen und Lampen, außerdem ein paar Lebensmittel, die man nach einem erst kürzlich entwickelten Verfahren in Dosen haltbar gemacht hatte. Die Regale waren gut bestückt, der Laden wirkte sauber und machte einen erfolgreichen Eindruck. Aber Virginia wußte, wie hart Tannet zu kämpfen hatte. »Guten Morgen!« rief sie freundlich.

Ihr strahlendes Lächeln wurde nicht erwidert. »Ich könnte wirklich nicht sagen, was an diesem Morgen gut sein soll«, antwortete Tannet mürrisch.

»Was wollen Sie?«

Virginia hob in gespielter Verblüffung die Brauen. »Sind

Sie immer so unhöflich zu Ihren Kunden? Kein Wunder, daß Sie so schlechte Geschäfte machen ...«

»Wer behauptet das? Alles läuft bestens.«

»Oh! Bekommen Sie tatsächlich Geld von den Negern?«

»Ich bin immer noch solvent. Und wenn Sie nur gekommen sind, um sich an meinem Pech zu weiden, sollten Sie sich anders besinnen, Sie hochnäsige Person!«

Virginia lächelte immer noch. Das konnte sie sich leisten, denn dieser Mann war ihr auf Gedeih und Verderb ausgeliefert. »Mr. Tannet, als Sie diesen Laden gegründet haben, wußten Sie, daß fast nur Schwarze zu Ihnen kommen würden. Die Yankees erledigen ihre Einkäufe großteils auf dem Festland. Also haben Sie den Negern Kredite gegeben, und die Leute kaufen, was ihr Herz begehrt. Sie haben Ihre Waren mit dem Geld bezahlt, das Sie sich auf einer Bank in Charleston geliehen haben, nicht wahr?«

»Das wissen Sie doch. Sie haben mir doch geraten, diesen verdammten Laden aufzumachen.«

»Aber ich habe Sie auch vor dem Risiko gewarnt.«

»Wenn die gottverfluchten Nigger ihre Schulden begleichen würden, hätte ich keinerlei Sorgen.«

»Die Schwarzen haben keine Beziehung zum Geld, Mr. Tannet. Das ist nicht ihre Schuld. Vor dem Krieg besaßen sie höchstens mal ein paar Silberdollars, wenn sie besonders gute Arbeit geleistet hatten. Was sie zum Leben brauchten, bekamen sie von den Plantagenbesitzern. Unsere Neger kennen den Wert des Geldes nicht und haben keine Ahnung, wie man sich in der Geschäftswelt verhält. Vielleicht werden sie ihre Schulden bezahlen, wenn Sie ihnen weitere Kredite verweigern. Aber Sie werden Ihr Geld nur in kleinen Raten bekommen und müssen Ihren Kunden erlauben, gleichzeitig bei Ihnen zu kaufen und anschreiben zu lassen.«

»Falls Sie mir erklären wollen, wie ich meinen Laden führen soll, lassen Sie's lieber sein. In diesen letzten sechs Monaten habe ich genug gelernt.«

»Wird Ihnen die Bank helfen?«

»Wohl kaum. Diese Leute hassen uns Yankees. Und darüber freuen Sie sich unbändig, was? Ich weiß genau, was Ihnen vorschwebt. Sie wollen uns loswerden und Ihre alten Nachbarn auf die Insel zurückholen. Aber das wird Ihnen nicht gelingen.«

Virginia ignorierte seine wütende Tirade. »Ich werde Ihnen sagen, was geschehen wird, Mr. Tannet. Die Bank gibt Ihnen keinen Kredit mehr, die Schwarzen bezahlen ihre Schulden nicht, wenn Sie ihnen nichts mehr verkaufen, und da Sie bald keine Waren mehr anbieten können, bekommen Sie auch kein Geld von Ihren Kunden. In einem halben Jahr sind Sie bankrott.«

»Selbst wenn es so wäre – ich würde trotzdem nicht von hier weggehen.«

»Und wie wollen Sie Ihre Steuern entrichten? Wie werden Sie Ihre Familie ernähren? Man wird Ihnen die Plantage wegnehmen, und dann haben Sie überhaupt nichts mehr. Falls Sie Valcour mit ein paar Dollars in der Tasche verlassen wollen, gibt es nur eine Möglichkeit. Ich kaufe Ihnen die Plantage ab, zu demselben Preis, den Sie damals bezahlt haben.«

»Wie nett von Ihnen!« entgegnete Tannet sarkastisch.

»Ich kann auch warten, bis die Plantage versteigert wird. Vielleicht bekomme ich sie dann noch billiger. Auf Wiedersehen, Mr. Tannet.«

»Wissen Sie, was Sie sind? Eine leichtfertige Person!«

Virginia war so verwirrt, daß es ihr zunächst die Sprache verschlug. Aber sie faßte sich rasch wieder. »Wovon reden Sie?«

»Dachten Sie, wir hätten geglaubt, daß Bradley Culver die gestohlenen Sachen aus reiner Herzensgüte zurückgegeben hat?«

»Nein, das war nicht der Grund«, entgegnete sie kühl. »Er hat es aus Achtung vor dem Namen Hammond und vor Valcours Vergangenheit getan. Ich habe an sein Gewissen als Südstaaten-Gentleman appelliert – doch so etwas werden Sie wohl nie verstehen, Mr. Tannet.«

Er grinste bösartig. »Ein Mann wie Culver tut niemandem einen Gefallen, wenn er nichts dafür kriegt.«

Sie hielt den Atem an – nicht vor Zorn, sondern vor plötzlicher Angst. »Beweisen Sie Ihre Behauptungen – oder nehmen Sie das alles zurück. Sonst werde ich gerichtliche Schritte gegen Sie unternehmen.«

Tannet starrte sie verächtlich an. »Tun Sie's doch! Jeder auf dieser Insel weiß, warum er seine Beute zurückgegeben und Bowmans Haus angezündet hat.«

»Können Sie beweisen, daß Mr. Culver meinetwegen noch einmal hier war?« stieß Virginia hervor. »Wann soll das überhaupt gewesen sein?«

»Als er das Zeug zurückgebracht hat.«

Wäre Henry Tannet ein aufmerksamerer Beobachter gewesen, hätte er gemerkt, daß sie erleichtert aufseufzte. Er wußte also nichts, konnte nur Vermutungen anstellen. »Mr. Tannet«, sagte sie viel zuversichtlicher als noch vor einer halben Minute, »falls ich jemals Mitleid mit Ihnen hatte – jetzt ist es geschwunden. Sie werden mit Ihrem Laden Schiffbruch erleiden, und wenn Sie mir die Plantage nicht verkaufen, wird man sie Ihnen wegnehmen. Je früher Sie die Insel verlassen, desto besser. Leben Sie wohl, Sir.«

Mit hocherhobenem Kopf ging sie hinaus. Hätte sie einen Blick zurückgeworfen, wäre ihr der befriedigende Anblick eines Mannes geboten worden, der mit seiner Weisheit am Ende war und sich schluchzend über seinen Ladentisch beugte.

Während sie mit schnellen Schritten nach Hause ging, entschied sie, daß Culver nie mehr nach Valcour kommen durfte. Das war zu gefährlich, für sie und für ihn. Obwohl sie der Gedanke, ihn nie wiederzusehen, mit kalter Verzweiflung erfüllte ... Je öfter sie sich an ihn erinnerte, um so heißer wurde das Verlangen, in seinen Armen zu liegen.

Mühsam verdrängte sie diese Gefühle, als sie den Salon betrat und Elias von ihrer Unterredung mit Tannet erzählte. Sie erwähnte auch die beleidigenden Anspielungen, die der Mann auf ihre Beziehung zu Culver gemacht hatte.

Elias schüttelte den Kopf. »Reg dich nicht auf, das ist nur das letzte Aufbäumen eines Geschlagenen, der vor dem Ruin steht. Ich werde ihm gründlich die Meinung sagen. Jetzt habe ich kein Mitleid mehr mit ihm, auch nicht mit den anderen Dieben, die sich die Plantagen von Valcour angeeignet haben.«

»Ja, sprich mit ihm, dafür wäre ich dir dankbar.« Virginia setzte sich auf das Sofa und spürte, wie ihre innere Anspannung allmählich nachließ.

»Wie heißt eigentlich dieser faule Hausboy, der ständig in der Küche herumlungert?«

»Er hat sich vor ein paar Tagen selber einen Namen gegeben und wird nun Brandy gerufen.«

»Wenn wir so was hätten, würde ich sagen, daß er sich

regelmäßig damit vollaufen läßt.« Er ging zu dem Fenster mit Blick auf das Küchenhaus, um Brandy zu rufen. Der Junge kam sofort angelaufen, und Elias erklärte ihm: »Wenn du deinen Lebensunterhalt verdienen willst, mußt du dich ein bißchen mehr anstrengen.«

»Ich weiß nicht, was Sie meinen, Master.«

Elias starrte ihn mit gespielter Strenge an. »Lauf auf die Felder und hol Moses – so schnell du kannst.«

»Ja, Master, sofort, Master.« Brandy ging hinaus, machte aber keine Anstalten, seine Schritte zu beschleunigen.

»Was hast du vor?« fragte Virginia.

»Ich werde Tannet und den anderen Schmarotzern endgültig das Wasser abgraben.«

Moses ritt auf einem Maultier zum Haus, und Elias und Virginia gingen auf die Veranda.

»Trommle die Neger zusammen, Moses. Sie sollen sich in einer halben Stunde vor dem Haus versammeln. Ich muß ihnen etwas Wichtiges sagen, das ihnen sicher Freude bereiten wird.«

»Ja, Sir«, antwortete Moses sichtlich verwirrt, wagte aber nicht, nach Einzelheiten zu fragen.

Elias führte seine Frau in den Salon zurück. »Bevor die Schwarzen kommen, möchte ich noch etwas mit dir besprechen, Virgie. Du weißt doch, wie sehr ich mich über Phoebes Erfolg freue.«

Sie nickte und setzte sich wieder auf das Sofa, während er ihr gegenüber Platz nahm. »Ich bin auch sehr stolz auf sie.«

»Andererseits fürchte ich, daß Tom den Ruhm seiner Frau nicht verkraften kann – vor allem, weil er noch immer keine Arbeit gefunden hat. Außerdem ist er sehr eifersüchtig und engstirnig.«

Virginia hob erstaunt die Brauen. »Engstirnig?«

»Als die beiden von hier weggingen, sagte er mir, er wäre froh, daß sie jetzt nach New York kämen, wo man sich nicht um Phoebes Herkunft kümmern würde.«

»O Gott, wenn sie das jemals herausfindet ...«

»Ich glaube, sie hat bereits Verdacht geschöpft. In ihrem letzten Brief erwähnte sie, er hätte sie seinen Eltern noch nicht vorgestellt. Für mich ist das ein wichtiger Hinweis. Toms Vater nimmt in den politischen Kreisen von Neuengland eine bedeutende Stellung ein.«

Virginia fand keine Zeit mehr, um Fragen zu stellen, denn Moses kehrte zur Veranda zurück, gefolgt von mehr als hundert Männern. Sie begleitete ihren Mann wieder nach draußen. Die Neger schauten unbehaglich zu ihnen auf. Trotz der aufmunternden Worte, die ihnen Moses gesagt haben mußte, machten sie sich auf Schwierigkeiten gefaßt. Die Zeiten der Sklaverei waren noch nicht vergessen, und damals hatte man sie nur vor das Herrenhaus beordert, um sie zu bestrafen.

»Zuerst will ich euch sagen, daß Mrs. Birch und ich sehr zufrieden mit euren Leistungen sind. Bald werden wir die große Plantage außerhalb von Charleston wieder in Betrieb nehmen. Die meisten von euch kennen diese Felder, denn sie waren jahrelang im Besitz der Familie. Wir brauchen viele neue Leute, wenn wir sie wieder bebauen, mindestens sechshundert. Ihr sollt alle hierbleiben, denn auf dem Festland muß man viel härter arbeiten als auf Valcour, und dort benötigen wir nicht so erfahrene, gute Männer wie hier. Für eure Tüchtigkeit bekommt ihr ab dem Ersten dieses Monats fünfundsiebzig Cent pro Tag.«

Virginia hob eine Hand, um zu protestieren, ließ sie aber wieder sinken. Die Neger starrten Elias verständnislos an.

»Wir werden den Arbeitern auf der großen Plantage denselben Lohn zahlen«, fuhr er fort. »Viele Leute arbeiten für die Yankees und erhalten nur fünfundzwanzig Cent am Tag, bestenfalls fünfzig. Ich will, daß ihr ihnen von unserem Angebot erzählt. Wenn ihr genug Arbeiter für die Festlandplantage anheuert, bekommt jeder von euch eine Prämie von zehn Dollar – und zwar für jeden Mann, den ihr den Yankees abspenstig macht.«

Jetzt begannen sie zu grinsen und miteinander zu flüstern. Bald konnten sie sich nicht mehr zurückhalten. Sie brüllten und tanzten vor Freude.

Virginia umarmte und küßte ihren Mann. »Was für eine großartige Idee! So etwas wäre mir nie eingefallen.«

»Das haben sich die Nordstaatler selber zuzuschreiben. Nun werden ihnen alle Feldarbeiter davonlaufen. Fünfundsiebzig Cent am Tag – diesem Angebot kann niemand widerstehen.«

»Ohne die Schwarzen können die Yankees nicht einmal ein einziges Saatkorn auf ihre Felder streuen. Wir sind sie endgültig los. O Elias, wie soll ich dir nur danken?«

Er sah sie nachdenklich an. »Ich hätte einen Vorschlag.«

»Ja?« fragte sie lächelnd.

»Hol Nanine ins Haus zurück und sag Miles, daß er willkommen ist.«

Da erlosch ihr Lächeln sofort. »Du verlangst eine ganze Menge von mir.«

»Virgie, hör mir mal zu. Du hast mir erzählt, daß Nanine fast ihr ganzes Leben lang krank war. Während du dich als junges Mädchen vor Verehrern kaum retten konntest, mußte sie sich in ihrem Zimmer verkriechen. Jetzt ist sie zum erstenmal in ihrem Leben glücklich – und du könntest ihr Glück vollkommen machen, wenn du den Mann akzeptierst, den sie liebt.«

Virginia ging zu einem Korbstuhl und setzte sich. »Sie ist eine Verräterin.«

»So wie du«, erwiderte er und setzte sich neben sie.

»Wie meinst du das?«

Elias grinste. »Du hast einen Yankee geheiratet. Was glaubst du wohl, was deine Freunde dazu gesagt haben?«

»Zum Teufel mit ihnen!«

»Genausogut hätte Nanine sagen können: ›Zum Teufel mit dir!‹«

»Das hat sie getan«, entgegnete Virginia bitter, »wenn sie auch andere Worte benutzt hat ... Aber was noch viel wichtiger ist – wie kann sie den Mörder ihres Bruders lieben?«

»Miles hat Marty nicht ermordet. Wie oft soll ich dir das noch erzählen? Seine Sekundanten können es bezeugen, und Marty hat es mir kurz vor seinem Tod bestätigt. Miles wollte danebenschießen, und dein Bruder ist in die falsche Richtung gesprungen. Früher oder später mußt du die Wahrheit zur Kenntnis nehmen. Warum nicht jetzt gleich?«

»Weil ich nicht glaube, daß es die Wahrheit ist.«

»Ich werde dir sagen, was ich von der ganzen Sache halte, und dann werde ich das Thema ein für allemal fallenlassen, weil ich nur meinen Atem verschwende. Ich wünschte, ich wäre an jenem Morgen nicht zu Marty gegangen, um ihn zu drängen, diese verdammte Plantage zu verkaufen. Dazu hast du mich getrieben – weil du von dieser verdammten Insel besessen bist. Und es geht allmählich über meine Kraft – so sehr ich dich auch liebe.«

Sie seufzte tief auf. »Fangen wir doch nicht schon wieder zu streiten an, Elias ...«

»Nein, reden wir lieber über das Thema, das dir am wichtigsten ist«, schlug er müde und ohne jeden Sarkasmus vor. »Nachdem du dich bereit erklärt hast, die Festlandplantage zu übernehmen – wie stellst du dir alles Weitere vor?«

»Wir müssen sofort mit der Saat beginnen, dann können wir noch in diesem Jahr die erste große Ernte einbringen. Würdest du die Aufsicht führen, Elias? Du weißt bestens Bescheid über die Baumwollzucht und kannst gut mit den Schwarzen umgehen. Ich kümmere mich inzwischen um die Inselfelder.«

Er nickte. »Es gibt wohl keine andere Möglichkeit. Es wäre sträflicher Leichtsinn, einen Verwalter zu engagieren, den wir nicht kennen. Und deshalb werde ich es tun – so ungern ich mich auch von dir trenne.«

»Auch ich werde dich vermissen – und ich werde mich sehr einsam fühlen, wenn ich nur Mama zur Gesellschaft habe.«

»Du hast auch noch Nanine.«

»Liebling, bitte... Reden wir jetzt nicht mehr davon. Ich will in Ruhe darüber nachdenken, das verspreche ich dir.«

»Ich hoffe, du wirst so sehr unter deiner Einsamkeit leiden, daß du sie anflehen wirst, nach Willowbrook zurückzukommen.«

Sie wich seinem Blick aus. »Wir werden sehen...«

»Gut, lassen wir die Sache vorerst auf sich beruhen, und schmieden wir Pläne. Unsere Schwarzen werden die Arbeiter von den Yankee-Plantagen über unser Angebot informieren, und die werden morgen an unserer Landebrücke drängen und auf die Überfahrt nach Charleston warten. Die Neuigkeit, daß wir die große Plantage wieder bewirtschaften wollen, wird sich auf dem Festland wie ein Lauffeuer verbreiten. In Charleston treiben sich viele arbeitslose Exsklaven herum, ich kann mir also die besten Leute aussuchen. In einer Woche werden wir die Felder pflügen, dann lasse ich das abgebrannte Haus, die Nebengebäude und ehemaligen Sklavenhütten wieder aufbauen.«

»Du wirst viel zu tun haben.«

»Du nicht weniger. Sobald die Schwarzen den Yankees davongerannt sind, wird hier die Hölle los sein. Du mußt die Plantagen zurückkaufen, die Häuser instand setzen und die einstigen Besitzer auf die Insel holen.«

Virginia lächelte verträumt. »Und danach können wir endlich unser Leben genießen – und alles, was uns seit Kriegsbeginn vorenthalten wurde. O Elias, es waren schreckliche Jahre.«

»Ich werde alles tun, was in meiner Macht steht, damit du diese Zeit vergessen kannst.« Liebevoll legte er einen Arm um ihre Schultern und flüsterte ihr zärtliche Worte ins Ohr.

Sie schloß die Augen, gegen ihren Willen tauchte das Bild Bradley Culvers vor ihr auf, und sie überlegte sich, daß es weniger gefährlich wäre, ihn auf der Insel zu treffen, wenn Elias auf dem Festland wohnen würde...

16

Virginia vermißte Elias vor allem in ihren einsamen Nächten. Er war erst vor einer Woche nach Charleston gezogen, aber es kam ihr vor wie ein Monat. Sie hatte niemanden, mit dem sie reden konnte. Ihre Mutter, die immer noch um Marty trauerte, verließ ihr Zimmer nur, um sich zu beschweren, daß ihre alten Freunde und Nachbarn nicht schnell genug auf die Insel zurückkehrten und daß sie noch keine gesellschaftlichen Ereignisse für die Sommermonate planen konnte.

Manchmal war Virginia nahe daran, Nanine und den Mörder zu besuchen, den ihre Schwester gesund pflegen wollte. Doch dann brachte sie es doch nicht über sich. Sie führte auch keine ›zufällige‹ Begegnung herbei, wenn sie Nanine zu Belle ins Küchenhaus gehen und das Essen für Miles Rutledge holen sah. Belle war ihrer Missy Nan so treu ergeben wie eh und je, und Virginia bekam die feindselige Haltung der Köchin noch deutlicher zu spüren, seit sie sich mit ihrer Schwester zerstritten hatte.

Um sich die Zeit zu vertreiben, unternahm sie tagsüber lange Spaziergänge und redete sich ein, sie müßte die Plantagenhäuser inspizieren – was sich als überflüssig erwies, denn die Yankees hatten sie gut instand gehalten. Abends las sie, bis ihre Augen brannten. Oder sie überlegte, wie sie die Nordamerikaner noch schneller von der Insel vertreiben konnte. Doch sie mußte sich allmählich eingestehen, daß sie den Wiederaufbau Valcours zu seiner einstigen Größe nicht halb so sehnlich herbeiwünschte wie Elias' Heimkehr – oder Bradley Culvers nächsten Besuch... Nein, es war Elias, den sie liebte, in dessen Armen sie liegen wollte. Nie zuvor war sie so rastlos, so unzufrieden gewesen. Schließlich hielt sie es nicht mehr aus, lief in ihr Zimmer und packte eine kleine Reisetasche. Dann schrieb sie einen kurzen Brief an ihre Mutter. Als sie ihn auf ein Tischchen in der Halle legen wollte, hörte sie hastige Schritte in der Küche. In der Hoffnung, Nanine wäre gekommen, lief sie durch den kurzen Verbindungsgang zum Nebenhaus. Falls meine Schwester wirklich da ist, werde ich so tun, als hätte ich mit Belle sprechen wollen, nahm sie sich vor.

Zu ihrer tiefen Enttäuschung traf sie nur die Negerin an, die eifrig in einer Schüssel rührte. »Was machst du denn da?«

»Ja, was mache ich wohl? Einen Eierflip für Master Miles! Und da tu' ich auch Brandy rein, damit er besser schlafen kann.«

»Brandy?« erwiderte Virginia ungeduldig. »Wir haben doch gar keinen.«

»O doch, Missy Neunmalklug! Zwei feine Herren haben eine ganze Kiste aus Charleston mitgebracht, Freunde von Master Miles. Sie meinten, das würde ihm guttun. Natürlich kann ich das Zeug nicht hier verwahren, sonst würde Brandy, dieser Taugenichts, alles in sich hineinschütten. Deshalb trag ich's immer ins Hospital zurück, wenn ich's nicht mehr brauche.« Belle griff nach einer Flasche, die neben ihr auf dem Tisch stand, entkorkte sie und goß eine großzügige Portion in ihre Rührschüssel.

Virginia legte den Brief auf den Tisch. »Gib das Mama, wenn sie morgen herunterkommt. Ich fahre zum Festland hinüber.«

Belle steckte den Brief in ihre Schürzentasche. »Und wohin auf dem Festland?«

»Zur Plantage natürlich ... Nicht, daß ich dir eine Erklärung schuldig wäre! Du wirst von Tag zu Tag unverschämter.«

Belle stellte die Schüssel mit dem Eierflip auf ein Tablett. »Nicht so unverschämt wie Sie, Missy – Sie, die Ihrer Schwester einfach verbieten, den netten Master Miles ins Haus zu bringen ...«

Virginia konnte sich nur mühsam beherrschen. »Du weißt, warum«, erwiderte sie tonlos. »Und da du ohnehin hinausgehst, um deinem kostbaren Master Miles das Tablett zu bringen – sag einem Neger, er soll mich nach Charleston rudern.« Abrupt wandte sie sich ab und eilte in die Halle, um ihre Reisetasche zu holen. Dann verließ sie das Haus.

Auf dem Kai von Charleston angekommen, stieg sie in einen Mietwagen und ließ sich zur großen Plantage fahren. Sie bat den Kutscher, am Rand der Felder anzuhalten. Dann bezahlte sie ihn. Von einem Neger alarmiert, kam ihr Mann angelaufen – verschwitzt, mit zerzaustem Haar, die Stiefel von der Feldarbeit beschmutzt. Schluchzend warf sie sich in seine Arme.

»Stimmt was nicht?« fragte er erstaunt. »Ich hatte dich nicht erwartet.«

»Ich habe diese schreckliche Einsamkeit nicht mehr ertragen, Elias, ich liebe dich so sehr, und ich mußte dich einfach sehen. Nur deshalb bin ich hier. Freust du dich nicht?«

Er lächelte. »Ich freue mich so sehr, daß ich es gar nicht in Worte fassen kann. Auch ich war einsam, aber die harte Arbeit hat mich ein bißchen von meinem Trennungsschmerz abgelenkt. Hast du schon zu Mittag gegessen?«

»Nein. Wie verpflegst du dich denn hier draußen?«

»Ich habe eine Köchin und einige Küchenmädchen eingestellt, und als Küche dient uns ein großes Zelt. Komm, ich zeige es dir.«

Er legte einen Arm um ihre Taille und führte sie einen neuangelegten Weg hinab, vorbei an den verrußten Schornsteinen des Plantagenhauses, das die Unionstruppen niedergebrannt hatten. Sie blieben kurz stehen, und Elias berichtete: »Ich habe bereits einen Architekten beauftragt, die Baupläne für das neue Haus zu zeichnen. Es soll genauso aussehen wie das alte, und da wir ein paar Grundrisse und Bilder gefunden haben, läßt es sich mühelos rekonstruieren. Das ist dir doch recht? Ich bin nicht mehr dazu gekommen, dich um deine Meinung zu fragen.«

»Natürlich ist es mir recht, Liebling. Es wird einfach wunderbar sein, den Wiederaufbau dieses herrlichen Hauses zu beobachten. Bald wird es wieder in seiner alten Pracht glänzen. Dann können wir jedes Jahr mehrere Monate hier verbringen. Ich war immer sehr gern auf der großen Plantage, vor allem im Winter, wenn Papa großartige Feste veranstaltet hat.«

»Bald wird es wieder genauso sein wie in früheren Zeiten.« Er küßte sie liebevoll, und ihre Lippen zitterten vor Verlangen. Er sah ihr tief in die Augen, und sein Blick schien die Andeutung eines Versprechens zu enthalten, als sie zu dem großen Zelt weitergingen, in dem mehrere Tische standen.

Die Köchin sah aus wie Belles Zwillingsschwester, war aber sehr freundlich und sichtlich bemüht, den Herrschaften alles recht zu machen.

»Sie heißt Eliza«, erklärte Elias. »Früher hat sie als Sklavin auf den Feldern der großen Plantage gearbeitet. Sie kann sich noch gut an dich erinnern, Virgie.«

»Sicher nicht allzugern. Ich war ein furchtbar eigensinniges, hochnäsiges Kind.«

»Das bist du immer noch – genau der Typ, der einen Mann zum Wahnsinn treibt. Was ist mit Nanine?«

Sie schüttelte den Kopf. »Ich habe darüber nachgedacht, aber ich kann nicht nachgeben. Vielleicht später, wenn ich über Martys Tod hinweggekommen bin ... Außerdem würde Mama ihr niemals erlauben, ins Haus zurückzukehren, wenn sie sich nicht von Miles trennt.«

»Das ist grausam.«

»Bitte, laß uns nicht streiten.«

Eliza servierte eine Schweinefleischpastete, die Virginia genausogut schmeckte wie der Apfelkuchen, den es zum Dessert gab. »Bekommen die Arbeiter das gleiche Essen?« fragte sie.

Elias nickte. »Ich probiere eine neue Methode aus. Das Experiment, das die Unionstruppen auf Valcour durchführten, funktionierte nicht, und deshalb will ich's anders machen. Wenn man die Neger freiläßt und ihnen einen kargen Tageslohn zahlt, faulenzen sie. Das haben wir inzwischen festgestellt. Ich glaube, daß sie sich viel mehr anstrengen werden, wenn sie höhere Löhne und ein anständiges Essen bekommen.«

»Hoffentlich hast du recht«, meinte Virginia skeptisch.

»Das ist schon jetzt erwiesen. Hier leisten wir dreimal soviel wie auf der Insel. Die Leute sind glücklich. Sie haben zwar nicht viel Geld, aber volle Bäuche, und sie zeigen ihre Dankbarkeit, indem sie einen Feuereifer an den Tag legen. Wann immer jemand in seinen Bemühungen nachläßt, wird er von den anderen angetrieben.«

»Das hört sich vielversprechend an.« Virginia schob ihren leeren Dessertteller beiseite. »Wo schlafen wir denn?«

Elias hob verwundert die Brauen. »Willst du hier übernachten?«

»Glaubst du, ich habe den weiten Weg auf mich genommen, um nur eine Stunde mit dir zu verbringen, Liebling? Ich sehne mich nach dir – und deiner Liebe.«

»Ich habe das alte Sklavenhospital, das die Unionssoldaten niederzubrennen vergaßen, einrichten lassen – aber es ist sehr primitiv. Wenn ich gewußt hätte, daß du kommst...«

Virginia legte einen Finger auf seine Lippen. »Liebling, wenn du bei mir bist, wird es mir wie ein Palast vorkommen. Übrigens, ich mache mir gern die Hände schmutzig und will dir einen Teil von deiner Arbeit abnehmen.«

Er grinste erfreut. »Du könntest die Bücher durchsehen – die Lohnlisten und die Rechnungen für die Lebensmittelvorräte. Dabei brauchst du dir die Hände nicht schmutzig zu machen, aber es wäre mir trotzdem eine große Hilfe, da ich fast den ganzen Tag auf den Feldern verbringe.«

»Gut, dann zeig mir, was ich machen soll.«

Sie erschauerte, als sie ihren Mann zu dem alten Sklavenhospital begleitete, mit dem sie keine schönen Erinnerungen verband. In bitteren Kriegsjahren hatte sie dort mit ihrer Familie Zuflucht gesucht. Damals hatte sie das häßliche Gebäude gehaßt, und sie konnte auch jetzt keine wärmeren Gefühle dafür aufbringen.

In der Mitte des großen Raumes stand ein alter Tisch, den sie als Schreibtisch benutzen würde. Das alte Messingbett in der Ecke war offenbar in den Ruinen irgendeines abgebrannten Hauses gefunden worden. Es war mit frischem Leinen bezogen, mit neuen Decken und neuen Kissen ausgestattet. Mehrere Kerosinlampen, im ganzen Raum verteilt, würden abends genug Licht spenden.

Virginia wandte sich zu ihrem Mann. »Ich finde mich schon allein zurecht. Geh wieder an die Arbeit – und komm so bald wie möglich zurück.«

Als er gegangen war, setzte sie sich an den Tisch, öffnete die Aktenmappen, studierte Rechnungen und Pläne für das neue Haus und die Arbeitseinteilung auf den Feldern. Sie mußte zugeben, daß Elias großartige Arbeit geleistet hatte.

Sie arbeitete, bis es dunkel wurde, dann zündete sie die Lampen an und packte ihre Reisetasche aus. Später ging sie in das Küchenzelt, um heißes Wasser zu holen und Eliza zu bitten, ihr das Abendessen ins alte Hospital zu bringen.

Wieder in ihrem Quartier angekommen, zog sie sich aus, wusch sich und betupfte ihre Haut mit kostbarem Eau de Toilette. Sie schlüpfte in ein dünnes Baumwollnachthemd und einen Morgenmantel, dann bürstete sie ihr Haar, bis es glänzte. Ich wachsender Erregung blickte sie der kommenden Nacht entgegen.

Bald darauf erschien Elias, schweißüberströmt, schmutziger denn je und glücklich über das Bad, das sie für ihn vorbereitet hatte. Während er in dem alten Holzbottich saß, legte sie ein frisches Nachthemd für ihn heraus. Nachdem er aus dem Bottich gestiegen war und sich abgetrocknet hatte, zog er mit einem dankbaren Lächeln das saubere Hemd und einen karierten Schlafrock an.

Eliza und zwei Küchenmädchen brachten das Tablett mit dem Dinner. Während des Essens hörten sie die Schwarzen singen und tanzen, zum Rhythmus ihrer Banjos. Virginia seufzte zufrieden auf. »Heute abend ist es genauso wie früher, Elias – und fast so, als hätte es nie einen Krieg gegeben. Papa ging abends oft hinaus, um sich die Lieder der Sklaven anzuhören, und er meinte, es gäbe auf der ganzen Welt kein musikalischeres Volk ... Elias! Elias?«

Er fuhr auf, schüttelte den Kopf und lachte verlegen. »Entschuldige – ich bin eingenickt. Was hast du gesagt, Liebling?«

Sie lächelte verständnisvoll. »Du brauchst dich nicht zu entschuldigen. Kein Wunder, daß du nach diesem langen Arbeitstag müde bist. Iß deinen Teller leer, und dann geh ins Bett.«

Sobald sein Kopf das Kissen berührte, schlief er ein. Virginia beobachtete ihn und begann zu fürchten, daß ihn nicht einmal ein Kanonenfeuer wecken könnte. Sie legte sich zu ihm, küßte ihn zärtlich, doch er rührte sich nicht. Langsam strich sie über seine Stirn, seine Wangen, schob ihre Hand unter sein Nachthemd, streichelte seine Schultern, seine kräftige Brust. Er zeigte noch immer keine Regung – nicht einmal, als sie ihre Lippen voller Leidenschaft auf die seinen drückte.

Sie drehte sich enttäuscht auf den Rücken. Nach einer Weile erhob sie sich, schlüpfte in ihren Morgenmantel und verließ das Haus. Sie wanderte ein Stück den Weg entlang, bis sie von der nächtlichen Kälte ins alte Hospital und ins Bett zurückgetrieben wurde. Um sich zu wärmen, schmiegte sie ihren Körper fest an Elias, der noch immer keine Reaktion erkennen ließ. Schließlich schlief sie vor Erschöpfung ein.

Sie verbrachte eine unruhige Nacht, wachte immer wieder auf und erkannte letzten Endes, daß es sinnlos wäre, noch länger hierzubleiben. Jeder weitere Abend würde genauso verlaufen wie der vergangene. Elias konzentrierte alle seine Kräfte auf die Plantage. Das war zwar dankenswert, aber sehr schmerzlich für sie. Was sie immer schon geahnt hatte, wußte sie jetzt. Sie war eine Frau, die ohne die Liebe eines Mannes nicht leben konnte, zumindest nicht ohne körperliche Liebe.

Während sie im Morgengrauen frühstückten, erklärte sie Elias, daß sie noch am selben Tag nach Valcour zurückkehren wolle. »Ich möchte dich nicht von der Arbeit abhalten, und dieses alte Hospital ist wirklich nicht besonders komfortabel.«

Falls sie auf einen Protest gehofft hatte, wurde sie erneut enttäuscht. Elias war sofort einverstanden. »Ich hätte keine Minute Zeit für dich, weil ich den ganzen Tag auf den Feldern bleiben muß. In einem Monat ist das Schlimmste überstanden, dann brechen wieder bessere Zeiten an.«

»Darauf freue ich mich schon. Und in der Zwischenzeit habe ich auch eine Menge zu tun – vor allem, wenn die Plantagenhäuser renoviert werden. Auch das ist ein Grund, warum ich nicht bei dir bleiben kann. Außerdem will ich Mama nicht so lange allein lassen.«

»Und Nanine?«

»Ich vermisse sie«, gab Virginia zu, »aber ich kann diesen Mann nicht in meinem Haus dulden.«

»Sei doch nicht so herzlos!«

Virginia seufzte. »Du findest mich gräßlich, nicht wahr?«

»Du bist eine schöne, begehrenswerte Frau, und du weißt, wie leidenschaftlich ich dich liebe.«

Sie lächelte gezwungen, dachte an die letzte Nacht und ihre vergeblichen Versuche, sein Verlangen zu wecken.

»Vergiß nicht, daß Nanine erst jetzt die Liebe kennengelernt hat. Vorher ist ihr kein einziger Mann begegnet, der ihre Qualitäten zu schätzen wußte. Gib ihr doch zu verstehen, wie sehr du dich über ihr Glück freust. Dies ist ihre erste Liebe – und vielleicht eine Liebe, die niemals Erfüllung finden wird.«

»Wie meinst du das?«

»Miles ist sehr krank. Versetz dich doch einmal in die Lage der beiden.«

Virginia senkte den Kopf. »Jetzt hast du mich nachdenklich gemacht.«

Sie umarmten und küßten sich zärtlich, bevor Elias auf die Felder ging. Virginia packte ihre Sachen und ließ sich von einem jungen Neger in einem unkomfortablen Heuwagen nach Charleston bringen.

Plötzlich irritierte sie der Gedanke, nach Valcour zurückzukehren. Der Besuch bei Elias hatte ihre innere Unruhe nur noch verstärkt. Sie fürchtete sich vor ihrem einsamen Inselleben, und so beschloß sie, noch eine Weile in der Stadt zu bleiben. Sie quartierte sich in einem Hotel ein, nahm ein ausgedehntes Bad und zog ein sauberes Kleid an. Danach machte sie einen Einkaufsbummel. Glücklicherweise hatte sie keine finanziellen Probleme mehr. Dafür mußte sie Miles Rutledge danken, der die dreiunddreißigtausend Dollar nicht zurückverlangt und die Plantage wieder den Hammonds überschrieben hatte.

Während sie in der spärlich bestückten Schuhabteilung eines großen Warenhauses stand, wurde ihr zum erstenmal bewußt, daß nur Nanines Name auf der Übertragungsurkunde stand. Sie war so glücklich über seine Großzügigkeit gewesen, deshalb hatte sie das nur am Rande wahrgenommen. Ihrem Mann war es bestimmt aufgefallen. Vielleicht hatte er sie nicht darauf aufmerksam machen wollen, um ihr Ärger und Sorgen zu ersparen. Was Miles zu diesem Schritt bewogen hatte, war leicht zu durchschauen. Damit wollte er Virginia zwingen, sich mit ihrer Schwester zu versöhnen und ihn zu akzeptieren – denn ohne ihn wäre Nanine niemals bereit, mit ihr Frieden zu schließen.

Unsanft wurde sie aus ihren Gedanken gerissen, als sie ein kleiner, schäbig gekleideter Mann anrempelte. Vielleicht war es unabsichtlich geschehen, doch das bezweifelte Virginia. Sie erstand ein paar Schuhe, dann verließ sie das Warenhaus, um ein Modegeschäft aufzusuchen. Sie hoffte, ein passendes Kleid für Mama zu finden, die täglich jammerte, weil sie nichts Neues zum Anziehen besaß.

Auf der Straße sah sie den kleinen Mann wieder. Diesmal konnte es kein Zufall sein. Ein vages Angstgefühl stieg in ihr auf. Womöglich hatte Ben Bowman dieses Individuum auf ihre Fährte gesetzt, um sie beobachten zu lassen ... Vielleicht sollte sie sich an Captain Delaney wenden. Wenn sie ins Unionshauptquartier ging und der kleine Mann ihr folgte, könnte man ihn festnehmen ...

Doch dann vergaß sie ihn, denn das Schaufenster des Modegeschäfts faszinierte sie. Sie verbrachte eine ganze Stunde in dem Laden, und als sie wieder herauskam, war sie mit so vielen Paketen beladen, daß sie einen Wagen mieten mußte.

An einer Kreuzung zügelte der Kutscher die Pferde, um zwei schwere Lastkarren vorbeizulassen, und da fiel Virginias Blick plötzlich wieder auf den kleinen Mann. Er rannte geradewegs auf den Mietwagen zu. Sie öffnete den Mund, um zu schreien, doch er tat nichts weiter, als ihr ein schmutziges Kuvert in die Hand zu drücken. Dann verschwand er wieder zwischen den Passanten.

Sie öffnete den Brief nicht – sie wußte, von wem er stammte, und ihre Nervosität, die während ihres Einkaufsbummels keineswegs verflogen war, wuchs. Nachdem sie ihre Reisetasche aus dem Hotel geholt hatte, ließ sie sich zum Hafen bringen und mietete ein Boot. Während der Überfahrt spielte sie unaufhörlich mit dem ungeöffneten Brief, machte sogar einen Ansatz, ihn ins Wasser zu werfen, besann sich aber im letzten Augenblick doch anders. Schließlich ließ sie sich von ihrer Neugier besiegen und riß den Umschlag auf.

›Meine Liebste, heute abend um neun Uhr erwarte ich Dich im alten Peitschenschuppen, dem wir gemeinsam einen neuen Namen geben werden. Enttäusche mich nicht. B. C.‹

Virginia zerriß das Papier in kleine Fetzen und ließ sie vom Wind davontragen. Mit fest zusammengekniffenen Augen verfluchte sie Elias, der es in der vergangenen Nacht versäumt hatte, sie in die Arme zu nehmen. Wenn irgend etwas geschehen sollte ... Nein, sie würde nicht zu dem alten Verschlag gehen. Sie überlegte sogar, ob sie dem Kommandanten der Unionstruppen in Charleston mitteilen sollte, daß Bradley Culver heute abend nach Valcour kommen würde. Doch diesen Gedanken verwarf sie wieder. Wie sollte sie Delaney erklären, woher sie das wußte.

Lenore kam in die Halle herunter, um ihre Tochter zu begrüßen. Geistesabwesend übergab ihr Virginia die Pakete aus dem Modegeschäft. Ihre Mutter bedankte sich mit einem Kuß und eilte sofort wieder nach oben, um die beiden neuen Kleider anzuprobieren. Es waren Konfektionsmodelle, eine Neueinführung, die Lenore vor dem Krieg entrüstet von sich gewiesen hätte. Dafür entsprachen sie der neuesten Mode und standen ihr ausgezeichnet. Beim Dinner führte sie eine ihrer neuen Roben vor.

»Ich hatte Glück, Mama«, berichtete Virginia. »Es gab nur fünf Kleider im ganzen Laden, und diese beiden waren die einzigen in deiner Größe.«

»Sicher hast du Unsummen dafür bezahlt.«

»Das werde ich dir nicht sagen, denn wenn du über die hohen Preise jammerst, ermüdest du mich unsäglich, vor allem seit wir im Geld schwimmen.«

»Tun wir das? Davon hatte ich keine Ahnung, denn mir erzählt man ja nichts ...«

»Miles Rutledge hat einen beträchtlichen Preis für die Festlandplantage bezahlt.«

»Erwähne seinen Namen nicht in diesem Haus! Du weißt, was ich für den Mörder deines Bruders empfinde.«

»Das weiß ich, aber du mußt zur Vernunft kommen, Mama. Rutledge hat die Plantage Nanine übereignet, und ohne ihre Zustimmung können wir sie nicht in Betrieb nehmen.«

»Wieso muß sie uns ihre Zustimmung geben? Die Plantage gehört doch uns.«

»Dem Gesetz nach nicht. Außerdem glaube ich, daß wir Nanine lange genug bestraft haben. Wenn wir zu weit gehen, könnte sie sich gegen uns stellen, dann müßtest du auf neue Kleider und Schuhe und Schokoladenkuchen verzichten.«

»Ich werde diesen Mann nicht in mein Haus lassen.«

»Es wird dir nichts anderes übrigbleiben, Mama – weil Nanine ihn liebt.«

Lenore runzelte entrüstet die Stirn. »Nanine soll diesen Mörder lieben? Das ist doch lächerlich!«

»Keineswegs. Vielleicht nimmt er sie mit nach New Orleans. Und was soll dann aus der großen Plantage werden? Wir sollten uns mit ihr versöhnen – und hoffen, daß sie uns verzeihen wird. Wir haben sie nämlich äußerst ungerecht behandelt. Das hat mir Elias endlich klargemacht.«

»Nun ...« Lenore zögerte. »Nanine ist meine Tochter, und

ich liebe sie. Aber dieser Mann unter meinem Dach – niemals!«

Virginia seufzte. »Denk darüber nach – aber laß dir nicht zuviel Zeit damit.«

»Nun hast du mir die ganze Freude an meinen neuen Kleidern verdorben, Virgie«, jammerte ihre Mutter. »Also wirklich, ich begreife dich nicht, und ich werde dich nie begreifen.«

Nach dem Dinner ging Virginia sofort in ihr Zimmer hinauf und legte sich auf das Bett – wütend auf sich selbst, auf Lenore, auf Elias und vor allem auf Bradley Culver. Lange konnte sie nicht still liegen, sie war zu nervös, zu erregt, und so lief sie wieder nach unten, ließ sich ein Pferd satteln und galoppierte stundenlang über die Insel.

Um acht Uhr aß sie allein zu Abend, weil sich Lenore weigerte, ihr Zimmer zu verlassen. Danach ging sie zu Bett, warf sich rastlos herum und fand keinen Schlaf, obwohl sie müde war von der Reise und dem langen Ritt. Sie preßte ihre Hände gegen die heiße Stirn, doch das erlöste sie nicht von ihrer Unruhe.

Schließlich sprang sie wieder aus dem Bett, riß sich das Nachthemd vom Leib, schlüpfte in ein seidenes Negligé, das sie großzügig mit Eau de Toilette besprühte, und steckte die Füße in Pantoffel mit weichen Sohlen. Lautlos schlich sie die Treppe hinab, verließ das Haus und schloß leise die Tür hinter sich. Während sie den Weg entlang lief, der zum Peitschenschuppen führte, schaute sie sich immer wieder um. Sie wollte sich vergewissern, ob sie nicht beobachtet wurde. Im Zimmer ihrer Mutter brannte kein Licht mehr, und das alte Hospital, in dem Nanine und Miles Rutledge lebten, war hinter Bäumen verborgen.

Atemlos erreichte sie den Schuppen, griff nach dem Lederriemen, mit dessen Hilfe man die Tür aufziehen konnte, und ging hinein. Sie wußte sofort, daß er da war. Virginia blieb im Licht eines Mondstrahls stehen, der durch das Dach hereinfiel. Langsam knöpfte sie ihr Negligé auf, und voller Begierde zeigte sie ihre Nacktheit. Sie hörte, wie er den Atem anhielt, dann lag sie in seinen Armen und spürte seinen nackten Körper.

Auf dem Boden lagen mehrere Decken übereinander, und er ließ sie behutsam darauf gleiten, ohne seine Lippen von den ihren zu lösen. Sie streckten sich auf dem provisorischen Bett aus, und Virginia wurde augenblicklich und etwas unsanft von der schmerzhaften inneren Anspannung befreit, die sie seit dem Morgengrauen, seit ihrem Abschied von Elias quälte.

Sie wußte nicht, wie lange sie schon in dem dunklen Schuppen lag. Und es war ihr auch völlig gleichgültig. Sie wäre nicht einmal aufgestanden, wenn ihr Elias mit einer Laterne ins Gesicht geleuchtet hätte.

»Ich wußte, daß du kommen würdest«, flüsterte er und bedeckte ihre Schulter mit Küssen. »Soll ich eine Lampe anzünden?«

»Bitte nicht. Das Mondlicht ist so schön. Warum wußtest du, daß ich kommen würde?«

»Weil ich dich schon ein paarmal geküßt habe. Du hast mich genauso begehrt wie ich dich, das konntest du nicht verbergen.«

»Wie hast du herausgefunden, daß ich in Charleston war?«

»Ich habe überall Leute postiert, die für mich arbeiten. Eine brutale, faule Bande, nur zu Raubzügen zu gebrauchen – und als Frauenschänder...« Bradley Culver grinste spöttisch. »Ich habe sie beauftragt, nach dir Ausschau zu halten. In meinem Auftrag haben sie auch die Insel beobachtet und gesehen, wie du gestern nach Charleston gefahren bist. Vermutlich ist Mr. Birch kein besonders aufmerksamer Ehemann – oder er mißachtet deine Wünsche.«

»Elias arbeitet sehr hart. Als er gestern abend neben mir lag, schlief er ein...« Virginia lachte leise. »Liebst du mich, Bradley, oder bin ich nur eine Eroberung für dich – wie jede andere?«

»Meine Liebste, ich bin dazu verdammt, mit einem Strick um den Hals zu sterben, wenn mich nicht zuvor die Kugel eines Häschers niederstreckt. Ich muß mir nehmen, was ich finden kann. Aber eins schwör ich dir – es wird nie wieder so sein wie früher, nicht nach dieser Nacht mit dir.«

Sie war nicht gekränkt. »Ich liebe dich auch nicht. Ist das nicht seltsam?«

»Keineswegs. Als wir uns an jenem Tag im Wald zum erstenmal sahen, als sich unsere Körper zum erstenmal berührten, fühlten wir uns sofort zueinander hingezogen. Gib doch zu, daß du mich genauso haben wolltest wie ich dich.«

»Ja, ich gebe es zu. Oh, was für eine Hure ich bin! Ich wollte dich haben – aber das merkte ich erst, als ich deinen Brief bekam.«

»Du wußtest es schon vorher, aber du hast dagegen angekämpft.«

»Das stimmt«, gestand sie, »aber ich habe die Schlacht verloren – und das mit Freuden, wie ich hinzufügen muß.«

»Wirst du wiederkommen?«

»Wann immer du willst – vorausgesetzt, daß uns beiden keine Gefahr droht. Es wäre mir gar nicht recht, wenn sie dich erwischen würden.«

»Warum interessiert dich das? Du liebst mich nicht, und eine Frau wie du findet immer wieder einen Mann, der ihr Verlangen stillen kann.«

»Verdammt, ich brauche dich... Ich werde dich immer brauchen, und ich weiß sehr gut, was das bedeutet und wie es enden wird, wenn man uns ertappt.«

»Das läßt sich vermeiden, denn ich weiß immer, wann ich einen Besuch auf der Insel riskieren kann. Wie kommst du mit Miles Rutledge zurecht?«

»Ich verabscheue ihn!« stieß Virginia hervor. »Kennst du den Mann?«

»Ich habe mir schon überlegt, ob ich ihn entführen soll«, entgegnete Bradley. »Soll ich dir Rutledge vom Hals schaffen?«

»Nein!« rief sie erschrocken. »Wenn du ihm was antust, will ich dich nie wiedersehen. Was weißt du von ihm?«

»Nicht viel. Am wichtigsten erscheint mir die Tatsache, daß er steinreich ist, vermutlich der einzige Millionär, den die geschlagene Konföderation produziert hat. Er war nie verheiratet, immer krank, hat niemanden. Alle seine Verwandten sind tot. Und was ihn selber noch am Leben erhält, weiß ich nicht. Er sah schon immer aus wie eine lebende Leiche.«

»Hast du irgend etwas Nachteiliges über ihn erfahren?«

»Nein. Er genießt einen beneidenswerten Ruf. Und wie ich höre, soll er einen brillanten Verstand besitzen. Wenn er noch eine Weile am Leben bleibt, wird er sicher eine zweite Million verdienen.«

»Das wäre alles, was ich über Rutledge wissen möchte. Und jetzt erzähl mir von dir.«

»Da gibt's nicht viel zu erzählen. Mein Vater ist tot, meine

Mutter lebt in einer kleinen Stadt in Maryland. Es geht ihr recht gut, und sie hat wahrscheinlich keine Ahnung, was ich treibe. Sonst habe ich keine Verwandten. Als ich erwachsen war, ging ich nach West Point, und dort blieb ich, bis ich merkte, daß bald ein Krieg ausbrechen würde. Da kehrte ich nach Hause zurück und diente mich in der Konföderierten-Armee bis zum Colonel hoch. Wäre der Krieg nicht so früh zu Ende gegangen, hätte ich vielleicht noch einen oder zwei Ränge geschafft. Ich war ein guter Soldat. Das ist so ungefähr das einzige, worauf ich stolz sein kann.«

»Warum bist du jetzt ein Räuber?«

»Der Krieg hat mir großen Spaß gemacht. Es ist ein großartiges Gefühl, wenn man eine Waffe in der Hand hält und sich an einen Mann heranschleicht, den man töten will – und es ist unheimlich aufregend, eine Tür aufzubrechen, ein Haus auszurauben, niederzubrennen, Menschen zu töten ... Das ist so ähnlich wie das, was wir soeben taten, Virginia. Es erleichtert mich, und es erfüllt mich mit unbeschreiblicher Freude. Ich kann es nicht genau beschreiben, aber – ich weiß, daß ich es genauso brauche wie dich.«

»Ich werde mir Sorgen um dich machen.«

»Tu das nicht. Mein Ende ist vorbestimmt. Und wenn meine letzte Stunde schlägt, werde ich es hinnehmen – wie ein Mann.«

»Dann sage ich lieber, daß ich dich vermissen werde.«

»Das ist besser – viel besser. Komm näher zu mir. An diese Nacht will ich mich immer erinnern. Du bist so leidenschaftlich und schön, voller Lebenskraft und Mut – genau wie ich. Ich werde dich niemals lieben – aber ich werde dich anbeten und begehren wie sonst nichts auf dieser Welt.«

Sie schmiegte sich an ihn, überließ sich seiner fast brutalen Lust und genoß jeden einzelnen Augenblick. Später wußte sie nicht mehr, wie oft sie sich vereint hatten – sie wußte nur, daß sie sich noch nie so hemmungslos hingegeben hatte und nie zuvor eine so vollkommene Erfüllung gefunden hatte.

17

Virginia zögerte kurz, hob eine Hand, um an die Tür des alten Sklavenhospitals zu klopfen, und ließ sie wieder sinken. Sie wandte sich ab, drehte sich wieder um, und in der nächsten Sekunde klopfte sie energisch gegen das Holz, bevor sie sich wieder anders besinnen konnte.

Nanine öffnete die Tür und hob erstaunt die Brauen. »Was willst du?« fragte sie mit ruhiger Stimme. Ihr Blick verriet deutlich, daß sie keinen Finger breit von ihrem Standpunkt abweichen würde.

Virginia suchte vergeblich nach Worten. Langsam hob sie die Arme. Nanine schaute sie verwundert an, dann umarmten sich die beiden Schwestern, lachend und weinend.

»Virgie, Virgie ich habe dich so vermißt!« flüsterte Nanine.

»Bestimmt nicht mehr als ich dich. Ich bin gekommen, um mich zu entschuldigen und einzugestehen, daß ich unrecht hatte. Es hat lange gedauert, bis ich das begriffen habe – und noch länger, bis ich es akzeptieren konnte. Bitte, verzeih mir, Nan.«

»Jetzt, wo du da bist, gibt es nichts mehr zu verzeihen.« Nan ließ ihre Schwester los und wischte sich die Tränen aus den Augen. »Komm doch herein.«

Virginia betupfte sich die Augen mit einem Taschentuch, dann ging sie Arm in Arm mit Nanine in das Zimmer, wo Miles Rutledge in einem großen Lehnstuhl saß, von mehreren Decken umhüllt. Auf seinem Kopf saß eine Strickmütze, und er kam Virginia dünner vor denn je. Obwohl es ihr nicht leichtfiel, brachte sie ein Lächeln zustande. Miles sah sehr krank aus.

»Danke, Virginia«, sagte er leise. »Um diesen Tag habe ich gebetet.«

Sie ging zu ihm, beugte sich hinab und küßte seine Wange. »Ich muß Sie um Verzeihung bitten, Miles. Und ich danke Ihnen, weil Sie mich empfangen – obwohl ich in all den Monaten nicht bereit war, Ihre Existenz zu akzeptieren.«

»Ihr beiden habt euch meinetwegen die Herzen aus der Brust gerissen. Als ich sah, wie ihr euch vor der Tür umarmt habt, war ich so glücklich. Ich hoffe, diese Versöhnung ist endgültig.«

»Jetzt vertragen wir uns bis ans Ende unserer Tage«, beteuerte Nanine.

»Fühlen Sie sich wohl auf Valcour, Miles?« fragte Virginia.

»Da diese bezaubernde Frau stets an meiner Seite ist, dürfen Sie nicht daran zweifeln. Bitte, verzeihen Sie, wenn ich nicht aufstehe, Virginia...«

»Bitte, bemühen Sie sich nicht!« unterbrach sie ihn hastig. »Ich werde mich setzen, wenn ich auch nicht lange bleiben kann.« Sie nahm ihm gegenüber Platz, auf einem schlichten Stuhl mit gerader Lehne. Nanine stellte sich neben ihn und legte einen Arm um seine Schultern. »Ich bin froh, daß ich gekommen bin«, fuhr Virginia fort. »Elias erklärte mir, ihr beide würdet euch lieben... Zunächst war ich natürlich wütend«, gestand sie mit einem verlegenen Lächeln. »Aber jetzt freue ich mich.«

»Danke, Virgie«, sagte Nanine gerührt.

»Mittlerweile habe ich auch gelernt, die Wahrheit zu akzeptieren. Ich weiß nun, daß Miles unseren Bruder nicht töten wollte. Marty hat Elias kurz vor seinem Tod erzählt, er wäre in die Schußlinie gesprungen, als sein Gegner danebenzuschießen versuchte. Jetzt bin ich endlich bereit, meinem Bruder zu glauben.«

Miles seufzte tief auf. »Es ist nicht leicht, mit dem Wissen zu leben, daß man einen Menschen ins Jenseits befördert hat. Und für mich war es vor allem deshalb so schlimm, weil ich das Duell provoziert hatte, um den Tod zu finden. Damals litt ich unsäglich an meiner Krankheit und hatte nichts, wofür es sich zu leben lohnte. Jetzt, da ich mit Nanine zusammen bin, habe ich alles, was ich mir nur wünschen kann. Ja, Virginia, ich liebe Ihre Schwester.«

»Und ich liebe Miles«, fügte Nanine leise hinzu. »Ich war noch nie zuvor so glücklich.«

Virginia nickte. »Das sehe ich dir an, und ich freue mich für euch beide. Übrigens – auch Belle ist von Ihnen entzückt, Miles, und es gibt nur wenige Menschen, die sich ihrer Zuneigung rühmen dürfen.«

Er grinste. »Sie macht großartige Eierflips mit dem Brandy, den mir meine Freunde Boyle und Warren geschenkt haben. Eines Tages sind sie mit einer ganzen Kiste hier angekommen. Wenn ich Ihnen etwas davon verehren darf, Virginia...«

»Danke, wenn ich einmal Brandy brauchen sollte, komme ich gern auf Ihr Angebot zurück und werde mir eine Flasche holen. Auf Willowbrook möchte ich lieber keinen Alkohol verwahren, denn Belle meint, unserem Hausboy namens Brandy sei nicht über den Weg zu trauen.«

»Den scharfen Augen unserer Belle entgeht aber auch gar nichts«, meinte Nanine lachend.

»Mir macht vor allem ihre scharfe Zunge zu schaffen«, gestand Virginia. »Hoffentlich wird sie etwas freundlicher, wenn sie erfährt, daß ich hier war.«

»Sie schimpft nur mit dir, um dich zu ärgern – weil du nämlich noch schöner wirst, wenn du zornig bist«, behauptete Nanine. »Ich schwöre dir, das ist der einzige Grund. Übrigens hat mir Belle erzählt, daß du auf der Festlandplantage warst. Wie sieht's dort aus?«

»Vielversprechend. Ich glaube, Elias beschäftigt zur Zeit vierhundert Schwarze. Viele stammen von dieser Insel. Du weißt sicher, wie Elias sie hinübergelockt hat.«

»Ja«, bestätigte Miles. »Das war ein kluger Schachzug. Nun werden die Yankees bald das Feld räumen.«

»Zwei Familien sind schon abgereist«, berichtete Virginia. »Und zwei oder drei weitere halten höchstens noch bis zum Ende dieses Monats durch. Vielleicht bin ich grausam – aber auf welche andere Weise könnte ich unseren Freunden helfen, ihren Besitz zurückzuerlangen?«

»Die Yankees haben nichts Besseres verdient«, meinte Miles. »Immerhin haben diese Kriegsgewinnler die Plantagen für ein Spottgeld gekauft, und man kann sie nicht als rechtmäßige Eigentümer betrachten.«

Virginia lächelte ihn dankbar an. »Es freut mich, daß Sie auf unserer Seite stehen.«

»Wenn Sie finanzielle Hilfe brauchen, zögern Sie bitte nicht, und wenden Sie sich an mich. Das habe ich auch Ihrem Mann gesagt.«

»Das ist sehr nett von Ihnen, Miles, aber Sie waren ohnehin schon viel zu großzügig. Und falls wir uns von Ihnen Geld leihen müßten, würden wir es bald zurückzahlen können, weil die große Plantage eine ganze Menge einbringen dürfte.«

»Davon will ich gar nichts hören. Nachdem mich Nanine so aufopfernd gepflegt hat, müßten Sie dieses Geld als eine Art ärztliches Honorar betrachten, das ich der Familie Hammond übergebe.«

»Kommst du nach Hause, Nanine?« fragte Virginia.

»Nein«, widersprach ihre Schwester, ohne zu zögern. »Ich

verlasse Miles nicht, und ich kenne Mama gut genug, um zu wissen, daß sie niemals unter einem Dach mit ihm leben würde.«

»Da hast du recht. Ich wollte dich auch nur bitten, uns so oft wie nur möglich zu besuchen. Aber du gehörst natürlich hierher, zu Miles, zumindest, bis ich Mama umstimmen kann.«

Miles runzelte die Stirn. »Ich mache Ihrer Mutter keine Vorwürfe. Vermutlich wird sie niemals zur Kenntnis nehmen, daß ich ihren Sohn nicht töten wollte. Nan, es macht mir nichts aus, wenn du nach Willowbrook übersiedelst. Solange ich dich regelmäßig sehen kann, bin ich glücklich und zufrieden. Ich fühle mich ohnehin mit jedem Tag besser.«

»Nein, mein Platz ist bei dir«, erklärte Nanine in einem Ton, der jeden Widerspruch ausschloß.

»Danke, mein Liebes. Ich fürchte nur, es wird Gerede geben.«

Virginia lachte verächtlich. »Außer uns leben nur die Yankees auf dieser Insel, und was die denken, interessiert niemanden. Miles, ich werde alles tun, um Mama zur Vernunft zu bringen. Und bis dahin will ich mich mit Nans täglichem Besuch begnügen.«

»Ich begleite dich nach Hause«, erbot sich Nanine, »denn ich wollte ohnehin in die Küche gehen.« Sie holte einen Schal und legte ihn um ihre Schultern. »Ich bleibe nicht lange weg, Liebling.«

»Laß dir nur Zeit«, erwiderte Miles lächelnd. »Es fehlt mir an nichts.«

Nanine wandte sich zu Virginia. »Hat Phoebe wieder mal geschrieben? Elias hat mir ihre letzten Briefe gebracht, und ich danke dir sehr herzlich, weil du ihn darum gebeten hast.«

»Ich habe seit einer Woche nichts mehr von ihr gehört, aber es geht ihr sicher gut.«

»Das glaube ich auch – wo sie doch soviel Erfolg als Tänzerin hat.« Nanine brachte Miles ein Glas Milch, zupfte seine Decken zurecht und gab ihm einen Abschiedskuß. Dann verließ sie mit Virginia das Hospital. Arm in Arm wanderten sie zum Haus.

»Miles ist schwerkrank«, vertraute Nanine ihrer Schwester an, »und ich mache mir große Sorgen. Er erholt sich nicht so gut, wie ich es gehofft habe.«

»Ja, ich finde auch, daß er ungewöhnlich blaß ist.«

»Die Fleischdiät schlägt bei ihm nicht so an wie damals bei mir. Aber er war ja auch in einem schrecklichen Zustand, und dann das Duell ... Aber davon wollen wir nicht mehr reden. Wie geht es Mama?«

»Sie jammert ständig und weigert sich ganz entschieden, Miles in ihrem Haus zu empfangen. Ich fürchte, sie wird nicht einmal dich sehen wollen. Natürlich werde ich mich bemühen, sie umzustimmen, aber du kennst sie ja.«

Nanine lächelte. »Ja, die drei Hammond-Frauen sind schrecklich borniert. Du warst sicher überrascht, als ich damals meinen Willen durchsetzte und Miles hierherbrachte.«

»Allerdings. Jetzt bin ich froh darüber. Du machst ihn sehr glücklich.«

»Und er mich. Zum erstenmal, seit ich denken kann, habe ich das Gefühl, wirklich zu leben.«

»Du liebst ihn wirklich, nicht wahr?« fragte Virginia.

»Natürlich. Ich glaube, ich habe in all den Jahren auf ihn gewartet. Das wußte ich, sobald der Schock nach dem Duell nachgelassen hatte.«

»Seltsam – wäre es nicht zu diesem unseligen Duell gekommen, hättest du ihn niemals kennengelernt.«

Sie überquerten die Veranda, und Virginia öffnete die Haustür. Lenore stieg gerade die Treppe herab, als sie die Halle betraten. Ohne zu lächeln, starrte sie ihre ältere Tochter an.

»Ich habe Nan mitgebracht, Mama«, sagte Virginia. »Sie gehört hierher, das weißt du.«

Lenore hob die Brauen. »Hast du den Mörder weggeschickt, Nan?«

»Miles wohnt immer noch im alten Hospital, und dort wird er auch bleiben«, antwortete Nanine. »Willst du mir nicht einmal ein kleines Lächeln schenken, Mama?«

»Wie kannst du es wagen, mir in die Augen zu schauen? Wegen dieses Mannes liegt dein Bruder unter der Erde!«

»Mama, hör doch auf mit diesem Unsinn!« rief Virginia in strengem Ton. »Ich habe eingesehen, daß ich Miles falsch eingeschätzt habe, und bin zu ihm gegangen, um mich zu entschuldigen. Hoffentlich wirst du das eines Tages auch tun.«

»Das ist Verrat!« stieß Lenore hervor.

»Bitte, Mama!« flehte Virginia. »Er ist schwerkrank, und es geht ihm schlechter denn je.«

»Hoffentlich stirbt er«, erwiderte Lenore kühl.

Nanine wandte sich ab, um ihre Tränen zu verbergen, und Virginia fuhr ihre Mutter entrüstet an: »Du solltest dich schämen, Mama! Ich habe Nan gebeten, so oft wie möglich hierherzukommen, und wenn du dich nicht benehmen kannst, bleib bitte auf deinem Zimmer, während sie mich besucht.«

Wortlos wandte sich Lenore ab und stieg die Treppe hinauf. Virginia seufzte gequält, führte ihre Schwester in den Salon und setzte sich mit ihr auf das Sofa. »Wenigstens haben wir beide nun das Eis gebrochen«, sagte sie und legte einen Arm um Nanines Schultern. »Ich wünschte, Elias wäre hier. Mama hört auf ihn, obwohl sie ihn als ›gräßlichen Yankee‹ bezeichnet.«

Nanine wischte sich die letzten Tränen aus den Augen. »Ich will versuchen, ihr zu verzeihen, denn ich weiß, wie sie ist und wie sie denkt. Irgendwann wird alles gut werden.«

»Hat Miles dir einen Heiratsantrag gemacht?«

Nanine schüttelte den Kopf. »Dazu geht es ihm viel zu schlecht. Er glaubt, daß er nicht mehr lange leben wird, und behauptet, er würde allen, die ihn lieben, nur Kummer machen. Trotzdem bin ich glücklich mit ihm. Und jetzt, nach unserer Versöhnung, bin ich noch glücklicher.«

Virginia lächelte. »Das haben wir vor allem Elias zu verdanken. Er hat mir gründlich ins Gewissen geredet.«

»Er ist so ein lieber, guter Mann, Virgie. Übrigens – habt ihr noch einmal was von diesem Banditen gehört, der die Yankee-Häuser geplündert hat?«

»Nein«, log Virginia leichthin, »seit er seine Beute zurückgebracht hat, nicht mehr. Er hat auch gar nichts hier zu suchen. Sicher ist er ein durch und durch schlechter Mensch – wenn ich auch zugeben muß, daß er sehr galant war, als wir uns an jenem Tag im Wald trafen.«

»Zu dir sind alle Männer galant, weil du eine wunderschöne Frau bist, Virgie.«

»Das höre ich gern, auch wenn es nicht stimmt. Nach allem, was wir durchgemacht haben, müßte ich eine alte Jungfer mit lauter Falten im Gesicht sein ...« Virginia unterbrach sich zerknirscht. »Oh, verzeih, das wollte ich nicht sagen ...«

Nanine lachte tolerant. »Das sind nur Worte, die mich früher einmal getroffen hätten, aber jetzt nicht mehr. Wenn Miles bei Kräften wäre, würde ich noch heute mit ihm ins Bett gehen. Bin ich deshalb eine Hure?«

»Nein, du bist eine Frau, die bis über beide Ohren verliebt ist. Sieh doch zu, daß Miles wieder gesund wird. Ich werde euch beiden helfen, so gut ich kann.«

»Danke, Virgie.«

Sie unterhielten sich noch eine Weile, dann machte sich Nanine auf den Weg, denn sie wollte Miles nicht so lange allein lassen. Virginia begleitete sie auf die Veranda hinaus. Sie entdeckten ein kleines Boot, das sich der Küste näherte, und beschatteten ihre Augen mit den Händen, um es besser beobachten zu können.

»Zwei Männer – in Yankee-Uniformen«, sagte Nanine.

Virginia hielt erschrocken den Atem an. »Hoffentlich ist Elias nichts passiert...«

Sie liefen zur Landebrücke hinab und warteten aufgeregt, während das Ruderboot festgemacht wurde. Captain Delaney ging an Land und salutierte.

»Ist – ist Elias etwas zugestoßen, Captain?« stammelte Virginia mit erstickter Stimme.

»Nein, Mrs. Birch. Wir trafen uns heute morgen in der Stadt, als er zur Bank ging, und da war er noch bei bester Gesundheit.«

Sie seufzte erleichtert auf. »Gott sei Dank!«

»Wir wechselten ein paar Worte, und ich stellte ihm dieselbe Frage, die ich auch an Sie richten muß – und an Sie ebenfalls, Miß Hammond. Gestern abend wurde Bradley Culver in einem Boot gesehen, das einer seiner Banditen zur Insel gerudert hat. Ist er hier aufgetaucht, meine Damen?«

»Ich weiß nichts«, antwortete Nanine.

»Ich weiß auch nichts davon«, fügte Virginia hastig hinzu. Ihre Sorge um Elias' Wohlergehen wurde von dem Entsetzen, das sie jetzt empfand, weit übertroffen. »Warum hätte er denn nach Valcour kommen sollen, Captain?«

»Was für Beweggründe kann ein Mann wie Culver schon haben? In der letzten Nacht überfielen seine Leute eine kleine Siedlung, drei Meilen außerhalb von Charleston. Sie brachten zwei Männer um. Und ich bin sicher, daß sie mit den Frauen auch nicht allzu sanft umgegangen sind. Sie stahlen alles, was sie tragen konnten, und brannten zwei Häuser nieder. Und das alles nur, weil die Männer, die dort leben, bei einer Stadtratsversammlung ums Wort baten und sich für die Anerkennung der Union einsetzten. Sie schlugen eine Abstimmung vor, bei der über den neuerlichen Beitritt South Carolinas zur Union entschieden werden sollte.«

»Offenbar haßt Culver alle Leute, die in die Union zurückkehren wollen«, meinte Nanine.

»Culver hat noch nicht begriffen, daß der Krieg vorbei ist, meine Damen.«

»Aber wenn er in einem Boot gesehen wurde – wie konnte er dann in jener Siedlung sein?« fragte Virginia.

»Der Überfall fand erst in den frühen Morgenstunden statt«, erklärte Delaney. »Und das Boot wurde gegen halb neun Uhr abends beobachtet. Wir tun alles, was in unserer Macht steht, um den Mann dingfest zu machen, und folgen jeder Spur. Deshalb bin ich hier. Ich weiß, daß er schon zweimal auf Valcour war – das letztemal, um die Sachen zurückzubringen, die er kurz zuvor den Yankees gestohlen hatte. Soviel ich weiß, hat er Ihre Familie verschont, Mrs. Birch.«

Mühsam zwang sich Virginia zur Ruhe. »Wie ich Ihnen bereits erklärt habe, legt Mr. Culver großen Wert auf die Traditionen der Südstaaten. Und er respektiert uns, weil die Hammonds zu den alteingesessenen Südstaatenfamilien zählen. Da wir nach seiner Meinung für alle Personen, die auf Valcour leben, verantwortlich sind, also auch für die Nordstaatler, brachte er die Beute zurück. Wir haben sie den betroffenen Leuten sofort übergeben.«

Der Captain schüttelte den Kopf. »Sonderbar... Aber ein Yankee wird wohl nie begreifen, was in den Köpfen sogenannter Südstaatenkavaliere vorgeht. Verstehen Sie mich nicht falsch, meine Damen. Ich weiß Ritterlichkeit durchaus zu schätzen. Aber daß Culver, dieser mörderische Schurke, zu ritterlichen Taten neigen soll...«

»Jedenfalls haben wir ihn gestern abend nicht gesehen«, behauptete Virginia. »Sie müssen sich irren, Captain.«

»Nun, wenn er in einem Boot gesehen wurde, so beweist das noch lange nicht, daß er die Insel betreten hat«, gab Delaney zu. »Verzeihen Sie die Störung – und vielen Dank, meine Damen.« Der Captain salutierte wieder, stieg in sein Boot und ließ sich zur Stadt zurückrudern.

Langsam gingen die beiden Schwestern zum Haus hinauf.

»Es würde mich wirklich interessieren, ob dieser Culver gestern auf der Insel war«, bemerkte Nanine in beiläufigem Ton.

»Warum sagst du das?« fragte Virginia mit ungewollt scharfer Stimme, was Nanine nicht entging.

»Wieso regst du dich so auf, Virgie?«

»Um Himmels willen, was sollte ihn denn veranlassen, auf die Insel zu kommen?«

»Keine Ahnung ... Ich dachte nur – da er doch so galant zu dir war, scheinst du ihm zu gefallen. Vielleicht wollte er dich wiedersehen. Du bist eine sehr schöne und sehr sinnliche Frau.«

Virginia lachte unsicher. »Sei doch nicht so albern ...«

Nanine warf ihr einen prüfenden Blick zu. »Übrigens habe ich bemerkt, daß du rot wurdest, als Captain Delaney von diesem Culver sprach.«

»Unsinn! Ich hatte gar keinen Grund zu erröten. Mr. Culver bedeutet mir nichts.«

»Davon bin ich überzeugt. Ich dachte nur, du hättest eine gewisse Schwäche für ihn, weil er dich so höflich behandelt hat.«

»Wie könnte ich für einen Renegaten, Räuber und Mörder eine Schwäche haben?«

»Natürlich, du hast recht, Virgie. Wie dumm von mir, so etwas zu glauben ... Reden wir nicht mehr davon.«

Virginia begleitete ihre Schwester bis zum alten Hospital, dann kehrte sie nach Hause zurück, tief in Gedanken versunken. Von nun an mußte sie sehr vorsichtig sein, sobald der Name Culver erwähnt wurde. Sie durfte ihn nicht wiedersehen, das wäre zu gefährlich – für ihren Ruf und für Culvers Leben. Delaneys Soldaten waren ihm auf der Spur und würden weder ruhen noch rasten, bis sie ihn gefangen hatten.

Sollte er wieder auf die Insel kommen, würde sie ihn wegschicken. Doch dieser Entschluß geriet sofort wieder ins Wanken. Hätte er plötzlich vor ihr gestanden, sie wäre vermutlich mit ihm gegangen – nein, sogar ganz sicher, aber nur bis zu dem alten Peitschenschuppen. Seinetwegen würde sie niemals die Insel verlassen – und sie könnte sein verbrecherisches Leben nie teilen. Ich liebe ihn nicht einmal, sagte sie sich. Und doch – sie sehnte sich nach ihm, nach seiner

Leidenschaft. Er wußte Gefühle in ihr zu entfachen, die sie sich zuvor nicht zugetraut hätte. Offenbar glich sie ihrem Vater, der das Leben und die Liebe geliebt und alles gewagt hatte, um seine Begierden zu stillen. Es verwirrte sie, daß auch in ihr solche Gelüste steckten, denn sie glaubte felsenfest an ihre tiefe Liebe zu Elias.

Culver war ein Desperado, ein allseits gefürchteter Raubmörder, ein Teufel in Menschengestalt. Und trotzdem stand sie völlig in seinem Bann.

18

»Zum Bijou-Theater«, befahl Tom und setzte sich zu Phoebe in den Wagen, der neben einem laut polternden Pferdebus in die Third Avenue bog.

»Wenigstens müssen wir nicht mehr in diese schrecklichen Fahrzeuge steigen«, meinte Phoebe.

»Da drin wärst du verloren. Weil du in ganz New York berühmt bist, würden dich die Fahrgäste mit Fragen bestürmen und dir irgendwelche Zettel hinhalten, damit du deinen Namen draufschreibst.«

»Ja, das sind die Nachteile der Popularität, aber sie macht mir trotzdem Spaß«, verkündete Phoebe mit einem strahlenden Lächeln.

»Wann wird das Varieté-Programm abgesetzt?« fragte Tom.

»In einem Monat, Liebling. Deshalb gehe ich heute morgen zu Mr. Lowell Stuart. Er wird demnächst mit den Proben für ein Musical beginnen, das ganz bestimmt so erfolgreich wird wie der ›Schwarze Gauner‹. Du weißt doch, daß diese Vorstellung jeden Abend ausverkauft ist.«

»Wenn du in einer solchen Show auftrittst, müßtest du tausend Dollar pro Woche verdienen.«

»Am Anfang vermutlich nur sechs- bis siebenhundert. Und wenn die Inszenierung gut ankommt, werde ich mehr verlangen. Aber das Geld interessiert mich am allerwenigsten, Tom. Ich stehe so gern auf der Bühne, daß ich's auch umsonst tun würde.«

Er lächelte gequält. »Nach allem, was wir durchgemacht haben ...«

»Daran erinnere ich mich nur zu gut. Suchst du eigentlich noch nach einer Stellung? Natürlich wäre es nicht nötig«, fügte Phoebe hastig hinzu. »Es ist wunderbar, daß du immer Zeit für mich hast.«

»Ich schaue einmal pro Woche in der Schulbehörde vorbei. Seit meine Frau berühmt ist, behandeln sie mich dort viel freundlicher, aber eine Stelle können sie mir noch immer nicht besorgen. Unzählige Lehrer suchen Arbeit, und die meisten stehen noch vor mir auf der Warteliste.«

»Und was machst du die ganze Zeit, wenn ich im Theater bin?«

»Ich wandere durch die Straßen, und abends gehe ich ins Bowery und schaue mir deinen Auftritt an. Ich bin dir sehr dankbar für diesen Ausweis, den du mir besorgt hast, denn ich könnte unmöglich jeden Abend zweieinhalb Dollar für eine Eintrittskarte ausgeben.«

»Ist das nicht langweilig?«

Tom seufzte. »Sterbenslangweilig. Und es ist auch nicht normal, daß ein Mann durch die Stadt läuft, während seine Frau arbeitet.«

»Vielleicht würdest du in deiner Heimatstadt eine Stellung finden«, schlug Phoebe vor.

»Soll ich mich von dir trennen? Das könnte ich nicht ertragen.«

Zärtlich strich sie mit einer behandschuhten Hand über seine Wange. »Danke, Liebling. Hoffentlich habe ich bald ein paar freie Tage, dann werden wir endlich deine Eltern besuchen.«

»Ich schreibe ihnen regelmäßig und schicke ihnen Zeitungsausschnitte mit Kritiken und Artikeln. Sie wissen alles über deinen Erfolg. Und irgendwann werden wir sicher hinfahren.«

Phoebe nickte. »Ja – irgendwann …«

Ihr Tonfall irritierte ihn. Er schaute sie beunruhigt an, aber sie wirkte ruhig und gelassen.

Die Kutsche hielt vor dem Bijou, einem neuen Theater, nicht weit vom Bowery entfernt. Lowell Stuart, der Besitzer und Produzent, hatte sich bereits mit erfolgreichen Shows einen Namen gemacht und galt als vornehmer Lebemann.

Sie betraten das Vorzimmer, wo eine maskuline Sekretärin mit arroganter Miene von ihrem Schreibtisch aufsah. Ihr

Gesichtsausdruck änderte sich sofort, als sie Phoebe erkannte. »Mrs. Sprague!« rief sie und sprang beflissen auf. »Mr. Stuart erwartet Sie schon. Wenn Sie bitte mit mir kommen würden ...«

Tom wollte den beiden Frauen folgen, aber die Sekretärin wandte sich zu ihm, bevor sie die Bürotür öffnete. »Sie müssen hier draußen warten, Mr. Sprague. Machen Sie sich's doch bitte bequem.«

Tom zuckte mit den Schultern und setzte sich unbehaglich auf einen der Stühle, die an der Wand standen. Eigentlich hätte er sich daran gewöhnen müssen, von diesen Theaterleuten als Außenseiter behandelt zu werden, doch es ärgerte ihn immer noch. Sie schienen in einer eigenen Welt zu leben und zeigten wenig Begeisterung für Mitmenschen, die nicht dazugehörten.

Phoebe betrat ein luxuriös eingerichtetes Büro, wo sich Mr. Stuart hinter seinem Schreibtisch erhob – dem größten, den sie je gesehen hatte. Lächelnd eilte er ihr entgegen und griff nach ihren Händen, ein untersetzter Mann in mittleren Jahren mit Bartkoteletten. Er war elegant gekleidet, in graue Hosen, ein dunkles Jackett mit hohem, steifem Kragen und ein Seidenhemd mit schmaler Krawatte. Sein rundes, gerötetes Gesicht zeugte von einer ausgeprägten Genußsucht. Da sie Handschuhe trug, küßte er sie auf die Wange. »Schon seit Wochen wünsche ich mir sehnlichst, Sie kennenzulernen, meine Liebe. Sie haben in der Tat Furore gemacht in diesem Varieté. Sobald Sie die Bühne betreten, ist das Publikum wie verzaubert.«

»Danke, Mr. Stuart. Ich gebe jeden Abend mein Bestes.«

»Wo haben Sie so großartig tanzen gelernt?«

»Auf der Plantage meines Vaters. Ich schaute oft zu, wenn die Neger ihre Feste feierten, und sie brachten mir alles bei, was ich von dieser Tanzform weiß.«

»Offensichtlich hatten Sie sehr tüchtige Lehrer. In meiner neuen Show hätte ich eine Rolle für Sie, die Ihnen zu noch größerem Ruhm verhelfen würde. Das Textbuch ist noch nicht ganz fertig, und die Lieder werden von den besten Komponisten geschrieben, die wir auftreiben konnten. In einer Woche wollen wir zu proben anfangen. Sie müßten einen Vertrag für die gesamte Laufzeit des Musicals unterzeichnen, Mrs. Sprague, und ich biete Ihnen vierhundert Dollar pro Woche.«

Phoebe setzte sich lächelnd vor den Schreibtisch, während er zu seinem Platz zurückkehrte. »Ersparen wir uns die üblichen Spielchen, Mr. Stuart. Sechshundert am Anfang, und wenn sich die Show einen Monat später als Erfolg erwiesen hat, bekomme ich tausend pro Woche. Im Bowery verdiene ich schon jetzt sechshundert, und ich kann mich nicht mit einer niedrigeren Gage zufriedengeben, nicht einmal Ihnen zuliebe.«

Lowell Stuart grinste. »Sie wissen genau, was Sie wollen, nicht wahr? Gut, ich bin einverstanden, dann brauchen wir nicht lange zu feilschen. So, und jetzt will ich Ihnen von meinem Musical erzählen.«

Während sie ihm zuhörte, wuchs ihre Überzeugung, daß der Erfolg seines Projekts schon jetzt vorgezeichnet war und auf Monate, vielleicht sogar Jahre hinaus ein ausverkauftes Haus garantieren würde. Der Gedanke, daß sie in einer solchen Show mitwirken sollte, versetzte sie in freudige Erregung und machte ihr gleichzeitig Angst, was sie sich aber nicht anmerken ließ.

»Das wird sicher eine großartige Aufführung, Mr. Stuart«, meinte sie, »und ich bin glücklich, daß Sie mir eine so schöne Rolle zugedacht haben. Bitte, lassen Sie den Vertrag vorbereiten. Ich werde ihn dann vor der ersten Probe unterschreiben.«

Er lächelte anerkennend. »Ich glaube, wir werden gut miteinander auskommen, Phoebe. Sie sind nicht nur schön und begabt, sondern auch intelligent – was Sie soeben mit Ihrer Geschäftstüchtigkeit bewiesen haben.«

»Danke, Mr. Stuart.« Sie erhob sich, und er stand ebenfalls auf und kam um den Schreibtisch herum.

»Sie sind ein charmantes Mädchen, und ich prophezeie Ihnen eine große Zukunft – natürlich nur, wenn Sie den richtigen Manager wählen. Diese Aufgabe würde ich übrigens gern übernehmen.« Er legte ihr eine Hand auf die Schulter, mit einer väterlichen Geste, die nicht mehr ganz so väterlich wirkte, als seine Finger über ihren Arm hinabglitten und ihre Brust streiften.

Phoebe lächelte kühl und trat einen Schritt zurück. »Wenn Sie das noch einmal tun, Mr. Stuart, werde ich auf eine Rolle in Ihrer Show verzichten und der ganzen Welt erzählen, warum. Oder sollen wir unsere Vereinbarung jetzt gleich rückgängig machen?«

»Aber Phoebe!« rief er bestürzt. »Ich habe es gewiß nicht böse gemeint. Im Showbusineß ist man nun mal ein bißchen freizügiger...«

»Und was Ihre Absichten betrifft, als mein Manager zu fungieren, Mr. Stuart«, unterbrach sie ihn, »mein Mann ist durchaus imstande, diese Dinge zu regeln. Guten Tag, Sir – und lassen Sie mich bitte wissen, wann die Proben beginnen.« Mit hocherhobenem Kopf verließ sie das Büro.

Tom stand auf, nahm ihren Arm und führte sie in den Hausflur hinaus, wo sie einen zärtlichen Kuß auf seine Wange hauchte. Mochte er auch zögern, sie mit seinen Eltern bekannt zu machen oder unter der Tatsache leiden, daß sie als Sklavin das Licht der Welt erblickt hatte – er war der Mann, den sie liebte. Alles andere spielte keine Rolle.

Sie stiegen wieder in die Kutsche, und nachdem er sie ins Bowery gebracht hatte, wo eine Matinee stattfand, blieb er unschlüssig auf dem Gehsteig stehen. Welche Richtung sollte er einschlagen? Wohin er auch ging, er würde sich langweilen.

Ziellos wanderte er durch die Straßen, dann setzte er sich in einen Saloon an der Fifth Avenue, den er in letzter Zeit oft besucht hatte, und bestellte einen Brandy. Mit gerunzelter Stirn überlegte er, ob er vielleicht zuviel trank. Phoebe ahnte nicht, wo er den Großteil seiner Zeit verbrachte, und er konsumierte nie so viel Alkohol, daß ihm sein heimliches Laster anzumerken war. Später beschloß er die Bibliothek aufzusuchen und ein wenig zu lesen – eine Beschäftigung, die ihn einigermaßen interessierte.

Er schlenderte an den Schaufenstern vornehmer Geschäfte vorbei und bewunderte gerade die exquisiten Tweedstoffe in der Auslage eines Schneiders, als er in der Glasscheibe das Spiegelbild eines schlanken Mannes in einem grünkarierten Anzug entdeckte. Er hatte ihn schon zuvor ein paarmal gesehen. Grünkarierte Anzüge entsprachen nicht der herrschenden Mode, und deshalb war ihm der Mann aufgefallen.

Einen Häuserblock weiter blieb Tom abrupt stehen, stellte einen Fuß auf einen Mauervorsprung und tat so, als müßte er seine Schnürsenkel zubinden. Der Mann im grünkarierten Anzug stand nur einen halben Block entfernt. Da keine Auslage in der Nähe war, in die er unschuldig blicken konnte, trat er verlegen von einem Fuß auf den anderen. Offenbar hatte er gemerkt, daß er beobachtet wurde.

Verwirrt ging Tom weiter und spielte mit dem Gedanken, seinen Verfolger zur Rede zu stellen. Doch das würde unliebsames Aufsehen erregen, falls es zu einem Streit käme, und womöglich das Interesse der Polizei wecken. Das könnte Phoebe einige Unannehmlichkeiten bereiten. Deshalb setzte er seinen Weg zur Bibliothek fort, ohne sich noch einmal umzudrehen.

Im Lesesaal sah er den Mann wieder. Er setzte sich in einen Stuhl neben Tom und rückte unauffällig immer näher.

»Wer sind Sie?« stieß Tom hervor. »Warum laufen Sie mir unentwegt nach?«

»Nicht so laut, Mr. Sprague! Die Leute hier haben's nicht gern, wenn man so schreit.«

»Das interessiert mich nicht. Was wollen Sie von mir?«

»Reden Sie doch leiser!« wisperte der Mann im grünkarierten Anzug. »Ich habe Ihnen etwas Wichtiges zu sagen, und das darf sonst niemand hören. Kennen Sie einen Mann namens Tobal?«

»Tobal? Nie gehört.«

»Ein großer dummer Nigger.«

Tom schluckte. »Fangen Sie am besten ganz von vorn an. Wer sind Sie?«

»Ein Anwalt – das heißt, ich habe kein Examen gemacht, aber das spielt für mich keine Rolle. Ich komme auch so ganz gut zurecht. Übrigens – ich heiße Darby, Bill Darby.«

»Schön, Mr. Darby. Würden Sie mir jetzt auch noch sagen, warum Sie mir folgen?«

»Sie waren ziemlich lange unterwegs, Mr. Sprague. Und ich mußte warten, bis ich Sie an einem Ort sprechen konnte, wo ich hoffen durfte, daß Sie kein Aufhebens machen und mich laut verfluchen würden. Dieser Saal scheint mir geeignet.«

»Ich würde auch hier laut werden, wenn Sie mir Anlaß dazu geben«, warnte Tom.

»Ja – vermutlich. Aber ich wäre Ihnen dankbar, wenn Sie sich beherrschen könnten. Also, dieser Nigger arbeitet im Hafen. Eines Tages kam er zu mir. Einer meiner Klienten hatte ihm gesagt, ich würde ihm helfen.«

»In welcher Weise?« fragte Tom. Seine Angst vor den Enthüllungen dieses Mannes wuchs.

»Tobal hat früher auf einer Insel in South Carolina gearbeitet. Ich glaube, sie heißt Valcour.«

Nun wußte Tom, was auf ihn zukam. Eine eisige Kälte schien sich in seinem Körper auszubreiten. »Was hat das alles mit mir zu tun?«

»Wissen Sie, wo Valcour ist?«

»Ja.«

»Also – dieser Nigger behauptet, Ihre Frau wäre auch ein Nigger.«

Nun war es ausgesprochen. Tom wußte nicht, wie er diese Situation meistern sollte – wußte nur, daß er sich jetzt keine Blöße geben durfte. Und vor allem – er mußte Phoebe schützen.

»Sagen Sie Ihrem Freund, daß er verrückt ist. Sie haben sicher Fotos von meiner Frau in der Zeitung gesehen. Vielleicht waren Sie sogar in ihrer Show. Wenn Sie Phoebe trotzdem für einen Nigger halten, müssen Sie blind sein.«

»Tobal erzählte mir, sie wäre die Tochter eines Plantagenbesitzers und einer Sklavin, und die Mutter wäre auch nicht kohlrabenschwarz gewesen. Jedenfalls hätte Ihre Frau Niggerblut in den Adern und wäre als Sklavin zur Welt gekommen.«

»Nehmen wir einmal an, diese Information würden stimmen. Was wollen Sie unternehmen?«

»Unternehmen? Nichts, Mr. Sprague, gar nichts. Ich glaube, dieser Nigger ist wütend auf die Inselbewohner. Er geriet da offenbar in irgendwelche Schwierigkeiten, und die Leute zwangen ihn, Valcour zu verlassen. In New York mußte er sich im Hafen abrackern, weil er keine bessere Stellung findet. Deshalb läßt er Sie bitten, ihm jede Woche ein bißchen Geld zu geben – gerade so viel, daß er davon leben kann. Dann wird er den Mund halten.«

Toms Augen verengten sich. »Mit anderen Worten – er erpreßt mich.«

»So können Sie's auch nennen, wenn Sie wollen. Wenn Tobal kein Geld von Ihnen bekommt, will er den Zeitungsreportern alles erzählen, was er weiß, und die werden ihm ein hübsches Sümmchen dafür zahlen.«

»Mr. Darby, diese Geschichte ist einfach lächerlich. Wenn Sie uns nicht in Ruhe lassen, gehe ich zur Polizei, und dann wird man Sie zusammen mit diesem Nigger ins Gefängnis stecken. Sagen Sie ihm das!«

»Seien Sie doch vernünftig, Mr. Sprague«, bat Bill Darby begütigend. »Ihre Frau tritt in Negertänzen auf, und die

Kritiker behaupten, sie wäre besser als alle Nigger, die jemals auf einer Bühne gestanden haben. Und jetzt stellen Sie sich mal vor, was passieren würde, wenn Tobals Geschichte in die Zeitungen kommt. Eine Weiße, die wie ein Nigger tanzt und tatsächlich ein Nigger ist... Das wäre eine Sensation, nicht wahr?«

»Wo kann ich diesen Schwarzen treffen und mir bestätigen lassen, daß Sie mir keinen Bären aufgebunden haben?«

»In einem Hafen-Saloon namens Mike's Place. Am besten gehen Sie noch heute hin, am späten Nachmittag. Ich werde Sie zusammen mit Tobal erwarten.«

»Und was für eine Rolle spielen Sie in der ganzen Geschichte?« fragte Tom mit gerunzelter Stirn.

»Man könnte sagen, ich wäre Tobals Anwalt. Aber da ich kein richtiger Anwalt bin, sollten wir uns darauf einigen, daß ich als sein Agent fungiere.«

»Falls ich nicht zur Polizei gehe – wieviel verlangt der Nigger für sein Schweigen?«

»Wir dachten an hundert Dollar...«

»Das ist doch absurd!« protestierte Tom. »Hundert im Monat...«

»In der Woche«, verbesserte ihn Darby. »Immerhin verdient Ihre Frau eine ganze Menge Geld, Mr. Sprague. Und wenn die Wahrheit ans Licht kommt, wird sie ganz sicher gefeuert. Nigger sind auf New Yorker Bühnen nicht willkommen. Und deshalb sind hundert Dollar pro Woche bestimmt nicht zuviel.«

»Also gut, ich werde um halb fünf in diesem Saloon sein.« Tom stand abrupt auf, klappte das Buch zu, in dem er gelesen hatte, stellte es ins Regal zurück und verließ die Bibliothek.

Verzweifelt wanderte er durch die Straßen. Er wußte, daß er diesem Nigger die geforderte Summe bezahlen mußte, Woche für Woche. Es gab keine andere Möglichkeit. Wenn er sich weigerte, wäre Phoebes Karriere zerstört, und seine Eltern würden erfahren, daß er eine Farbige geheiratet hatte. Irgendwie mußte er das Geld auftreiben. Phoebe durfte nichts davon erfahren. Wenn er ihr diese Sorge ersparte, würde er vielleicht reineren Gewissens von ihrem Geld leben können. Indem er sie beschützte, erbrachte er eine beträchtliche Gegenleistung – obwohl sie nichts davon ahnen würde.

Kurz vor halb fünf erreichte er den Hafen. Mike's Place war leicht zu finden, denn ein schmutziges Schild über der Tür verriet den Namen des Saloons. An der Theke standen Weiße und Schwarze, was normalerweise in New York nicht üblich war.

Darby saß an einem kleinen runden Tisch gegenüber der Tür, an der Seite eines kräftig gebauten, schäbig gekleideten Negers. Als Tom auf die beiden zuging, spürte er, daß ihn die anderen Gäste anstarrten und offenbar als Kuriosum betrachteten. Aber niemand trat ihm in den Weg. Darby forderte ihn auf, Platz zu nehmen, und Tobal entblößte grinsend seine großen gelben Zähne. »Sie sehen aber gut aus, Mr. Lieutenant.«

»Wieso Lieutenant?« fragte Darby.

»Mr. Sprague war mal Yankee-Soldat, und während des Krieges hat er auf Valcour gewohnt.«

»Und Sie haben als Sklave auf der Insel gelebt?« fragte Tom.

Tobal nickte. »Jetzt wo ich frei bin, ist mir viel wohler.«

»Warum haben Sie Valcour verlassen?«

»Das ist es ja, warum ich überall rumerzählen will, wer Missy Phoebe in Wirklichkeit ist – die Schwester von dieser schrecklichen Missy Virginia. Wissen Sie, was die getan hat? Die hat mir eine Kugel in die Schulter geschossen. Und das tut immer noch verdammt weh. Darum kann ich Missy Virginia nicht ausstehen. Und weil Missy Phoebe ihre Schwester ist, hasse ich sie genauso. Ich will Geld haben, weil Missy Virginia auf mich geschossen hat und weil ich krank bin – richtig krank.«

»Wenn ich zur Polizei gehe, werden Sie Ihr Leben hinter Gitter verbringen«, warnte Tom.

»Das kann auch nicht schlimmer sein als die Sklaverei. Daran bin ich gewöhnt. Aber über Missy Phoebe werden sich alle Leute lustig machen. O ja, die ganze Stadt wird sich vor Lachen kugeln, wenn es rauskommt, daß Ihre Frau ein Nigger ist.«

»Wie kann ich sichergehen, daß Sie nicht mehr verlangen werden als hundert Dollar pro Woche?«

Der Neger starrte Tom entgeistert an, dann wandte er sich zu Darby. Sein Gesicht verzerrte sich vor Wut. »Hundert Dollar in der Woche? Sie sagten doch, wir würden höchstens zehn herausholen.«

»Ja, das habe ich Ihnen gesagt«, bestätigte Darby hastig. »Aber dann hab' ich's mir noch mal anders überlegt. Diese Frau verdient eine schöne Stange Geld, also könnte sie uns viel mehr bezahlen. Deshalb habe ich hundert verlangt.«

»Verdammt noch mal!« rief Tobal und rollte die großen, glänzenden Augen. »Dieser Bastard wollte mich reinlegen! Die Leute im Norden sind wohl auch nicht besser als die im Süden. Einhundert Dollar! O ja, das gefällt mir!«

»Mehr werden wir nicht verlangen, Mr. Sprague«, beteuerte Darby. »Davon kann Tobal sehr gut leben, und ich kann meine zehn Prozent auch gut gebrauchen.«

»Was für zehn Prozent?« fragte Tobal mißtrauisch.

»Zehn Dollar. Sie bekommen neunzig.«

»Also gut, das ist fair. Aber wenn Sie versuchen, mich zu beschwindeln, drehe ich Ihnen den dürren Hals um, hören Sie?«

»Ich hab's gehört.« Darby wandte sich wieder zu Tom. »Nun, kommen wir ins Geschäft?«

»Das ist kein Geschäft, sondern Erpressung, aber ich werde zahlen. Wie wollen wir's machen?«

»Am besten gehen Sie jeden Dienstag in die Bibliothek und nehmen zwei Bücher aus dem Regal. In eins davon legen Sie die hundert Dollar, dann schieben Sie's unauffällig zu mir hinüber.«

Tom nickte. »Gut, ich werde jeden Dienstag da sein. Und wenn ich das Geld nicht auftreiben kann, werde ich trotzdem kommen und Ihnen Bescheid geben.«

»Es wäre schon besser, wenn Sie's auftreiben könnten, Mr. Lieutenant«, meinte Tobal.

»Und Sie halten den Mund!« fauchte Tom ihn an. »Wenn Sie auch nur ein Sterbenswörtchen verraten, verpasse ich Ihnen eine Kugel – aber nicht in die Schulter, sondern zwischen die Augen. Haben Sie verstanden, Tobal?«

»Klar. Ich will nur mein Geld haben, dann geb' ich mich zufrieden, und nichts wird passieren.«

Tom stand auf, verließ den Saloon und fuhr in einem Mietwagen nach Hause. Phoebe war schon vom Theater zurückgekommen und half dem Hausmädchen in der Küche. Sie kam in die Diele, um ihn mit einem Kuß zu begrüßen. »Du bist spät dran.«

»Ich habe in der Bibliothek ein interessantes Buch gefunden

und gar nicht gemerkt, wie spät es schon war. Außerdem habe ich nachgedacht. Nach dem Essen muß ich mit dir reden.«

Sie strich ihm eine Haarsträhne aus der Stirn. »Du machst so ein ernstes Gesicht, Liebling.«

»Ja, es geht um ein ernstes Problem, aber so wichtig, daß es mir den Appetit verderben könnte, ist es nun auch wieder nicht. Ich sterbe vor Hunger.«

Während des Dinners erzählte Phoebe von der Matinee. »Ich schwöre dir, die Leute klatschen immer stärker. Und wenn ich sehe, wie begeistert sie sind, will ich noch besser tanzen. Was für ein Glück wir hatten, Liebling! Wenn ich bedenke, daß wir noch vor wenigen Wochen in diesem schäbigen kleinen Zimmer saßen...«

»Ich wünschte, ich hätte nur halb soviel Erfolg wie du. Darüber wollte ich mit dir reden.«

»Sag's mir schon jetzt. Ich bin so neugierig.«

»Also gut. Es stört mich, daß ich von deinem Geld lebe, Phoebe. Selbst wenn ich eine Stelle als Lehrer bekäme – ich würde nicht einmal ein Zehntel von deiner Gage verdienen. Deshalb möchte ich dein Manager werden.«

Sie lächelte erfreut. »Auf diese Idee bin ich auch schon gekommen. Ich wollte es dir nur nicht vorschlagen, weil ich dachte, du hättest keine Lust dazu. Ich bin so froh, daß du es von dir aus sagst!«

»Nun, dann werde ich von jetzt an das Geld verwalten. Bring deine Schecks zur Bank. Wir sollten ein gemeinsames Konto eröffnen. Du kannst Geld abheben, soviel du willst. Aber ich bezahle die Rechnungen, kümmere mich um deine Verträge und alle anderen geschäftlichen Angelegenheiten.«

»Großartig«, rief Phoebe.

Tom atmete erleichtert auf. »Du kannst dich darauf verlassen, daß ich dein Geld gut anlegen werde.«

»Unser Geld«, verbesserte sie ihn.

»Danke, meine Süße. Eines Tages werde ich selber Geld nach Hause bringen. Und bis dahin werde ich alles tun, um meinen Lebensunterhalt zu verdienen.«

»Weißt du was?« Sie legte kichernd ihre Hand auf seinen Arm. »Es macht mir großen Spaß, mit meinem Manager ins Bett zu gehen.«

19

In der nächsten Woche mußte eine Yankee-Familie die Insel verlassen.

Das Haus blieb in einem beklagenswerten Zustand zurück, denn in ihrer Wut und Enttäuschung hatten die erfolglosen Baumwollzüchter Mauern, Türen, Treppen und alles andere zerstört, was sie nicht mitnehmen konnten.

»Von jetzt an werde ich die Häuser inspizieren, bevor ich sie kaufe«, sagte Virginia zu ihrer Schwester, »und falls auch nur ein Fenster zerbrochen ist, werde ich mein Geld erst herausrücken, wenn die Leute alles wieder in Ordnung gebracht haben.«

»Sei vorsichtig«, warnte Nanine. »Ich fürchte, einige von diesen Männern könnten gefährlich werden.«

»Die Frauen sind auch nicht gerade freundlich. Und sie scheinen auch noch stolz auf die Fehlschläge ihrer Männer zu sein.«

»Hoffentlich greifen uns die Yankees nicht an ... Ich habe vor allem um Miles Angst.«

Virginia nickte mitfühlend. »Wie geht es ihm?«

Nanine runzelte die Stirn. »Wenn ich das wüßte ... Zumindest glaube ich, daß sich sein Befinden nicht verschlechtert hat. Aber er ist immer noch so schwach, daß er nicht aufstehen will. Wenn ich ihm gut zurede, geht er einmal ums Hospital herum, aber dabei muß ich ihn stützen.«

»Ich habe vergeblich versucht, Mama umzustimmen. Sie weigert sich, Miles in ihrem Haus aufzunehmen. Möchtest du ihn trotzdem herbringen? Du hättest meine volle Unterstützung. Allmählich habe ich ihr kindisches Benehmen satt.«

»Danke, Virgie«, erwiderte Nanine mit einem traurigen Lächeln. »Miles fühlt sich wohl im Hospital. Wenn er hierherkäme, würde sich sein Zustand vielleicht verschlimmern. Und Mama regt sich womöglich so auf, daß sie krank wird. Das hätte uns gerade noch gefehlt.«

»Ja, du hast recht. Schade, daß Elias nicht hier ist! Er würde Miles sicher oft besuchen.«

»Ja, das wäre schön. Seine Freunde, Mr. Warren und Mr. Boyle, kommen regelmäßig auf die Insel und bringen Obst oder frisches Gemüse mit, natürlich auch Brandy und Bourbon. Vor zwei Tagen haben sie ihm sogar vier Kisten Wein geschenkt.«

Virginia lachte. »Dann hast du ja einen richtigen Weinkeller. Hat Brandy schon was davon gemerkt?«

»Natürlich, er hat ja die Kisten vom Boot zum Hospital geschleppt. Belle hat ihn auf Schritt und Tritt begleitet. Sie traut ihm nicht, und deshalb läßt sie ihn niemals aus den Augen – obwohl er bestimmt nichts stehlen würde.«

»Du meinst, sie würde ihn grundlos verdächtigen?«

»Ich meine, daß er sich viel zu sehr vor ihr fürchtet, um sich an fremdem Eigentum zu vergreifen. Vor ein paar Wochen habe ich ihn beobachtet, wie er ein paar Früchte in seine Tasche zu stecken versuchte. Da trat ich ihn so kräftig in die Kehrseite, daß er ins Gras fiel und ein paar Meter den Hang hinabrollte.«

Virginia schüttelte belustigt den Kopf. »Das hätte ich gern gesehen. Und mein Mann sicher auch.«

»Elias bedauert es sicher, daß er so selten auf der Insel ist. Dafür geht die Arbeit auf der Festlandplantage gut voran. So, jetzt haben wir aber genug geschwatzt. Ich muß mich um die Buchhaltung kümmern.«

Virginia nickte. »Und ich werde Miles besuchen.«

»Das wird ihn sicher freuen. Ich komme dann gegen Abend nach Hause.«

Die beiden Frauen hatten sich auf der Veranda von Willowbrook unterhalten. Nun ging Nanine ins Haus, um die Rechnungsbücher durchzusehen – eine Aufgabe, die sie seit ihrer Versöhnung mit Virginia wieder regelmäßig erfüllte.

Ihre Schwester wanderte inzwischen langsam den Weg zum Hospital entlang und blickte auf die Felder, wo die Baumwollpflanzen in weißer Blüte standen. Dieser Anblick beglückte sie immer wieder aufs neue. Vor dem Krieg war sie viel zu sehr an die Schönheit von Valcour gewöhnt gewesen, um sie zu würdigen.

Miles erschien ihr bleicher denn je, aber er war in guter Stimmung und begrüßte sie mit einem heiteren Lächeln. Virginia hatte längst Freundschaft mit ihm geschlossen und ihn sogar liebgewonnen. »Du scheinst dich wohl zu fühlen«, sagte sie.

»Ich habe gelernt, mit meiner Krankheit zu leben«, erklärte er. »Und seit ich mit Nanine zusammen bin, weiß ich auch, was das Wort ›Glück‹ bedeutet.«

»Wenn du sie so liebst – warum heiratest du sie nicht?«

»Wie könnte ich? Erstens habe ich ihren Bruder erschossen. Auch wenn mich keine unmittelbare Schuld an seinem Tod trifft – ich habe auf dem Duell bestanden, bei dem er sein Leben verlor. Und zweitens möchte ich Nanine keine Ehe mit einem schwerkranken Mann zumuten.«

»Sie würde so gern deinen Namen tragen, davon bin ich überzeugt.«

Er senkte den Blick, und es dauerte eine Weile, bis er antwortete: »Ich könnte die Ehe nicht vollziehen.«

Virginia beugte sich vor und legte die Hände auf die seinen. »Für Nanine wäre die Ehe vollzogen, wenn sie deinen Ring am Finger trüge.«

Miles hob den Kopf und sah sie forschend an. »Meinst du wirklich?«

Virginia nickte. »Weißt du, was dein größtes Problem ist? Du redest dir ein, daß du nie mehr gesund wirst. Aber du müßtest fest daran glauben – wo doch Nanine an deiner Seite ist und dir täglich Mut macht. Es ist unfair, wenn du keine Ehe mit ihr eingehen willst, nur weil du nicht weißt, wie lange du noch leben wirst. Letzten Endes weiß keiner von uns, was der morgige Tag bringen wird. Du solltest die Gegenwart genießen, Miles – jeden Augenblick, wo du glücklich bist.«

»Ich werde darüber nachdenken«, versprach er.

»Das genügt nicht. Und wehe, wenn du Nanine zwingst, dir einen Heiratsantrag zu machen! Sie ist nämlich nahe daran.«

»Ist das dein Ernst?« Seine Überraschung war nicht geheuchelt.

»Allerdings. Diese Demütigung solltest du ihr ersparen.«

»Deine Mutter wird entsetzt sein.«

»Denk nicht an Mama, sondern nur an dich und Nanine. Wenn ihr verheiratet seid, wird unsere Mutter vielleicht klein beigeben. Und wenn nicht, braucht euch das auch nicht zu kümmern.«

Plötzlich begannen Miles' Augen zu strahlen. Er richtete sich auf und klatschte aufgeregt in die Hände. Nie zuvor hatte Virginia ihn so lebhaft gesehen. »Verdammt, du hast recht!« rief er. »Daß ich nicht von selbst darauf gekommen bin! Diese Krankheit muß mich völlig verblödet haben!«

Virginia lächelte ihn aufmunternd an. »Wenn ich nach Hause komme, werde ich Nanine sofort zu dir schicken. Und ich möchte noch heute abend eine gute Nachricht hören.«

»Ja, Virginia, ich werde sie um ihre Hand bitten und sie glücklich machen, wie ich nur kann. Und wenn ich trotz meiner namenlosen Freude nicht gesund werde, vererbe ich ihr alles, was ich besitze. Und das ist eine ganze Menge. Das wird mein einziges Sinnen und Trachten sein – meine Frau auf Händen zu tragen.«

Am Abend kam Nanine nach Willowbrook, als Virginia und ihre Mutter noch beim Essen saßen.

»Du wirst jetzt schockiert und gekränkt sein, Mama«, kündigte sie an. »Aber ich will nichts hinter deinem Rücken tun. Nächste Woche werden Miles und ich heiraten.«

Lenore hielt erschrocken den Atem an. »Nein, das erlaube ich nicht! Du kannst doch nicht den Mörder deines Bruders heiraten!«

»Ich bin über dreißig, Mama, also brauche ich deine Zustimmung nicht. Es soll eine stille Hochzeit werden. Wir wollen nur Virginia, Elias und Miles' Freunde einladen – und dich, Mama.«

»Ich werde nicht kommen!« stieß Lenore hervor. »Und falls du diesen Verbrecher ins Haus bringst, werde ich sofort ausziehen und nie mehr zurückkommen. Das ist alles, was ich dazu zu sagen habe.«

»Wohin willst du gehen, Mama?« fragte Virginia.

»Das braucht dich nicht zu interessieren«, entgegnete ihre Mutter erbost.

»Es tut mir leid, Mama«, sagte Nanine leise. »Ich möchte dich wirklich nicht kränken, aber in diesem Fall muß ich tun, was ich will. Wir lieben uns, Miles und ich. Bedenk doch, daß du auch einmal einen Mann geliebt hast. Und versuch nicht, mir Steine in den Weg zu legen, denn das würde dir nichts nützen.« Abrupt wandte sie sich ab und verließ das Zimmer, mit geballten Händen.

Virginia folgte ihr auf die Veranda hinaus. »Das hast du gut gemacht, Nanine. Jetzt darfst du bloß nicht schwach werden! Vielleicht sieht sie eines Tages ein, wie unrecht sie hat. Und wenn nicht, mußt du trotzdem bei deinem Entschluß bleiben.«

»Das habe ich auch vor.«

»Ich werde zum Festland fahren und mit einem Priester sprechen und alle nötigen Vorbereitungen treffen«, versprach Virginia. »Das ist das mindeste, was ich für meine Schwester tun kann. Ich wünschte nur, Phoebe wäre hier.«

»Ich könnte ihr schreiben«, meinte Nanine hoffnungsvoll. »Die Zeit würde gerade noch reichen.«

»Sie hat nächste Woche ihre Premiere. Schreib ihr lieber erst nach der Hochzeit, Nan, sonst würde sie womöglich alles hinwerfen, nach Valcour kommen und sich eine große Chance verderben. Wir wollen ohnehin nur eine stille Hochzeit feiern, aber auf eins kannst du dich verlassen – wenn alle Yankees verschwunden sind, die Insel wieder uns und den alten Freunden gehört, dann will ich einen Ball geben, zu Ehren deiner Hochzeit, und von diesem Fest wird man noch jahrelang sprechen.«

Nanine umarmte ihre Schwester. »Danke, liebe Virgie.«

Als Virginia ins Speisezimmer zurückkehrte, war ihre Mutter in Tränen aufgelöst. Virginia widerstand der Versuchung, zu ihr zu laufen und sie zu trösten. Statt dessen setzte sie sich ihr gegenüber und bat: »Hör zu weinen auf. Damit wirst du nichts ändern.«

»Sie will den Mörder meines Sohnes heiraten!« jammerte Lenore. »Was erwartest du? Soll ich mich vielleicht freuen?«

»Das wäre eine gute Idee. Jedenfalls wird sie seine Frau, das steht jetzt endgültig fest, auch wenn du dich weigerst, es zu akzeptieren. Übrigens, Belle hat einen Schokoladenkuchen für dich gebacken. Ich werde ihr sagen, daß sie ihn servieren soll.«

»Ich könnte keinen Bissen hinunterbringen«, entgegnete Lenore schluchzend, »und ich ertrage es auch nicht, noch eine einzige Minute an diesem Tisch zu sitzen.«

»Wie du willst, Mama.«

Lenore erhob sich und ging zur Tür, wo sie sich noch einmal umdrehte. »Belle wird böse, wenn man ihre Kochkünste nicht zu würdigen weiß. Sie soll mir ein Stück Kuchen nach oben bringen – ein großes.«

Virginia seufzte erleichtert auf. Sie hatte mit einem stundenlangen Weinkrampf gerechnet, doch der Schokoladenkuchen hatte die Tränen ihrer Mutter sofort getrocknet.

Virginia fiel in einen unruhigen Schlaf. Der Gedanke an die

Liebe zwischen Nanine und Miles hatte ihre Sehnsucht nach Bradley Culver geweckt, und sie war den ganzen Nachmittag nervös und rastlos gewesen. Plötzlich erwachte sie mit dem unheimlichen Gefühl, nicht mehr allein zu sein. Sie setzte sich auf, da es aber stockdunkel im Zimmer war, konnte sie nichts sehen, aber ihre Überzeugung, daß jemand hereingekommen war, wuchs mit jeder Sekunde. Ein Angstschrei stieg in ihrer Kehle auf, der sofort von einer kräftigen Hand erstickt wurde. Jemand saß auf der Bettkante. Langsam glitt die Hand von ihrem Mund, auf den sich nun heiße, fordernde Lippen preßten. Zwei Arme umschlangen sie, ihre Hände berührten eine nackte Brust.

»Bradley!« stieß sie hervor. »O Bradley!«

»Still!« warnte er. Seine Finger glitten bereits über ihren Körper, um sie zu erregen. »Deine Mutter schläft nur zwei Türen weiter. Beinahe wäre ich zu ihr ins Bett gestiegen.«

»Wie bist du hier hereingekommen? Wie spät ist es?« Sie schmiegte sich an ihn und bedeckte sein Gesicht mit Küssen.

»Ich bin von Beruf Einbrecher, oder hast du das vergessen? Und es ist noch früh. Wir haben bis Mitternacht Zeit. Dann muß ich aufs Festland zurückkehren, bevor mich jemand sieht.«

»Bleib die ganze Nacht hier!« flehte sie. »Ich sehne mich so nach dir, lieber Brad, ich brauche dich!«

»Das wäre zu riskant. Ich kann nur zu dir kommen, wenn keine Gefahr besteht. Seit dein Mann auf dem Festland lebt, ist es einfacher... Komm, wir wollen uns lieben. Errege mich, und dann gib dich mir hin, ich kann nicht mehr warten.«

Virginia spürte, daß er bereits erregt war. Er drückte sie so begierig an sich, daß sie kaum atmen konnte, und seine Hände kneteten ihre Hinterbacken. Sie war ebenso ungeduldig wie er, mit heftiger Leidenschaft hatten sie den Höhepunkt bald erreicht. Danach lag sie in seinen Armen, starrte an die Zimmerdecke und glaubte, durch das Weltall zu schweben. Ein tiefer innerer Friede erfüllte sie. »Wieso hast du gewußt, daß ich dich gerade heute nacht herbeigewünscht habe?« flüsterte sie.

»Weil mein Verlangen nach dir unerträglich war. Wir sind uns sehr ähnlich, Virginia. Wir begehren einander, und dieses Bedürfnis muß gestillt werden.«

»Ich frage mich, ob du mir auch soviel Aufmerksamkeit schenken würdest, wenn wir verheiratet wären«, sagte sie leichthin.

»Niemals! Dann würde ich zu anderen Frauen gehen. Ich kann und will mich nicht binden. Doch das hat für uns beide keine Bedeutung. Gefühle spielen für uns keine Rolle. Wir brauchen einander, zu einem einzigen Zweck, und in dieser Beziehung passen wir großartig zusammen.«

»Du bist nicht besonders romantisch.«

»Was ich unter Romantik verstehe, schenkt mir die Gefahr, die ich immer wieder suche, der beständige Nervenkitzel. Auf dem Festland spitzt sich die Situation zu. Anscheinend sind sie mir auf der Spur, und sie haben Spitzel beauftragt, meine Bande zu infiltrieren. Bis jetzt haben sie es nicht geschafft, aber sie tun alles, um mich hängen zu sehen, und ich glaube, sie sind entschlossener denn je. Ich werde bald wiederkommen, Virginia, denn ich fürchte, ich habe nicht mehr viel Zeit.«

»Brad, unternimm vorerst nichts mehr. Geh weg von hier, versteck dich irgendwo und warte ab, bis sich die Lage beruhigt hat – um meinetwillen.«

»Ich dachte, du machst dir nichts aus mir. Das hast du gesagt.«

»Dann habe ich mich geirrt. Ich würde sterben, wenn ich dich nicht mehr hätte. Bitte, du mußt fliehen, mir zuliebe!«

»Aber ich soll nicht so weit weglaufen, daß ich nicht zu dir kommen könnte, was?«

»Ja«, gab Virginia zu. »Ich will dich lebend haben, deinen warmen, leidenschaftlichen Körper ... Ohne dich würde ich den Verstand verlieren. Ich brauche dich so – jetzt gleich ...«

Es war schon nach Mitternacht, als Virginia ihre Nachttischlampe anzündete und sich hastig anzog. Bradley, der ebenfalls in seine Kleider schlüpfte, beobachtete sie mit gerunzelter Stirn. »Wohin gehst du?«

»Mit dir zur Landebrücke. Dort liegt doch dein Boot, nicht wahr?«

»Einer meiner Männer wartet auf mich. Du brauchst nicht mitzukommen.«

»Ich will es aber. Versuch bloß nicht, mich zurückzuhalten!«

»Wir müssen vorsichtig sein. Hast du das Hundegebell gehört, als ich mich hier ins Haus schlich?«

»Ich habe geschlafen und überhaupt nichts gehört.«

»Vielleicht treibt sich draußen ein Yankee herum, und wenn er uns über den Weg läuft, werde ich ihm die Kehle durchschneiden.«

Virginia nahm die Nachttischlampe mit, um den Weg über die Treppe und durch die Eingangshalle zu beleuchten. An der Haustür löschte sie das Licht und wandte sich zu Bradley. Er nahm sie in die Arme, und sie spürte, wie ein neues Verlangen in ihr aufstieg. Widerstrebend riß sie sich los. »Du mußt jetzt gehen. Paß auf dich auf.«

»Ich würde gern noch länger bleiben. Du kannst einen Mann verrückt machen. Trotzdem bin ich immer noch klug genug, um zu wissen, daß ich dich jetzt verlassen muß. Ich komme wieder.«

»Wann?« drängte sie.

»Wenn sich eine Möglichkeit ergibt. Komm jetzt – wenn du mich unbedingt begleiten willst.«

Sie eilten den Weg zur Küste hinab. Zweimal hörten sie einen Hund bellen, und Virginia erschauerte vor Angst. Sie sah, daß Bradley ein Jagdmesser aus seiner Gürtelscheide gezogen hatte. An der Landebrücke überließ sie sich ein letztes Mal seinen glühenden Küssen. Dann stieg er zu dem wartenden Banditen ins Boot, der sofort nach den Rudern griff.

Sie blieb auf dem Steg stehen, bis der Kahn im Dunkel der Nacht verschwand. Dann kehrte sie langsam, wie im Traum, zum Haus zurück. Der Hund fing wieder zu bellen an, diesmal ganz in der Nähe, so daß ihr ein eisiger Schreck in die Glieder fuhr. Sekunden später stand er mitten auf dem Weg, ein großes schwarzes Tier, und knurrte mit gefletschten Zähnen.

»Still!« rief eine Männerstimme. »Geh nach Hause!«

Der Hund wich zurück und rannte in die Finsternis.

»Was tun Sie denn hier draußen um diese Stunde, Mrs. Birch?« Eine schwarze Gestalt kam auf sie zu, und sie schluckte krampfhaft.

»Mr. Tannet?« Sie war sich nicht sicher, ob sie seine Stimme erkannt hatte.

»Sie haben's erraten. Wie komisch, daß Sie hier herumlaufen, statt im Bett zu liegen.«

»Wieso ist es komisch, wenn man nicht schlafen kann und einen kleinen Spaziergang macht?«

»Ich kann in letzter Zeit auch schlecht schlafen – wegen meiner großen finanziellen Sorgen.«

»Das tut mir leid.«

»Haben Sie das Boot gehört? Unten an der Landungsbrücke?«

»Nein.«

»Seltsam. Gerade mitten in der Nacht kann man so was ganz deutlich hören. Offenbar schnüffelt hier irgend jemand rum.«

»Sie müssen sich täuschen.«

»Wohl kaum... Hätten Sie eine Minute Zeit? Ich will mit Ihnen reden.«

»Gut, aber machen Sie's kurz. Ich werde allmählich müde, und zu diesem Zweck bin ich schließlich und endlich aus dem Haus gegangen.«

»Mein Laden läuft prima, und die Waren finden geradezu reißenden Absatz, aber die verdammten Nigger bezahlen nichts dafür.«

»Sie müssen bis zur Ernte warten, Mr. Tannet. Wenn die Ernte verkauft ist, haben die Neger wieder Geld.«

»So lange werden sich die Leute, von denen ich meine Ware bekomme, nicht gedulden, und deshalb dachte ich, daß Sie mir schon jetzt einen Teil des Geldes geben könnten, das Sie später an die Nigger auszahlen werden.«

»Warum sollte ich?«

»Weil ich überall herumerzählen könnte, daß Culver heute nacht hier war.«

Virginia riß sich mühsam zusammen, um ihre Erregung zu verbergen. »So? War er hier?«

»Wie gesagt – das könnte ich erzählen.«

»Erzählen Sie, was immer Sie wollen. Und jetzt entschuldigen Sie mich bitte.«

Henry Tannet trat ihr in den Weg. »Ich habe ein Boot gehört, und Sie waren auf dem Landesteg.«

»Gut, Sie haben also ein Boot gehört, und darin könnten General Grant oder General Lee oder sonstwer gesessen haben. Bitte, lassen Sie mich jetzt vorbei.«

»Es würde keinen guten Eindruck machen, wenn ich...«

»Mr. Tannet, hören Sie auf mit diesem absurden Gerede! Ich hatte die Absicht, Ihnen das Haus, den Laden und die Felder zu einem reellen Preis abzukaufen, aber nun habe ich mich anders besonnen. Ich werde Ihnen nur die Summe geben, die Sie damals für die Plantage ausgelegt haben – keinen Cent mehr.«

»Lenken Sie nicht vom Thema ab! Wir hatten von Culver gesprochen. Auf dem Festland wird man mir sicher glauben.«

Sie lachte verächtlich. »Bilden Sie sich ein, das Wort eines Yankee-Kriegsgewinnlers würde schwerer wiegen als die Aussage einer Südstaatenlady? Sie sind sehr naiv, Mr. Tannet. Und jetzt gehen Sie mir endlich aus dem Weg!«

Wütend trat er beiseite und schien vergeblich nach einer passenden Antwort zu suchen. Virginia widerstand der Versuchung, zum Haus zu laufen. Würdevoll, mit gemessenen Schritten ging sie den Weg hinauf.

Als sie die Haustür hinter sich geschlossen hatte, lehnte sie sich kraftlos an die Wand. Er hat nichts gesehen, redete sie sich ein. Vielleicht hat er einen Ruderschlag gehört – das ist alles. Wenn er Bradley gesehen hätte, wäre er aggressiver gewesen. In Zukunft müssen wir besser aufpassen...

20

Am Donnerstagvormittag ging Virginia zur Landebrücke, um Elias zu begrüßen. Er war nach Valcour gekommen, um an Nanines und Miles' Hochzeit teilzunehmen. Liebevoll küßte er seine Frau, dann stiegen sie Arm in Arm den Hang hinauf.

»Ich habe dich so vermißt«, beteuerte sie. »Du ahnst ja nicht, wie einsam es hier manchmal sein kann, obwohl mir Nanine und Miles oft Gesellschaft leisten.«

»Und deine Mutter«, ergänzte er grinsend.

Virginia seufzte tief auf. »Sie schließt sich in ihrem Zimmer ein, verzichtet sogar auf ihre Mahlzeiten und schluchzt so laut, daß man es im ganzen Haus hören kann.«

»Mach dir keine Sorgen, sie wird schon wieder zur Vernunft kommen.«

»Hoffentlich. Wie lange bleibst du hier, Liebling?«

»Ich muß gleich nach dem Hochzeitsessen zurückfahren.«

»O Elias...« begann sie enttäuscht.

»Du weißt doch, daß ich die Arbeiter nicht sich selbst

überlassen kann«, unterbrach er sie. »Außerdem muß ich die Bauarbeiten beaufsichtigen.«

»Und wann werden wir wieder zusammensein? Im Augenblick gibt's kaum etwas zu tun für mich, und ich habe keine Ahnung, was ich mit meiner Zeit anfangen soll. Nan ist meistens bei Miles – und Mama schmollt und heult.«

»Ich weiß, mein Liebes. Willst du mich aufs Festland begleiten?«

»Das würde ich gern tun, aber da Mama unfähig ist, sich um den Haushalt zu kümmern, muß ich nach dem Rechten sehen.«

»Das verstehe ich. Und was ist mit den Yankees?«

»Seit wir uns das letztemal gesehen haben, ist eine Familie abgereist und hat vorher ihr Haus demoliert. In Zukunft werde ich geeignete Maßnahmen ergreifen, damit so etwas nicht noch einmal passiert. Und da wäre noch etwas...« Virginia zögerte kurz. »Eines Nachts konnte ich nicht schlafen und ging ein wenig spazieren. Da trat mir Tannet in den Weg und versuchte mich zu erpressen.«

»Was?« rief Elias fassungslos.

»Er behauptete, er hätte ein Boot gehört, und nahm an, daß Culver wieder auf der Insel war.«

»Großer Gott! Ist Tannet verrückt geworden?«

»Ich fürchte, die Yankees bilden sich ein, Culver hätte die Beute damals nur zurückgebracht, weil er unser Freund ist.«

»Wenn ich diesen Verbrecher jemals zwischen die Finger kriege, wird alle Welt wissen, ob ich ihn als Freund oder Feind betrachte. Wie ich höre, begeht er immer riskantere Überfälle. Und das ist gut so. Je unverschämter er sich aufführt, desto eher wird man ihn schnappen. Ich glaube, seine Tage sind gezählt.«

Zu ihrer Erleichterung brauchte Virginia nicht darauf zu antworten, denn sie hatten inzwischen das Haus erreicht. Nanine erwartete sie im Salon. Sie sah bezaubernd aus in ihrem Hochzeitskleid. Miles hatte Virginia die Adresse seines Freundes Anton Boyle gegeben und erklärt, dieser würde sie zu einem Laden führen, wo man die schönsten Brautkleider bekäme. Sie hatte protestiert und behauptet, so etwas wäre nirgendwo in den Südstaaten zu haben, doch er hatte nur gelacht. »Es gibt fast nichts, was man für Geld nicht kaufen kann. Anton kümmert sich um meine Investments, und er ist ebenso vertrauenswürdig wie James Warren. Du kannst dich voll und ganz auf ihn verlassen.«

Miles hatte recht behalten. Eines Abends war Virginia mit einem eleganten Brautkleid samt Schleier, Seidenschuhen und -strümpfen sowie blauen Strumpfbändern aus Charleston zurückgekehrt. Sie hatte die Sachen in einem vornehmen Geschäft erworben, das sie zuvor nicht gekannt hatte und das über erlesene Waren verfügte. Anton Boyle hatte herzlich über ihre Verblüffung gelacht. »Stellen Sie mir keine Fragen, meine Liebe. Der Laden gehört mir zwar nicht, aber ich habe meine Verbindungen.«

Nun schauten Virginia und Elias bewundernd zu, wie Nanine langsam durch das Zimmer schritt und die üppige Schleppe hinter sich her zog. Ihr Schwager gab ihr lächelnd einen Kuß. »Was für eine schöne Braut du bist!«

»Danke, daß du dir für meine Hochzeit Zeit genommen hast. Ich hoffe, der Priester wird pünktlich kommen.«

»Reverend Thompson wird um zwei Uhr eintreffen«, versicherte Virginia. »Dafür werden Mr. Warren und Mr. Boyle sorgen. Die beiden kommen nämlich auch zur Hochzeit.«

»Wenn die Damen mich jetzt entschuldigen würden...« Elias verneigte sich. »Ich möchte Miles besuchen.«

»Darüber wird er sich bestimmt freuen«, sagte Nanine. »Ich glaube, er sieht seit ein paar Tagen viel besser aus, und ich hoffe sehr, daß du mir das bestätigen wirst. Er hat sich so auf diesen Tag gefreut... Vielleicht wird ihn sein Glück doch noch gesund machen.«

»Ganz bestimmt«, behauptete Virginia. »Geh nur, Elias, wir sehen uns später.«

Als die beiden Schwestern allein waren, fielen sie einander in die Arme, und Nanine seufzte tief auf. »O Virgie, ich kann kaum glauben, daß heute tatsächlich mein Hochzeitstag ist. Manchmal denke ich, es wäre nur ein Traum.«

»Es ist Wirklichkeit, und ich freue mich mit dir. Ist Mama heruntergekommen?«

Nanine schüttelte betrübt den Kopf. »Sie wird auch nicht mehr kommen. Deshalb wollen wir im alten Hospital feiern und nicht hier im Haus, denn das wäre zu peinlich für Miles.«

Als es an der Zeit war, gingen sie auf die Veranda und beobachteten, wie Elias den Priester von der Landebrücke heraufführte, gefolgt von Warren und Boyle. Die drei Männer gingen zum Hospital weiter, während Elias die Verandastufen heraufstieg.

Plötzlich schrie Nanine erschrocken auf. »O Gott! Der Ring! Wir haben den Ring vergessen!«

Elias grinste. »Den hat Anton. Er wird ihn Miles geben. Und ich werde jetzt die Braut zu ihrem Bräutigam führen.«

Als sie sich auf den Weg machten, sah Virginia, daß Belle, Ivy, Moses und ein paar andere Exsklaven Spalier standen. In Belles großen, runden Augen schimmerten Tränen, und Virginia hob erstaunt die Brauen, als ihr die dicke Negerin ein huldvolles Lächeln schenkte. Erfreut lächelte sie zurück und rief: »Ihr müßt alle zur Hochzeit kommen! Belle, du sorgst dafür, ja?« Dann beugte sie sich zu Nanine und flüsterte ihr ins Ohr: »Soeben habe ich Mama an ihrem Schlafzimmerfenster entdeckt. Es tut ihr sicher leid, daß sie beschlossen hat, nicht mit uns zu feiern.«

»Mir auch«, erwiderte Nanine, »aber ich bin zu glücklich, um mich deshalb zu grämen.«

Als sie das Hospital betraten, stand Miles in einem weißen Anzug neben Reverend Thompson. Virginia eilte an seine andere Seite, aber er schien keine Stütze zu brauchen. Freudestrahlend nickte er ihr zu, und dann bezogen Warren und Boyle neben ihr Stellung. Belle kam mit den anderen Schwarzen herein, Elias geleitete die Braut zu Miles, und der Reverend begann zu sprechen. Virginia mußte vor Rührung weinen, und Belle schluchzte mehrmals laut auf. Nach der Trauung eilte die Köchin zu dem weißgedeckten Tisch mit dem von ihr vorbereiteten Buffet, um zu sehen, ob alles in Ordnung war. Zwischen dem Silber und dem kostbaren Porzellan von Willowbrook standen Platten mit Kuchen, kaltem Braten und Sandwiches.

Anton Boyle öffnete den Champagner und füllte die Gläser. Man stieß auf das junge Paar an und unterhielt sich angeregt. Nanine wich nicht von Miles' Seite. Anscheinend bereitete es ihm keine Mühe, so lange zu stehen und Konversation zu machen. Trotzdem sorgte sie dafür, daß sich die Feier nicht in die Länge zog, denn sie wußte, daß er mit seinen Kräften haushalten mußte. Nachdem sich die Gäste verabschiedet hatten, bat sie Belle, die Essensreste unter den Schwarzen zu verteilen, auch die Hochzeitstorte, denn das würde ihnen allen Glück bringen.

Virginia begleitete ihren Mann und den Reverend zur Landebrücke, Miles' Freunde wollten noch etwas länger auf der Insel bleiben. In Gegenwart des Priesters konnte sie Elias nur kurz umarmen und kaum ein privates Wort mit ihm wechseln. Wehmütig blickte sie dem Boot nach, das sich auf dem sonnenhellen Wasser entfernte und dachte an die langen, einsamen Tage, die vor ihr lagen.

Sie ging ins Haus und versuchte, sich mit den Erfolgen zu trösten, die sie in den vergangenen Wochen erzielt hatte. Bald würden die letzten Yankee-Familien das Weite suchen und die Insel den Hammonds und deren Freunden überlassen. Die Arbeit auf der Festlandplantage machte auch gute Fortschritte, Elias würde sicher bald nach Valcour zurückkehren können... Und wie sollte sie sich dann mit Bradley treffen?

Um sich von diesen beunruhigenden Gedanken abzulenken, setzte sie sich ins Arbeitszimmer, um einige Papiere durchzusehen. Der alte Küchentisch war längst einem kostbaren massiven Schreibtisch gewichen, der Raum war, ebenso wie alle anderen Zimmer von Willowbrook, neu eingerichtet worden. Sie hatte versucht, Duplikate der alten Möbel zu beschaffen, und als das mißlungen war, neue erworben, die der früheren Ausstattung glichen. Jetzt bereute sie es, daß sie sich diese schwierige, zeitraubende Aufgabe nicht für später aufgehoben hatte, denn dann hätte sie jetzt genug zu tun, um die brennende Sehnsucht nach Bradley zu vergessen.

Lenore blieb auch abends in ihrem Zimmer. Virginia saß allein am Eßtisch und stocherte lustlos in ihrem Teller herum. Das einzige, was sie vor abgrundtiefer Verzweiflung bewahrte, war die Erinnerung an die Hochzeit ihrer Schwester. Nanine war so glücklich gewesen, als ihr Miles den Ring über den Finger gestreift hatte...

Ein gellender Schrei riß Virginia aus dem Schlaf. Verwirrt richtete sie sich auf. Hatte sie geträumt? Nein, jetzt klang ein neuer Schrei auf, ganz in der Nähe – im Zimmer ihrer Mutter. Sie sprang aus dem Bett, rannte auf den Flur und riß Lenores Tür auf.

Ihre Mutter stand am Fenster, Virginia brauchte nicht nach dem Grund ihrer Erregung zu fragen. Rote und gelbe Flammen über den Wipfeln erhellten das nächtliche Dunkel. Sie lief in ihr Zimmer zurück, um sich anzuziehen, und als sie wieder herauskam, stand Lenore vor ihr.

»Sie brennen alles nieder! Diese verdammten Yankees!«

»Nein, nur ein einziges Haus steht in Flammen«, erwiderte Virginia. »Ich glaube das Porter-Haus. Geh wieder ins Bett, Mama. Ich werde sehen, was ich tun kann.«

Auf dem Weg zu der Brandstelle traf sie Nanine, die ihr atemlos zurief: »Das befürchte ich schon seit Tagen!«

»Warum?«

»Die Yankees sind so wütend, deshalb dachte ich mir, daß sie sich an uns rächen würden. Ich glaube, es ist das Porter-Haus.«

»Ich auch. Komm, sehen wir mal nach, was da los ist. Wenn sie die ganze Insel zerstören wollen, werde ich ihnen einen Strich durch die Rechnung machen und die Yankee-Soldaten auf die Insel holen. Captain Delaney ist sehr verständnisvoll. Er wird mir sicher helfen.«

Einige Leute hatten sich in sicherer Entfernung von dem brennenden Haus versammelt. Niemand hatte Wassereimer geholt. Sie standen nur da und schauten schweigend zu, wie die Flammen das Haus verzehrten. Auch Tannet hatte sich eingefunden. Er verließ die anderen, um Virginia und Nanine entgegenzugehen. »Das sollte eine Lehre für Sie sein, meine Damen. Mel Hutton hat geschworen, daß er nichts für Sie übriglassen würde.«

»Soll das heißen, daß er das Haus absichtlich angezündet hat?« fragte Nanine bestürzt.

»Das habe ich nicht behauptet. Manchmal kann man einfach nicht feststellen, aus welchem Grund ein Feuer ausgebrochen ist. Nicht einmal dann, wenn jedes gottverdammte Haus auf dieser Insel niederbrennt.« Er warf Virginia einen vielsagenden Blick zu. »Sie wissen sicher, wie das gemeint ist, Mrs. Birch.«

»Ich weiß nur eins«, entgegnete sie kühl. »Falls Mr. Hutton tatsächlich Brandstiftung begangen hat, werde ich dafür sorgen, daß er zur Rechenschaft gezogen wird. Auch hier gelten gewisse Gesetze, Mr. Tannet – selbst, wenn diese Gegend von nordamerikanischen Soldaten verwaltet wird.«

»Was können Sie denn schon beweisen? Keiner von uns wird erzählen, er hätte gesehen, wie Mel Hutton das Haus angezündet hat. Und selbst wenn er's getan hätte – niemand kann einem Mann verbieten, sein eigenes Haus niederzubrennen.«

»Bitte, teilen Sie Mr. Hutton und seiner Familie mit, daß er die Insel sofort verlassen muß, oder ich hetze ihm Captain Delaney an den Hals. Falls noch jemand die Absicht hegen sollte, sein Haus zu zerstören, sollte er sich sehr genau vergewissern, daß er es nicht tut, um seiner Steuer – oder seinen Hypothekenschulden zu entgehen. Das wäre nämlich strafbar.«

»So, wie Sie mit den guten Leuten auf dieser Insel umgegangen sind, haben Sie das ja geradezu herausgefordert, Mrs. Birch. Valcour gehört nicht Ihnen, und Sie haben kein Recht, uns herumzukommandieren.«

Virginia würdigte ihn keines Blickes. »Komm, Nanine.«

Schweigend gingen sie zum Hospital, wo Miles besorgt und ungeduldig wartete.

»Das Porter-Haus brennt«, erklärte ihm seine Frau. »Sie haben es in Brand gesteckt, damit wir es nicht zurückkaufen können, und gedroht, auch alle anderen Häuser zu zerstören.«

Miles wandte sich an seine Schwägerin. »Virginia, ich wäre dir dankbar, wenn du mir eine Schußwaffe beschaffen könntest. Ich weiß damit umzugehen – trotz des Fehlschlags, den ich bei meinem Duell mit deinem Bruder erlitten habe. Ich möchte den Yankees nicht hilflos gegenüberstehen.«

»Natürlich, das verstehe ich, Miles. Ich werde dir ein Gewehr geben. Elias hat uns ein ganzes Arsenal besorgt. Es tut mir leid, daß das an deinem Hochzeitsabend passieren mußte.«

Er lächelte. »Das beeinträchtigt mein Glück nicht allzusehr.«

»Wahrscheinlich hat man das Feuer vom Festland aus gesehen«, meinte Nanine. »Ich nehme an, daß bald jemand kommen wird.«

Miles nickte. »Du solltest deine Schwester zur Landebrücke begleiten.« Er zog den Schlafrock, den er über sein Nachthemd gezogen hatte, enger um die Schultern, als würde er frösteln. »Mach dir um mich keine Sorgen, ich gehe wieder ins Bett.«

»Ich hoffe, es wird nicht allzulange dauern.« Sie küßte ihn, dann folgte sie ihrer Schwester aus dem Haus.

Noch bevor sie die Küste erreichten, sahen sie eine große Barke heranfahren, von sechs Soldaten gerudert. Captain Delaney stand im Bug und sprang sofort auf die Brücke, als das Boot festgemacht war. »Was ist passiert, Mrs. Birch?«

»Ein Haus ist abgebrannt.«

»Ist jemand verletzt?«

»Meines Wissens nicht.«

»Gott sei Dank! Von weitem sah es so aus, als stünde die ganze Insel in Flammen.«

»Dazu wird es vielleicht bald kommen«, sagte Nanine. »Einer von den – Nordamerikanern hat uns prophezeit, die Leute würden alle Häuser niederbrennen, damit wir sie nicht zurückkaufen können.«

»Das ist an anderen Orten bereits passiert.« Der Captain wandte sich zu seinen Männern und befahl ihnen, zur Brandstelle zu gehen, das Ausmaß des Schadens abzuschätzen und zu eruieren, wie das Feuer ausgebrochen war.

»Außer den Schornsteinen ist nichts mehr übrig«, berichtete Virginia. »Man könnte meinen, General Sherman wäre über die Insel marschiert. Das Feuer wurde mit Absicht gelegt, denn ein so massiv gebautes Haus könnte nicht nach so kurzer Zeit in einem Flammenmeer stehen.«

»Ich werde Elias benachrichtigen, wenn Sie das wünschen, Mrs. Birch.«

»Bitte, tun Sie das nicht, Captain. Er würde sofort nach Valcour kommen und die Festlandplantage im Stich lassen. Und das möchte ich nicht, weil die Bauarbeiten in vollem Gang sind.«

»Nun, dann werde ich den Leuten eine Lektion erteilen. Ich kann ihnen nicht befehlen, Valcour zu verlassen, aber ich werde ihnen für den Fall, daß sie weitere Häuser niederbrennen, eine strenge Bestrafung androhen – obwohl ich gar nicht so weit gehen dürfte. Es gibt kein Gesetz, das einem Mann verbietet, sein eigenes Haus anzuzünden, es sei denn, er wollte von seinem Verlust profitieren. Und das ist hier wohl kaum zu erwarten.«

»Bitte, teilen Sie uns später mit, was Sie herausgefunden haben, Captain. Meine Schwester und ich erwarten Sie auf Willowbrook.«

Er versprach, daß er sie aufsuchen würde, und sie gingen ins Haus. Lenore stand in der Halle. »Was ist geschehen?« Sie richtete ihre Frage an Virginia und ignorierte ihre andere Tochter.

»Mr. Hutton hat das Porter-Haus angezündet, das er in ein paar Tagen aufgrund seiner Schulden verloren hätte. Die Soldaten aus Charleston sind schon unterwegs zur Brandstelle.«

»Vermutlich Yankee-Soldaten...«

»Ja, Mama, Yankee-Soldaten, und wir können verdammt froh sein, daß sie so schnell gekommen sind.«

»Und was werden sie tun? Nichts! Wahrscheinlich freuen sie sich sogar...«

»Das bezweifle ich. Hast du bemerkt, daß Nanine mit mir gekommen ist, Mama?«

»Ich habe mich bemüht, sie zu übersehen«, lautete die kühle Antwort.

»Mama, ich heiße jetzt Mrs. Rutledge«, sagte Nanine leise, »aber ich bin immer noch dein Kind.«

»So? Du hast mich verraten – mich und deinen Bruder. Möge der Herr dir verzeihen, ich kann es nicht, und ich wäre dir dankbar, wenn du dieses Haus verlassen würdest.«

»Mama«, mischte sich Virginia hastig ein, »Nan wird bleiben, und sie wird hierherkommen, so oft sie will. Du bist nicht nur albern, sondern auch noch eine schlechte Mutter.«

»Das ist ungeheuerlich«, entgegnete Lenore tonlos, wandte sich abrupt ab und stieg die Treppe hinauf.

Nanine seufzte bedrückt. »Arme Mama...«

»Ich will das nicht länger mit ansehen, Nan. Sobald wieder Ruhe auf Valcour eingekehrt ist, werde ich darauf bestehen, daß du mit Miles nach Willowbrook kommst, zum Mittag- oder Abendessen. Mama muß sich damit abfinden. Es gibt keinen anderen Weg, mit ihr fertig zu werden.«

»Geh nicht zu hart mit ihr um, Virgie. Mama versteht das alles nicht, und deshalb darf man ihr keine Vorwürfe machen. Laß ihr noch etwas Zeit.«

»Sie hatte lange genug Zeit, um sich an ihren neuen Schwiegersohn zu gewöhnen«, stieß Virginia wütend hervor. »Und statt sich endlich mit dir zu versöhnen, hat sie auch noch versucht, dir deinen Hochzeitstag zu verderben.«

»Falls das wirklich ihre Absicht war, ist es ihr nicht gelungen. Komm, kochen wir Kaffee für den Captain.«

Eine halbe Stunde später saßen sie mit Delaney und seinen

Leuten im Salon, bei Kaffee und Kuchen. Er bestätigte, daß ein Fall von Brandstiftung vorlag und fügte hinzu: »Sie haben es zugegeben ohne Scham oder Reue, und ich traue es ihnen durchaus zu, auch die anderen Häuser anzuzünden. Ich weiß nicht, was ich tun soll. Man wird mir nicht gestatten, eine Garnison auf Valcour zu etablieren, um die Insel bewachen zu lassen. Vielleicht weiß Elias, wie man das Problem lösen könnte. Ich weiß es leider nicht.«

Virginia seufzte. »Mein Mann hat genug auf der Festlandplantage zu tun. Ich will ihm nicht noch mehr Sorgen aufbürden. Mit dieser Sache muß ich allein fertig werden.«

Er hob verwundert die Brauen. »Aber... ich muß ihn zumindest verständigen.«

»Vorerst nicht – bitte, Captain. Er ist ohnehin überlastet. Heute ist er sofort nach der Hochzeit meiner Schwester wieder weggefahren, weil er auf der großen Plantage nach dem Rechten sehen muß.«

»Oh – Sie haben geheiratet?« Captain Delaney stand auf, um sich vor Nanine zu verbeugen. »Herzlichen Glückwunsch, Mrs...«

»Mrs. Miles Rutledge«, verkündete Nanine voller Stolz.

»Ah!« Delaney setzte sich wieder. »Ich habe mich schon gefragt, was aus ihm geworden ist.«

»Er lebt auf der Insel, seit jenem verhängnisvollen Unfall«, erklärte sie.

Er nickte. »Ich kenne die Geschichte dieses Duells, Mrs. Rutledge. Die beiden Sekundanten Ihres Mannes und Mr. Birch sind anschließend sofort zu mir gekommen. Und ich bin wie Sie der Meinung, daß es ein Unfall war. Sie haben eine hervorragende Wahl getroffen, meine Liebe. Mr. Rutledge ist ein charakterstarker und – sehr vermögender Mann.« Nach einer kleinen Pause fuhr er lächelnd fort: »Wenn ich auch nicht glaube, daß das Geld bei Ihrer Entscheidung eine Rolle gespielt hat.«

»Dafür danke ich Ihnen, Captain.«

»Wann kann ich Ihren Mann über die Brandkatastrophe informieren, Mrs. Birch?«

»Geben Sie mir bis übermorgen Zeit«, bat Virginia. »Vielleicht kann ich den Leuten Vernunft beibringen. Wenn die Dinge außer Kontrolle geraten, werde ich Elias sofort benachrichtigen.«

»Einverstanden. Ich bedauere es zutiefst, daß ich Ihnen nicht beistehen kann, und ich danke für die typische Südstaaten-Gastfreundschaft, die Sie meinen Männern und mir gewährt haben und in deren Genuß wir nicht allzuoft kommen. Kein Wunder, nachdem sich die Yankees auch andernorts so aufgeführt haben wie heute nacht auf Valcour.«

Die beiden Frauen begleiteten den Captain und seine Soldaten bis vor das Haus, dann verabschiedeten sie sich von ihnen. »Wenn es dir nichts ausmacht, gehe ich jetzt«, sagte Nanine zu ihrer Schwester. »Ich möchte Miles nicht so lange allein lassen.«

»Natürlich, das verstehe ich, Nan. Warte noch einen Augenblick, ich möchte dir ein Gewehr mitgeben. Wenn ich weiß, daß Miles bewaffnet ist, werde ich besser schlafen können.«

21

Nanine sah, wie alle noch verbliebenen Yankee-Siedler in geschlossener Formation auf Willowbrook zumarschierten, und verließ sofort das Hospital, um Virginia zu warnen.

Sie lief, so schnell sie konnte, und erreichte das Haus noch vor den Männern. Virginia saß ahnungslos im Arbeitszimmer und hob überrascht den Kopf, als ihre Schwester hereinstürmte.

»Die Yankees werden gleich da sein«, keuchte Nanine. »Ich weiß nicht, was sie wollen, aber ihre Gesichter verheißen nichts Gutes.«

Virginia stand auf. »Gehen wir hinaus. Ich hatte mir ohnehin überlegt, ob ich sie hierherbitten soll. Nach den Ereignissen der vergangenen Nacht müssen wir ihnen in aller Deutlichkeit klarmachen, welche Folgen ein Vergehen wie Brandstiftung haben kann.«

Sie standen auf den Verandastufen, als die Yankees eintrafen. Henry Tannet fungierte als Sprecher der Gruppe. »Wir wollen Ihnen was sagen, und wir meinen es verdammt ernst, meine Damen. Sie haben gesehen, was in der letzten Nacht passiert ist, und wir brennen lieber jedes einzelne Haus nieder, bevor wir es in Ihre gierigen Hände fallen lassen.«

Nanine schrie entsetzt auf, aber Virginia unterdrückte ihren

Zorn. Sie trat einen Schritt vor und fragte mit kühler Stimme: »Darf ich fragen, an welche Alternative Sie gedacht haben?«

»Sie können die Häuser kaufen, Mrs. Birch – aber den Preis werden wir festsetzen, nicht Sie.«

»Vielleicht gestatten Sie mir, auf Ihre Steuerschulden hinzuweisen. Wenn Sie Ihre Häuser anzünden, könnte der Verdacht entstehen, Sie hätten das nur getan, um sich Ihren Verpflichtungen zu entziehen. Das wäre Brandstiftung – und das ist strafbar.«

»Wer sollte uns denn vor Gericht stellen? Entweder Sie zahlen, oder alles geht in Flammen auf.«

Ein dünner kleiner Mann trat vor und rief: »Und mir müssen Sie auch Geld geben – obwohl ich mein Haus niedergebrannt habe!«

Virginia hob die Brauen. »Sie müssen Mel Hutton sein.«

»Ich weiß, wie man ein Feuer legt«, prahlte er. »Das habe ich verdammt gut gemacht gestern nacht, was? Aber Sie müssen mir trotzdem eine ganze Menge zahlen, sonst kommen Sie mit den anderen auch nicht ins Geschäft.«

»Ich muß erst mit meinem Mann sprechen.«

»Wir geben Ihnen eine Woche Zeit«, entgegnete Tannet. »Länger wollen wir nicht mehr auf dieser Insel bleiben, aber wir wollen nicht auf unser Eigentum verzichten, und das müssen Sie uns erst mal abkaufen.«

Sie gingen davon, redeten lebhaft aufeinander ein und grinsten siegessicher. Virginia kehrte mit ihrer Schwester ins Arbeitszimmer zurück. Sie setzten sich, starrten schweigend vor sich hin, dann brach Nanine in Tränen aus.

»Weine doch nicht«, bat Virginia. »Noch haben sie die Häuser nicht in Brand gesteckt.«

»Aber sie meinen es ernst.«

»Das weiß ich auch. Und ich weiß auch, daß wir unmöglich auf ihre Forderungen eingehen können. Wenn wir das tun wollten, müßten wir eine Hypothek auf Willowbrook aufnehmen – falls wir überhaupt eine Bank finden, die soviel Geld flüssig hat. Wir sollten Miles um Rat fragen. Ich bin am Ende meiner Weisheit. Und Elias müssen wir natürlich auch verständigen – obwohl ich ihn da raushalten wollte. Verdammt!«

Miles konnte den beiden Schwestern weder einen Rat geben noch Trost spenden. »Wenn sie die Häuser anzünden, wird man sie wohl kaum zur Rechenschaft ziehen. Natürlich wäre das verbrecherisch, aber in dieser chaotischen Nachkriegszeit wird es uns schwerlich gelingen, die Yankees davon zu überzeugen.«

»Dann müssen wir alles Weitere meinem Mann überlassen«, entschied Virginia. »Ich werde sofort einen Schwarzen zu ihm schicken und ihn bitten lassen, nach Hause zu kommen. Dafür hat er sicher Verständnis.«

»Es gibt noch eine andere Möglichkeit. Ich besitze mehr Geld, als ich jemals ausgeben werde – und mehr als genug, um die Forderungen der Yankees zu erfüllen.«

»Nein, Miles«, protestierte Virginia, »das können wir nicht annehmen.«

»Warum nicht? Ich bin jetzt ein Familienmitglied. Du willst die Insel wieder in ihren früheren Zustand versetzen, und dafür habe ich volles Verständnis. Und wenn deine alten Nachbarn zurückkommen und wieder Baumwolle anbauen, werden sie ihre Schulden mit der Zeit begleichen können.«

»Elias wäre dagegen.«

»Wir werden sehen, was er davon hält. Wenn er einverstanden ist, wäre das Problem gelöst.«

»Vielleicht gibt es noch einen anderen Weg. Zumindest würde sich ein Versuch lohnen. Ich werde meinen Anwalt, unseren Bankier und Captain Delaney konsultieren. Vielleicht werden sie uns helfen.«

»Heute solltest du nicht mehr aufs Festland fahren, dazu ist es schon zu spät«, wandte Nanine ein. »Es wird bald dunkel. Und wir haben noch eine Woche Zeit.«

»Du hast recht«, stimmte Virginia zu. »Ich fahre morgen früh nach Charleston. Vorher werde ich Elias verständigen, damit wir uns in der Stadt treffen können. Am Abend kommen wir zurück.«

Beim Dinner erzählte Virginia ihrer Mutter von Miles' großzügigem Angebot, den Yankees alle Plantagen von Valcour abzukaufen. »Vielleicht siehst du deinen Schwiegersohn jetzt in einem anderen Licht«, fügte sie hinzu.

»O nein!« entgegnete Lenore und schluchzte gequält auf. »Er hat meinen Sohn getötet, und ich verbiete dir, dieses Angebot anzunehmen. Lieber verliere ich die Insel! Auf diese Weise will er sich doch nur den Zugang zur Familie Hammond erkaufen ...«

»Mama«, fiel ihr Virginia ungeduldig ins Wort, »morgen früh fahre ich aufs Festland und komme abends mit Elias zurück. Welche Entscheidung er auch immer treffen sollte, wir werden uns danach richten. Und ich schwöre dir – wenn du noch eine einzige Träne an diesem Tisch vergießt, zertrümmere ich alle Teller, die darauf stehen.«

»Ach Gott, jeden Tag stürmen neue Katastrophen auf uns ein!« jammerte Lenore. »Wie soll ich das ertragen? Ich wünschte, dein Vater wäre hier. Er wüßte, wie man mit diesen gräßlichen Yankees umgehen müßte.«

»Er ist aber nicht hier, Mama, und Elias wird ganz bestimmt einen Ausweg finden. Das ist alles, was ich zu sagen habe. Ich würde mich beim Essen lieber über etwas Angenehmeres unterhalten. Und noch etwas – du wirst nie wieder Miles' angebliche Schuld an Martys Tod erwähnen. Das ist ein Befehl.«

»Gibt es in diesen schlimmen Zeiten überhaupt noch erfreuliche Gesprächsthemen?«

»Zum Beispiel wird Molly Peters nächste Woche auf die Insel zurückkommen. Ihr altes Haus ist vor einigen Tagen geräumt worden. Sie ist eine unserer ältesten Freunde, und ihre Anwesenheit wird uns sicher vieles erleichtern.«

Seufzend schüttelte Lenore den Kopf. »Sie wird nie mehr zurückkehren. Die Leute werden ihr Haus genauso anzünden wie alle anderen ...«

Virginia schob ihren Tisch zurück, warf die Serviette auf den Tisch und stand auf. »Gute Nacht, Mama. Ich habe noch zu tun. Geh nach oben und wein dich in Ruhe aus.«

Sie ging ins Arbeitszimmer, setzte sich an den Schreibtisch und begann zu rechnen. Aber so oft sie die Finanzen von Willowbrook auch überprüfte – sie sah keine Möglichkeit, das Geld aufzutreiben, das die Yankees verlangten.

Nach einer Stunde klappte sie deprimiert ihre Aktenordner zu. Als sie aufstand, glaubte sie ein Geräusch in der Halle zu hören. »Nan, bist du das?« rief sie.

Sie wartete ein paar Sekunden, bekam aber keine Antwort. Offenbar hatte sie sich getäuscht. Sie blies die Schreibtischlampe aus. Plötzlich klangen hastige Schritte hinter ihr in der Dunkelheit auf, und eine Hand preßte sich auf ihren

Mund. Verzweifelt wehrte sie sich, doch der Mann war viel stärker als sie. Ein Tuch wurde zwischen ihre Lippen geschoben und am Hinterkopf festgebunden. Der Angreifer drückte sie gegen den Tisch, fesselte ihr die Hände auf den Rücken, ein anderer packte ihren Arm.

»Seien Sie vernünftig und machen Sie keinen Ärger, sonst wird es Ihnen leid tun«, warnte eine leise Stimme.

Die beiden Männer zerrten sie aus dem Zimmer. In der Halle war es etwas heller, und sie sah, daß die beiden schmutzige, zerlumpte Kleider trugen. Langes Haar hing ihnen strähnig in die Gesichter.

Der Knebel drückte sich unangenehm an Virginias Zähne, ihre gefesselten Handgelenke begannen zu schmerzen. Die Entführer brachten sie aus dem Haus und zu Tannets kleinem Laden, wo sich die Yankees versammelt hatten, bewacht von einem Dutzend bewaffneter Männer, die ebenso heruntergekommen aussahen wie die Banditen, die Virginia aus dem Haus geholt hatten. Unsanft wurde sie in die Mitte der verängstigten Yankees gestoßen.

Eine große Gestalt tauchte aus der Finsternis auf – Bradley Culver, ein blutiges Messer in der Hand. Er bückte sich, wischte es im Gras ab, dann steckte er es in die Scheide an seinem Gürtel und ging langsam auf die furchtsame Schar zu.

»Ihr alle wißt, wer ich bin«, begann er. »Ich habe euch mit allem Nachdruck geraten, keinen Unsinn mehr zu treiben. Gestern nacht habt ihr ein Haus niedergebrannt. So etwas dulde ich nicht. Ihr habt das Haus einer vornehmen Südstaatenfamilie zerstört. Ein Teil meiner Leute ist stets auf dieser Insel postiert und informiert mich über alles, was hier geschieht. Wie mir mitgeteilt wurde, habt ihr gedroht, auch alle anderen Häuser anzuzünden. Ihr wolltet nicht auf meine Warnung hören. Und ihr scheint zu bezweifeln, daß es mein einziger Lebenszweck ist, die Yankees zu bekämpfen, die den Süden zu ruinieren trachten – in noch größerem Maße, als sie es ohnehin schon getan haben.«

Tannet trat vor. Er war leichenblaß und zitterte am ganzen Körper, schien aber etwas mehr Mut aufzubringen als die anderen. »Es ist unser gutes Recht, unser Eigentum niederzubrennen . . .«

Bradley Culver schlug ihn so kräftig ins Gesicht, daß Tannet mit blutenden Lippen zu Boden stürzte. Der Bandenführer wandte sich zu Virginia und schlang einen Arm um ihre Taille, so fest, daß sie gequält aufstöhnte. »Nun werde ich diese Dame, diese echte Südstaatendame fragen, was wir mit euch machen sollen. Ich wüßte es nur zu gut – aber die Entscheidung liegt bei ihr.« Er trat hinter Virginia und löste ihren Knebel. »Spiel bitte mit!« flüsterte er ihr zu. Nachdem er das Tuch entfernt hatte, befreite er sie auch von ihren Fesseln.

Ohne ihn anzusehen, rieb sie ihre geschwollenen Handgelenke und fuhr sich mit der Zunge über die Lippen. Bradley ging zu Tannet, packte ihn am Kragen und zog ihn auf die Beine. »Sie sollten auch zuhören, Mann! Anscheinend sind Sie hier der Oberbastard!« Lächelnd drehte er sich zu Virginia um. »Sprechen Sie, Ma'am! Ein Wort aus Ihrem Mund – und Sie sind diesen Abschaum ein für allemal los.«

»Bitte!« flehte sie. »Schonen Sie diese Leute, sie haben Ihnen nichts getan!«

»Die Yankees tragen die Schuld an dem beklagenswerten Zustand, in dem sich die Südstaaten nun befinden. Und damit ist es nicht genug – sie haben die Absicht, alle Häuser auf dieser Insel niederzubrennen. Also? Was sollen wir mit ihnen machen?«

»Bitte, gehen Sie! Sie haben nicht das Recht, diese Leute zu richten, und Sie sind kein Repräsentant der Südstaaten, sondern ein Verbrecher. Ich möchte, daß Sie gehen.«

Bradley nickte. »Wie Sie wünschen, Ma'am. Aber ich warne diese Schurken! Sollten sie hier noch einmal Ärger machen, wird es ihnen schlimm ergehen. Und um zu wissen, daß ich es ernst meine, brauchen Sie nur einen Blick auf den Mann zu werfen, der gestern das Haus angezündet hat. Bleibt alle, wo ihr seid! Eine Bewegung, und eure letzte Stunde hat geschlagen!«

»Gehen Sie endlich!« rief Virginia.

»Ja, Ma'am, aber ich finde, Sie sollten etwas mehr Dankbarkeit zeigen. Dies ist nicht das erstemal, daß wir unglücklichen Frauen helfen, die von den Yankees bedrängt werden, und diese anderen waren verdammt froh über unseren Beistand.« Bradley hob eine Hand und verschwand mit seinen Banditen in den Büschen. Die Yankees blieben wie angewurzelt stehen, zu verschreckt, um sich zu rühren.

Nach einer Weile wagte jemand zu fragen: »Was hat er über Mel Hutton gesagt?«

»Rasch, holen Sie Laternen!« stieß Virginia hervor. »Hat ihn irgend jemand gesehen?«

Niemand war ihm begegnet. Sie wußten nur, daß Hutton nicht in ihrer Mitte gewesen war, als Culver sie alle aus den Betten geholt hatte. Einige Männer eilten davon, um Virginias Befehl zu befolgen, und kamen bald darauf mit Laternen zurück, um das Gebüsch ringsum zu durchsuchen. Schon nach wenigen Minuten klang ein Schrei auf, und Virginia rannte in die Richtung, aus der die schrille Stimme zu ihr gedrungen war. Mel Hutton lag in einer Blutlache, mit durchschnittener Kehle. Übelkeit stieg in ihr auf, entsetzt wandte sie sich ab, von plötzlichem Ekel vor dem Mann erfaßt, dem sie sich hingegeben und den sie so oft herbeigesehnt hatte.

Schwankend folgte sie dem Weg, der nach Willowbrook führte. Im Hospital brannte Licht. Der Tumult mußte ihre Schwester und Miles geweckt haben. Nanine kam aus dem Haus gelaufen, sah Virginias bleiches Gesicht, ergriff ihren Arm und führte sie hinein.

Virginia setzte sich und hielt mühsam die Tränen zurück, die in ihren Augen brannten. »Bradley Culver und seine Banditen waren hier. Zwei Männer haben mich gefesselt und zu Tannets Laden gebracht...« In knappen Worten schilderte sie, was vorgefallen war.

Nanine und ihr Mann, der sich in seinem Bett aufgerichtet hatte, hörten entsetzt zu. Nachdem Virginia ihren Bericht beendet hatte, verlor sie die Beherrschung und begann zu schluchzen. Unglücklich fragte sie sich, ob sie um Bradley Culver weinte oder wegen des Verbrechens, das er auf Valcour begangen hatte.

Miles holte tief Luft. »Die Garnison muß über diesen Mord informiert werden – und Elias natürlich auch.«

Virginia nickte. »Ich fahre morgen früh nach Charleston. Was wird jetzt geschehen? Die Yankees glauben sicher, wir hätten die Bande auf die Insel gerufen. Zumindest Tannet wird das behaupten. Er verdächtigt uns schon seit einiger Zeit.«

»Wir wissen, daß wir unschuldig sind«, erwiderte Nanine. »Tannet soll erzählen, was er will – selbst wenn wir es wollten, wir wären gar nicht imstande, Culver hierherzubestellen. Nicht einmal die Polizei kann ihn finden. Wie hätten wir ihn aufstöbern sollen? Außerdem hat niemand die Insel verlassen, nachdem das Feuer ausgebrochen ist.«

»Culver wußte Bescheid«, erinnerte Miles seine Frau, »also muß ihn jemand verständigt haben.«

»Ja, das stimmt...« Ratlos schüttelte Nanine den Kopf, dann wandte sie sich zu ihrer Schwester. »Kommst du noch einmal zu uns, bevor du nach Charleston fährst?«

»Natürlich – nur für den Fall, daß noch etwas passieren wird. In einer solchen Situation muß man auf alles gefaßt sein.«

Virginia rannte durch die Dunkelheit nach Hause, so schnell ihre Beine sie trugen, voller Angst, daß jeden Augenblick ein Bandit oder ein Yankee zwischen den Büschen hervorspringen könnte. Lenore erwartete sie an der Haustür. »Wo um alles in der Welt hast du gesteckt? Du sorgst dich überhaupt nicht mehr um mich. Alle Achtung und Liebe, die du deiner Mutter schuldig bist...«

»Mama, bitte hör zu jammern auf«, fiel ihr Virginia ungeduldig ins Wort. »Ich habe ohnehin schon genug Sorgen«, fügte sie hinzu und erzählte, was sie erlebt hatte.

»Er hat also einen Yankee ermordet?« fragte Lenore, und als ihre Tochter nickte, seufzte sie erleichtert. »Nun, wenigstens hat keiner von uns dran glauben müssen... Warum quält uns dieser Culver so?«

»Weil er immer noch alle Yankees und alle Südstaatler bekämpft, die sich mit der Union verbünden wollen. Anscheinend ist er verrückt. Ich fahre morgen früh nach Charleston, um die Behörden zu informieren. Mach dir keine Sorgen, wenn du aufwachst und mich nicht mehr hier antriffst. Abends komme ich zurück mit Elias und vermutlich ein paar Yankee-Soldaten.«

»Hoffentlich können wir wenigstens für den Rest der Nacht in Ruhe schlafen«, bemerkte Lenore, während sie die Treppe hinaufstiegen.

Virginia wollte gerade das Haus verlassen, um die Bootsfahrt zum Festland anzutreten, als zwei Yankees zu ihr kamen. Sie erkannte die beiden, wußte aber nicht, wie sie hießen.

»Ich bin Otto Mason«, stellte sich einer der Männer vor, »und das ist George Hall, mein Nachbar. Wir wollen mit Ihnen reden. Der arme Mel Hutton liegt in meinem Haus. Leider haben wir keinen Sarg für ihn.«

»Ich werde mich darum kümmern. Bitte, richten Sie seiner Witwe mein herzliches Beileid aus.«

»Danke, Ma'am, aber wir sind eigentlich gekommen, um was anderes mit Ihnen zu besprechen. Wir haben die ganze Nacht beratschlagt und gegen Morgen beschlossen, die Insel zu verlassen. Sie hat uns kein Glück gebracht.«

»Hoffentlich können Sie die Plantagen kaufen«, fügte George Hall hinzu.

»Sie wollen alle gehen?« fragte Virginia ungläubig.

»Alle, außer Tannet und Harry Rhodes. Die beiden wollen noch möglichst viel Geld aus den Plantagen herausholen, bevor sie abreisen.«

»Ich verstehe. Jetzt habe ich keine Zeit, um mit Ihnen zu verhandeln, weil ich zum Festland fahren und die Ereignisse der vergangenen Nacht melden muß. Mein Mann wird mich nach Valcour zurückbegleiten und die Sache in die Hand nehmen. Was immer er entscheiden wird, ich werde mich daran halten.«

»Dieser Verbrecher wird womöglich zurückkommen und uns alle umbringen!« stieß George Hall hervor. »Meine Frau und meine Kinder ängstigen sich halb zu Tode.«

»Hoffentlich denken Sie nicht, daß ich irgend etwas mit Culvers Besuch zu tun hatte«, sagte Virginia kühl.

Otto Mason schüttelte den Kopf. »Gewiß nicht, Ma'am. Dann hätten die Banditen Sie nicht so grob angefaßt. Zumindest glauben das die meisten von uns.«

»Nur Mr. Tannet und dieser andere Gentleman sind der Meinung, ich hätte Culver auf die Insel geholt, nicht wahr?«

»Ja, vermutlich«, gab Otto Mason zu. »Tannet ist nicht mehr ganz richtig im Kopf, seit er mit seinem Laden Schiffbruch erlitten hat.«

»Wie bedauerlich ... Bitte, sagen Sie Mr. Huttons Witwe, falls sie ihren Mann auf dem kleinen Inselfriedhof begraben möchte, wir hätten nichts dagegen. Sobald ich in die Stadt komme, werde ich einem Leichenbestatter die nötigen Anweisungen geben.«

»Dafür wird sie Ihnen sicher dankbar sein, Ma'am.«

Hall und Mason verabschiedeten sich, und Virginia ging zur Landebrücke hinab, wo bereits ein Neger in einem Ruderboot wartete.

22

In einer Barke, die von Unionssoldaten gerudert wurde, kehrte sie nach Valcour zurück. Sie saß zwischen einem Sarg und ihrem Mann, der ihre Hand hielt. Ihr gegenüber hatte Captain Delaney Platz genommen.

»Das war Culvers letzter Überfall«, stieß Elias wütend hervor. »Der Mord auf der Insel ist schon der neunte seit dem Ende des Krieges.«

»Wissen Sie, ob Culver diesen Mr. Hutton getötet hat, Mrs. Birch?« erkundigte sich Delaney.

»Nein, aber er hielt ein großes, blutbeflecktes Messer in der Hand, das er im Gras abwischte. Später sagte er, wir würden Hutton finden, und es würde allen Yankees genauso ergehen wie diesem Mann, wenn sie Culvers Warnung mißachteten.«

»Haben Sie irgendeine Ahnung, wo er sich verstecken könnte, Doug?« fragte Elias.

»Nicht die leiseste«, antwortete der Captain. »Nach solchen Überfällen trennen sich die Bandenmitglieder und gehen nach Hause. Da niemand weiß, wer sie sind, kann man ihnen nichts anhaben, und sie führen ein ganz normales Leben, bis Culver sie wieder rufen läßt. Ich bezweifle, daß ihre Familien Bescheid wissen.«

»Nach dem gestrigen Überfall wird sich Culver sicher eine ganze Weile verstecken«, meinte Elias. »Ich will versuchen, ihn aufzustöbern und Ihnen zu überantworten – es sei denn, ich muß ihn in Notwehr töten. Wir müssen seinem Tun und Treiben ein Ende bereiten.«

»Allerdings. Wenn Sie herausfinden, wo er sich aufhält, lassen Sie es mich bitte wissen. Dann werden wir sein Versteck ausräuchern.«

»Es muß in der Nähe von Valcour sein. Offensichtlich beobachtet er die Insel. Ich möchte bloß wissen, warum.«

»Diese Frage kann ich vielleicht beantworten«, mischte sich Virginia ein. »Als ich ihm das erstemal im Wald begegnete, zog er mich vom Pferd und küßte mich, weil er dachte, ich sei eine von den Yankee-Frauen. Nachdem er erfahren hatte, daß ich Hammond heiße und die Schwester eines tapferen Konföderiertengenerals bin, war er so zerknirscht, daß er die Beute zurückbrachte und beschloß, uns zu helfen und Valcour von den Yankees zu befreien.«

»Oder er war so fasziniert von dir, daß es ihn immer wieder auf die Insel zieht«, bemerkte Elias.

»Ich glaube nicht, daß ein so böser, grausamer Mensch von irgend jemandem angetan ist«, widersprach Virginia.

»Da haben Sie sicher recht, Mrs. Birch«, pflichtete ihr Delaney bei.

Sie warf ihrem Mann einen raschen Blick zu. Seine Miene verriet nicht, was er dachte.

»Ich werde ihm eine Falle stellen«, kündigte er an. »Und wenn ich ihn dingfest gemacht habe, werden wir vielleicht eine Antwort auf gewisse Fragen finden. Es gibt noch einen Grund, warum wir die Insel von Culver befreien müssen. Unser Schwager, Miles Rutledge, ist steinreich.«

Der Captain nickte. »Also würde es sich für die Bande lohnen, ihn zu entführen. Wie geht es ihm?«

»Die Ehe scheint ihm gutzutun«, erwiderte Virginia, »und ich hoffe sehr, daß er eines Tages gesund wird.«

Nanine stand auf der Landebrücke, als die Barke anlegte. Sie umarmte ihre Schwester und ihren Schwager, dann reichte sie dem Captain die Hand und begrüßte ihn freundlich. »Würden Sie Ihre Männer bitten, den Sarg in Otto Masons Haus zu tragen? Dort hat man die Leiche hingebracht.«

»Natürlich, Mrs. Rutledge. Ich möchte den Leuten, die Culvers Überfall miterlebt haben, ohnehin ein paar Fragen stellen.«

Lenore freute sich sichtlich, als sie Elias wiedersah, und küßte ihn auf die Wange. »Ich hoffe, du bleibst jetzt eine Weile zu Hause«, sagte sie nervös. »Wenn du weg bist, herrscht hier das reinste Chaos.«

»Ich werde so lange wie möglich bleiben, aber ich muß mich auch um die Festlandplantage kümmern.«

»Seit diese unerträglichen Yankees verrückt geworden sind und Culver sein Unwesen auf unserer Insel treibt, ist man seines Lebens nicht mehr sicher.«

»Beruhige dich, Mutter Hammond«, bat Elias. »Jetzt müssen wir erst einmal den Ermordeten begraben.«

»Hoffentlich nicht auf Valcour! Das verbiete ich! Ein Yankee auf unserem Friedhof? Niemals!«

Virginia seufzte. An dieses Problem hatte sie noch nicht gedacht. »Mama, die Yankees werden bald abreisen. Wir können es ihnen nicht verwehren, den Mann auf der Insel zu beerdigen. Ich habe es ihnen bereits erlaubt. Er wird die anderen Toten wohl kaum behelligen.«

»Warum werde ich nicht gefragt?«

»Dazu war keine Zeit«, entgegnete Virginia ungeduldig. »Außerdem hättest du es untersagt.«

»Vielleicht werden ihn die Angehörigen eines Tages in den Norden überführen lassen«, mischte sich Elias ein. »Ich werde es ihnen vorschlagen, also wird er nur vorübergehend auf unserem Friedhof liegen.«

»Nun, dann muß ich wohl zustimmen. Entschuldigt mich jetzt, bitte. Ich habe schreckliche Kopfschmerzen. Ich möchte dir noch einmal versichern, wie froh ich über deine Heimkehr bin, Elias, und ich heiße dich herzlich willkommen.«

»Offenbar hat sie ihre Abneigung gegen mich überwunden«, meinte er, nachdem Lenore die Treppe hinaufgestiegen war. »Oder sie hat vergessen, daß ich ein Yankee bin.«

»Mama wird sich niemals ändern«, erwiderte Virginia.

»Sie hat eben nichts, womit sie sich beschäftigen kann«, warf Nanine ein, tolerant wie immer. »Wenn ihre Freunde wieder auf der Insel leben, wird sie bestimmt umgänglicher werden.«

Virginia runzelte skeptisch die Stirn. »Hoffentlich ... Sollen wir zum Begräbnis gehen, Elias?«

»Ich denke schon. Der Priester wird kurz nach Mittag eintreffen. Vorher möchte ich noch die Bücher durchsehen und Miles besuchen.«

Nanine verabschiedete sich, und Virginia begleitete ihren Mann ins Arbeitszimmer, wo er in den Akten blätterte. »Alles in bester Ordnung«, meinte er. »Ich bin stolz auf dich.«

»Danke für das Kompliment. O Elias, ich habe dich so vermißt. Du wirst doch eine Weile hierbleiben?«

»Für ein paar Tage, falls ich keine alarmierende Nachricht von der Festlandplantage bekomme. Auch ich habe dich vermißt, aber im Augenblick habe ich leider keine Zeit, um dir das zu beweisen.« Er stand vom Schreibtisch auf und ging zu dem Stuhl, auf dem seine Frau saß, um sie auf die Beine zu ziehen und in die Arme zu nehmen.

Voller Hingabe erwiderte sie seinen leidenschaftlichen

Kuß. »Ich bin so froh, daß du wieder da bist«, flüsterte sie atemlos. »Ich sehne mich so sehr nach deiner Liebe...«

»Und ich kann den heutigen Abend kaum erwarten.« Seine Hände wanderten über ihren Körper und brachten ihr Blut in Wallung. Ihre Lippen suchten wieder die seinen, erregten ihn noch mehr. Irritiert schob er sie von sich. »Mein Gott, Virgie, nicht jetzt – nicht hier.«

»Gehen wir doch nach oben«, schlug Virginia vor und schmiegte sich fest an ihn. »Wir haben noch Zeit.«

»Nein, ich muß Miles besuchen.«

»Immer hast du eine andere Ausrede!« rief sie erbost.

»Nicht so laut, deine Mutter wird dich hören«, ermahnte er sie.

»Soll mich doch die ganze Insel hören! Das ist mir verdammt egal! Ich bin deine Frau, und du hast eheliche Pflichten.«

»Ich betrachte das nicht als Pflicht, weil ich dich liebe. Aber jetzt habe ich andere Dinge zu tun.«

»Zum Teufel damit!« stieß sie hervor, lief aus dem Zimmer und die Treppe hinauf.

Elias überlegte kurz, ob er ihr folgen sollte, dann schüttelte er seufzend den Kopf und verließ das Haus.

Im Schlafzimmer angekommen, wusch sich Virginia das Gesicht mit kaltem Wasser, dann ging sie auf und ab, bis sie sich beruhigt hatte. Sie zog ihr Reisekostüm aus, schlüpfte in ein hellgrünes Kleid, das sie noch nie getragen hatte, und fragte sich, ob Elias es bemerken würde. Tiefe Scham stieg in ihr auf. Warum hatte sie sich so unmöglich benommen? Sie haßte sich selbst wegen der hemmungslosen, leidenschaftlichen Gefühle, die sie immer wieder überwältigten.

Durch das Schlafzimmerfenster sah sie ihren Mann vom Hospital zurückkommen. Sie setzte einen Strohhut mit violetten Stiefmütterchen auf und eilte nach unten, um ihn in der Halle zu erwarten. Elias öffnete die Haustür, und bei ihrem Anblick stockte sein Atem. »Wie schön du bist, mein Liebling.«

»Danke. Es tut mir leid, daß ich vorhin die Beherrschung verloren habe. Bitte, verzeih mir.«

»Ich bin es, der sich entschuldigen muß«, erwiderte er lächelnd. »Ich gehe jetzt nach oben und ziehe mich um. Das Begräbnis wird bald beginnen.«

Eine Viertelstunde später ging Virginia mit ihrem Mann und Nanine zu Otto Masons Haus, wo Elias seine Dienste als Sargträger anbot. Man zögerte nicht, seinen Wunsch zu erfüllen. Immerhin war er Nordamerikaner.

Am Grab stand er zwischen Virginia und Nanine. Es überraschte ihn, daß Mel Hutton direkt neben Marty beerdigt wurde, und er konnte sich vorstellen, was Lenore sagen würde, wenn sie erfuhr, daß ihr Sohn, ein Brigadegeneral von der Konföderiertenarmee, neben einem Yankee bestattet war.

Nanine erriet seine Gedanken und flüsterte: »Das würde Marty bestimmt nicht stören.«

Virginia war etwas praktischer veranlagt. »Mama schon.«

Nach der kurzen Zeremonie bat Elias seine Frau und seine Schwägerin, nach Willowbrook vorauszugehen. Er wollte noch mit Otto Mason und George Hall sprechen.

»Sicher liegt es ebenso in Ihrem wie in meinem Interesse, daß Culver seine gerechte Strafe findet, meine Herren«, begann er, während er die beiden zu Masons Haus begleitete.

»Natürlich, Mr. Birch«, bestätigte George Hall, »nachdem er den armen Mel so grausam ermordet hat...«

»So denke ich auch«, fügte Mason hinzu.

Elias nickte. »Gut. Offenbar ist Culver über alles informiert, was auf Valcour geschieht. Wahrscheinlich hat er einen Schwarzen bestochen, der ihn auf dem laufenden hält. Dieser Spitzel soll nun erfahren, daß nicht alle Yankees bereit sind, klein beizugeben. Sie wollen zwar abreisen, werden aber vorher alle Häuser niederbrennen, trotz der Drohungen, die Culver ausgestoßen hat. Könnten Sie das herumerzählen, damit es dem Spion zu Ohren kommt?«

»Das dürfte nicht allzu schwierig sein«, meinte Mason.

»Aber dann wird Culver wiederkommen und uns alle umbringen«, protestierte Hall.

»Er wird wiederkommen, aber nicht, um Sie zu töten, sondern selber zu sterben«, entgegnete Elias. »Ich will Captain Delaney bitten, eine Unionstruppe herüberzuschicken, die Culver mitsamt seiner Bande erwarten soll.«

»Unter diesen Umständen arbeiten wir gern mit Ihnen zusammen«, versicherte Mason.

»Ich danke Ihnen. Bitte erwähnen Sie vor den anderen nicht, was ich Ihnen jetzt sage. Wenn wir Ihre Häuser erwerben, werden wir der Kaufsumme einen beträchtlichen Betrag hinzufügen – als Lohn für Ihre Hilfe.«

23

Zwei Wochen später hatte Virginia alle Grundstücke bis auf sieben zurückgekauft. Elias war inzwischen auf die Festlandplantage zurückgekehrt, und Nanine schrieb an die ehemaligen Plantagenbesitzer und bat sie, ihre Rückkehr nach Valcour vorzubereiten. In der nächsten Woche sollten Zimmermänner und Anstreicher eintreffen, um die Häuser zu renovieren. Sobald die Gebäude in ihrem neuen Glanz erstrahlten, wollte man dieses Ereignis mit einer großen Soiree feiern.

Die Exsklaven, die für die Yankees gearbeitet hatten, behielten ihre Stellungen auf den Plantagen und freuten sich über die großzügige Bezahlung, die Virginia ihnen versprach.

An einem Sonntagmorgen kam Elias unerwartet auf die Insel. Virginia begrüßte ihn mit einem Freudenschrei und einem zärtlichen Kuß. Abends liebten sie sich voller Leidenschaft, und dann unterhielten sie sich bis spät in die Nacht hinein und besprachen ihre Zukunftspläne.

»In spätestens einem Monat sind alle Yankees von Valcour verschwunden«, prophezeite Elias. »Wie ich gehört habe, werden einige schon in vier oder fünf Tagen abreisen.«

»Ein paar verlassen uns schon morgen, dem Himmel sei Dank!« Virginia schmiegte sich liebevoll an ihn. »Ich bin sehr glücklich, weil du endlich wieder da bist. Wie lange wirst du bleiben?«

»Das hängt davon ab, wann uns Culver in die Falle geht.«

Erschrocken richtete sie sich auf. »Du willst ihn in eine Falle locken?«

»Deshalb bin ich zurückgekommen. Man wird ihm die Information zuspielen, daß die Yankees ihre Häuser anzünden wollen, trotz seiner Drohungen. Und wenn er hier auftaucht, werden ihn Delaneys Soldaten in Empfang nehmen.«

»Ist das nicht zu gefährlich?« fragte sie angstvoll.

Elias schüttelte den Kopf. »Diesen Kampf kann er unmöglich gewinnen.«

Mühsam versuchte Virginia ihre Nerven unter Kontrolle zu behalten. »Ich werde froh sein, wenn alles vorbei ist.«

»Ich auch. Sobald Culver zur Strecke gebracht ist und seinen verrückten Kampf gegen die Yankees nicht mehr fortsetzen kann, wird der Krieg ein für allemal beendet sein. Dann beginnt ein neues Leben, vor allem für uns, denn ich werde wieder auf Valcour wohnen. Ich habe einen Verwalter für die Festlandplantage gefunden – Christopher Savard, einen patriotischen Rebellen, der in einem halben Dutzend großer Schlachten gekämpft hat, aber vernünftig genug ist, um zu erkennen, daß der Rebellengedanke nicht mehr existiert. Nach seiner Meinung müssen die Südstaaten nicht zurück in die Vergangenheit geführt werden, sondern in eine bessere Zukunft.«

Virginia lächelte erfreut. »Was für eine gute Neuigkeit! Ich kann es kaum erwarten, bis du wieder mit mir zusammenlebst, für immer.«

»Glaub mir, Virgie, ich war sehr unglücklich, weil ich so lange auf dem Festland bleiben mußte. Ich habe nach einem geeigneten Verwalter gesucht, seit das erste Feld gepflügt wurde. Es ist nicht so einfach, erfahrene, vertrauenswürdige Leute zu finden.«

Erleichtert umarmte sie ihn und gelobte sich, ihm von jetzt an die Treue zu halten. Doch die Erinnerung an Bradley Culver ließ sich nicht so leicht verdrängen. Sie bereute ihren Ehebruch nicht, denn sie hatte immer nur Elias geliebt. Was sie zu Bradley hingezogen hatte, war wilde, unbezähmbare Leidenschaft gewesen, nur ein körperliches Verlangen – sonst nichts. Trotzdem hoffte sie, daß er nicht in Elias' Falle gehen würde ...

Am nächsten Abend zog sich Lenore gleich nach dem Dinner in ihr Schlafzimmer zurück, um die Zeitungen zu studieren, die Elias aus Charleston mitgebracht hatte. Virginia blieb mit ihrem Mann noch eine Weile am Tisch sitzen, um Kaffee zu trinken.

»Heute nacht darfst du das Haus unter keinen Umständen verlassen«, sagte er eindringlich. »Ich werde später Nanine und Miles aufsuchen und sie bitten, ebenfalls daheim zu bleiben. Delaneys Truppe steht bereit, um Culver zu erwarten.«

Virginias Atem stockte. »Elias – bitte, geh nicht hinaus. Überlaß es den Soldaten, ihn einzufangen. Dafür werden sie bezahlt. Es ist ihre Pflicht, nicht deine...«

»Es ist jedermanns Pflicht, den Süden von einem Verbrecher wie Culver zu befreien, der den Prozeß der Versöhnung und des endgültigen Friedens verlangsamt.«

»Also gut«, gab sie seufzend nach, »dann tu, was du tun mußt.«

Nachdem Elias seine Schwägerin und Miles über die bevorstehenden Ereignisse informiert hatte, traf er sich mit Otto Mason und George Hall.

»Alles ist vorbereitet«, berichtete Hall. »Auf der ganzen Insel sind Strohballen und altes Gerümpel verteilt, das ein paar Familien bei ihrer Abreise zurückgelassen haben. Wenn wir das Zeug anzünden, wird es von weitem so aussehen, als stünden alle Häuser in Flammen.«

»Gut. Wäre es möglich, daß Culver von diesem Täuschungsmanöver erfährt?«

»Niemand durfte seit gestern die Insel verlassen. Jedes Boot wird bewacht, und man kann nicht zum Festland schwimmen. Die Entfernung ist viel zu groß.«

»Sorgen Sie dafür, daß alle Leute in ihren Häusern bleiben, wenn der Kampf beginnt – auch Sie beide. Sobald es dunkel wird, zünden Sie die Strohballen und das Gerümpel an, und dann gehen Sie sofort heim. Alles andere überlassen Sie den Unionssoldaten.«

»Hoffentlich brechen sie Culver das Genick«, bemerkte Mason.

»Zweifellos. Ich gehe jetzt zur Küste.«

Langsam wanderte Elias zu der Stelle, wo Culver bei seinen vorangegangenen Besuchen an Land gegangen war, weil er sich dort zwischen dichten Büschen unbemerkt nähern konnte. Vermutlich würde er diesen Weg auch heute abend wählen. Elias inspizierte die geladene Pistole, die in seinem Gürtel steckte, und den kurzen Hickoryholzknüppel mit der Metallspitze, den er ebenfalls an sich genommen hatte. Damit konnte man mühelos einen Schädel einschlagen. Außerdem trug er noch eine Leuchtkugel bei sich, die ihm Captain Delaney gegeben hatte und die er hochschleudern sollte, um die Soldaten über Culvers Ankunft zu informieren.

Er setzte sich auf einen Felsblock, um zu warten und sich die Frage zu stellen, die ihn schon seit einiger Zeit beschäftigte. Warum zog es Culver immer wieder auf die Insel? Die Yankees konnte er überall in den Südstaaten bekämpfen. Warum war er gerade von Valcour so fasziniert? Dafür gab es keine befriedigende Erklärung.

Vorsichtig zündete Elias ein Streichholz an, schirmte es mit einer Hand ab, damit es vom Meer aus nicht entdeckt werden konnte, und sah auf seine Uhr. In zwei Minuten würden Mason und Hall die Strohballen und das alte Gerümpel in Brand stecken.

Elias rechnete fest damit, daß sein Plan glücken würde, denn ein Mann wie Culver ertrug es nicht, daß man seine Drohungen ignorierte. Und dann würde er den Soldaten in die Arme laufen. Nicht einmal Elias wußte, wo sie sich versteckten.

Drei Minuten nach acht warfen die Flammen ihren rötlichen Schein in den dunklen Himmel. In einer Stunde würden sie verlöschen, und falls sich Culver danach noch etwas Zeit ließ, müßte die Aktion gegen zehn Uhr beginnen.

In wachsender Nervosität blickte Elias auf das Meer. Langsam verstrichen die Minuten, viel zu langsam. Kurz nach neun war das Feuer zu glimmender Asche herabgesunken, die nur noch eine schwache Glut ausstrahlte. Ungeduldig schlug sich Elias mit seinem Knüppel auf die Handfläche.

Eine Leuchtkugel erhellte den Nachthimmel. Offenbar war die Bande an einer anderen Stelle gelandet und von einem Teil der Soldaten entdeckt worden. Elias sprang auf und rannte zu den Häusern. Sobald Culver auf der Insel angekommen war, würde er bald merken, daß man ihn in eine Falle gelockt hatte. Ein Blick auf die unversehrten Gebäude und die roten Aschenhaufen würde ihm genügen. Elias hoffte, daß die Soldaten den Banditen dann bereits den Rückweg abgeschnitten hatten.

Plötzlich hörte er laute Stimmen und Schüsse. Er sah eine dunkle Gestalt zur Inselmitte laufen, beschleunigte seine Schritte und folgte ihr. Der Bandit drehte sich um und feuerte, die Kugel ging weit daneben. Mit einem gezielten Schuß streckte Elias den Mann zu Boden. Als er ihn erreichte, sah er, daß das Geschoß in die Brust des Mannes gedrungen war. Er mußte sofort tot gewesen sein.

Elias kehrte zur Küste zurück, in die Richtung, wo die Leuchtkugel emporgeflogen war. Dort stieß er auf einen Soldaten, der sich gegen zwei Banditen zu wehren versuchte. Den einen schlug Elias mit dem Knüppel nieder, der andere schrie angstvoll auf und hob die Hände, worauf ihn der Soldat mit dem Lauf seines Gewehrs zu Fall brachte und ihm Handschellen anlegte. Den zweiten Banditen fesselte er mit dessen Gürtel an Händen und Füßen, was Elias für überflüssig hielt. Der Knüppel würde seinen Zweck erfüllt haben.

In der Nähe fanden weitere Kämpfe statt, Schreie und Flüche ertönten, dann herrschte eine plötzliche Stille, die Elias unheimlich erschien. Er rannte weiter, bis er einen Unionssergeant traf, und fragte: »Wo ist Culver?«

»Das weiß ich nicht, Major Birch. Wir haben ihn noch nicht gefunden, aber keine Sorge – er kann uns unmöglich entkommen.«

Elias lief zur Küste, wo ein halbes Dutzend Boote, an Land gezogen, von einem Soldaten bewacht wurde.

»Haben Sie Culver gesehen?« erkundigte sich Elias.

»Nein, Sir, noch nicht.«

»Wissen Sie, ob er an Land gekommen ist?«

»O ja, Sir. Wir haben einen seiner Männer so lange geprügelt, bis er uns verraten hat, daß sich Culver auf der Insel herumtreibt.«

»Passen Sie gut auf!« warnte Elias. »Dieser Verbrecher ist verdammt gefährlich.«

Er zögerte und wußte nicht, wohin er sich nun wenden sollte, erkannte aber bald, daß es nun seine erste Pflicht war, seine Familie zu schützen. Wenn Culver das Hospital erreichte und dort Zuflucht suchte, würde er Nanine und Miles als Geiseln nehmen, und die beiden wären nicht in der Lage, sich zu verteidigen.

So schnell er konnte, rannte er zu dem alten Haus und klopfte an die Tür, die von einer blassen, verängstigten Nanine geöffnet wurde. »Culver ist auf der Insel. Wir haben ihn noch nicht geschnappt. Verschließ alle Türen und Fenster und sieh zu, daß Miles das Gewehr bei der Hand hat. Er soll sofort schießen, wenn der Bandit auftaucht. Hörst du mich, Miles?«

»Ja, Elias! Meine Waffe liegt neben mir!«

»Ist Virginia in Sicherheit?« fragte Nanine mit zitternder Stimme.

»Ich bin auf dem Weg zu ihr.«

Elias lief weiter und verlangsamte seine Schritte erst, als er Willowbrook beinahe erreicht hatte. Falls Culver ins Haus eingedrungen war, würde man die Schreie Virginias und ihrer Mutter hören, wenn es noch nicht zu spät war – oder zu früh. Vielleicht wagte er sich vorerst nicht aus seinem Versteck...

Elias ließ sich auf Händen und Knien nieder und begann zur Veranda zu kriechen. Hinter einem dichten Fliederbusch hielt er inne, um die Vorder- und Rückfront des Hauses zu beobachten. Er konnte alles gut überblicken, bis auf das Küchengebäude. Aber wenn Culver hierherkam, um sich eine Geisel zu holen, würde er wohl kaum in die Küche gehen.

Eine Viertelstunde verstrich. Der Kampfeslärm an der Küste war verklungen. Offenbar waren alle Banditen gefangengenommen oder getötet worden. Nur der Anführer befand sich noch auf freiem Fuß und mußte nun sein ganzes Geschick aufbieten, um der Festnahme zu entrinnen.

Sicher wußte er, daß es ihm nicht gelingen würde, die Insel zu verlassen, da alle Teile der Küste bewacht wurden. Eine Geisel zu nehmen, wäre der einzige Ausweg. Es hätte keinen Sinn, wenn er sich versteckte, denn bei Tagesanbruch würden die Soldaten ganz Valcour absuchen.

Plötzlich hörte Elias ein leises Knistern. Offenbar war ein trockener Zweig unter einem Stiefel zerbrochen. Er wartete, wagte kaum zu atmen, lauschte auf weitere Geräusche, hielt Ausschau nach bewegten Schatten. Nichts geschah. Die Zeit verstrich unendlich langsam, und seine Unruhe wuchs. Das Haus blieb dunkel, nichts rührte sich.

Im Morgengrauen richtete er sich aus seiner geduckten Stellung auf und streckte die schmerzenden Glieder. Der Lieutenant, der die Soldaten befehligte, näherte sich dem Haus, und Elias ging ihm entgegen.

»Major, wir haben Culvers Banditen geschnappt, und ich

bezweifle, daß noch welche frei herumlaufen. Der Großteil der Insel wurde bereits abgesucht, und jetzt wollen wir das Gebiet von Willowbrook durchforsten.«

»Sind Sie sicher, daß Culver an Land gegangen ist?«

»Das hat mindestens ein halbes Dutzend seiner Leute beschworen. Sie geben bereitwillig Auskunft, in der Hoffnung, dadurch dem Galgen zu entrinnen. Vier mußten wir töten, zwei sind verletzt, aber nicht ernstlich.«

»Gut. Irgendwann muß auch Culver auftauchen.«

»Ich werde die Hälfte meiner Männer mit den Gefangenen, Verwundeten und Toten nach Charleston schicken.«

Elias nickte. »Um Culver einzufangen, brauche ich keine Hilfe. Sie können einen Teil Ihrer Leute abziehen. Wenn er nicht in der Umgebung von Willowbrook gefunden wird, ziehen Sie auch die restlichen Männer ab, und lassen Sie nur ein einziges Boot zurück. Nehmen Sie die anderen ins Schlepptau. Culver wird versuchen, das letzte Boot in seinen Besitz zu bringen. Das wäre seine einzige Chance.«

»Ja, Sir. Sobald wir diesen Teil der Insel abgesucht haben, werden wir aufbrechen und alle Boote bis auf eines mitnehmen. Alles Gute, Sir.«

»Danke, Lieutenant. Sagen Sie Captain Delaney, daß ich ihm Culver noch heute bringen werde.«

Elias ging zum Haus. Virginia hatte offenbar nach ihm Ausschau gehalten, denn sie entriegelte die Tür und warf sich in seine Arme. Nach der durchwachten Nacht sah sie bleich und müde aus.

»Culver ist immer noch auf der Insel«, berichtete er. »Kannst du mir etwas zu essen holen? Ich bin halb verhungert.«

»Natürlich, Liebling. Du bist sicher völlig erschöpft. Möchtest du ins Bett gehen?«

»Noch nicht«, erwiderte er und erklärte ihr seinen Plan.

»Du – willst es ganz allein mit ihm aufnehmen?« stammelte sie erschrocken. »Bitte – wenn es nicht anders geht, erschieß ihn – du darfst kein Risiko auf dich nehmen . . .«

»Bist du aber blutrünstig!« meinte er lächelnd.

»Ich möchte nicht, daß du verletzt wirst.«

»Hab keine Angst. Während du mir etwas zu essen richtest, werde ich ein bißchen schlafen. Vorerst wird die Patrouille Augen und Ohren offenhalten, also habe ich noch ein bißchen Zeit.«

Virginia rannte in die Küche und belegte eine Scheibe Brot mit Schinken, dann füllte sie ein großes Glas mit Milch. Belle war nirgends zu sehen. Wahrscheinlich wagte sie sich nach dem nächtlichen Kampfeslärm nicht aus ihrer Hütte.

Als sie ein Tablett in den Salon trug, sah sie Elias auf dem Sofa liegen. Er schlief tief und fest, und sie spielte mit dem Gedanken, ihn nicht zu wecken. Doch da bewegte er sich und öffnete die Augen. Heißhungrig verschlang er das Sandwich, dann lief er ins Arbeitszimmer, um die Pistole nachzuladen, die Kugel zu ersetzen, mit der er den Banditen erschossen hatte.

In den Salon zurückgekehrt, beobachtete er durch das Fenster, wie die Soldaten, mit Bajonetten bewaffnet, jeden Quadratmeter der näheren Umgebung absuchten. Er hörte auch, wie einige Männer ins Küchenhaus gingen, um sich dort umzusehen.

»Wenn die Soldaten abgefahren sind und Culver glaubt, daß ich schlafe, wird er vielleicht versuchen, zu dem letzten Boot zu laufen. Vergiß nicht, alle Vorhänge zuzuziehen, Liebling, und mach dir keine Sorgen. Einem nichtswürdigen Verbrecher wird es bestimmt nicht gelingen, mich zur Strecke zu bringen. Paß bloß auf, daß deine Mutter unseren Trick nicht verrät.«

»Mama wird in den nächsten beiden Tagen keinen Fuß vor ihre Tür setzen.« Virginia bemühte sich, ihrer Stimme einen heiteren Klang zu geben, aber sie konnte ihren Mann nicht täuschen. Er zog sie an sich, strich über ihr seidiges Haar und küßte sie, dann ging er zur Haustür und schlüpfte lautlos hinaus.

Einer der Soldaten hob blitzschnell sein Gewehr und senkte es sofort wieder, als er den Major erkannte. Im Schutz dichter Flieder- und Lorbeerbüsche rannte Elias zur Küste hinab und verbarg sich in einem alten Bootshaus, dessen Tür er einen Spaltbreit offenließ, so daß er das Boot im Auge behalten konnte, das verlockend auf dem Wasser schaukelte, am Landesteg von Willowbrook festgebunden. Die Ruder lagen auf den Planken bereit.

Elias mußte sich auf eine lange Wartezeit gefaßt machen, denn es würde eine Weile dauern, bis die Soldaten abgezogen waren. Immer wieder fielen ihm die Augen zu, und er mußte seine ganze Willenskraft aufbieten, um wach zu bleiben. Der Vormittag verging, und er fragte sich in wachsender Nervosität, ob sein Plan fehlgeschlagen und Culver unbemerkt geflohen war.

Der Gesuchte tauchte erst am späten Nachmittag auf, als sich finstere Schatten mit dem Tageslicht vermischten. Nachdem die Neger ihre Arbeit auf den Feldern beendet hatten, konnte er sich bessere Chancen ausrechnen, unentdeckt davonzukommen. Welche Fluchtroute er auch immer gewählt haben mochte, sie mußte durch dichten Wald geführt haben, denn sein stoppelbärtiges Gesicht war zerkratzt, seine Kleidung zerrissen. Während er sich dem Boot näherte, blickte er immer wieder nach allen Seiten. Natürlich ahnte er, daß man ihn in eine Falle zu locken versuchte. Elias sah, daß Culver ein großes Jagdmesser in der Hand hielt, vermutlich dasselbe, mit dem er Mel Huttons Kehle durchgeschnitten hatte. Er entsicherte seine Pistole und verließ das Bootshaus. »Keinen Schritt weiter, oder ich töte Sie!«

Culver wirbelte herum und schien sich zu entspannen, als wäre er froh, daß es endlich vorbei war. Er lächelte sogar. »Oh, Major Birch persönlich, der Herr von Valcour! Wenn Sie mich ernsthaft haben wollen, sollten Sie schießen, denn ich werde das Messer nicht fallen lassen.«

»Sie haben zuviel auf dem Gewissen, um schnell zu sterben. Ich sehe Sie lieber hängen. Ich komme jetzt, Culver, und diesmal werden Sie Ihrer gerechten Strafe nicht mehr entrinnen.«

»Ich warte.«

Elias schob sich die Pistole in den Gürtel. Er wußte, wieviel er aufs Spiel setzte, doch es war ihm ernst mit seiner Ankündigung gewesen, daß er den Verbrecher lebend haben wollte. Er hob den Knüppel mit der Metallspitze, die genauso tödlich wirken konnte wie eine Kugel, dann sprang er vor. Culver wich behende zur Seite und griff ihn mit dem Messer an. Elias duckte sich, Culver zückte sein Messer erneut, aber der Major war schneller. Er packte ein Bein seines Gegners und brachte ihn zu Fall.

Culver sprang sofort wieder auf und trat Elias so kräftig zwischen die Beine, daß ihm die Schmerzen beinahe das Bewußtsein raubten. Doch der Bandit war zu unvorsichtig. Während er das Messer hochschwang, um es in die Brust des Majors zu stoßen, traf ihn die Metallspitze des Knüppels zwischen die Augen. Er stürzte zu Boden, wie von einem Geschoß getroffen.

Elias beförderte das Messer mit einem Fußtritt außer Reichweite und beugte sich über die reglose Gestalt. Culver war bewußtlos, aber er atmete noch. Keuchend lehnte sich Elias an das Geländer des Landestegs. Sein rechter Schenkel, in den sich bei der Schlacht von Bull Run eine Kugel gebohrt hatte, brannte wie Feuer. Als er wieder zu Atem gekommen war, packte er Culver bei den Beinen und schleifte ihn den Hang hinauf. Moses hatte ihn entdeckt und lief herbei, um ihm zu helfen. Elias lächelte ihn dankbar an, denn er war am Ende seiner Kräfte, und die Schmerzen wurden immer schlimmer.

»Wir bringen ihn in den Peitschenschuppen, Moses, und fesseln ihn an den Peitschenpfahl.«

»Ja, Sir. Sind Sie sicher, daß er nicht tot ist?«

»Er lebt, und er soll auch am Leben bleiben.«

Gemeinsam zerrten sie Culver in den alten Verschlag. Moses lehnte ihn an den dicken, eisernen Pfosten, wo man früher die Sklaven festgebunden hatte, um sie auszupeitschen. Elias nahm eine dünne Lederpeitsche von einem Wandhaken, zog ein Messer aus der Tasche und zerschnitt den langen Riemen in mehrere Stücke. Während der Neger den bewußtlosen Mann festhielt, band ihm Elias Hände und Füße zusammen, schlang ihm ein Riemenstück um die Mitte und eines um den Hals, verknotete beide hinter dem Eisenpfosten, dann knebelte er ihn und verband ihm die Augen.

Nachdem er alle Fesseln geprüft hatte, trat er zurück und nickte zufrieden. »Er kann sich weder befreien noch um Hilfe rufen. Ich werde jetzt Miß Virginia Bescheid sagen. Danach fahren wir zum Festland und holen die Soldaten zurück.«

Moses warf einen kurzen Blick auf den Gefangenen. »Sollen wir ihn nicht mitnehmen?«

»Dazu ist das Boot zu klein, und ich bin leider nicht imstande, selber zu rudern. Der Bastard hat mich zwischen die Beine getreten, und ich kann mich kaum rühren. Wir treffen uns an der Landebrücke.«

»Ich warte auf Sie, Sir.«

Elias humpelte zum Haus. Virginia hatte ihn von einem

Fenster aus gesehen und lief ihm entgegen. »Du bist verletzt!« rief sie erschrocken.

»Es ist nicht so schlimm. Culver hat mich getreten, aber der Schmerz wird bald nachlassen. Ich habe ihn im Peitschenschuppen an den Eisenpfahl gebunden. Jetzt fahre ich zum Festland, um die Soldaten zurückzuholen. Schließ dich im Haus ein und nimm dir ein Gewehr aus dem Waffenschrank. Er kann sich zwar unmöglich befreien – aber sollte es ihm trotzdem gelingen, wird er vielleicht versuchen, ins Haus einzudringen. Dann mußt du ihn erschießen.«

Sie nickte. »Bitte, beeil dich, Liebling.«

»Natürlich. Mach dir keine Sorgen um mich und freu dich, denn jetzt ist es vorbei.«

Sie blickte ihm nach, bis er ins Boot gestiegen war. Dann kehrte sie ins Haus zurück, holte ein Gewehr aus dem Arbeitszimmer und setzte sich an ein Salonfenster, um die Wege im Auge zu behalten, die nach Willowbrook führten. Nach einer Weile senkte sie den Kopf und begann zu weinen. Wie Elias gesagt hatte – es war vorbei, vor allem für Bradley Culver.

24

Nachdenklich strich Virginia über die Waffe, die neben ihr lag. Bald würden die Soldaten Bradley Culver nach Charleston bringen und vor Gericht stellen. Wie würde seine Aussage lauten? Es lag in seiner Macht, ihr Eheglück zu zerstören und Valcour mit einem Schandmal zu besudeln, das nie wieder weggewischt werden konnte.

Ihre Mutter betrat den Salon und sank seufzend in einen Sessel. »Ich wünschte, man würde mir endlich mitteilen, was hier eigentlich vorgeht. Überall schwirren Soldaten herum, die ganze Nacht habe ich Schreie und Schüsse gehört. Sind wir immer noch in Gefahr?«

»Es ist vorbei, Mama«, entgegnete Virginia.

»Was ist vorbei? Du hast mir gesagt, ich soll in meinem Zimmer bleiben, aber dort kann ich nicht den Rest meines Lebens verbringen. Also, was ist los?«

»Die Soldaten haben die Banditen festgenommen, und

Elias hat Culver im Peitschenverschlag an den Eisenpfahl gebunden. Jetzt fährt er zum Festland, um die Soldaten zurückzuholen. Sie sind heute morgen abgezogen, weil er Culver in eine Falle locken wollte, und das ist ihm geglückt.«

»Kann sich dieser Verbrecher nicht befreien?«

»Nein, er ist gefesselt.«

Lenores Blick fiel auf das Gewehr. »Warum bist du dann bewaffnet?«

»Nur für alle Fälle. Es könnte sein, daß Culver die Fesseln sprengt, trotz aller Vorsichtsmaßnahmen, die Elias getroffen hat. Oder vielleicht laufen immer noch Banditen auf der Insel herum. Geh lieber wieder in dein Zimmer und sperr dich ein.«

»Bleibst du hier unten?«

Virginia nickte. »Ich werde Nanine und Miles besuchen, dann komme ich gleich wieder zurück.«

»Halt dich nicht zu lange bei Nanine auf! Dieser – dieser Mann soll sie beschützen. Das ist nicht deine Sache.«

Virginia seufzte müde. »Natürlich wird er sie beschützen. Dazu ist er durchaus fähig.«

Als sie allein war, ging sie rastlos im Salon auf und ab. Die Entscheidung, die sie nun treffen mußte, lastete schwer auf ihrer Seele.

Bradley Culver war ein schlechter Mensch und ein Mörder, aber zu ihr war er gut gewesen, hatte versucht, ihr zu helfen – die Yankees von der Insel zu vertreiben. Und sie hatte unvergeßliche Stunden in seinen Armen erlebt...

Kurz entschlossen lief sie in die Küche. Belle war noch immer nicht aufgetaucht. Virginia nahm ein scharfes Messer aus einer Schublade, dann eilte sie in ihr Zimmer hinauf, um sich einen Schal über Kopf und Schultern zu legen, unter dem sie das Messer verbarg.

Sie verließ das Haus und schloß sorgfältig die Tür hinter sich ab. Mit schnellen Schritten ging sie zum alten Hospital und klopfte an die Tür. Nanine ließ sie erst eintreten, nachdem sie die Stimme ihrer Schwester erkannt hatte.

Virginia berichtete dem Ehepaar, was geschehen war, dann fügte sie hinzu: »Ich muß jetzt zurückgehen, denn ich will Mama nicht zu lange allein lassen.«

Nanine nickte. »Gut, Virgie. Und lauf, so schnell du kannst.«

Während Virginia zur Tür ging, öffnete sich ihr Schal, und das Messer blitzte hervor. Hastig zog sie ihn wieder zurecht und hoffte inständig, daß Miles und ihre Schwester nichts bemerkt hatten.

Sie eilte zum Haus, und als sie sicher war, daß Nanine sie nicht mehr beobachten konnte, rannte sie in die entgegengesetzte Richtung – zum alten Peitschenschuppen. Vorsichtig blickte sie sich um und lauschte angespannt, aber sie sah und hörte nichts. Die Schwarzen waren in ihren Hütten, die Yankees wagten sich offenbar noch immer nicht aus ihren Häusern. Sie öffnete die Tür, die zu ihrem Entsetzen laut knarrte. Sie lief zu Culver und sah, daß er geknebelt war und eine Augenbinde trug. »Ich bin's – Virginia«, sagte sie leise. »Elias ist zum Festland gefahren, um die Soldaten zu holen und dich arretieren zu lassen.«

Culver stieß einen würgenden Laut hervor, und sie befreite ihn von seinem Knebel. Dankbar holte er Atem, dann bat er: »Nimm mir auch die verdammte Augenbinde ab.«

Sie erfüllte seinen Wunsch und ließ die Binde zu Boden fallen. »Es tut mir so leid.«

»Ich hoffe, du läßt mich laufen, denn sonst werde ich in einer Woche am Galgen baumeln.«

»Brad – versprichst du mir, weit weg zu gehen und nie wiederzukommen?«

»Du weißt, was vom Wort eines Räubers und Mörders zu halten ist, aber ich verspreche es trotzdem.«

»Gut, dann werde ich deine Fesseln zerschneiden...«

»Nein, warte! Du sollst nicht in die Sache verwickelt werden. Streif mein rechtes Hosenbein hoch und verwende das Messer, das an meinem Knöchel festgebunden ist.«

Virginia zog die dünne Klinge aus einer kleinen Lederscheide, dann durchtrennte sie die Riemen. Er massierte seine geschwollenen Handgelenke und schenkte ihr ein schiefes Lächeln. »Wahrscheinlich hast du dir jetzt eine ganze Menge Ärger eingehandelt, Virginia.«

»Das weiß ich.«

»Großer Gott! Liebst du mich?«

»Nein«, erwiderte sie prompt, »aber ich erinnere mich an gewisse Dinge.«

»Ich auch, das waren die wenigen glücklichen Augenblicke meines verpfuschten Lebens. Ich werde weit weg gehen.

Und du wirst nie wieder von mir hören. Ich halte mein Versprechen, denn einen letzten Rest von Ehrgefühl habe ich mir trotz allem bewahrt.«

»Beeil dich! Sie werden bald kommen.«

Zu ihrem Erstaunen sah er sie voller Zärtlichkeit an. Früher hatte er sie immer nur spöttisch oder leidenschaftlich angesehen. »Virginia, ich glaube, ich liebe dich. Aber es ist eine hoffnungslose Liebe. Gib mir das Messer.«

Sie gehorchte, und er machte einen kleinen Schnitt in sein Handgelenk. Blut quoll hervor, und er hielt einen Finger auf die Wunde, bis die Blutung zum Stillstand kam. »Wenn sie das blutbefleckte Messer finden, werden sie annehmen, ich hätte es bei mir getragen und mich selbst befreit. Natürlich werden sie sich fragen, wie mir das gelungen ist, nachdem dein Mann ganze Arbeit geleistet hat, als er mich an diesen Pfahl band. Aber man wird wenigstens nicht annehmen, daß mir jemand geholfen hat. Geh jetzt, Virginia – kehr in das Leben zurück, das du verdienst, und verzeih mir. Stell dir vor, es wäre alles nur ein schöner Traum gewesen und ich hätte niemals existiert.«

Ohne sie mit seinen blutigen Händen zu berühren, küßte er sie auf die Lippen. Es war ein langer Kuß, voller Sehnsucht und Trauer.

Virginia strich sanft über seine Wange, dann wandte sie sich rasch ab, verließ den Schuppen und flüchtete ins Haus zurück. Culver war frei. Sie wollte ihn vergessen. Bald würden genug Yankee-Boote an der Küste liegen, und er konnte davonrudern. Es war vorbei. Es hatte niemals einen Bradley Culver gegeben.

Eine halbe Stunde später stand sie am Salonfenster und sah Captain Delaney mit Moses den Hang heraufkommen. Aufgeregt lief sie ihnen entgegen. »Wo ist Elias?«

»Es geht ihm gut«, versicherte der Captain.

»O ja, Missy«, fügte der Neger hinzu. »Aber er ist völlig erschöpft, und der Doktor hat gesagt, daß er eine Weile im Krankenhaus bleiben muß.«

»Ist er wirklich nicht in Gefahr?« fragte sie.

»Bestimmt nicht«, beteuerte Delaney. »Er hat nur Schmerzen, doch die werden bald vergehen. Der Arzt möchte ihn morgen früh gründlich untersuchen.«

»Kann ich ihn besuchen?«

»Er hat gesagt, Sie sollen hierbleiben, Missy«, erwiderte Moses, »und sich keine Sorgen machen.«

»Also gut. Sie sind sicher gekommen, um diesen schrecklichen Verbrecher zu holen, Captain.«

Delaney lachte leise. »Wir haben ihn schon. Irgendwie ist es ihm gelungen, sich zu befreien, aber wir haben ihn geschnappt. Jetzt möchte ich mich in diesem Schuppen umsehen, wo Elias ihn gefesselt hat. Vielleicht kann ich feststellen, was geschehen ist.«

»Er – er ist geflohen?« stammelte sie, von einer plötzlichen Schwäche erfaßt. Sekundenlang glaubte sie die Besinnung zu verlieren, aber es gelang ihr, sich zusammenzureißen.

Delaney nickte. »Da ich ihn kenne, habe ich sofort, nachdem ich über Culvers Gefangennahme informiert worden bin, Patrouillenboote losgeschickt. Bald darauf sahen ihn meine Leute zur Stadt rudern. Er ließ sich widerstandslos festnehmen und erklärte, er hätte seine Fesseln ohne fremde Hilfe durchschnitten. Elias behauptet, das wäre unmöglich. Würden Sie mich zum Peitschenschuppen begleiten?«

»Natürlich. Moses, würdest du bitte Laternen holen?«

»Ja, sofort, Missy.«

Langsam ging Virginia mit Delaney zum Schuppen, während der Neger davoneilte, um seinen Auftrag zu erfüllen.

»Wann wird man Culver vor Gericht stellen?« fragte sie.

»In zwei bis drei Tagen. Wir wollen es möglichst schnell hinter uns bringen, Culver ist ziemlich raffiniert, und solange er am Leben ist, wird er die Hoffnung auf eine weitere Gelegenheit, die Flucht zu ergreifen, nicht aufgeben.«

Moses erschien mit zwei Laternen und betrat den Schuppen als erster. Captain Delaneys Blick fiel sofort auf das kleine, blutbeschmierte Messer, das vor dem Eisenpfahl lag. Vorsichtig hob er es auf. »Er sagte, er hätte ein Messer bei sich getragen. Offenbar hat er nicht gelogen. Irgendwie muß es ihm gelungen sein, das Messer hervorzuziehen, und als er seine Fesseln durchschnitt, verletzte er sich.«

»Ich begreife das nicht«, bemerkte Moses. »Master Elias hat ihn so fest an den Pfosten gebunden, daß er sich nicht rühren konnte.«

»Trotzdem hat er es geschafft, sich zu befreien, Moses«, erwiderte der Captain.

»Geh jetzt zu Belle, Moses«, bat Virginia. »Sie ist wahrscheinlich halb von Sinnen vor Angst.«

»Ja, Missy, da haben Sie wohl recht.«

Delaney lächelte den Neger freundlich an. »Ich danke Ihnen, Moses. Sie haben uns sehr geholfen.«

»Man tut, was man kann«, entgegnete der Schwarze grinsend, dann eilte er davon.

»Endlich ist alles vorbei!« Der Captain steckte das Messer ein, dann nahm er Virginias Arm und führte sie zum Haus zurück.

»Captain – was für ein Mensch ist dieser Culver?« fragte sie zögernd. »Ich habe nur ein paar Minuten lang mit ihm gesprochen, aber dabei hatte ich das Gefühl, daß er kein ungebildeter Herumtreiber ist.«

»Sie irren sich nicht, Mrs. Birch. Wir haben Erkundigungen eingezogen und zu unserer Überraschung erfahren, daß er die Universität West Point besucht hat. Sein Vater war Senator in Maryland, er war ein wohlhabender, angesehener Anwalt. Seine charmante, geistreiche Mutter hat sich mit ihren Soireen einen Namen gemacht. Bradley ist der einzige Sohn. Seine Eltern setzten große Hoffnungen in ihn. Er war ein intelligenter, anständiger junger Mann. Der Krieg hat ihn völlig verändert. Seine Eltern starben, und da begann er seinen wütenden Kampf gegen die Nordstaaten – mit der Absicht, so viele Yankees wie nur möglich zu töten. In seinem blinden Haß setzte er mehrmals sein Leben aufs Spiel. Dieser Haß hat seinen Charakter zerstört. Jetzt können ihm nicht einmal seine glanzvolle Vergangenheit und sein guter Name helfen.«

»Wie traurig«, sagte Virginia leise.

»Ein Glück, daß dieses Kapitel endlich abgeschlossen ist. Wenn ich wieder in Charleston bin, werde ich Elias sofort über die letzten Ereignisse informieren. Wie ich Ihnen bereits versichert habe, brauchen Sie sich keine Sorgen um ihn zu machen. Wahrscheinlich kommt er schon morgen nach Hause.«

Er begleitete sie bis zur Haustür, salutierte höflich und eilte zum Landesteg. Erschöpft ging Virginia in ihr Zimmer und sank auf das Bett, ohne sich auszuziehen.

Bradley saß also in Haft. Sie hatte das Wagnis, ihn zu befreien, umsonst auf sich genommen. Plötzlich merkte sie, daß sie seine Festnahme nicht bedauerte. Ein Mann, der soviel Unheil angerichtet hatte, verdiente nichts Besseres. Und trotzdem erinnerte sie sich voller Zärtlichkeit an seine Küsse, vor allem an den letzten, der ihr seine Liebe offenbart hatte. In diesem Augenblick erkannte sie, daß es ihr niemals gelingen würde, ihn zu vergessen. Zwei völlig verschiedene Menschen schienen in seiner Brust zu wohnen. Und der Mann, dem sie begegnet war, hatte nichts mit dem grausamen Räuber und Mörder namens Culver zu tun.

25

In der Klinik lagen immer noch zahllose Kriegsverletzte, die Ärzte waren überlastet und ungeduldig, die Schwestern nervös und müde. Trotz des Platzmangels hatte man Elias ein Einzelzimmer zur Verfügung gestellt. Er lächelte erstaunt, als Virginia und Nanine hereinkamen. »Ihr hättet nicht herkommen müssen«, meinte er, obwohl ihm seine Freude anzumerken war.

»Virgie ließ sich nicht davon abhalten«, erklärte seine Schwägerin.

»Wann wirst du nach Hause kommen, Elias?« fragte Virginia. »Dort könntest du dich viel besser ausruhen und erholen.«

»Vorerst muß ich hierbleiben. Heute morgen versuchte ich aufzustehen und konnte nur drei Schritte machen, dann wurde ich sofort wieder ins Bett beordert.«

»Was sagen die Ärzte?«

»Es liegt an der Kugel, die immer noch in meinem Schenkel sitzt. Sie machte mir immer wieder zu schaffen, doch es war zu ertragen. Das hat sich geändert, als Bradley Culver in eine empfindliche Körperstelle trat. Ich glaube, dabei ist die Kugel näher an die Nerven herangerückt, und deshalb habe ich jetzt so starke Schmerzen.«

Virginia versuchte vergeblich, ihre Sorge zu verbergen. »Was wollen die Ärzte unternehmen?«

»Wahrscheinlich muß ich operiert werden.«

»O Liebling, es tut mir so leid...«

Er lächelte seiner Frau beruhigend zu. »Es ist keine gefährliche Operation. Man wird die Kugel entfernen, und das wird verdammt weh tun, aber meine Probleme ein für allemal lösen.«

»Dann solltest du es möglichst schnell hinter dich bringen«, meinte Nanine.

»Vermutlich wird man mich nach Washington bringen, in ein Militärhospital.«

»Ich gehe mit dir«, erbot sich Virginia, ohne zu zögern.

Er schüttelte den Kopf. »Moses kann sich nicht ganz allein um Willowbrook kümmern, Liebling. Und Chris Savard ist vielleicht auf deine Ratschläge angewiesen. Vor der ersten Ernte auf der Festlandplantage dürfen wir nichts riskieren. Was machen die Yankees auf Valcour?«

»Etwa die Hälfte ist schon abgereist«, berichtete Virginia. »Die anderen packen ihre Sachen. Wir haben keine Schwierigkeiten mit ihnen, abgesehen von Tannet. Ich weiß nicht, warum mich dieser Mann so abgrundtief haßt. Er schwört, er würde auf der Insel bleiben, und daran könnte ihn nicht einmal Culver hindern.«

»Welch tapfere Worte – nachdem Culver hinter Schloß und Riegel sitzt«, bemerkte Nanine trocken.

Elias runzelte die Stirn. »Ach ja, Culver... Habt ihr schon das Allerneueste gehört?«

»Das Allerneueste?« fragte Virginia. »Erzähl mir bloß nicht, daß er aus dem Gefängnis ausgebrochen ist?«

»Nein, aber er scheint viele Freunde zu haben, trotz seiner Missetaten. Sie halten ihn für einen tapferen Mann, weil er den Kampf gegen die Yankees fortgesetzt hat, und haben einen Anwalt engagiert, dem es gelungen ist, den Prozeß um drei Wochen hinauszuzögern.«

»Nun, er hat Anspruch auf dieselben Rechte wie jeder andere Mensch«, meinte Virginia.

»Er wird hängen – so oder so. In der Militärgesetzgebung sind keine zivilen Geschworenen vorgesehen. Also werden Unionsoffiziere das Urteil fällen. Er hat keine Chance.«

»Hoffentlich nicht«, sagte Nanine.

»Da wir gerade von Tannet gesprochen haben – wie ich höre, hat er mit Culvers Anwalt gesprochen und wird als Zeuge der Verteidigung aussagen. Das begreife ich nicht.«

»Mußt du auch aussagen, Elias?« erkundigte sich Virginia.

»Keine Ahnung.« Er musterte sie aufmerksam. »Fühlst du dich nicht wohl, Liebling? Du bist so blaß.«

»Es geht mir gut«, erwiderte sie erstaunt. »Bin ich wirklich so blaß, Nanine?«

»Du siehst müde aus«, entgegnete ihre Schwester.

»Du mußt endlich aufhören, dir Sorgen zu machen«, ermahnte Elias seine Frau. »Bald bin ich wieder ganz gesund.«

»Ich freue mich schon auf deine Heimkehr, und bis dahin werde ich auf Valcour und der Festlandplantage nach dem Rechten sehen.«

»Würdest du mir einen Gefallen tun und mit Nan zu Chris Savard fahren? Ich würde gern wissen, was ihr von ihm haltet.«

»Wir werden morgen früh eine Kutsche mieten und ihn besuchen«, versprach Virginia.

Elias wandte sich an seine Schwägerin. »Kannst du Miles so lange allein lassen? Wie geht es ihm?«

»Großartig!« antwortete sie freudestrahlend. »Er kommt allmählich zu Kräften und kann sogar schon kleine Spaziergänge unternehmen. Wenn ich nicht bei ihm bin, wird er von Belle, Moses und Ivy verwöhnt.«

»Ach ja – Ivy...«

Virginia fragte sich, ob sie sich nur einbildete, daß Elias' Stimme einen seltsamen Unterton hatte, als er den Namen des Mädchens aussprach. Ivy war schön – viel zu schön... Doch dann unterdrückte sie ihre Eifersucht und sagte sich, daß ihr die junge Farbige nicht den geringsten Grund dazu gegeben hatte.

Elias unterbrach ihre Gedanken. »Habt ihr etwas von Phoebe gehört?«

»Wir werden nachher noch zum Postamt gehen und sehen, ob ein Brief von ihr gekommen ist«, erwiderte Virginia. »Außerdem wollen wir einiges auf der Bank regeln und einkaufen. Vielleicht finden wir ein hübsches Dinnerkleid für Mama, das würde sie ungemein aufheitern. Es wird zwar noch eine Weile dauern, bis unsere alten Freunde nach Valcour zurückkehren und Mama ihre geplanten Dinnerpartys und Bälle geben kann – aber sie kann das Kleid ja auch anziehen, wenn sie mit mir dinniert«, fügte sie lachend hinzu.

»Wir haben schrecklich viel zu tun auf der Insel«, erzählte Nanine. »Die Häuser unserer Nachbarn müssen renoviert, die Vorratskammern bestückt und die Handwerker beaufsichtigt werden. Manchmal wissen wir gar nicht mehr, wo uns der Kopf steht.«

»Trotzdem scheint ihr alles gut unter Kontrolle zu haben.« Elias unterdrückte ein Gähnen, und da merkten die beiden Frauen, daß sie ihn ermüdet hatten. Sie standen lächelnd auf, und Nanine ging hinaus, um ihre Schwester noch für ein paar Minuten mit Elias allein zu lassen.

Nachdem Virginia und Nanine ihre Besorgungen erledigt hatten, kehrten sie in das Hotel zurück, in dem sie für eine Nacht abgestiegen waren. Beim Abendessen lasen sie den Brief von Phoebe, der im Postamt bereitgelegen hatte.

»Irgend etwas scheint sie zu bedrücken«, sagte Nanine nachdenklich.

»Du meinst – weil sie erwähnt hat, daß sie ihre Schwiegereltern noch immer nicht kennt?« fragte Virginia.

Nanine nickte. »Und im Postscriptum schreibt sie, daß sie uns ganz schrecklich vermißt. Offenbar ist sie unglücklich, trotz ihrer erfolgreichen Show.«

»Ich fürchte, es hat mit Tom zu tun – und ihrer Hautfarbe.«

Nanine hielt erschrocken den Atem an. »Hoffentlich irrst du dich.«

»Das hoffe ich auch. Sie liebt ihn über alles.«

»Wenn unsere Befürchtung zutrifft, muß sie verzweifelt sein.«

»Wir wollen lieber annehmen, daß ihre Sorgen einen harmloseren Grund haben. Vielleicht gibt es Schwierigkeiten zwischen den beiden, weil Phoebe so erfolgreich ist und Tom noch immer keine Arbeit hat. Mit solchen Problemen wird unsere Schwester sicher fertig.« Virginia griff nach ihrem Besteck. »So, jetzt sollten wir aber essen. Wir wollen morgen früh zeitig auf die Plantage fahren. Ich bin schon sehr neugierig auf den neuen Verwalter.«

Christopher Savard war ein großer, schlanker, attraktiver Mann von etwa dreißig Jahren mit braunem Kraushaar und dunkelblauen Augen. Er hieß die beiden Schwestern freundlich auf der Plantage willkommen und führte sie über die Felder. Virginia stellte schon nach wenigen Minuten fest, daß sie nie zuvor schönere, besser gepflegte Baumwolle gesehen hatte. Chris Savard wehrte bescheiden ab, als sie seine Tüchtigkeit lobte.

»Der Hauptverdienst gebührt Ihrem Mann, Mrs. Birch. Ich bin noch nicht lange genug hier, um mich in meinem Ruhm zu sonnen.«

»Elias ist sehr zufrieden mit Ihnen, und er weiß die Plantage in guten Händen, während er im Krankenhaus liegt.«

»Es tut mir sehr leid, daß er operiert werden muß, aber danach wird es ihm besser gehen. Und die Erholungspause tut ihm gut. In letzter Zeit hat er hart gearbeitet und sich kaum eine ruhige Minute gegönnt. An manchen Tagen ist er ziemlich stark gehumpelt.«

Nanine ließ ihren Blick über die neuen Scheunen und Geräteschuppen wandern, die in den vergangenen Wochen entstanden waren. »Man braucht sich nur hier umzuschauen, dann weiß man, was Elias geleistet hat.«

»Das Wohnhaus soll erst errichtet werden, wenn alle Nebengebäude fertig sind«, erklärte Savard.

Sie verbrachten über eine Stunde auf der Plantage und beobachteten die zahlreichen Schwarzen, die offensichtlich ihr Bestes taten, um die hohe Bezahlung zu rechtfertigen. Die Größe und Farbe der Baumwollstauden verrieten, wie sehr sie sich bemühten.

»Was hältst du von ihm, Virgie?« fragte Nanine auf der Rückfahrt in die Stadt.

»Von Mr. Savard? Er scheint die Erwartungen meines Mannes zu erfüllen, und ich bin sehr zufrieden mit ihm. Aber es bedrückt mich, daß sich Elias wochenlang überanstrengt hat.«

»Wie hätte er dir seine Liebe besser beweisen können? Er weiß, wieviel dir an der Festlandplantage liegt.«

Virginia lächelte wehmütig. »Trotzdem hätte ich das nicht zulassen dürfen. In Zukunft werde ich besser auf ihn aufpassen.«

26

Der Gerichtssaal war überfüllt, aber Virginia und Nanine, die möglicherweise in den Zeugenstand treten mußten, bekamen Sitzplätze in der ersten Reihe.

Mehrere Leute, denen Bradley Culvers Bande erheblichen Schaden zugefügt hatte, sagten aus. Den Bandenführer schien der Prozeß zu langweilen. Der Verteidiger, ein junger Mann namens Roberts, wies auf die Tatsache hin, daß niemand mit eigenen Augen gesehen hatte, wie Culver einen Mord begangen, Frauen vergewaltigt oder Feuer gelegt hätte. Die Offiziere, die als Richter fungierten, maßen diesem Einwand keine Bedeutung bei. Culver hatte die Bande befehligt, die gemordet, Frauen vergewaltigt und Häuser niedergebrannt hatte, und nur darauf kam es an.

Am zweiten Verhandlungstag rief der Verteidiger Henry Tannet in den Zeugenstand, den Virginia in letzter Zeit mit immer selbstgefälligerem Lächeln über die Insel hatte schlendern sehen. Nun lebten nur mehr fünf Yankee-Familien auf Valcour. Vier hatten noch keine neue Bleibe gefunden, und Tannet weigerte sich ganz einfach, mit seinen Angehörigen abzureisen, obwohl er seinen Laden, die Felder und das Haus längst an seinen Gläubiger, eine Bank in Charleston, verloren hatte. Jetzt wurde endlich der Grund offenbart, warum er in den vergangenen Tagen eine so triumphierende Miene zur Schau getragen hatte.

»Ja, Sir«, beantwortete er eine Frage des Verteidigers, »Bradley Culver hat die Insel mehrmals besucht, und ich hatte das Gefühl, daß er sogar willkommen war.«

»Wem war er denn so willkommen?«

»Nun ja, ich glaube, er interessierte sich für Mrs. Birch. Einmal ging ich spazieren, kurz vor Mitternacht, und da traf ich Mrs. Birch. Sie hatte gerade ihren Landesteg verlassen. Und gleichzeitig fuhr Mr. Culver in einem Boot davon...«

»Augenblick mal«, unterbrach der Ankläger des Militärgerichts den Zeugen. »Ich muß Sie darauf aufmerksam machen, daß Verleumdung strafbar ist.«

Der Verteidiger zuckte mit den Schultern. »Ihr Zeuge, Mr. Martin...«

Roy Martin, der Ankläger, verlor keine Zeit und begann Henry Tannets Anschuldigung sofort zu zerpflücken. »Sie haben also Mr. Culver in einem Boot wegfahren sehen, als Sie Mrs. Birch begegnet sind. Bitte, beschreiben Sie dem Gericht Mr. Culvers Kleidung in jener Nacht.«

»Nun ja – ich habe ihn nur von weitem gesehen«, gab Tannet zu.

»Das heißt, Sie haben ihn überhaupt nicht zu Gesicht bekommen. Sagen Sie die Wahrheit! Wenn Sie ihn tatsächlich gesehen hätten, müßten Sie wissen, welche Kleidung er trug. Andererseits konnten Sie ihn identifizieren. Wie ist das möglich?«

»Nun, ganz so war es nicht...«

»Haben Sie Mr. Culver in jener Nacht gesehen? Ja oder nein?«

»Wahrscheinlich nicht...«

»Also haben Sie sich das Ganze nur eingebildet?«

»Nun ja, er war schon früher auf der Insel gewesen. Und er sagte, wenn wir Mrs. Birch ärgern, würde er's uns heimzahlen.«

»Meines Wissens kam er nur deshalb nach Valcour zurück, weil er die Feuerstellen sah und dachte, Sie und die anderen Nordamerikaner, die auf Valcour leben, würden alle Häuser zerstören. Ist das richtig?«

»Ich denke schon. Zuvor hatte er gedroht, er würde uns umbringen, wenn wir die Häuser anzünden.«

»Und als er das sagte, sahen Sie ihn klar und deutlich? Nicht so wie in jener Nacht, in der Sie Mrs. Birch trafen?«

»Natürlich habe ich ihn gesehen, ganz aus der Nähe. Er hat dem armen Mel Hutton die Kehle durchschnitten.«

»Bitte, schildern Sie diesen Mord.«

»Nun ja, ich habe nicht beobachtet, wie es passiert ist.«

»Die Aussage dieses Mannes wird aus dem Protokoll gestrichen«, ordnete Roy Martin an. »Ich bezweifle, daß er jemals irgend etwas gesehen hat, das auch nur annähernd relevant wäre.«

Nun bat der Verteidiger seinen Mandanten in den Zeugenstand, worauf atemlose Stille im Gerichtssaal eintrat. Virginia schloß die Augen, während Culver vereidigt wurde. Nach dem bisherigen Prozeßverlauf zu schließen, konnte das Gericht nur ein einziges Urteil fällen, und sie bedauerte es, daß sie hier sitzen und das schreckliche Ende dieses Mannes miterleben mußte. Aber als sie Elias im Krankenhaus besucht hatte, war er der Meinung gewesen, sie müßte den Prozeß verfolgen, um notfalls die Interessen von Valcour zu vertreten. Und Captain Delaney hatte sie wissen lassen, daß man sie vielleicht in den Zeugenstand bitten würde.

Bereitwillig beantwortete Culver alle Fragen. »Ja, ich war ein paarmal auf Valcour. Das erstemal wollte ich einige Häuser plündern und niederbrennen, weil ich dachte, daß nur mehr Yankee-Abschaum auf der Insel lebt.«

Auf den Zuschauerbänken, die ausschließlich von Südstaatlern besetzt waren, erklang beifälliges Gemurmel.

»Und da traf ich eine Dame, die durch den Wald ritt. Ich hielt sie für einen Yankee und wollte ihr zeigen, was ich von diesen Leuten hielt. Und so zerrte ich sie vom Pferd und küßte sie. Später erfuhr ich, daß sie der ehrbaren Familie Hammond angehört, und schämte mich. Deshalb brachte ich später die Sachen zurück, die wir den Yankees gestohlen hatten.«

»Das war bei Ihrem zweiten Besuch?« fragte der Verteidiger.

»Ja, Sir.«

»Und wann kamen Sie zum drittenmal?«

»Als einer dieser Schufte sein Haus niederbrannte, das er aufgrund finanzieller Schwierigkeiten hätte verlassen müssen. Ich warnte die Yankees und erklärte ihnen, sie würden es bitter bereuen, wenn sie noch weitere Häuser anzündeten.«

»Und dann besuchten Sie die Insel ein viertes Mal?«

»Allerdings, Sir«, bestätigte Culver mit einem breiten Grinsen. »Und da tappte ich geradewegs in eine Falle.«

»Haben Sie bei Ihrem dritten Aufenthalt einen Mann namens Hutton ermordet?«

»Ich habe nie von ihm gehört«, erwiderte Culver, ohne eine Miene zu verziehen.

»Nun möchte ich Mr. Culver mit der Erlaubnis des hohen Gerichts bitten, die Dame zu identifizieren, die er bei seinem ersten Besuch auf Valcour vom Pferd gezogen hat«, kündigte Mr. Roberts an. »Er soll zu der Dame gehen und ihr eine Hand auf die Schulter legen.«

Der Oberrichter nickte. »Einverstanden.«

Culver verließ den Zeugenstand und ging langsam auf

Virginia zu. Wenn er sie identifizierte, würde er der Aussage Tannets Gewicht verleihen, obwohl man sie aus dem Protokoll gestrichen hatte. Aber er sah sie nicht einmal an, legte eine Hand auf Nanines Schulter, zu deren größter Verwirrung.

Der Ankläger lachte kurz auf. »Mr. Culver wurde beschuldigt, mehrmals auf die Insel zurückgekehrt zu sein und die Dame getroffen zu haben, der er bei seinem ersten Besuch begegnet war. Aber diese Dame, nämlich Mrs. Birch, hat er nicht identifiziert, sondern ihre Schwester – Mrs. Rutledge.«

Als das Gericht vertagt wurde, gingen die beiden Schwestern so schnell wie möglich aus dem Saal.

»Es tut mir so leid, Nanine«, sagte Virginia bedrückt. »Das war wirklich unfair, auch Miles gegenüber.«

»Mach dir deshalb keine Sorgen. Immerhin ist es Tannet mißlungen, das Militärgericht zu beeinflussen, und das haben wir nicht zuletzt Mr. Culvers Meineid zu verdanken.«

»Trotzdem bedaure ich es – aber es war jedenfalls richtig, daß wir die Verhandlung besucht haben, sonst hätte der Verteidiger vielleicht behauptet, wir würden es nicht wagen, uns blicken zu lassen.«

»Da hast du sicher recht«, stimmte Nanine zu.

Im Hotel wurden sie von einem Boten erwartet, den Moses mit der Nachricht nach Charleston geschickt hatte, Mr. Rutledge wäre krank und würde um Nanines sofortige Rückkehr bitten.

»Leider mußt du morgen allein zu der Verhandlung gehen, Virginia«, sagte sie bedrückt. »Miles braucht mich.«

»Natürlich, das verstehe ich. Fahr sofort nach Hause und kümmere dich um deinen Mann.«

Nanines Lippen begannen zu zittern. »In letzter Zeit ging es ihm so gut. Deshalb dachte ich, daß ich ihn unbesorgt für ein paar Tage allein lassen könnte.«

»Du mußt sofort aufbrechen. Ich packe deine Sachen und bringe sie dir bei meiner Rückkehr mit.«

Die Schwestern umarmten sich, und Nan ließ sich von einem Mietwagen zum Hafen bringen.

Nach dem Abendessen ging Virginia sofort in ihr Hotelzimmer. Sie war todmüde, wie so oft in letzter Zeit, und sie verspürte erneut jene seltsame Schwäche, die sie sowohl vor Nanine als auch vor Elias sorgsam verborgen hatte. Während sie ins Badezimmer ging, um ihre Abendtoilette zu machen, wurde sie von einem plötzlichen Schwindelgefühl erfaßt und mußte sich am Waschtisch festhalten. Aufmerksam musterte sie ihr Spiegelbild. Elias hatte recht, sie war viel zu blaß. Dunkle Schatten lagen unter ihren Augen. Wahrscheinlich waren ihre Nerven in den vergangenen Tagen zu stark beansprucht worden. Sie glaubte nicht, daß Gefahr für ihre Gesundheit bestand. Trotzdem beschloß sie, einen Arzt aufzusuchen. Da Elias in einer Washingtoner Klinik operiert wurde und Miles offenbar einen Rückfall erlitten hatte, konnte sie es sich nicht leisten, krank zu werden.

Am nächsten Vormittag hielten Bradley Culvers Verteidiger und der Ankläger des Militärgerichts ihre Plädoyers. Mr. Roberts bat die Richter, seinen Mandanten freizusprechen und ihm die Gelegenheit zur Besserung zu geben. Doch er konnte nur wenige stichhaltige Punkte vorbringen, um sein Ansuchen zu begründen. Roy Martin erklärte, Culver wäre ein blutrünstiger Mörder. Da man einige Bandenmitglieder bereits zum Tod verurteilt hatte, würde ihr Anführer dasselbe Schicksal verdienen.

Das Gericht hielt eine kurze Beratung ab, ohne die Bank zu verlassen. Nach zehn Minuten wurde Culver für schuldig befunden und zum Tode durch den Strang verurteilt. Das Urteil sollte in einer Woche vollstreckt werden.

Mühsam hielt Virginia die Tränen zurück und senkte den Kopf, um nicht mit ansehen zu müssen, wie Bradley in Ketten abgeführt wurde. Obwohl er die Verbrechen, die man ihm zur Last legte, erwiesenermaßen begangen hatte, war er in gewisser Weise ein Teil von ihr. Er hatte sie in den Armen gehalten und besessen, hatte Leidenschaften in ihr geweckt wie kein anderer Mann.

Schweren Herzens verließ sie das Gerichtsgebäude und suchte Dr. Hawley auf, der Elias behandelt hatte und schon seit vielen Jahren als Hausarzt der Familie Hammond fungierte. Er untersuchte sie gründlich und stellte ihr einige Routinefragen. Nachdem sie sich wieder angezogen hatte, saß sie ihm an seinem Schreibtisch gegenüber und erfuhr, daß sie kerngesund wäre. Erleichtert atmete sie auf. »Da bin ich aber froh.«

»Und Ihr Kind wird genauso gesund auf die Welt kommen«, fuhr er freundlich fort.

Virginia starrte ihn entgeistert an, dann glitt sie lautlos vom Stuhl und fiel in Ohnmacht.

Irgend jemand tätschelte ihre Hand, sie öffnete die Augen und blickte in die lächelnden Gesichter des Arztes und seiner Sprechstundenhilfe.

»Eine solche Reaktion habe ich noch bei keiner Frau erlebt, die von ihren künftigen Mutterfreuden erfahren hat«, bemerkte er.

Virginia setzte sich langsam auf, und die Schwester legte einen Arm um ihre Schultern.

»Tut mir leid«, entschuldigte sich Virginia. »Es – es kam so unerwartet.«

»Elias wird entzückt sein«, meinte der Doktor.

»Ja, er wollte schon lange eine Familie gründen«, erwiderte sie von der unfaßbaren Gewißheit gepeinigt, daß es nicht das Kind ihres Mannes war, das sie unter dem Herzen trug.

»Kommen Sie in einem Monat wieder zu mir«, bat der Arzt. »Und richten Sie Ihrer Mutter und Ihrer Schwester herzliche Grüße aus. Sicher werden sie sich sehr freuen.«

»Ja, natürlich«, stimmte sie zu.

Ins Hotelzimmer zurückgekehrt, zog sie ihr Kleid, das Korsett und die Schuhe aus, dann legte sie sich auf das Bett. Sie war so verwirrt und erschüttert, daß sie starke Kopfschmerzen bekommen hatte. Der Vater ihres Kindes hieß Bradley Culver. Sie hatte nicht lange nachrechnen müssen, um zu dieser Erkenntnis zu gelangen. Doch das durfte Elias niemals erfahren. Der Zeitunterschied zwischen der Zeugung und jener Nacht kurz vor Culvers Festnahme, die sie mit ihrem Mann auf Willowbrook verbracht hatte, war nicht so groß, als daß sein Mißtrauen erweckt würde. Es würde für immer ihr Geheimnis bleiben. Nicht einmal Nanine dürfte es wissen.

Sie mußte all ihren Mut und ihre ganze Kraft aufbieten, um die nächsten Monate durchzustehen und Elias' Freude teilen, wenn er die Neuigkeit hörte.

Ihre Gedanken wanderten zu Culver, dem Vater ihres Babys, der in einer Woche hängen würde. Schluchzend drückte sie das Gesicht ins Kissen, weinte um ihn und um

Elias, um das Kind, das in ihrem Leib wuchs, und um ihrer selbst willen.

Plötzlich stieg der unwiderstehliche Wunsch in ihr auf, Bradley noch einmal zu sehen. Er verdiente es, die Wahrheit zu wissen. Sie konnte ihm trauen, denn er hatte jeden Verdacht von ihr abgewendet, indem er seine Hand auf Nanines Schulter gelegt hatte. Das war eine bewundernswerte Geste gewesen, mit der er bewies, daß er trotz allem einen gewissen inneren Anstand besaß.

Kurz entschlossen stand sie auf, wusch sich das Gesicht und legte ein bißchen Rouge auf, um nicht allzu bleich zu wirken. Dann zog sie sich an, ging aus dem Hotel und fuhr zum Unionshauptquartier, wo Culver in der Todeszelle saß. Sie bat um eine Unterredung mit Captain Delaney und wurde sofort vorgelassen.

»Sie werden mein Anliegen vielleicht seltsam finden, Captain«, begann sie, »aber wenn es möglich ist, würde ich gern mit Mr. Culver sprechen.«

»Nun, das ist ungewöhnlich«, entgegnete er, »und es könnte unliebsames Aufsehen erregen...«

»Ich weiß«, unterbrach sie ihn, »aber immerhin hat Mr. Culver meine Wünsche respektiert und Valcour nicht zerstört – was durchaus in seiner Macht gestanden hätte. Er hat sogar die Beute zurückgebracht, die er den unglücklichen Nordamerikanern abgenommen hatte. Dafür will ich ihm danken. Das wäre zumindest ein kleiner Trost, den ich einem Todgeweihten spenden könnte.«

»Nun, das ließe sich arrangieren. Sein Anwalt ist gerade bei ihm. Die beiden sitzen in einem Besuchszimmer. Gut, reden Sie mit Culver. Im Grunde können Sie damit keinen Schaden anrichten.«

Delaney beauftragte einen Adjutanten, Virginia zum Besuchszimmer des Gefängnisses zu führen. Die Tür öffnete sich, und Mr. Roberts trat heraus. Bei ihrem Anblick hob er erstaunt die Brauen: »Mrs. Birch! Was machen Sie denn hier?«

»Ich möchte Mr. Culver danken, weil er Valcour verschont hat. Ich glaube, das bin ich ihm schuldig.«

»Ich verstehe«, erwiderte er und sah sie mißtrauisch an. »Mr. Culver macht sich Sorgen um Sie. Offen gestanden – ich wollte Sie in den Zeugenstand rufen, um festzustellen, ob sich aus Ihren Antworten auf gewisse Fragen mildernde Umstände ergeben würden. Doch Mr. Culver drohte, mich eigenhändig umzubringen, wenn ich das wagen sollte.«

»Ich wäre natürlich bereit gewesen, als Zeugin auszusagen – obwohl ich Ihnen wohl kaum zu neuen Erkenntnissen verholfen hätte.«

»Mr. Culver war jedenfalls strikt dagegen. Er ist ein tapferer Mann, Mrs. Birch – wenn er auch ein großes Unrecht begangen hat und keine Menschenseele Mitleid mit ihm empfindet, außer mir.«

»Ich bedaure sein Schicksal genauso wie Sie. Jeder, der dem Tod am Galgen entgegenblickt, hat mein Mitgefühl.«

»Sie sind eine sehr warmherzige Frau, Mrs. Birch. Leben Sie wohl.«

Virginia betrat das Zimmer, und Culver erhob sich instinktiv von seinem Stuhl, als wollte er sie in die Arme nehmen. Doch er besann sich gerade noch rechtzeitig und wies auf den zweiten Sessel. »Zum Teufel, was wollen Sie von mir?« fragte er mit lauter Stimme, während der Adjutant die Tür schloß und versperrte.

»Ich möchte Ihnen danken, Mr. Culver«, erwiderte sie, dann senkte sie die Stimme. »Kann man uns belauschen?«

»Nein, und sehen kann man uns auch nicht. Ich möchte dich an mich drücken – nur noch ein einziges Mal.«

»Brad, ich erwarte ein Kind von dir.«

Er hielt den Atem an. »Bist du sicher?«

»Als ich es empfangen habe, war Elias wochenlang auf der Festlandplantage. Du bist der Vater, und ich dachte, es würde dich freuen. O Brad, warum mußte alles so kommen...«

»Was wirst du tun? Wie willst du deinem Mann erklären...«

»Elias wird keinen Verdacht schöpfen«, unterbrach sie ihn. »Der Zeitunterschied ist relativ gering, und er wünscht sich so sehnlich eine Familie, daß er nicht nachrechnen wird.«

»Ich verstehe. Glaubst du, ich werde nun weinen und klagen, weil ich meinen Sohn niemals sehen werde? Dann muß ich dich enttäuschen. Ich werde aufs Schaffott steigen und glücklich sein, weil ich etwas Wunderbares auf dieser Welt zurücklassen werde. Du wirst doch gut für meinen Sohn sorgen?«

»Es könnte auch ein Mädchen werden.«

»Unmöglich! Untersteh dich, etwas anderes auf die Welt zu bringen als einen Jungen! Meine Liebste, ich würde dich so gern noch einmal in den Armen halten, aber ich kann es nicht. Ich will mich nicht quälen – und dich auch nicht. Bitte, geh jetzt. Ich danke dir von Herzen, weil du mich besucht und mir die großartige Nachricht gebracht hast... Und ich dachte, ich würde dich nicht lieben... Verdammt, das war das einzig Gute in meinem Leben – meine Liebe zu dir. Denn ich habe dich wirklich geliebt, und ich tue es immer noch. Verzeih mir und vergiß mich.«

»Wie könnte ich dich jemals vergessen, Brad, wo du doch der Vater meines Kindes bist?«

»Versuch es! Du mußt dich bemühen, mit allen deinen Kräften. Und jetzt geh! Kehr zurück in dein Inselparadies, zieh meinen Sohn auf Valcour auf und laß ihn niemals wissen, daß sein Vater ein Räuber und Mörder war und am Galgen gestorben ist.«

27

Langsam wanderte Virginia zum alten Hospital und fragte sich, ob es ihr gelingen würde, ihr Geheimnis vor Nanine zu verbergen. Sie hatten sich immer so nahe gestanden, daß ihre Schwester – vielleicht instinktiv – die Wahrheit erraten würde.

Aber an diesem Tag hatte Nanine andere Sorgen. Miles war wieder ans Bett gefesselt, sah bleicher und schwächer aus denn je. In seiner Gegenwart sprachen die beiden Frauen natürlich nicht darüber. Statt dessen schilderte Virginia den letzten Prozeßtag, an dem man Culver zum Tod verurteilt hatte. Zu ihrer Erleichterung schien Nanine der Tatsache, daß Bradley sie anstelle ihrer Schwester identifiziert hatte, keine Bedeutung beizumessen. Sie erwähnte es nicht mehr, hatte es vielleicht auch vergessen in ihrer Sorge um Miles.

»Ich muß euch noch etwas mitteilen«, sagte Virginia, nachdem sie ihren Bericht beendet hatte.

»Hoffentlich etwas Angenehmes«, entgegnete Nanine.

Virginia lächelte. »Erinnerst du dich, daß Elias behauptet hat, ich wäre so blaß? Gestern war ich bei unserem Arzt.«

Nanine sah sie bestürzt an. »Bist du krank?«

»Nicht direkt. Ich erwarte ein Baby.«

»O Virgie, wie wundervoll!« rief Nanine entzückt. »Ich bin ja so glücklich!«

»Elias wird noch viel glücklicher sein«, meinte Miles.

»O ja«, pflichtete seine Frau ihm bei. »Er wünscht sich schon seit langem eine Familie.«

Virginia nickte. »Darauf hat er mich mehrmals hingewiesen. Mama weiß es noch nicht. Ich bin schon gespannt, wie sie es aufnehmen wird.«

Nanine lachte. »Sie wird sich genauso freuen wie wir. Gehen wir doch zu ihr, jetzt gleich! Ich möchte ihr Gesicht sehen, wenn sie es hört«

»Eine gute Idee!« sagte Miles. »Verratet es ihr, und dann kommt zurück und erzählt mir, wie sie darauf reagiert hat.«

Auf dem Weg nach Willowbrook ließ Nanines Begeisterung erheblich nach. »Ich habe diesen Vorschlag nicht nur gemacht, weil ich Mama beobachten wollte, wenn sie die gute Neuigkeit erfährt. Vor allem wollte ich mit dir über Miles reden, Virgie. Sein Zustand verschlechtert sich zusehends.«

»Du solltest Dr. Hawley kommen lassen.«

»Das werde ich tun, aber ich bezweifle, daß er Miles helfen kann. Als mir der Yankee-Doktor die Leber- und Rindfleischdiät verordnete, erklärte er, bei manchen Patienten würde sie gut anschlagen und zu einer völligen Genesung führen. Und bei anderen könnte man damit nur eine vorübergehende Besserung erzielen. Ich fürchte, Miles zählt zur zweiten Kategorie. Meine Genesung machte zwar nur langsame Fortschritte, aber ich hatte keinen einzigen Rückfall. Miles schien sich eine Zeitlang zu erholen – und jetzt ist er wieder genauso krank wie damals, bevor ich ihn nach Valcour holte.«

»O Nanine – und ich bin so rücksichtslos gewesen und mit meiner guten Neuigkeit herausgeplatzt«, erwiderte Virginia zerknirscht. »Bitte verzeih mir.«

»Miles war genauso froh darüber wie ich. Wir müssen der Realität ins Auge sehen. Das haben wir während des Kriegs gelernt. Vielleicht wird Miles trotz allem gesund. Ich werde darum beten. Sag doch, Virgie – hast du geahnt, daß du schwanger bist?«

»Keine Sekunde lang! Ich wollte erst später eine Familie gründen, um mich vorerst ganz auf Valcour konzentrieren zu können. Das habe ich Elias klargemacht, und ich fürchte, er war tief enttäuscht.«

»Und wie fühlst du dich jetzt?«

»Himmlisch! Seit ich es weiß, freue ich mich ganz wahnsinnig auf mein Baby. Es ist ein großartiges Gefühl, Mutter zu werden.«

»Ich freue mich für dich.« Nach einer kleinen Pause fragte Nanine zögernd: »Virgie – jetzt, wo alles vorbei ist – was hältst du eigentlich in Wirklichkeit von Mr. Culver?«

»Schwer zu sagen«, antwortete Virginia unbehaglich. »Natürlich ist er ein Verbrecher, aber er stammt aus einer guten Familie. Und ich bin sicher, daß er hochintelligent ist. Jedenfalls besitzt er sehr viel Mut. Wären die Umstände anders gewesen, hätte er sicher ein erfolgreiches Leben geführt.«

»Seltsam – das dachte ich auch, obwohl ihn so viele Leute als blutrünstiges Monstrum bezeichnen. Schade, daß er auf diese Weise sterben muß...«

»Leider verdient er es. Denken wir nicht mehr an ihn, Nan. Damit können wir ihm nicht helfen.«

Lenore kam widerstrebend die Treppe herab, als Virginia nach ihr gerufen hatte. Wann immer jemand mit den neuesten Zeitungen vom Festland zurückgekehrt war, saß sie am liebsten in ihrem Zimmer, um die einzelnen Artikel nach den Namen von Bekannten abzusuchen.

»Mama, Virgie möchte dir etwas mitteilen«, verkündete Nanine.

Lenores Augen leuchteten auf. »Die letzten Yankees sind abgereist, nicht wahr? Oh, darauf habe ich so lange gewartet!«

Virginia schüttelte den Kopf. »Es geht nicht um die Yankees, sondern um mich. Ich erwarte ein Kind.«

Lenore sank auf den nächstbesten Stuhl und starrte ihre Töchter verwirrt an. Anscheinend hatte es ihr die Sprache verschlagen, und es dauerte eine ganze Weile, bis ihr die Stimme wieder gehorchte.

»Du machst mich also zur Großmutter? O Virginia, wie konntest du!«

Die beiden Schwestern schauten sich verblüfft an, dann fragte Nanine: »Ist das alles, was du dazu zu sagen hast, Mama?«

»Nein… Es ist natürlich wunderbar, Virginia, auch für Elias… Aber denk doch mal an mich! Ich bin noch nicht alt genug, um Großmutter zu werden. Oder doch? Vielleicht müßte ich überglücklich sein…«

»Ich kann es kaum erwarten, bis Elias zurückkommt und die wunderbare Neuigkeit erfährt!« rief Nanine. »Sicher wird er sich anders verhalten als du, Mama. Sag Virgie doch endlich, wie sehr du dich freust!«

Zögernd stand Lenore auf und umarmte ihre jüngere Tochter. »Ja, sicher freue ich mich… Wahrscheinlich bin ich schon eine alte Frau«, fügte sie nachdenklich hinzu. »Wegen des Krieges habe ich so viele Jahre verloren. Ich weiß nicht mehr, wie viele… Und deshalb dachte ich vermutlich, ich wäre zu jung, um Großmutter zu werden. Ich bin glücklich, Virgie, wirklich… Vor allem, weil du mein einziges Kind bist, das mir Enkel schenken kann. Marty ist tot, und Nanine und dieser – dieser Mann können keine Kinder bekommen. Zumindest glaube ich das.«

»Mama, manchmal widerst du mich an«, stieß Virginia hervor.

»Schon gut«, lenkte Nanine ein. »Selbst wenn ich ein Kind hätte, könnte ich nicht glücklicher sein, als ich es jetzt bin.«

Lenore seufzte. »Tut mir leid, Nanine…«

»Am besten wechseln wir das Thema«, schlug Virginia vor. »In zwei oder drei Tagen werden die letzten Yankees von Valcour verschwinden, und unsere alten Nachbarn pakken bereits ihre Sachen und bereiten ihre Rückkehr vor.«

»Wann werden sie denn hier sein?« fragte Lenore eifrig.

»Das ist schwer zu sagen. Vielleicht in etwa drei Monaten.«

»Dann kann ich ja schon anfangen, das erste große gesellschaftliche Ereignis zu planen, und das alte Valcour wird wieder auferstehen. Ich werde sofort mit der Arbeit beginnen!« Lenore entschuldigte sich bei ihren Töchtern und eilte nach oben, von neuem Lebensmut erfüllt.

Am nächsten Tag gingen die beiden Schwestern durch ein halbes Dutzend Häuser, die erst kürzlich von den Yankees geräumt worden waren, und schätzten ab, was die erforderlichen neuen Tapeten und Möbel kosten würden. Es waren anstrengende Stunden, und Virginia beschloß am darauffolgenden Morgen länger zu schlafen, wurde aber von Nanine wachgerüttelt. Verwirrt setzte sie sich auf. »Was ist denn los, Nan?«

»O Virgie, Miles ist schrecklich krank. Dr. Hawley muß ihn unbedingt untersuchen. Ich möchte meinen Mann nicht allein lassen. Und den Negern traue ich nicht. Würdest du nach Charleston fahren und den Doktor holen?«

»Natürlich. Sag Moses, er soll jemanden zur Landebrücke schicken, der mich hinüberrudert. Ich bin gleich fertig. Geh zu Miles zurück.«

»Danke. Ich bezweifle zwar, daß er in unmittelbarer Gefahr schwebt, aber er ist so schwach und ... O Virgie, wenn ich ihm nur helfen könnte!«

»Dr. Hawley wird sein Bestes tun. In spätestens zwei Stunden ist er hier, das verspreche ich dir. Sag Mama vorläufig noch nichts, es würde sie nur aufregen.«

»Es würde sie eher freuen«, stieß Nanine bitter hervor. »Hier im Haus wäre er viel besser aufgehoben.«

»Dann soll Moses veranlassen, daß er herübergebracht wird. Kümmert euch nicht um Mama. Irgendwann muß sie ihren Schwiegersohn akzeptieren. Und wenn Miles so krank ist, gehört er hierher, in dieses Haus.«

Nanine nickte. »Du hast recht. Ich werde Miles nach Willowbrook bringen – und wenn Mama vor Wut platzt.«

Virginia zog sich hastig an und lief zwanzig Minuten später zum Landesteg hinab. Um acht Uhr betrat sie Dr. Hawleys Sprechzimmer und flehte ihn an, sie nach Valcour zu begleiten.

»Ja, natürlich«, entgegnete der Arzt. »Ich habe gehört, daß es mittlerweile neue Arzneien gibt, die in solchen Fällen wahre Wunder wirken. Bevor ich zum Hafen laufe, werde ich mir eine Medizin aus der Apotheke holen.«

»Die arme Nan ist außer sich vor Angst. Ich werde mit Ihnen nach Valcour fahren.«

»Sie sollten lieber in der Stadt bleiben. Elias ist aus Washington zurückgekommen und hat sich im Hotel einquartiert. Ich habe gestern abend mit ihm gesprochen. Die Operation ist erfolgreich verlaufen, also brauchen Sie sich keine Sorgen mehr zu machen.«

Virginia starrte den Doktor verwirrt an. »Elias ist in Charleston? Er hat mich gar nicht benachrichtigt.«

»Er ist spät abends eingetroffen, und soviel ich weiß, möchte er heute morgen nach Valcour fahren. Sicher wird er sich freuen, wenn Sie ihm unterwegs Gesellschaft leisten. Gehen Sie doch einfach ins Hotel, und überraschen Sie ihn.«

»Ja, das ist eine gute Idee. Bitte, versuchen Sie dem armen Miles zu helfen.«

»Ich werde tun, was in meiner Macht steht, Virgie. Übrigens – ich habe noch eine Neuigkeit für Sie. Gestern abend sind etwa fünfzig Banditen über die Garnison hergefallen und haben Bradley Culver befreit. Elias kann Ihnen noch mehr darüber erzählen.«

Virginia ging zum Hotel und nahm kaum etwas von ihrer Umgebung wahr. Elias war aus Washington zurückgekommen – und Bradley befand sich auf freiem Fuß. Diese beiden Überraschungen hatten ihr so zugesetzt, daß sie beinahe in Ohnmacht gefallen wäre. Nur die Sorge um Miles hatte sie veranlaßt, jenem plötzlichen Schwächeanfall nicht nachzugeben.

An der Hotelrezeption erfuhr sie, daß sich Elias immer noch in seinem Zimmer aufhielt, und ging sofort nach oben. Sie klopfte an, und als er die Tür öffnete, schien er bei ihrem Anblick ebenso verblüfft zu sein wie sie, nachdem sie von seiner unerwarteten Heimkehr gehört hatte.

Er umarmte und küßte sie, dann zog er sie ins Zimmer und schloß die Tür. »Was um alles in der Welt führt dich hierher? Wieso weißt du, daß ich in Charleston bin?«

»Dr. Hawley hat es mir erzählt. Ich war bei ihm und habe ihn gebeten, sofort nach Valcour zu fahren. Miles ist schwer krank.«

»Der arme Miles! Ist es sehr schlimm?«

»Das weiß ich nicht. Nan macht sich jedenfalls große Sorgen ... Elias, ich habe noch eine Nachricht für dich, diesmal eine gute. Ich hoffe wenigstens, daß du dich darüber freuen wirst.«

»Setz dich, Virgie. Deine Neuigkeit muß warten. Ich muß dir zwei äußerst wichtige Dinge mitteilen, und keins von beiden wird dir gefallen.«

Sie nahm auf einem Sofa Platz, und er setzte sich ihr gegenüber.

»Meinst du Culvers Flucht?« fragte sie. »Dr. Hawley hat es erwähnt ...«

»Nein«, unterbrach er sie, »darum geht es nicht, aber der Mann hatte jedenfalls verdammt viel Glück.«

»Wie ist es passiert?«

»Zum Glück wurde niemand verletzt. Culver hatte offenbar Kontakte zu anderen Renegatenbanden, und die hatten untereinander vereinbart, sich in Notfällen zu helfen. Gestern kamen die Mitglieder verschiedener Banden in die Stadt und führten einen höchst effektiven Angriff auf das Unionshauptquartier durch. Da sie in der Überzahl waren, hatten sie die Garnison schon nach zwei oder drei Minuten in ihrer Gewalt. Sie stellten Captain Delaney vor die Wahl, entweder Culver aus seiner Zelle holen zu lassen oder an einem Kopfschuß zu sterben. Delaney ist zwar ein tapferer Mann, aber kein Selbstmörder. Culver dankte ihm sogar für die höfliche Behandlung, die ihm im Gefängnis widerfahren war, dann zog er mit den Banditen ab.«

»In gewisser Weise bin ich froh. Uns persönlich hat er nichts getan.«

»Immerhin mußte ich seinetwegen operiert werden.«

»Dr. Hawley hat mir bereits gesagt, daß alles gutgegangen ist.«

»Teilweise«, erwiderte Elias. »Das ist einer der Punkte, die ich mit dir besprechen muß. Aber vorher muß ich dir etwas noch Wichtigeres sagen. In Washington sind britische Baumwollhändler an mich herangetreten. Wie du weißt, wächst auf Valcour die beste Baumwolle der Welt. Während des Kriegs waren die Briten auf qualitativ schlechte Suret-Baumwolle aus Indien angewiesen. Die Nachfrage auf dem englischen Markt ist groß, und sie sind bereit, Spitzenpreise für hochwertige Ware zu zahlen. Was würdest du sagen, wenn ich vierzig Cent pro Pfund bekäme?«

»Vierzig?« rief Virginia erfreut. »Bis jetzt konnten wir höchstens zwanzig verlangen. O Elias, da könnten wir bald Millionäre sein.«

»Genau. Vielleicht werde ich nicht ganz so viel herausschlagen, aber ich werde mein Bestes tun. Sobald der erste Teil der Ernte eingebracht ist, mußt du mir fünfzig Pfund schicken.«

»Natürlich...« Sie unterbrach sich und schaute ihn verständnislos an. »Schicken?«

»Es kommt ein bißchen plötzlich, ich weiß, aber es läßt sich nicht ändern, wenn wir die Valcour-Baumwolle zu einem günstigen Preis verkaufen wollen. Ich bin schon gestern nach Charleston zurückgekommen, war aber zu beschäftigt, um dich zu benachrichtigen. Heute abend trete ich meine Reise nach England an.«

Verzweifelt kämpfte Virginia gegen ein fast schmerzhaftes Schwächegefühl an, das sie zu übermannen drohte. »Elias... Das kannst du nicht...«

»Ich muß«, entgegnete er. »Die Zukunft von Valcour hängt davon ab. Du kennst die Fabriken von Charleston. Nach dem Krieg hat sich die Situation noch verschlechtert. Sie machen zuviel Profit, auf unsere Kosten. Deshalb will ich die Baumwolle woanders verkaufen – zu einem Preis, den ich festsetze. Heute abend gehe ich an Bord. Ich habe mir bereits alles gekauft, was ich für die Reise brauche, denn ich habe keine Zeit mehr, um nach Valcour zu fahren.«

»O Elias, ich weiß nicht, ob ich das zulassen soll...«

»Du mußt. Es ist bereits alles geregelt.«

»Dann hätte es wohl keinen Sinn, wenn ich versuchen würde, dich umzustimmen.«

Elias schüttelte den Kopf. »Es steht zuviel auf dem Spiel. Und da wäre noch etwas – es wird dich ebenso deprimieren wie mich.«

»Was kann schlimmer sein als die Neuigkeit, die du mir soeben mitgeteilt hast...«, begann sie.

»Hör mir erst mal zu«, fiel er ihr ins Wort. »In der Washingtoner Klinik hat man mir gesagt, daß die Kugel in meinem Schenkel durch Culvers Fußtritt verändert wurde. Die Ärzte konnten sie herausholen – aber sie hatte schon zuvor einen irreparablen Schaden angerichtet. Virgie – ich kann niemals Vater werden.«

Sie schloß die Augen, weil sich plötzlich alles in ihrem Kopf drehte. Nur mit äußerster Willenskraft gelang es ihr, bei Bewußtsein zu bleiben. »Ich – ich weiß nicht, was ich sagen soll, Elias. Das ist ein schrecklicher Schock für mich...«

»Am besten fährst du jetzt nach Hause. Ich hasse tränenreiche Abschiedsszenen.«

Langsam stand sie auf. »Offenbar bleibt mir nichts anderes übrig, als dir zu gehorchen.« Er hatte sich ebenfalls erhoben, und sie ging zu ihm und küßte ihn auf die Lippen. »Auf Wiedersehen, Elias – und laß von dir hören.«

»Ich werde dir so oft wie möglich schreiben. Die guten Geschäfte zwischen unseren britischen Freunden und Valcour werden dir zu einem riesigen Vermögen verhelfen, das verspreche ich dir.«

»Das ist mir egal – wenn du nicht bei mir bist.«

»Ich weiß – aber das Geld wird dich über so manches hinwegtrösten. Ich werde dir jetzt den Rücken kehren, und wenn ich mich umdrehe, möchte ich dich nicht mehr in diesem Zimmer sehen. Wie gesagt – ich hasse Abschiedsszenen. Bitte, mach es mir leicht.«

Virginia schaute ihm in die Augen, las tiefe Trauer darin – und die Wahrheit. Als er sich abwandte, eilte sie hinaus und schloß leise die Tür hinter sich. Tränen verschleierten ihren Blick, während sie den Korridor hinabging, und sie mußte stehenbleiben, weil sie nichts mehr sah. Kraftlos lehnte sie sich an die Wand, und nachdem sie sich ein wenig beruhigt hatte, verließ sie das Hotel und fuhr in einem Mietwagen zum Hafen. Dort entdeckte sie Dr. Hawley, der gerade in ein Boot stieg, und setzte sich neben ihn auf die Bank. Der Neger, den er angeheuert hatte, griff nach den Rudern.

»Haben Sie Elias gesehen?« fragte der Arzt.

»Ja, Doktor.«

»Es tut mir so leid, Virgie. Ich könnte mir die Zunge abbeißen.«

»Haben Sie ihm erzählt, daß ich schwanger bin?«

»Ich wollte ihm gratulieren, und da gab er mir einen Brief von den Washingtoner Ärzten. Darin stand, daß die Kugel in seinem Oberschenkel die Fortpflanzungsorgane beschädigt hat. Elias ist nicht in der Lage, ein Kind zu zeugen.«

Sie nickte. »Deshalb fährt er nach England.«

»So will er also damit fertig werden.«

»Er möchte mir Peinlichkeiten ersparen – und die Schande. Das sieht ihm ähnlich.«

»Er bat mich, seinen Namen auf die Geburtsurkunde des Kindes zu schreiben.«

Seufzend legte sie ihren Kopf auf Dr. Hawleys Schulter, und er legte einen Arm um sie: »Ich will Ihnen keine Fragen stellen, Virgie, und ich verurteile niemanden. Da Elias niemals Vater werden kann, ist es vielleicht besser, wenn Sie mit einem anderen Partner eine Familie gründen.«

»Es gibt keinen anderen.«

»Sie werden bestimmt nicht allein bleiben, denn Sie sind noch jung, Virgie, und sehr schön. Und wie mir Elias anvertraut hat, werden Sie bald steinreich sein.«

»Spielt das eine Rolle?« fragte sie tonlos.

»In gewisser Weise schon. Immerhin wird Valcour bald in seinem alten Glanz erstrahlen und sogar berühmter sein denn je. Das müßte Sie so beschäftigen, daß Sie keine Zeit finden werden, um Trübsal zu blasen.«

Das waren kluge Worte, die sie sich zu Herzen nehmen wollte.

Auf der Insel angekommen, führte sie den Arzt ins Haus Willowbrook, wo Miles bereits ein Schlafzimmer bezogen hatte. Während Dr. Hawley den Patienten untersuchte, ging sie mit Nanine, die ihre Tränen kaum zurückhalten konnte, in das Zimmer, das sie bis jetzt mit Elias geteilt hatte.

»Wein dich nur aus, Nan, das wird dir helfen. Ich spreche aus Erfahrung, denn ich habe meine Tränen bereits in Charleston vergossen.«

Während Nanine schluchzend in einen Sessel sank, verließ Virginia den Raum und kehrte bald mit einem Teetablett zurück. »So, das wird uns ein wenig aufmuntern.« Sie stellte das Tablett auf den Toilettentisch und füllte die Tassen.

»Miles ist schwer krank«, sagte Nanine, die ihre Tränen inzwischen getrocknet hatte. »Ich kenne die Symptome nur zu gut.«

»Hoffentlich kann ihm Dr. Hawley helfen. Vorläufig kannst du nichts für Miles tun, und deshalb bitte ich dich, mir zuzuhören. Ich muß dir etwas mitteilen.«

Nanine trank einen Schluck Tee. »Was gibt's denn?«

»Bradley Culver ist letzte Nacht aus dem Gefängnis geflohen. Eine große Banditentruppe hat ihn befreit. Doch das ist der unwesentlichste Teil meines Geheimnisses, das ich dir jetzt anvertrauen werde und das du für dich behalten mußt.«

»Natürlich. Jetzt hast du mich aber neugierig gemacht.«

»Elias ist gestern aus Washington zurückgekommen.«

»Gestern? Und warum ist er nicht hier?«

»Er fährt heute abend nach England, um dort die Valcour-Baumwolle zu verkaufen.«

»Warum reist er so plötzlich ab?« erkundigte sich Nanine verwirrt.

»Nach seiner Rückkehr hat ihm Dr. Hawley von meiner Schwangerschaft erzählt. Und zuvor hatte er in Washington erfahren, daß er wegen seiner Kriegsverletzung niemals Vater werden kann.«

Nanine lehnte sich in ihrem Lehnstuhl zurück. »Hast du es Bradley Culver gesagt.«

Virginia brachte ein schwaches Lächeln zustande. »Wie hast du es erraten?«

»In der Nacht, als er aus dem Peitschenschuppen floh, hast du Miles und mich im alten Hospital besucht. Und da sah ich ein Messer unter deinem Schal.«

»Das habe ich geahnt.«

»Ich hatte befürchtet, du würdest ihn töten.«

Virginia schüttelte den Kopf. »Ich habe seine Fesseln durchschnitten.«

»Elias hat es dir leichtgemacht.«

»Er gab mir keine Gelegenheit, irgend etwas zu sagen. Aber – was hätte ich auch sagen können? O Nan, was soll ich jetzt tun?«

»Zieh dein Kind groß und bete darum, daß es den Charakter seines Vaters nicht geerbt hat.«

»Nun machst du mir noch mehr Angst . . .«

»Hast du Bradley geliebt?«

»Ich – glaube nicht. Ich brauchte ihn. Es gab eine Zeit, wo sich mein Körper wie verrückt nach ihm sehnte. Es war eine fast animalische Leidenschaft. Aber er hat mich geliebt. Das hat er mir versichert. Ich habe ihn in seiner Zelle besucht und ihm erzählt, daß ich sein Kind erwarte. Vielleicht hat ihn das bewogen, aus dem Gefängnis auszubrechen und woanders einen neuen Anfang zu wagen.«

»Hoffentlich gelingt ihm das. Elias wird darüber hinwegkommen, glaub mir.«

Virginia schüttelte den Kopf. »Er wird nie mehr zu mir zurückkehren.«

28

Tom sprang aus der Kutsche und half seiner Frau auf den Gehsteig vor dem Delmonico herab. Mehrere Leute blieben stehen, um die beiden zu beobachten. Ein Mann begann zu klatschen, andere folgten seinem Beispiel, und Phoebe nickte ihnen huldvoll zu, dann legte sie eine Hand auf Toms Arm und ließ sich in das Restaurant führen.

Der *maitre d'hotel* empfing die beiden und geleitete sie zu einem Tisch in der Mitte des schön geschmückten Raums, wo sie von allen anderen Gästen gesehen werden konnten. Im Delmonico wurden alle berühmten Leute auf diese Weise zur Schau gestellt, und nur wenige protestierten. Phoebe hätte allerdings einen entfernteren Tisch und eine etwas privatere Atmosphäre vorgezogen.

»Es ist nicht immer ganz einfach, berühmt zu sein«, meinte sie, nachdem sie sich gesetzt hatten. »Trotzdem gefällt es mir – und dir sicher auch, Tom.«

»Es würde mir gefallen, wenn ich zu Ehre und Ruhm gelangt wäre.«

»Fang doch nicht schon wieder damit an! Immerhin habe ich dir einen Teil meines Erfolges zu verdanken, weil du mein Manager bist. Und unsere einträglichen Investments sind ausschließlich dein Verdienst. Ich nehme an, wir sind einigermaßen wohlhabend.«

»Es geht uns nicht schlecht«, gab er zu. »Wir haben zwar noch keine Million geschafft, brauchen uns aber heute abend keine Sorgen wegen der Restaurantrechnung zu machen.«

Tom, inzwischen an solche Lokale gewöhnt, bestellte Champagner und ein Steak für sich selbst. Phoebe entschied sich für Hummer mit Salat. »Ich muß zwar auf meine schlanke Linie achten, aber ich bin furchtbar hungrig. Vor einer Show nicht zu essen – das ist der Tribut, den ich zahlen muß, wenn ich gut tanzen will.«

Er lachte. »Bei dem Temperament, das du auf der Bühne entfaltest, dürftest du nicht einmal ein Gramm zunehmen.« Der Kellner füllte die Gläser mit Champagner, und Tom hob sein Glas. »Auf den berühmtesten New Yorker Theaterstar!«

»Hör doch auf!« schimpfte Phoebe, obwohl ihr verlegenes Lächeln verriet, wie sehr sie sich über sein Kompliment freute. »Davon bin ich noch lange entfernt. Aber ich bin so glücklich über meinen Erfolg. Wie schnell das alles passiert ist...«

»Bei deinem Talent mußte es so kommen.« Tom trank sein Glas leer, und der Kellner trat wieder an den Tisch, um es nachzufüllen.

»Vor einiger Zeit war ich noch eine Sklavin – und jetzt stehe ich jeden Abend auf einer Bühne in New York City...«

»Denk nicht mehr an die Vergangenheit«, unterbrach Tom seine Frau. »Du bist jetzt eine Weiße.«

Phoebe nickte. »Ich will auch gar nicht mehr in die Vergangenheit zurückkehren – nicht, nachdem ich das hier erlebt habe.« Sie ließ ihren Blick durch das kostbar ausgestattete Lokal wandern, über die elegant gekleideten Gäste. »Aber wenn ich es müßte, würde ich das Beste daraus machen.«

»Möge dieser Tag niemals kommen«, erwiderte Tom tonlos. »Das wäre eine Katastrophe.«

Die Ankunft neuer Restaurantbesucher erregte ihre Aufmerksamkeit, unterbrach das Gespräch, und später wurde dieses Thema nicht mehr erwähnt. Es war ein schöner, harmonischer Abend, und auf der Heimfahrt sagte Phoebe träumerisch: »Ich glaube, ich bin wunschlos glücklich... Und trotzdem muß ich gerade heute so oft an früher denken. Wenn wir nach Hause kommen, werde ich noch einen Brief an Virginia und Nanine schreiben, plötzlich merke ich, wie sehr ich meine Familie vermisse.«

Als er nicht antwortete, wandte sie sich zu ihm und sah, daß er eingeschlafen war. Offenbar hatte er ein bißchen zuviel Champagner getrunken. Mit einem nachsichtigen Lächeln lehnte sie sich zurück. Sie weckte ihn erst, als sie das Apartmenthaus erreichten, in dem sie wohnten.

Am nächsten Tag brachte sie den Brief zur Post und erledigte einige Einkäufe. Als sie feststellte, daß sie zuwenig Geld bei sich hatte, ging sie in die Bank, wo sie gemeinsam mit Tom ein Konto eröffnet hatte, und schrieb einen Scheck über zweihundert Dollar aus. Das Kassierer zögerte, dann entschuldigte er sich und verschwand im Hintergrund des Schalterraums, um mit einem Herrn zu reden.

Phoebe maß diesem Zwischenfall keine Bedeutung bei, da sie nicht mit den Gepflogenheiten von Bankbeamten vertraut war. Bald darauf kehrte der Kassierer zurück und zahlte ihr das Geld aus. »Mrs. Sprague, Mr. Warner wäre Ihnen sehr verbunden, wenn er Sie kurz sprechen dürfte.«

»Mr. Warner?«

»Der grauhaarige Gentleman da drüben, am zweitletzten Schreibtisch. Er ist der Vizepräsident unserer Bank.«

»Natürlich, ich gehe sofort zu ihm. Vielen Dank.«

Mr. Warner erhob sich, als Phoebe auf ihn zukam, und rückte ihr einen Stuhl zurecht, dann nahm er wieder hinter seinem Schreibtisch Platz. »Es ist mir eine große Ehre, Sie kennenlernen zu dürfen, Mrs. Sprague. Ich habe Sie in Ihrer neuen Show gesehen und war restlos begeistert.«

»Danke, Mr. Warner.«

»Mrs. Sprague...« Er räusperte sich, dann fuhr er unbehaglich fort: »Ich bedaure, Ihnen mitteilen zu müssen, daß die Summe, die wir Ihnen heute ausgezahlt haben, Ihren Kontostand weit übersteigt. Nicht daß uns das stören würde... Wir werden jeden Scheck einlösen, den Sie uns vorlegen.«

»Mein Konto ist überzogen?« fragte sie verwirrt.

»Ja, leider.«

»Sind Sie sicher? Mein Mann erledigt alle unsere finanziellen Angelegenheiten, und ich habe absolutes Vertrauen zu ihm.«

»Hm... Sie haben natürlich Kredit bei uns, Mrs. Sprague, und...«

»Danke, ich werde der Sache nachgehen«, unterbrach sie ihn. »Offenbar ist meinem Mann ein Fehler unterlaufen.«

Als sie nach Hause kam, las Tom eine Zeitung. Er stand sofort auf und begrüßte sie mit einem zärtlichen Kuß. Phoebe zog die Nadeln aus dem Hut und nahm ihn ab, dann schlüpfte sie aus ihrer Kostümjacke und setzte sich. »Ich war heute auf der Bank, um einen Scheck einzulösen. Dabei erfuhr ich, daß unser Konto überzogen ist.«

»Oh, verdammt...« Seufzend ließ er sich ihr gegenüber

nieder. »Ich wollte mich darum kümmern, es ist nur eine Bagatelle, Liebes, du brauchst dich deshalb nicht aufzuregen.«

»Tom ...« Sie verstummte und sah ihn forschend an, dann fuhr sie fort: »Was machst du eigentlich mit unserem Geld?«

»Das weißt du doch. Ich investiere es, und ich spekuliere in der Wallstreet.«

»Immerhin gebe ich dir pro Woche tausend Dollar. Vielleicht spekulierst du ein bißchen zu riskant.«

»Nun ja, hin und wieder erleiden wir geringe Verluste. Das ist nun mal so an der Börse. Aber ein Großteil deines Einkommens wird gut und sicher investiert. In letzter Zeit mußten wir natürlich eine ganze Menge für unsere neuen Möbel zahlen. Und deine Garderobe ist auch nicht gerade billig.«

»Ich würde gern mal unsere Haushaltsbücher sehen.«

Unbehaglich wich Tom dem Blick seiner Frau aus. »Ja, ich werde sie dir in den nächsten Tagen zeigen.«

»Jetzt gleich ... Oder hast du etwas zu verbergen?«

»Bitte, Liebling, vertraue mir!«

Phoebe erinnerte sich an den Brief seiner Eltern, den er ihr vorenthalten und in dem sie von freien Lehrerstellen in seiner Heimatstadt berichtet hatten. Plötzlich fragte sie sich, ob sie ihm womöglich schon viel zu lange vertraute. »Tom, ich will die Bücher sehen!« stieß sie hervor. »Sofort! Leg sie hier auf den Eßtisch!«

»Das geht nicht ... Ich muß sie erst noch auf den neuesten Stand bringen.«

»O Tom! Ich sehe es dir an – du hast Geheimnisse vor mir. Sag mir, was es ist. Ich habe ein Recht darauf, es zu erfahren.«

Er senkte den Kopf. »Frag mich nicht – es ist besser für dich, wenn du nichts davon erfährst.«

»Also stimmt was nicht. Sprich doch endlich, Tom!«

»Nun, wenn du es unbedingt wissen mußt – wir werden erpreßt.«

»Was?« rief sie verblüfft. »Wovon redest du?«

»Bitte, beruhige dich. Ich werde dir die ganze Geschichte erzählen. Kennst du einen Neger namens Tobal? Ein ehemaliger Sklave, der auf Valcour lebte ...«

»Ich erinnere mich nicht.«

»Virginia und Elias hatten Schwierigkeiten mit diesem Tobal, und deine Schwester hat auf ihn geschossen.«

Phoebe nickte. »Ja, jetzt fällt es mir wieder ein. Sie hat mir davon geschrieben.«

»Jetzt lebt Tobal in New York. Er hat dein Foto in der Zeitung gesehen und weiß, wie erfolgreich du bist – und er weiß auch, daß du Negerblut in den Adern hast.«

Phoebe hob die Brauen. »Das ist es also! Du hast ihm Geld gegeben, damit er schweigt. Wieviel, Tom?«

»Er fing mit hundert Dollar pro Woche an, aber als er hörte, daß die neue Show jeden Abend ausverkauft ist, wollte er dreihundert haben.«

»Du hättest ihm keinen Cent geben sollen. Warum hast du mir nichts erzählt?«

»Ich wollte dich nicht beunruhigen. Du hattest doch nur die Show im Kopf.«

»Zum Teufel mit der Show! Ich nehme an, du triffst ihn regelmäßig und steckst ihm das Geld zu.«

»Tobal hat einen Mittelsmann, einen gerissenen Burschen, mit dem man besser nicht streitet. Als ich ihm letzte Woche sagte, ich könnte nicht soviel Geld aufbringen, drohte er, daß er in Zukunft vierhundert verlangen würde.«

»Das ist ungeheuerlich. Sag mir, wo du diesen Mittelsmann siehst.«

»Was hast du vor?« fragte Tom erschrocken.

»Das weiß ich noch nicht – aber ich will alles über diese schmutzige Sache wissen.«

»Phoebe, wenn die Presse über deine Herkunft informiert wird, ist deine Karriere beendet. Man betrachtet dich als weiße Tänzerin, die was von Negertänzen versteht. Sobald sie hören, daß du eine Farbige bist, lassen sie dich fallen wie eine heiße Kartoffel. Dein Ruf wäre für immer ruiniert.«

Phoebe konnte kaum glauben, daß es Tom war, der so mit ihr redete. »Meinst du wirklich?«

»Ich stelle nur Tatsachen fest. Die Reporter werden die Story groß aufbauschen, und ganz New York wird dich auslachen.«

»Die Leute bewundern meine Tanzkunst. Warum sollten sie plötzlich über mich lachen, wenn sie die Wahrheit herausfinden? Bin ich so komisch – nur, weil ich eine Farbige bin?«

»Liebling, du verstehst das nicht. Du kennst den Lebensstil einer Stadt wie New York noch immer nicht. Die Zeitungen leben von Skandalen. Ein Reporter versucht den anderen zu übertrumpfen. Das steigert die Auflagen. Und jeder will das gräßliche Zeug lesen.«

»Wo und wann triffst du diesen Mittelsmann?« fragte sie tonlos.

»In der Stadtbibliothek – im Lesesaal. Jeden Dienstag.«

»Danke.«

»Phoebe, um Himmels willen, überleg es dir, bevor du irgendwas unternimmst!«

»Das will ich tun, und ich werde dich über meine Entscheidung informieren.«

Am nächsten Vormittag mietete Phoebe eine Kutsche und ließ sich zur Polizeidirektion bringen. Sie erklärte einem der diensthabenden Beamten, sie hätte ein Problem und wurde ins Büro eines Captains namens Malloy geführt.

»Oh – Mrs. Sprague!« rief er erfreut, als sie sich vorgestellt hatte. »Ich habe Ihre neue Show schon zweimal gesehen, und es ist mir eine große Ehre, daß Sie sich an mich wenden. Was kann ich für Sie tun?«

Molloy war ein untersetzter Mann in mittleren Jahren, der seinen Beruf ernst nahm, was sein weiteres Verhalten beweisen sollte.

»Sie können eine ganze Menge für mich tun«, erwiderte Phoebe lächelnd. »Es fällt mir nicht leicht, Ihnen diese Geschichte zu erzählen, aber ich habe keine andere Wahl. Mein Mann wird schon seit einigen Wochen erpreßt.«

Malloy runzelte die Stirn. »Wenn ich Sie um Einzelheiten bitten dürfte...«

Sie nickte. »Da Sie meine Show gesehen haben, wissen Sie, daß Negertänze meine besondere Spezialität sind.«

»Natürlich«, antwortete er lächelnd. »Das kann jeder bestätigen, der Sie auf der Bühne gesehen hat.«

»Diese Tänze beherrsche ich nur deshalb so gut, weil ich auf einer Plantage in South Carolina aufgewachsen bin.«

»Das ist allgemein bekannt.«

»Man hält mich für eine Weiße.«

»Das sind Sie auch.« Captain Malloys Miene verriet nicht, daß er den Grund ihrer Sorgen bereits erraten hatte.

»Ich bin eine Farbige – und ich habe früher als Sklavin auf dieser Plantage gearbeitet.«

»Ich verstehe, Mrs. Sprague – aber ich frage mich, ob Sie im vollen Ausmaß verstehen, was jetzt auf Sie zukommen könnte.«

»Mein Mann hat mich bereits darauf hingewiesen.«

»Die Klatschkolumnisten werden Hochkonjunktur haben. Vielleicht erscheint Ihre Story sogar auf den Titelseiten. Werden Sie das alles verkraften, Mrs. Sprague?«

»Jedes Vergehen muß bestraft werden, und ich möchte, daß diese Erpresser zur Rechenschaft gezogen werden.«

»Trotz des Risikos, das Sie damit eingehen? Ihre Karriere wäre zerstört. Ist Ihnen das klar?«

»Ja.«

»Also gut. Dann erzählen Sie mir alles, was Sie wissen.«

Phoebe erfüllte seinen Wunsch, während er sich Notizen machte, dann blickte er auf. »Die Aktion wird also im Lesesaal der Stadtbibliothek stattfinden. Sagen Sie Ihrem Mann bitte nicht, warum Sie die beiden Erpresser sehen wollen. Je weniger er erfährt, desto besser. Wir wollen das Gaunerpärchen nicht in die Flucht schlagen.«

»Gut, dann sehen wir uns am nächsten Dienstag in der Bibliothek.«

»Ich bewundere Ihren Mut, Mrs. Sprague.«

»Ich bin eher wütend als mutig«, erwiderte Phoebe leise. »Aber ich glaube, daß mich die amerikanische Öffentlichkeit fair behandeln wird.«

Captain Malloy seufzte. »Rechnen Sie lieber nicht damit, Mrs. Sprague.«

An diesem Abend tanzte sie so ausdrucksvoll wie nie zuvor und mußte mehr Nummern wiederholen denn je. Ohrenbetäubender Applaus belohnte ihre herausragende Leistung. Nach dem letzten Vorhang rannte sie in ihre Garderobe, kleidete sich hastig um und verließ das Theater, bevor ihr irgend jemand gratulieren oder ein Gespräch mit ihr beginnen konnte.

Tom erwartete sie in der Wohnung, ein Glas Whisky in der Hand. »Nun, wie war's?«

»Ganz gut... Aber ich will jetzt nicht über die Aufführung reden. Am Dienstag mußt du deine wöchentliche Zahlung leisten. Ich möchte dabeisein und bestehe auf der Anwesenheit beider Männer. Vor allem will ich diesen Neger sehen, der mich angeblich kennt.«

»Ich weigere mich, ein solches Treffen zu arrangieren«, entgegnete Tom erbost. »Du weißt nicht, was du tust, Phoebe. Wenn du die Leute verärgerst, ist es aus mit deiner Karriere.«

»Tom, wenn du mich nicht mit diesen Erpressern zusammenbringst, werde ich auf der Bank die nötigen Maßnahmen ergreifen, damit du nicht mehr an mein Geld herankommst.«

Er trank sein Glas leer. »Ich werde es nicht tun, Phoebe. Ich lehne es ganz entschieden ab, zu deinem Wohl.«

»Zu meinem Wohl?« Sie hatte ihren Hut abgenommen und ihren Mantel ausgezogen und saß ihm nun gegenüber, blickte ihm geradewegs in die Augen. »Glaubst du, daß du mich so leicht täuschen kannst? Diese unmögliche Situation dient nur deinem eigenen Wohl, nicht meinem!«

»Ich gewinne doch nichts dadurch!« protestierte er.

»Tom – du hast mir vor einiger Zeit verheimlicht, daß du einen Brief von deinen Eltern bekommen hast. Ich habe ihn gefunden und gelesen. Darin stand, daß deine Eltern auf unseren Besuch warten und daß du eine Stelle in deiner Heimatstadt finden könntest.«

»Phoebe, nur dir zuliebe ...«

»Mir zuliebe?« unterbrach sie. »Damals waren wir fast am Verhungern, aber du hast es nicht gewagt, mich deinen Eltern vorzustellen – aus Angst, sie könnten herausfinden, daß Negerblut in meinen Adern fließt. Und diese Angst bestimmt deine gesamte Handlungsweise. Ich dachte, ich hätte einen charakterstarken Mann geheiratet, dem meine Herkunft egal ist. Das hast du mir sogar einmal geschworen. Ich glaubte, du würdest mich genauso lieben wie ich dich. Jetzt weiß ich, welch ein Irrtum das war.«

»Liebling, ich will dich doch nur beschützen«, beteuerte Tom. »Wenn es allgemein bekannt wird, daß du eine Farbige bist, ist deine Karriere ruiniert.«

»Und wenn schon! Ich bin nun mal keine Weiße, und deshalb schäme ich mich nicht. Und ich bin auch nicht bereit, mich zwei niederträchtigen Erpressern auszuliefern, nur um die Wahrheit zu verheimlichen. Wirst du dieses Treffen am Dienstag arrangieren?«

»Gut, wenn du darauf bestehst. Was wird schon dabei herauskommen? Dieser Neger wird dir nur die Zähne zeigen und noch mehr Geld verlangen.«

»Das werden wir sehen.«

»Muß ich auch dabeisein?«

»Ich finde, das bist du mir schuldig.«

Tom nickte. »Also gut. Aber denk noch mal darüber nach, Phoebe. Wenn es allgemein bekannt wird, daß du eine Farbige bist, wird man dich weder in den Süd- noch in den Nordstaaten akzeptieren. Du bildest dir vielleicht ein, im Norden würde man anders über diese Dinge denken als im Süden. Doch da irrst du dich. Du solltest keinen Fehler begehen, der dich alles kosten wird, was du dir erarbeitet hast.«

»Der Schutz, den du mir bietest, kostet mich schon jetzt eine ganze Menge.« Ohne ihren Mann eines weiteres Blikkes zu würdigen, stand sie auf, um das Zimmer zu verlassen.

Am Dienstag begleitete sie Tom in den Lesesaal der Bibliothek. Sie setzten sich an einen der langen Tische, und er fragte sich, warum man plötzlich so viele Topfpflanzen ringsum aufgestellt hatte, schenkte ihnen aber keine weitere Beachtung.

Eine Viertelstunde später erschienen Darby und der große kräftige Neger und setzten sich zu ihnen.

Tobals rundes Gesicht verzog sich zu einem breiten Grinsen. »Also, wenn das nicht Missy Phoebe ist! Man könnte Sie tatsächlich für eine Weiße halten. Sie haben wirklich Glück, Phoebe. Heutzutage ist es nicht ratsam, eine schwarze Haut zur Schau zu tragen. Davon weiß ich ein Liedchen zu singen.«

»Warum haben Sie darauf bestanden, daß Tobal hierherkommt, Mrs. Sprague?« fragte Bill Darby mißtrauisch.

»Weil ich sichergehen wollte, daß mein Mann unser gutes Geld nicht an Leute verschwendet, die ihn übervorteilen und keine Beweise haben, was meine Herkunft betrifft.«

»Sie wissen doch selber, daß Sie mal Sklavin auf Valcour waren«, mischte sich Tobal ein. »Und deshalb werden Sie weiterhin zahlen. Von jetzt an die Hälfte Ihrer Gagen.«

Phoebe öffnete ihre Handtasche und nahm ein dickes

Bündel Geldscheine heraus. Darby wollte danach greifen, aber Tobal war schneller. Er packte die Banknoten und lachte Phoebe triumphierend an. Bevor er das Geld einstecken konnte, kamen vier Männer hinter den Topfpflanzen hervor. Captain Malloy nahm dem Neger die Dollars aus der Hand, ein anderer legte ihm Handschellen an, während ein dritter Beamter Darbys Arm umklammerte.

»Wir werden Ihnen Bescheid geben, wenn Sie Ihre Aussage machen müssen«, erklärte Malloy, zu Phoebe gewandt. Ihren Mann ignorierte er.

Tom stützte den Kopf in die Hände und schloß gequält die Augen, als die Erpresser abgeführt wurden. »Nun hast du's geschafft. Deine Karriere ist ruiniert. Ich hätte dich für vernünftiger gehalten, Phoebe.«

»Tut mir leid, daß ich dich enttäuscht habe«, erwiderte sie kühl. »Du mußt mich jetzt entschuldigen. In einer Stunde beginnt meine Matinee.«

Am Ende des zweiten Aktes bemerkte sie eine nicht sonderlich subtile Veränderung im Verhalten der anderen Tänzer und Sänger.

Manche lachten sie höhnisch an, andere wichen ihrem Blick aus. Ein paar zeigten echtes Bedauern – aber kein einziger sprach mit ihr.

Nach der Vorstellung war die Hinterbühne dichter bevölkert denn je. Reporter und Schaulustige drängten sich heran, und sie floh in ihre Garderobe, so schnell sie konnte. Die Neuigkeit hatte sich erstaunlich schnell herumgesprochen.

Ruhig und gelassen wie nach jeder Matinee schminkte sie sich ab, zog sich um und überlegte, ob sie diesen Raum jemals wieder betreten würde. Als es dreimal an der Tür klopfte, erhob sie sich von ihrem Toilettentisch.

»Hier ist Lowell! Lassen Sie mich hinein, Phoebe! Ich muß mit Ihnen reden!«

Darauf war sie gefaßt gewesen. Sie öffnete die Tür und trat beiseite.

Der Theaterproduzent stürmte blitzschnell herein, schlug einer Reporterschar die Tür vor der Nase zu, drehte den Schlüssel im Schloß herum und steckte ihn ein. »Zum Teufel, was haben Sie sich eigentlich dabei gedacht, Phoebe? Warum sind Sie nicht zu mir gekommen?«

»Was für einen Unterschied hätte das gemacht? Der Neger hätte die Wahrheit so oder so verraten, weil ich ihm kein Geld mehr gegeben hätte.«

»Oh, das hätte sogar einen gewaltigen Unterschied gemacht – aus zwei Gründen. Ich hätte die Sache in die Hand genommen und für die richtige Publicity gesorgt – und für ein monatelang ausverkauftes Haus.«

»Und der zweite Grund, Mr. Lowell?«

»Den sollen Sie auch erfahren. Sie haben mich wie einen Aussätzigen behandelt, weil ich mal gewagt habe, Sie anzufassen. Sie weigern sich, mit mir auszugehen oder mal für eine kleine Weile mit mir allein zu sein, Phoebe. Sie sind eine verdammt schöne Frau, und es ist mir völlig egal, ob Sie ein Nigger sind oder nicht. Sie sind unglaublich begehrenswert – und Sie tun so, als würden Sie Gott weiß wie hoch über mir stehen – als hätte ich nicht das Recht, Sie zu berühren.«

Er trat einen Schritt näher, und sie warnte ihn mit eiskalter Stimme. »Wagen Sie es bloß nicht!«

Er lächelte spöttisch, legte eine Hand auf ihre Schulter und ließ sie langsam zu ihrer Brust hinabwandern. Sie stemmte beide Hände gegen seine Brust und stieß ihn mit aller Kraft von sich. Er lachte nur und ging erneut auf sie zu.

»Wenn Sie mich angreifen, schrei ich, bis jemand die Tür aufbricht, Mr. Lowell. Dann erzähle ich den Reportern, was hier passiert ist, und das wird diesen Hyänen noch viel besser gefallen als das Negerblut in meinen Adern.«

»Was bilden Sie sich eigentlich ein? Wie reden Sie mit mir? Wer sind Sie denn? Ein Nigger-Mädchen, sonst nichts. Glauben Sie, wir im Norden wüßten nicht, wie die weißen Master früher mit euresgleichen umgegangen sind? Die brauchten nur mit dem kleinen Finger zu winken, und schon sind die Nigger-Huren zu ihnen ins Bett gehüpft...«

»Wenn Sie nicht sofort den Mund halten, wird es Ihnen noch leid tun. Geben Sie mir jetzt den Schlüssel.«

Er holte tief Luft und unterdrückte seinen Zorn. »Werden Sie aus der Show aussteigen?«

»Natürlich.«

»Sie haben einen Vertrag unterschrieben.«

»Den betrachte ich als ungültig.«

»Ich warne Sie, Phoebe. Sie werden auf keiner Bühne auftreten können...«

»Das habe ich auch gar nicht vor. Geben Sie mir jetzt den Schlüssel, oder ich schreie das ganze Haus zusammen.«

Seufzend griff er in die Tasche, nahm den Schlüssel heraus, dann hob er langsam die Hand und ließ ihn in den Ausschnitt ihrer Bluse fallen. Verächtlich schaute sie ihn an. Sie mußte die Bluse aufknöpfen, um den Schlüssel hervorzuholen, was sie langsam und mit ruhigen Bewegungen tat. Dann sperrte sie die Tür auf, drängte sich mit Hilfe einiger wohlmeinender Kollegen durch die Menge und verließ das Theater.

Sie fuhr in einer Mietkutsche nach Hause. Tom war nicht da. Ein Blick in den Schrank genügte ihr, um zu wissen, wozu er sich entschlossen hatte. Seine Anzüge und Hemden waren verschwunden, und zwei Koffer fehlten.

29

Sie hatte die ganze Nacht nicht geschlafen. Erst auf der langen Bahnfahrt nach New Orleans war sie, von Müdigkeit überwältigt, in einen unruhigen Schlaf gefallen. Kurz vor ihrem Ziel erwachte sie und überdachte ihre Zukunftspläne. Sie wollte wieder auf Valcour leben, zuvor aber ihre Mutter besuchen.

Tom hatte sie verlassen. Sollte er jemals den Wunsch hegen, zu ihr zurückzukehren, würde sie ihm die Tür weisen. Ihre Liebe zu Tom Sprague war im Lesesaal der Stadtbibliothek gestorben. Nachdem er eine so verachtenswerte Schwäche gezeigt hatte, konnte sie nie mehr mit ihm zusammenleben. Trotzdem war ihr die Art und Weise, wie er sich aus dem Staub gemacht hatte, so nahegegangen, daß ihr der Gedanke daran immer noch Tränen in die Augen trieb.

In New Orleans angekommen, fuhr sie in einem Mietwagen zu dem Bordell, das von Fannie Dawkins betrieben wurde. Sie hatte es schon einmal besucht, während der schlimmsten Kriegsphase, als die Familie Hammond dem Hungertod nahe gewesen war. Fannie hatte sie kühl empfangen und ihr nur unter der Bedingung Geld für die Hammonds geben wollen, daß ihre Tochter als Prostituierte arbeitete. Doch dann hatte sie eingesehen, daß Phoebe nicht für ein solches Leben geschaffen war, und ihr die gewünschte Unterstützung gewährt.

Das Bordell befand sich in einem alten, imposanten Haus mit rotgestrichenen Schornsteinen. Eine junge Negerin in einer adretten Dienstmädchenuniform ließ Phoebe eintreten. In der Halle kam ihr Sam entgegen, ein großer, kräftig gebauter Neger, den sie als treuen Wegbegleiter ihrer Mutter kennengelernt hatte.

»Sam!« Phoebe stellte sich auf die Zehenspitzen und küßte ihn auf die Wange. »Wie geht es Mama?«

Tränen schimmerten in seinen Augen. »Fannie ist sehr krank, Miß Phoebe, und sie wird bald sterben. Sicher wird sie sich schrecklich freuen, wenn sie Sie wiedersieht. Ich habe den Laden geschlossen und alle Mädchen weggeschickt. Wollen Sie gleich zu ihr gehen?«

Phoebe nickte, und während er sie nach oben führte, fragte sie: »Hat sie gehört, was in New York geschehen ist?«

»O ja, und sie war sehr stolz auf Sie.«

Phoebe betrat das Schlafzimmer ihrer Mutter, das wie ein Paradies aus arabischen Nächten aussah. Die Tapete schimmerte dunkelrot, die Möbel waren mit Damast in der gleichen Farbe bezogen. Fannie lag in einem Bett mit üppigem Baldachin. Ihre Wangen waren wachsbleich und eingefallen, aber ihr Gesicht zeigte immer noch Spuren einstiger Schönheit.

»Hallo, Mama«, sagte Phoebe leise.

Langsam öffnete Fannie die Augen. »Verdammt – bin ich etwa schon im Himmel? Phoebe – o Phoebe ...«

Phoebe setzte sich auf das Bett und küßte die Stirn ihrer Mutter. »Es tut mir leid, daß du so krank bist.«

»Besuchst du mich deshalb?«

»Ich wußte nichts davon, aber ich wollte dich sehen, bevor ich mein neues Leben beginne. Meine Bühnenkarriere ist beendet, mein Mann hat mich verlassen, und jetzt möchte ich nach Valcour zurückkehren.«

Fannie nickte. »Ja, da gehörst du hin. Das ist deine wahre Heimat. Ich würde dich gern bei mir behalten – aber ich bin am Ende. Ich weiß es, und ich akzeptiere es. Ich hatte ein ausgefülltes Leben, und ich habe es genossen. O Gott, wie ich es genossen habe ... Jetzt muß ich Abschied nehmen – und ich denke nur noch an deine Zukunft.«

Phoebe beschloß, bei ihrer Mutter zu bleiben, bis diese sie nicht mehr brauchte. Fünf Tage später war es soweit. Die schwerkranke Frau war am späten Abend eingeschlafen und an nächsten Morgen nicht mehr erwacht. Phoebe weinte nicht. Fannie hatte ihr rundweg verboten, ihretwegen auch nur eine einzige Träne zu vergießen, und daran hielt sie sich. Aber beim Begräbnis mußte sie sich sehr beherrschen, um nicht aufzuschluchzen. So etwas hatte sie noch nie erlebt. Drei Kapellen musizierten, mindestens tausend Leute folgten dem Sarg zum Friedhof, darunter stadtbekannte Persönlichkeiten – sogar der Polizeichef von New Orleans.

Nach der Zeremonie kehrte Phoebe mit Sam ins Bordell zurück. Sie setzten sich an den Küchentisch, und Sam öffnete eine Whiskyflasche, füllte zwei Gläser und prostete ihr zu. »Auf Fannie, mein gutes Mädchen. Das war die großartigste Frau, die ich jemals kannte, Miß Phoebe.«

»Darauf trinke ich auch. Was jetzt, Sam?«

»Nun, ich werde das Bordell weiterführen. Das hat sie mir nämlich hinterlassen. Und Sie?«

»Ich gehe nach Valcour zurück.«

Sam nickte zufrieden. »Ja, da sind Sie zu Hause. Und Sie können eine ganze Menge mitbringen. Denn nun sind Sie eines der reichsten Mädchen in den Vereinigten Staaten. Mir hat sie das Hurenhaus vererbt und ein bißchen Geld. Aber den Großteil des Vermögens bekommen Sie, Miß Phoebe. Eine halbe Million.«

»Dollar?« flüsterte Phoebe ehrfürchtig.

»Was sonst? Glauben Sie, Fannie hätte ein Bordell betrieben, das nichts einbringt? Jahrelang hat sie Geld gescheffelt, und nachdem Sie zurückgekommen sind, sagte sie mir, nun wüßte sie endlich, was sie damit machen wird.«

»Ich – ich weiß gar nicht, was ich sagen soll«, stammelte sie. »Und was soll ich mit dem vielen Geld anfangen?«

»Tun Sie was Gutes damit, Miß Phoebe. Das hätte sich Fannie gewünscht.«

30

Der Rasen von Willowbrook zog sich in sattem Grün bis zur Küste hinab, die Magnolien, von den alten Eichen überschattet, standen in voller Blüte.

Hand in Hand wanderten Virginia und Nanine zum Landesteg hinab. Sie hatten einen Barke gesehen, die sich der Insel näherte. Bald würden sie Phoebe in die Arme schließen, die für immer nach Valcour zurückkehrte.

»Glaubst du, daß sie sich verändert hat?« fragte Nanine.

»Das bezweifle ich. Phoebe hat schon immer eine große innere Kraft besessen.«

»Aber nach allem, was sie durchgemacht und verloren hat... Ich weiß nicht, ob ich den Mut hätte, danach in die Zukunft zu blicken...«

Virginia legte einen Arm um die Taille ihrer Schwester. »Niemand hat mehr Mut bewiesen als du, meine Liebe. Du warst so tapfer – jeden Tag, obwohl du wußtest, daß dein Mann sterben mußte. Nicht einmal jetzt trägst du Trauerkleidung.«

»Miles hat mir dieses Versprechen abgenommen. Mama, die monatelang Tag für Tag zu Martys Grab wanderte, einen Strauß getrockneter Blumen im Arm, war ein abschreckendes Beispiel. O Virgie...« Nanine seufzte tief auf. »Ich bin so froh, daß Miles im Schlaf gestorben ist, ohne Schmerzen.«

Inzwischen hatten sie den Landesteg erreicht. Die Barke war immer noch weit entfernt.

»Was wirst du Phoebe über das Baby sagen?« fragte Nanine.

»Die Wahrheit. Immerhin ist sie meine Schwester.«

»Wird Mama auch zum Landesteg kommen?«

»Das habe ich ihr vorgeschlagen«, berichtete Virginia, »doch sie erwiderte, dazu gäbe es keinen Grund, weil Phoebe nicht ihre Tochter sei.«

»Typisch Mama...«

»Wenigstens erklärte sie, daß sie trotzdem bereit wäre, Phoebe als Familienmitglied willkommen zu heißen. Sie hat nicht vergessen, was Phoebe während des Kriegs für uns getan hat. Ich bin schon neugierig, wie die anderen Bewohner von Valcour sie bei der Soiree behandeln werden. Wenn ihr jemand die kalte Schulter zeigt, bekomme ich einen Wutanfall... Schau doch, Nan! Sie winkt!«

Die beiden Schwestern winkten eifrig zurück. Ungeduldig warteten sie, bis das Boot anlegte. Nanine band es fest, und dann sprang Phoebe auf die Planken. Lachend und weinend fielen sich die drei Frauen in die Arme.

»Willkommen daheim, Schwester!« rief Virginia. »Wir haben dich so vermißt.«

»Und ich euch.« Phoebe wandte sich zu Nanine und drückte ihr die Hand. »Es tut mir so leid, daß Miles gestorben ist.«

»Danke, Phoebe. Zumindest waren wir für ein paar Monate glücklich.«

»Ich glaube, das kann ich auch von meiner Ehe sagen. Es ist wohl am besten, wenn man auf diese Weise an die Vergangenheit zurückdenkt.«

Virginia lächelte mitfühlend. »Ich bedaure es sehr, daß du in New York so gelitten hast. Aber vielleicht war es gut so, denn dadurch konntest du deiner Mutter beistehen, als sie dich dringend brauchte.«

»Ja, so habe ich das auch betrachtet. Wie schade, daß Elias nicht mehr hier ist... Du hast mir nach New Orleans geschrieben, er hätte dich verlassen – aber nicht erwähnt, warum.«

»Darüber reden wir später. Jetzt gehen wir erst einmal ins Haus.«

Als sie den Hang hinaufgingen, eilte ihnen Belle entgegen. »Höchste Zeit, daß du heimkommst! Und laß dich bloß nicht wieder in der Küche blicken! Dort hast du zwar früher gearbeitet, aber jetzt bist du da nicht mehr willkommen. Ich habe ein schönes Zimmer für dich vorbereiten lassen. Ivy wird dich später hinaufbegleiten und dir beim Auspacken helfen.«

Lachend fiel Phoebe der dicken Negerin um den Hals. »O Belle, es tut so gut, dich wiederzusehen.«

»Und ich bin froh, daß du wieder da bist, wo du hingehörst. Ivy, lauf zum Landesteg runter und hol Miß Phoebes Gepäck!« Nachdem das Mädchen davongerannt war, wandte sich Belle wieder zu Phoebe. »Ich glaube, du kennst Ivy noch nicht. Du wirst dich sicher gut mit ihr verstehen, denn sie ist zur Schule gegangen und fast so klug wie du.«

»Ich freue mich schon darauf, ihre Bekanntschaft zu machen«, erwiderte Phoebe lächelnd, dann ging sie mit ihren beiden Schwestern ins Haus.

Lenore stieg mit majestätischen Schritten die Treppe herab, blieb vor Phoebe stehen und musterte sie von oben bis unten. »Du siehst sehr hübsch aus, Phoebe. Willkommen daheim.«

Virginia und Nanine wechselten einen erstaunten Blick, als ihre Mutter den Neuankömmling in die Arme nahm und auf beide Wangen küßte. Phoebe war so entzückt über diesen unerwartet freundlichen Empfang, daß sie in ihrer unbändigen Freude eine Pirouette drehte.

Lenore beobachtete sie anerkennend. »Du bist so schlank wie eh und je. Von Virginia wird man das bald nicht mehr sagen können.«

Phoebe hielt den Atem an und schaute fragend auf ihre Schwester.

Virginia nickte. »Ich bin schwanger, und man wird's bald sehen.«

»Was für eine wunderbare Heimkehr!« rief Phoebe.

»So wunderbar nun auch wieder nicht«, meinte Lenore mit gerunzelter Stirn. »Marty ist tot, auch Miles mußte sterben, und ich werde mir nie verzeihen, daß ich erst zu spät erkannt habe, was für ein großartiger Mensch er war. Ich hätte ihn genauso lieben müssen wie den armen Marty. So, ihr Mädchen, nun erzählt euch eure Neuigkeiten. Später haben wir keine Zeit mehr dafür, weil wir Vorbereitungen für unseren großen Ball treffen müssen. Du weißt doch, daß wir eine Soiree geben wollen, Phoebe?«

»Ja, das hat mir Virginia geschrieben.«

Lenore sah ihr in die Augen. »Früher oder später muß ich es sagen – also, warum nicht gleich jetzt? Du bist ein Mitglied unserer Familie, Phoebe. Jeder, der auf dieser Insel lebt, weiß Bescheid über dich. Man weiß auch, daß du eine Farbige bist. Doch die Leute werden dich genauso behandeln müssen wie deine Schwestern und mich, sonst bekommen sie's mit mir zu tun. Und jetzt wollen wir nicht mehr daran denken... Ich habe Kopfschmerzen. Ach, warum mußtest du ausgerechnet zurückkommen, wo ich ohnehin schon soviel Aufregung habe? Entschuldige mich bitte, ich muß mich sofort hinlegen...«

Lenore stieg die Treppe hinauf, und Nanine schaute ihr lachend nach. »Ist sie nicht himmlisch?«

Virginia schüttelte den Kopf. »Ich werde niemals schlau aus ihr werden.«

»Erzähl mir endlich von deinem Baby!« drängte Phoebe.

»Gut«, sagte Virginia. »Setzen wir uns in den Salon, wir machen eine Flasche Champagner auf.«

Eine halbe Stunde später kannte Phoebe die ganze Geschichte. »Liebst du Bradley Culver, Virginia?«

»Diese Frage würde ich gern verneinen. Zuerst dachte ich, es wäre nur körperliche Anziehungskraft, die mich in seine Arme trieb. Und es macht mir ein bißchen angst, das Kind eines Mannes unter dem Herzen zu tragen, der von allen Leuten verachtet wird.«

»Nur von dir nicht, Virgie«, warf Nanine ein. »Du liebst ihn. Das hat Elias erkannt, und deshalb ist er von hier weggegangen.«

Phoebe nickte. »So wird es wohl sein. Und wir lieben dich, Virginia. Denk jetzt nur mehr an das Baby. Alles andere ist unwichtig.«

»Darauf wollen wir trinken«, schlug Virginia vor und füllte die Gläser. »Danach müssen wir uns für das Dinner umziehen. Seit das Haus neu eingerichtet ist, besteht Mama jeden Abend auf einer opulenten, stilvollen Mahlzeit.«

Phoebe lachte. »Gut, dann werde ich jetzt ein Bad nehmen und mein schönstes Kleid anziehen. Nachdem mich eure Mutter so liebevoll aufgenommen hat, möchte ich sie nicht enttäuschen.«

Kurz vor dem großen Ball brachen hektische Tage auf Valcour an. Einige frühere Plantagenbesitzer bezogen ihre renovierten Häuser. Andere Gebäude befanden sich immer noch in einem beklagenswerten Zustand, vor allem das Haus, das der wütende, verbitterte Henry Tannet letzten Endes hatte räumen müssen. Offensichtlich hatte er sein Bestes getan, um die Restauration seines einstigen Domizils zu erschweren.

Virginia hatte allen Familienoberhäuptern Kredite gegeben, so daß sie die nötigen Anschaffungen bezahlen konnten. Auf den Feldern, die in letzter Zeit brachgelegen hatten, wurde wieder gearbeitet und die Ernte des nächsten Jahres vorbereitet.

Am Tag vor der großen Soiree fuhren die drei Schwestern nach Charleston, um Kleider zu kaufen, auch für Lenore. Die Tafel wurde mit feinem Leinen, neuem Porzellan und Silber aus New York gedeckt. Belle eilte fluchend zwischen dem Speisezimmer und dem Küchenhaus hin und her und war glücklich wie nie zuvor in ihrem Leben.

Als am Abend des großen Ereignisses die Dämmerung hereinbrach, fuhren elegante neue Kutschen vor. Von den Feldern, wo die Schwarzen ihr eigenes Fest feierten, drangen fröhliche Stimmen und Gesang herüber. Es war wieder so wie in alten Zeiten. Virginias großer Wunschtraum hatte sich endlich erfüllt.

Sie stand mit ihren Schwestern und Lenore auf der Veranda, um die Gäste zu begrüßen. Alle vier trugen aufsehenerregende Ballroben nach der neuesten Mode.

Der Ball wurde ein voller Erfolg, der Champagner floß in Strömen, und Belle hatte sich selbst übertroffen und ein Menü serviert, von dem man auf Valcour noch lange sprechen sollte.

Später tanzte man bis in die späte Nacht hinein, und auf allgemeinen Wunsch gab Phoebe einen ihrer berühmten Negertänze zum besten. Niemand hatte sie von oben herab behandelt, niemand schien zu wissen, daß sie keine Weiße war, und wer es wußte, ignorierte diese Tatsache.

Lenore nahm sie in die Arme, nachdem sich die Gäste verabschiedet hatten. »Du bist zwar nicht meine Tochter, aber ich wünschte, du wärst es.«

Als die anderen nach oben gegangen waren, wanderte Virginia durch das stille Haus. Jetzt, wo das Gelächter und die Musik längst verklungen waren, wollte sie diese besinnliche Stunde zwischen Nacht und Tag nutzen, um Bilanz zu ziehen.

Es war ein schönes Fest gewesen – aber kein vollkommenes. Marty hätte dabeisein müssen – und Elias und Tom Sprague. Und irgendwo zwischen den dunklen Büschen müßte Bradley Culver stehen. Auch er gehörte zu ihrem Leben ... Lachend strich sie über ihren Bauch, der bald anschwellen würde. Sie freute sich auf das Kind. Nicht einmal Elias' Abwesenheit würde ihr Mutterglück trüben.

Virginia stieg die Treppe hinauf, ging in ihr Zimmer und

kleidete sich aus. Sie hatte geglaubt, sie würde nach diesem aufregenden Abend keinen Schlaf finden. Doch sie glitt ins Reich der Träume hinüber, sobald sie die Nachttischlampe gelöscht hatte.

Es waren seltsame Träume – so wirklichkeitsnah... Eine zärtliche Hand strich über ihre Wange, heiße Lippen berührten die ihren. Und wer immer es sein mochte, der sie küßte, vergrub sein Gesicht zwischen ihren Brüsten. Die Gefühle, die sich dabei in ihr regten, waren so heftig, daß sie erwachte. Im schwachen Licht des Morgengrauens sah sie einen sonderbaren Gegenstand neben sich auf dem Bett liegen und griff danach.

Es war der verbeulte Hut eines Offiziers von der Konföderiertenarmee.

Sie drückte ihn an sich und schlief sofort wieder ein – mit einem glücklichen Lächeln.

Am Morgen nach dem Ball erschien Nanine als erste am Frühstückstisch. Bald darauf gesellte sich Phoebe zu ihr. Virginia kam später herunter, als ihre Schwestern die Mahlzeit schon beendet hatten.

»Warum strahlen deine Augen so?« fragte Nanine.

»Weil ich einen Traum hatte – einen wundervollen Traum. Jemand küßte und liebkoste mich, und als ich erwachte, lag ein Offiziershut neben mir, der zur Uniform eines Konföderiertencolonels gehört.«

»Brad!« rief Nanine erschrocken. »O Gott, welch ein Wagnis hat er auf sich genommen! Er muß dich sehr lieben.«

Virginia lächelte. »Ja, das glaube ich auch. Jetzt fühle ich mich nicht mehr so allein.«

»Warte, bis das Baby auf der Welt ist – dann wirst du nie mehr allein sein«, meinte Phoebe und goß sich noch eine Tasse Kaffee ein. »Übrigens, ich habe euch noch gar nicht erzählt, daß mir meine Mutter eine halbe Million hinterlassen hat.«

Virginia hob die Brauen. »Großer Gott! Ist ein Bordell wirklich so lukrativ?«

»Ein Bordell, das von Mama betrieben wurde, mußte unweigerlich florieren.«

Nachdenklich stützte Virginia das Kinn in die Hände. »Laßt mich mal überlegen... Die große Plantage bringt uns mindestens hunderttausend Dollar im Jahr ein. Und die Valcour-Plantage etwa fünfzigtausend. Irgendwann werden unsere Nachbarn ihre Schulden bezahlen ... Ja, man könnte sagen, daß wir reich sind.«

»Für mich seid ihr nur arme Verwandte», bemerkte Nanine. »Miles hat mir über eine Million vererbt.«

Virginia starrte sie ehrfürchtig an. »Vermutlich sind wir die reichsten Schwestern in den Vereinigten Staaten. Aber – wir haben keine Männer.«

»Sollen wir deshalb weinen?« fragte Nanine.

»Mit Tränenströmen könnten wir unsere Männer auch nicht zurückholen«, entgegnete Phoebe. »Was sollen wir bloß machen?«

»Das weiß ich nicht«, sagte Virginia langsam. »Aber es wäre doch gelacht, wenn uns nichts einfiele ...«